# सात्यकि
# द्वापर का अजेय योद्धा



लेखक
दुष्यंत प्रताप सिंह

भारत में मुद्रित

IndiePress

ISBN : 978-93-6045-801-0

प्रथम संस्करण: 2025

इंडीप्रेस

नसादिया टेक्नोलॉजीज़ प्राइवेट लिमिटेड का एक प्रभाग

कोरमंगला, बैंगलोर

कर्नाटक - 560029

दी राइट ऑर्डर पब्लिकेशंस

http://indiepress.in/

*** जनसत्ता**

"सात्यकि द्वापर का अजेय योद्धा" का ट्रेलर सामने आने के बाद से ही दर्शकों के मन में पुस्तक और सात्यकि के बारे में और जानने की जिज्ञासा बढ़ गई है।

*** पंजाब केसरी**

32 अध्यायों की लंबी गाथा है "सात्यकि द्वापर का अजेय योद्धा", जहाँ किरदार स्वयं अपनी गाथा लेखक को सुनाता है।

*** TV9**

महाभारत में अगर सात्यकि और अभिमन्यु ना लड़े होते तो शायद इतिहास कुछ और ही होता, महाभारत के छुपे हुए अध्यायों को उजागर करने आ रही है "सात्यकि द्वापर का अजय योद्धा"।

*** दैनिक ट्रिब्यून**

32 अध्यायों की इस विशाल पुस्तक में सात्यकि के इतिहास को जानते हुए हम सतयुग, त्रेता व द्वापर से लेकर कलयुग तक में उनकी कहानी से रूबरू होते हैं।

*** मायापुरी**

चर्चित फिल्म निर्देशक दुष्यंत प्रताप सिंह की पुस्तक "सात्यकि द्वापर का अजेय योद्धा" के ट्रेलर रिलीज के बाद इसका एक बड़ा प्रशंसक वर्ग खड़ा हो गया है जिन्हें इस किताब का बेसब्री से इंतजार है।

*** आउटलुक**

पूरी दुनिया को सात्यकि से संबंधित बेहद सीमित घटनाओं की ही जानकारी है परंतु 32 अध्यायों की इस विशाल पुस्तक में सात्यकि के इतिहास और चारों युगों की आगामी घटनाओं के बारे में रोमांचकारी जानकारी मिलेगी "सात्यकि द्वापर का अजेय योद्धा" इतिहास व भविष्य की अब तक छुपी हुई रहस्यमयी घटनाओं की गाथा है।

# विषयसूची

* स्पष्टीकरण 1

* आभारी हूँ 2

* युद्ध के मध्य में 7

* **सात्यकि से मुलाकात की पहली रात**
  वसुदेव का वचन 9

* **दूसरी रात**
  द्वापर में मेरे जीवन का सबसे अमूल्य पल। 14

* **तीसरी रात**
  रणभूमि ही एक योद्धा की पहचान होती है। 19

* **चौथी रात**
  परिवार का परिचय तो विषय मात्र है,
  असल में स्वयं का परिचय ही वास्तविक गौरव है। 30

* **पांचवी रात**
  सेवा त्याग और समर्पण आपको सदैव जीवन के
  उच्च स्तर की ओर अग्रेषित करता है। 42

* **छठवीं रात**
  अपने कर्म को सार्थक दिशा देना ही
  जीवन का सबसे बड़ा उद्देश्य है। 54

* **सातवीं रात**

"होइहि सोई जो राम रचि राखा" होना वही है जो प्रभु ने आपके
कर्मक्षेत्र में लिख रखा है आप तो सिर्फ निमित मात्र हैं। 63

* **आठवीं रात**

जय और पराजय, न्याय और अन्याय एवं
सत्य और असत्य हमेशा शाश्वत है। 71

* **नवमी रात**

युद्ध अपने लिये नहीं, अपनों के लिये लड़े जाते हैं। 79

* **दसवीं रात**

जीवन और जल दोनों एक समान हैं,
हर सुख, दुख, बाधा और विपत्ति को लाँघते हुए
ये अपने अंतिम पड़ाव की ओर अग्रेषित रहते हैं। 91

* **ग्यारहवीं रात**

अधिकार कभी भी मांगने से नहीं मिलता उसे तो अर्जित
किया जाता है, उसके लिए आपको करना पड़ता है
अथाह श्रम और कभी-कभी भीषण संग्राम। 101

* **बारहवीं रात**

सशक्त योजना सिर्फ आपको मजबूत बनाती है
परिणाम सिर्फ महादेव को पता है। 110

* **तेरहवीं रात**

रक्त का रंग सिर्फ लाल होता है, चाहे वो किसी भी प्राणीमात्र
का हो पर रक्त की प्यास भिन्न भिन्न प्रकार की होती है। 120

* **चौदहवीं रात**

  युद्ध का बस एक ही नियम होता है विजय या पराजय, कोई फर्क नहीं पड़ता कि इसे आपने किस प्रकार प्राप्त किया। 126

* **पंद्रहवीं रात**

  नियति आपको आपके कर्मक्षेत्र की तरफ खींचकर ले ही आती है और आपका कर्मक्षेत्र ही आपका धर्मस्थल है। 134

* **सोलहवीं रात**

  प्रत्येक युद्ध आत्मविश्वास और निडरता से जीता जाता है पर सर्वश्रेष्ठ योजना आपको उचित अवसर प्रदान करती है। 141

* **सत्रहवीं रात**

  आत्मिक एकाग्रता से ही आप विजय की ओर अग्रसर होते है। 150

* **अठारहवीं रात**

  युद्ध में सबसे ज्यादा आवश्यक युद्ध नीति होती है जो आपदा को भी अवसर में बदल देती है। 158

* **उन्नीसवीं रात**

  धर्म पर अधर्म की बढ़त सिर्फ कुछ समय की ही बात होती है हर रात के बाद सुबह आती है। 168

* **बीसवीं रात**

  अपनों के लिये अपने प्राणों का उत्सर्ग कर देना सिर्फ एक महान योद्धा के लिये ही संभव है। 176

* **इक्कीसवीं रात**

  जीवन में सदैव जीत ही मायने नहीं रखती महत्वपूर्ण यह है कि आपने उसे जीता कैसे। 184

* **बाइसवीं रात**
युद्ध की विभीषिका सिर्फ सर्वनाश लाती है और
कभी कभी तो संपूर्ण सर्वनाश। 195

* **तेइसवीं रात**
प्रतिशोध हिंसा का ही दूसरा स्वरूप है पर कभी कभी
प्रतिशोध भी न्याय स्तंभ का प्रतिनिधित्व करता है। 208

* **चौबीसवीं रात**
जीवन सदैव एक लक्ष्य प्राप्ति के उद्देश्य से शुरू होता है
चाहे फिर वो प्राप्त हो या न हो। 216

* **पच्चीसवीं रात**
जीवन एक युद्ध है जिसमें हर पल जीत की चाह रहती है
वो युद्ध शारीरिक हो या मानसिक। 223

* **छब्बीसवीं रात**
युद्ध व विवाद में हमारे अपनों का अवसान हमारे प्रतिशोध
को और प्रबल करता है। 231

* **सत्ताइसवीं रात**
प्रतिशोध और घृणा मानव की अंतिम सांस तक उसके हृदय
में जीवित रहते है। 239

* **अठ्ठाइसवीं रात**
संपूर्ण जीत या संपूर्ण विनाश, दोनों ही एक दूसरे के पूरक हैं। 245

* **उनत्तीसवीं रात**
विजय या पराजय किसी व्यक्ति विशेष की नहीं होती ये तो
समय रथ पर सवार मानव जीवन के छोटे छोटे पड़ाव मात्र हैं 252

* **तीसवीं रात**
युद्ध करते हुए जीवन व्यतीत हो जाना ही एक योद्धा
की नियति है। 263

* **इकत्तीसवीं रात**
अंत सिर्फ़ एक और आरंभ है, आत्मा अजर और अमर है। 267

* **बत्तीसवीं रात**
यात्रा का एक पड़ाव सदैव अगले पड़ाव का उद्गम है,
व्योम की भांति यात्रा अनंत है। 280

# स्पष्टीकरण

उपरोक्त किताब पूरी तरह एक काल्पनिक रचना है नाम, पात्र, स्थान एवं घटनाएं संपूर्ण रूप से लेखक की कल्पना शक्ति का प्रतिनिधित्व करती हैं। इनका वास्तविक व्यक्तियों, जीवित या मृत और किन्हीं भी वास्तविक घटनाओं से कोई भी संयोग या समानता सिर्फ संयोग है। समस्त ऐतिहासिक, पौराणिक या धार्मिक घटनाओं की वास्तविकता के सम्बन्ध में कोई दावा लेखक द्वारा न तो किया गया है और न ही ऐसा माना जाए। स्वीकृत अभिलेखों व स्थानों से पुस्तक के उद्धरण भिन्न हो सकते हैं। इन सभी का उपयोग सिर्फ काल्पनिक तरीके से किया गया है।

# आभारी हूँ

मेरी मानसिक ऊर्जा व कल्पना शक्ति का जिसे प्रभु ने अपना आर्शीवाद प्रदान किया।

मेरी धर्म पत्नी व विद्वान ज्योतिषी ऋतु सिंह, मेरी ज्येष्ठ पुत्री व लेखिका एवं अंक ज्योतिषी विष्णु प्रिया सिंह और कनिष्ठ पुत्री रिद्धिमा सिंह मेरे श्वसुर व सेवानिवृत न्यायाधीश एवं विद्वान लेखक श्री चन्द्रभाल श्रीवास्तव सुकुमार व मेरी सासू माँ श्रीमती लीला श्रीवास्तव जो मेरे प्रथम श्रोता थे मेरे द्वारा लिखे अध्यायों को सुनने के दौरान जिनकी तालियों ने मुझे सकारात्मक प्रोत्साहन व उत्साह दिया साथ ही यूनिवर्सल बुक स्टोर के पार्टनर श्री गौरव जिन्होंने मुझे मार्गदर्शन दिया इन सबकी वजह से ही यह गाथा अपने अंतिम पायदान तक पहुँची।

कुशल इलस्ट्रेटर अंजार जिन्होंने मेरी कल्पनाओं की छवियों एवं व्यूह रचनाओं को वास्तविक आकार प्रदान किया, मित्र अवधराज जिन्होंने इस गाथा का शब्द अंकन किया।

सबसे महत्वपूर्ण मेरी स्वर्गीय माँ श्रीमती प्रकाशवती वर्मा की याद और उनके आशीर्वाद का हर पल एहसास जिसने मेरी कलम को धार दी, आपके स्नेहिल और निःस्वार्थ प्यार के लिए मैं आपका आजन्म ऋणी रहूँगा माँ।

आभार मेरे पूज्य पिता व भारतीय सेना के सेवानिवृत्त अधिकारी श्री उजागर सिंह जिनकी मेरे प्रति चिंता और मंगल कामनाएं मुझे मजबूती प्रदान करती हैं।

**ब्रम्हदेव**

वेदों के सृजनकर्ता और सृष्टि के रचयिता ब्रम्हदेव मेरा प्रणाम स्वीकार करें, आपके बिना ये ब्रम्हांड निरर्थक है

**श्री विष्णु**

भगवान विष्णु को नमन करता हूँ जो इस ब्रम्हांड के रक्षक और संरक्षक हैं जो दिव्य शेषनाग पर लेटे हैं जिनकी नाभि पर कमल है जो देवताओं के स्वामी हैं मेघ की भांति जिनका रंग व जिनकी देह सुन्दर व शुभ है जो माँ लक्ष्मी के पति हैं, जो योगियों को प्राप्य हैं। जो संसार को अभय प्रदान करते हैं जो समस्त लोकों के स्वामी हैं, आपके बिना ब्रम्हांड की कल्पना ही नहीं

**महादेव शिव**

प्रलयंकारी गंगा को अपनी जटाओं में समाये दयालू व त्रिमूर्ति की शक्तियों को अपने प्रलयंकारी शस्त्र से संतुलित कर रहे जगत जननी माँ पार्वती के पति परोपकारी देवाधिदेव शिव और बुद्धि के देवता श्री गणेश और युद्ध के देवता श्री कार्तिकेय के पिता देवाधिदेव को षाष्टांग नमन, आपके बिना ये सृष्टि कुछ नहीं। संहार के मूल में ही उद्गम है।

ॐ नमः शिवाय

# सात्यकि

## द्वापर का अजेय योद्धा

श्री वसुदेव कृष्ण को समर्पित

उन्हीं की इच्छा और

उन्हीं के आदेश से

द्वापर के अजेय योद्धा की

अनकही व अनसुनी

दास्तां

युद्ध के देवता
कार्तिकेय जिनका पूजन करते हैं
ऐसे युद्ध के आविष्कारक
महादेव शिव के आराध्य
प्रभु श्रीराम के चरणों में
अपना शीश झुकाकर
नमन करता हूँ।

# युद्ध के मध्य में

रणभूमि में एक स्याह सी खामोशी थी, मानो काल स्वयं को सांत्वना दे रहा हो, रेतीले समर में यदि सुई भी गिरे तो उसकी ध्वनि भी सुनाई दे जाये, ऐसे माहौल में एक वज्र रथ पर आरूढ़ था वो, उसकी सांसे लय में थी, अपनी भुजाओं में उसने अपने नारायण धनुष को थामा हुआ था, उसके वज्र रथ में मौजूद शस्त्रागार में रखे शस्त्र मानो उसके आदेश का इंतजार कर रहे थे, सामने मौजूद कई अक्षौहिणियों की शत्रु उस सेना में उसे सैकड़ों महारथी द्वंद्व को तैयार व लालायित दिख रहे थे, कदाचित् यह सृष्टि का सबसे भयंकर समर है उसने सोचा पर तत्काल ही उसने अपनी सोच को झटक दिया क्यूंकि उसे स्मरण हो आया कि कैसे उसे ग्रन्थों व ऋषि मुनियों के माध्यम से सुनाया गया था त्रेता का वो भीषण महासंग्राम जहाँ स्वयं भगवान महाविष्णु के सातवें अवतार प्रभु श्री राम ने सदेह युद्ध किया था, जहाँ उनके साथ रूद्रांश देव हनुमान भी युद्ध में उतर पड़े थे, जहाँ पर सामने ब्रम्हांड की सबसे अभेद्य शक्ति, सर्वशक्तिमान पुलस्त्य ऋषि का वंशज और अजेय योद्धा दशानन रावण था, शायद यह युद्ध उस महासमर के एक छोटे से हिस्से जैसा है तभी तो रूद्रांश देव हनुमान इसे सिर्फ देख रहे हैं, अचानक उसके विचारों को एक धक्का लगा, एक प्रचंड शंख ध्वनि से दसों दिशाएं गूँजने लगी, उसने तत्काल पहचाना ये तो पांचजन्य है वसुदेव कृष्ण का विजय शंख, एक और शंख ध्वनि देवदत्त अर्जुन का युद्धघोष, एक और शंख गर्जा गंगनाभ देवव्रत गंगापुत्र भीष्म का शंखनाद और पांडवों का ध्वज केन्द्र में उठा, उसकी बायीं मुट्ठी उसके नारायण धनुष पर कस गयी, उसका दाहिना हाथ उसके तुणीर पर पहुँचा और पल के सौंवे हिस्से में नाराच बाण उसके धनुष पर आया तभी दोनों ओर से गगन भेदी स्वर गूँजा **आक्रमण**,

वो गरज पड़ा विद्युत ले चलो मेरे रथ को उस सूर्यपुत्र कर्ण की ओर आज मैं उसके पराक्रम को अपनी भुजाओं से तोलूंगा, विद्युत उसका सारथी था जिसे अपने रक्त की अंतिम बूंद तक पालन करना था अपने स्वामी के आदेश का, नारायण धनुष की टंकार के साथ वज्र रथ आगे बढ़ा, काल चुपचाप मुस्कुराता हुआ राधेय की ओर देख रहा था और तूफान की तरह उसकी तरफ बढ़ा चला आ रहा था, **सात्यकि**।

सात्यकि से मुलाकात की पहली रात

# वसुदेव का वचन

एक स्याह और घुप्प अंधेरी रात थी, मैं अन्धों की भांति चला जा रहा था, मेरे मोबाइल की फ्लैश लाइट मेरे फोन की सारी बैट्री खत्म कर चुकी थी, सर्वत्र अंधेरा फैला हुआ था, मुझे अपने पैरों के नीचे कुछ चिपचिपा और गीले कीचड़ जैसा महसूस हो रहा था, कहीं कहीं कुछ मुलायम और कुछ कठोर वस्तुओं का स्पर्श भी मेरे पैरों से निरंतर हो रहा था, मैं धीरे धीरे आगे बढ़ रहा था और शनैः शनैः एक अजीब सी दुर्गन्ध मेरे नथुनों को विकृत करती जा रही थी, मुझे लगा जैसे मैं किसी मछलियों के बाजार या मांस की मण्डी में आ गया हूँ, मैं अपने नेत्रों को फैलाकर अंधेरे में देखने की कोशिश करने लगा और जैसे ही मेरी आंखें अंधेरे में देखने की अभ्यस्त हुई अचानक ही मैं भय से जड़ हो गया, मैंने देखा दूर तक कटे हुए सर, बिना सर के धड़, कटे हाथ पैर, टूटे रथ, मृत हाथी व घोड़े मेरे चारों तरफ लाशों का समंदर फैला हुआ था, उन्हीं सब के बीच में रह रहकर घायल इंसानों व जानवरों की कराहें भी सुनाई दे रही थीं, कदाचित् कुछ के शरीरों में प्राण अभी बाकी थे पर उन्हें ढूँढ़ना लगभग असंभव था, पसीने से लथपथ और खून में लिथड़े हुए पैर लिए मैं भयाक्रांत सा इस लाशों के कब्रिस्तान से निकलने का रास्ता खोजने लगा, और तभी सामने का दृष्य देखकर मैं भय से सिहर उठा, मुझसे थोड़ी दूरी पर तकरीबन आठ फीट ऊँची एक मानव आकृति खड़ी थी जिसकी पीठ मेरी ओर थी, उसका सर झुका हुआ था उसके दाहिने हाथ में तलवार थी बिल्कुल वैसी जैसी मैंने प्रचलित ग्रीक कहानियों में महान ज्यूस और हरक्युलिस के हाथों में दर्शाये गये चित्रों में देखी थी, मैं भय

से थर थर कांप रहा था, मैंने डरी हुई आवाज में पूछा भाई साहब सुनिये, पर मेरे शब्द भय से मेरे गले में ही अटक गये परंतु न जाने कैसे उसने उन्हें सुन लिया और वो धीरे से मेरी तरफ मुड़ा हे बजरंग बली मेरी रक्षा करना मैं मन ही मन बुदबुदाया और मैंने भयभीत नजरों से उसे देखा ओह् मुझे लगा जैसे समय रूक गया हो, लगा जैसे कोई देवता मेरे सामने खड़ा हो पर उस दैवीय रूप में होते हुए भी वो साक्षात काल प्रतीत हो रहा था, मैंने देखा उसकी तलवार रक्त से सनी हुई थी और उसकी पूरी देह भी रक्तरंजित थी शायद मेरा अंत समय आ गया है मैंने मन ही मन सोचा, मेरे दोनों हाथ स्वमेव जुड़ गये आप कौन हैं श्रीमान्, ये कौन सी जगह है, ये भीषण रक्तपात कैसे हुआ मैंने भयमिश्रित आवाज में कई प्रश्न एक साथ कर डाले, और उसके स्वर मेरे कानों में गूँजे, सत्य की रक्षा इतनी आसान नहीं है, सत्य के प्रतिद्वंद्वी धर्म और अधर्म दोनों ही है, यह लाशों का समंदर उसी प्रतिद्वंद्वता का परिणाम है, मुझे कई युगों से तुम्हारा इंतजार था कहकर उसने अपनी खून में डूबी तलवार वापस अपनी म्यान में रखी और मेरी ओर दो कदम आगे बढ़ा, मैं तत्काल भय से थोड़ा पीछे हट गया, ये देखते ही उसके चेहरे पर हल्की सी मुस्कान आ गयी लगा जैसे स्वयं देवराज इंद्र मुस्कुराये हों, भयभीत न हो मित्र ये वसुदेव कृष्ण का मुझे दिया हुआ वचन है, तुम्हारी नियति ही तुम्हें यहां खींचकर लायी है, तुम्हारा यहां आना निश्चित था, मेरी कहानी मेरी गाथाओं व मेरे संघर्षों और मुझ पर वसुदेव कृष्ण की कृपा से यह युग लगभग अपरिचित है, इतिहास और ग्रन्थों में मेरी सेवा, मेरी प्रभु भक्ति और प्रभु के मेरे प्रति प्यार व उनकी अनुकंपा को मेरे वक्त के इतिहासकारों ने भी औपचारिकता से बस कुछ ही शब्दों में समेट दिया और वसुदेव कृष्ण शायद मेरी इस शिकायत को भांप गये थे, वो भगवान ही क्या जो भक्त की इच्छा को न समझ पायें, वो बोलते जा रहे थे और मैं मूर्खता भरे भाव से निरंतर उन्हें देख रहा था, मुझे मेरे प्रभु ने यह वचन दिया था उन्होंने कहा था कि मेरी गाथा सारा ब्रम्हांड सुनेगा, लेकिन तब जब वे फिर से

धरती पर आने की तैयारी करेंगे उन्होंने कहा था कि उनके अवतरण से पूर्व सब लोग सुनेगें मेरी गाथा, जिससे कलयुग के मानवों में एक नयी चेतना व ऊर्जा का प्रवाह होगा और मुझे वो सम्मान प्राप्त होगा जिसका मैं अधिकारी हूँ। उन्होंने कहा था कि जब कलि का प्रकोप इस धरती पर बढ़ेगा तब मैं लूंगा कल्कि अवतार और तुम ऐ सत्य के रक्षक सात्यकि तुम मेरे सखा रूप में मेरे साथ धर्म की मुक्ति का महासंग्राम लड़ोगे पर उससे पहले तुम्हारा वास्तविक परिचय और तुम्हारे शौर्य की कहानी कलयुग के मानवों को सुनायेगा मेरे द्वारा स्थापित ज्ञात संघ का वंशज, और वो कोई और नहीं वो शख्स स्वयं तुम हो वसुदेव कृष्ण द्वारा द्वापर में बनाये गये सर्वश्रेष्ठ यादवों के समूह ज्ञात संघ की कलयुगी वंशावली के वंशज, अब बताओ क्या मेरी गाथा लिखने को तुम तैयार हो, मेरे कानों में जैसे धमाके हो रहे थे मेरे भय और आतंक का स्थान अचानक से मेरी जिज्ञासा ने ले लिया मेरे कानों में शब्द गूँजने लगे सात्यकि, भगवान वसुदेव कृष्ण, ज्ञात संघ, मुझे लगा जैसे मेरा हृदय धड़कना बंद कर देगा, सात्यकि निरंतर मुझसे पूछ रहे थे बोलो ज्ञात संघ के वंश क्या तुम तैयार हो, मेरे दोनों हाथ उनके सामने कृतज्ञता से जुड़ गये मेरे नेत्रों में आँसू छलक आये, मैं आभारी हूँ प्रभु पर असल में मैं तो इस लायक ही नहीं आपके सम्बन्ध में मेरा ज्ञान व अध्ययन नगण्य है, ये निर्णय मेरा या तुम्हारा नहीं है ज्ञात संघ के वंशज ये वचन स्वयं वसुदेव कृष्ण का है, तुम तो सिर्फ अपना निर्णय बताओ हां या ना, मैंने साहस जुटाकर अपनी सहमति व्यक्त की और भर्राये गले से बोला, मैं लिखूंगा महान सात्यकि तब तक मेरा भय लगभग खत्म हो चुका था, पर उत्तेजना से मैं बुरी तरह कांप रहा था मैं अपनी पूरी क्षमता से प्रयत्न करूँगा, सत्य के रक्षक। तो ठीक है सात्यकि की गंभीर आवाज गूँजी ज्ञात संघ के वंशज उठाओ अपनी कलम, मैं किंकर्तव्यमूढ़ कुछ कहना चाहता था कि अचानक मुझे लगा जैसे मेरी सांस रूक रही है, मैंने जल्दी से प्राणवायु खींचने की कोशिश की मुझे लगा मेरे प्राण मेरा साथ छोड़ देगें, शायद मेरा अंत

आ गया था और मैं भय से चीख पड़ा, अचानक मैंने महसूस किया कि मैं अपने बिस्तर पर हूँ नितांत अकेला और पसीने से लथपथ, मेरी तन्द्रा भंग हुई मेरे सर में बेहद तेज दर्द हो रहा था, मेरे रूम का विण्डो एअरकण्डीशन और सीलिंग फैन दोनों चल रहे थे फिर भी मेरा गला बुरी तरह सूखा हुआ था लगभग अवरूद्ध, मैंने तुरंत साइड टेबल पर रखी पानी की बोतल उठायी उसका ढक्कन खोलकर उसे मुंह से लगा लिया और गट गट की आवाज के साथ अपनी श्वास से उसका तालमेल बिठा मैने उसे कुछ ही क्षणों समाप्त कर दिया, मुझे बेहद घबराहट हो रही थी, थोड़ा संयत हो मैं तत्काल दूसरे कमरे में पहुँचा मैंने देखा कि मेरी दोनों बेटियों विष्णुप्रिया व रिद्धिमा से बात करते करते मेरी पत्नी रितु भी वहीं सो गई थी, मैने उत्तेजना में तीनों को उठा दिया रात के लगभग दो बज रहे थे। अरे तो तुम इतना घबरा क्यों रहे हो सपने तो आते रहते हैं रितु बोली, शायद उसे मेरी अवस्था का अंदाजा नहीं था, ये सपना नहीं ये हकीकत है मैं बोला, पापा अगर आपको ऐसा लगता है तो आप लिखना शुरू कर दो वैसे भी आप इतने सालों से सोच रहे हो मेरी बड़ी बेटी विष्णु प्रिया बोली, छोटी बेटी रिद्धिमा भी उत्साहित हो उठी हां पापा ऐसे सपने कभी कभी आते हैं, पर मुझे कोई जानकारी नहीं उनकी शुरूआत और उनके संपूर्ण जीवन से सम्बन्धित घटनाओं के बारे में मैंने अपनी शंका प्रकट की, पापा गूगल पर सब कुछ मिल जायेगा बाकी आप उसे क्रमवार लिख दीजिएगा विष्णुप्रिया बोली, ठीक ही तो है अब विचार आया है तो लिख लेंगे ये सोचकर मैं थोड़ा सामान्य हुआ, तुम लोग सो जाओ मैं भी सो जाता हूँ, सुबह बात करेंगे ऐसा कहकर मैं किचन में आ गया मैंने फिर से एक गिलास पानी पिया, पर मेरा मन थोड़ा उद्विग्न था और मैं घर पर ही बनाये अपने वर्क स्टेशन पर जम गया, मैंने अपना डेस्कटाप ऑन किया और गूगल ब्राउजर खोला, यंत्रवत मेरी उगलियां की बोर्ड पर थिरकने लगी सात्यकि मैंने टाइप किया फिर खुले लिंक्स पर मेरा कर्सर घूमने लगा, करीब एक घंटा मैंने जमकर इन्टरनेट खंगाला पर कुछ

लाइनों के सिवा सात्यकि से सम्बन्धित कोई साहित्य उपलब्ध नहीं था। मैंने थककर की बोर्ड से अपना माथा टिका दिया, थकान से मेरी गर्दन में धीमा धीमा दर्द होने लगा, तभी मेरे अंतर्मन में फुसफुसाहट सी उभरी ज्ञात संघ के वंशज जब वसुदेव कृष्ण ने इसे लिखने हेतु तुम्हें चिन्हित किया है तो कोई और कैसे लिख सकता है, मुझे लगा शायद मैं पागल हो जाऊँगा, पर लिखूँगा कैसे मैंने स्वयं से सवाल किया, और इस बार फुसफुसाहट स्पष्ट थी, मैं खुद सुनाऊँगा तुम्हें अपनी स्वयं की कहानी और तुम लिखोगे, मैं कुछ बोलना चाहता था लेकिन सात्यकि बोलते जा रहे थे प्रति रात्रि आऊँगा मैं प्रतिरात्रि, मेरा गला भर आया मेरी आंखों में आँसू आ गये मैं बोल उठा जैसी आपकी आज्ञा द्वापर के योद्धा आपका स्वागत है, खुशी और रोमांच से मेरे शरीर के सारे मसांमों ने पानी उगल दिया था तभी मेरी नींद अचानक खुल गयी मैं मुम्बई अंधेरी स्थित अपने फ्लैट में था, मेरा पूरा बिस्तर पसीने से भीग गया था, पर मैं तो बेहद उल्लास में था, मैं जल्दी से उठा और कागज कलम ले अपने इस सपने को कलमबद्ध करने लगा, क्यूंकि मुझे विश्वास हो गया था कि कल सत्य का रक्षक जरूर आयेगा।

## दूसरी रात

# द्वापर में मेरे जीवन का सबसे अमूल्य पल।

मुम्बई के उपनगर अंधेरी वेस्ट में शास्त्रीनगर स्थित मेरा छोटा सा फ्लैट रात के ग्यारह बज चुके थे, आम तौर पर मायानगरी में सब इस समय जागते ही रहते हैं और सड़कों पर भी चहल पहल रहती है, पर मेरी सोसायटी के आसपास सन्नाटा था। मैं अपने ड्राइंग रूम में बैठा था मेरी टेबल पर कम्प्यूटर ऑन था और मैं उसके कर्सर से खेल रहा था, उत्तेजना से मेरे मन में विचारों की आंधी चल रही थी, मैं सोच रहा था कि कैसे लिखूं सात्यकि की गाथा, कहाँ से शुरू करूँ कहीं भी कुछ पकड़ में नहीं आ रहा था, मैं थोड़ा विचलित सा था यह सोचकर कि सात्यकि मेरे अवचेतन में आयेगें या नहीं, क्या आज भी कल की तरह वो मुझे अपनी कहानी सुनायेंगें, मेरा दिल कह रहा था कि कुछ न कुछ होगा जरूर, और तभी बैठक कक्ष में एक अजीब सी सुगंध फैल गयी, एक अज्ञात सुगंध मुझे लगा कि मेरा रोम रोम सुगंधित हो गया है, तभी मेरे अवचेतन में एक फुसफुसाहट आयी मैं आ गया हूँ ज्ञात संघ के वंशज क्या तुम तैयार हो, मैं अंतर्मन से झंकृत हो उठा मुझे समझ में ही नहीं आ रहा था कि मैं अपनी भावना या अपनी उत्तेजना कैसे व्यक्त करूँ उस

महान शख्सियत की मौजूदगी के आभास से मैं बेहद खुश पर लगभग किर्तव्यमूढ़ सा हो गया था, शायद माँ शबरी की हालत भी उस समय मेरी तरह ही हुई होगी जब प्रभु श्रीराम उनके पास आये होंगें, यंत्रवत मेरे मुंह से निकला हाँ महान सात्यकि मैं तैयार हूँ, तो लिखो ज्ञात संघ के वंशज, पर कहाँ से मैंने एक और मूर्खता से भरा प्रश्न किया, लगा जैसे द्वापर का योद्धा मुस्कुराया हो एक प्यारी सी स्नेहिल हंसी मेरे अंतर्मन में गूँज उठी, वहीं से ज्ञात संघ के वंशज उसी दिन से जो मेरे जीवन का सबसे अमूल्य पल था। वही दिन जो कदाचित् समूचे आर्यावर्त के लिये बेहद सुखद दिन था उस दिन जिस दिन सनातन विश्व एक अत्याचारी भाई, एक दुष्ट राजा व राक्षसी वृत्ति से लबरेज पवित्र धरा के सीने पर घाव की मानिन्द बैठे दुनिया के सबसे घृणित व्यक्ति का अंत हुआ जिसने अपने कृत्य से दुनिया के सबसे पवित्र रिश्ते को भी युगों युगों के लिये कलंकित कर दिया था, वो रिश्ता जो प्रतीक था सुरक्षा का, वो रिश्ता जो पूरक था विश्वास का, वो रिश्ता जिसे परमशक्ति ने रचा था दुनिया की सबसे अनमोल रचना माँ के गर्भ के साथ, उस भाई बहन के रिश्ते को भी इस अधम ने अपने कर्मों से सदैव के लिये श्रापित कर दिया उस पिशाच का नाम था कंस, सात्यकि थोड़ा रूके, इसी बीच मैं उत्तेजना से फिर बोल पड़ा आपके और कंस के बीच क्या संबन्ध था, तुम लिखते जाओ ज्ञात संघ के वंशज तुम्हारी समस्त जिज्ञासाओं का समाधान स्वयं ही हो जायेगा, अपनी जल्दबाजी पर मैं थोड़ा लज्जित होकर बोला, जी।

मेरे उत्थान का सूर्योदय हुआ कंस के पतन के साथ, वो दिन सायंकाल गोधूलि बेला का समय था पर आज मथुरा में गायें घर नहीं लौट रही थी बल्कि कंस के महल से उसके सैनिक व विश्वसनीय मंत्री त्राहिमाम करते हुए भाग रहे थे मथुरा की सारी प्रजा उमड़ पड़ी थी महल की ओर, वो राजमहल जिसके प्रवेश द्वारों की ओर देखने का साहस तक आम नागरिकों में नहीं था वही लोग आज बेरोकटोक महल में दौड़े चले आ

रहे थे, कहीं कोई युद्ध नहीं, कोई आगजनी नहीं, इतनी शांति और एकल व्यूह रचना से इतने बड़े अधम का वध करना सिर्फ एक ही शक्ति के वश में था, वो थे सांवले, पीताम्बरधारी, बृज के ग्वाले, भगवान विष्णु के आठवें अवतार व द्वापर में युद्ध के आविष्कारक, अतीव योद्धा वसुदेव कृष्ण, ये नाम उस दिन पूरे मथुरा की गली गली में ही नहीं बल्कि समूचे आर्यावर्त में गूँज रहा था, उनके समीप सदैव की तरह ब्रम्हांड को अपने मस्तिष्क पर धारण करने की क्षमता रखने वाले प्रलयंकारी योद्धा जिन्होंने सामान्य से खेत जोतने वाले हल को शत्रु सेना का सीना चीर देने वाले अमोघ अस्त्र में बदल दिया था, मल्लयुद्ध में जिनकी सर्प कुंडली से स्वयं मृत्यु भी बाहर न आ सके, जिनके क्रोध की ज्वाला महाकाल की जटाओं जितनी अनंत और विशाल है, ऐसे माँ देवकी व माँ यशोदा के पुत्र प्रभु बलराम, दोनों भाई निश्चल खड़े थे, दाऊ थोड़े उद्धिग्न थे पर केशव शांत और अत्यंत सरल दिख रहे थे, चारों ओर पूर्ण सन्नाटा व्याप्त था, बृज और मथुरा के लोग छोटे छोटे समूहों में पास ही खड़े थे, इन सबके आस पास ही पड़े थे कई मृत शरीर उन्हीं में से एक वो था जिसका नाम मात्र सुनने से गर्भवती माताओं के गर्भ गिर जाते थे कंस, वसुदेव कृष्ण लग रहा था मानो मौन से वार्तालाप कर रहे हों, जैसे वह धीमे प्रवाह में विचरण कर रहे वायुदेव को यह बता रहे हों कि देखो मृत्यु से परे और मृत्यु से सत्य कुछ भी नहीं है, बलदाऊ भैया की सतर्क नजरें इधर उधर देख रही थी कदाचित् वसुदेव कृष्ण के लिये उनका प्यार और स्नेह उन्हें बार बार ये स्मरण करा रहा था कि कंस के कई विश्वासपात्र मंत्री और सेनापति अभी जिंदा हैं और उनके पूर्ण समर्पण तक सावधानी जरूरी है। तभी सामने से एक छोटा सा सैन्यदल आता दिखा उनके कवच चमक रहे थे वे सभी शस्त्रों से सुसज्जित थे शायद मथुरा का अरिष्टनेमी दल है दाऊ ने सोचा और उनके स्नायु तन गये, किंतु देवकीनंदन उस छोटे से सैन्य दल को बड़े ध्यान से देख रहे थे, जैसे ही वो समीप आये उनका नेतृत्व कर रहे एक शालीन वृद्ध पास

आकर बोले, प्रणाम वसुदेव मेरा नाम सात्यक है, सादर प्रणाम श्रीकृष्ण के दोनों हाथ आपस में जुड़ गये और बलभद्र ने गहरी सांस ली, आज्ञा कीजिए श्रेष्ठी वसुदेव विनम्रता से बोले। बृज के उद्धारक वसुदेव कृष्ण को आज्ञा कौन दे सकता है बृजनंदन हम सब तो आपके शरणागत है प्रभु बोलते बोलते वृद्ध भावुक हो उठे, आज आपने हमें ही नहीं बल्कि सारे आर्यक्षेत्र को एक मदांध पिशाच और उसके पापी अनुचरों व दुष्ट मित्रों से मुक्ति दिलाई है वसुदेव कृष्ण हम सब आपके और बलभद्र के जीवनपर्यन्त ऋणी रहेंगे, हमारा अहोभाग्य श्रेष्ठी पर ये सिर्फ भगवान रूद्र की कृपा है और इससे पहले कि देवकीनंदन के शब्द पूरे होते वृद्ध के इशारे पर उनके सर्वश्रेष्ठ सैन्यदल ने अपनी तलवारें म्यान से खींचकर दोनों भाईयों के सम्मान में झुका दीं, सभी के कण्ठों से जयघोष प्रस्फुटित हुआ वसुदेव कृष्ण की जय, बलदाऊ भैया की जय, आज से हमारी निष्ठा और जीवन आपके लिये समर्पित है प्रभु, सबकी नजरें श्रीकृष्ण पर थी परंतु माधव की नजर श्रेष्ठी सात्यक के पीछे खड़े उस तरूण योद्धा पर थीं जो उन्हें निरंतर श्रद्धा और जिज्ञासा भरी नजरों से देख रहा था, शायद महान विष्णु के आठवें अवतार को उसकी उपयोगिता का अनुमान था, सामने आओ मित्र अपना परिचय दो वसुदेव बोले, मैं तत्काल सामने आया व अपनी तलवार वसुदेव कृष्ण के पैरों में रख दी और अपना दायां हाथ सैन्य अभिवादन की परंपरानुसार अपने सीने पर रखकर बोला, प्रभु मेरा नाम युयुधान है पर अधिकांश लोग मुझे मेरे पिता श्रेष्ठी सात्यक के नाम पर सात्यकि के नाम से भी संबोधित करते हैं मेरे पिता ने भी कृतज्ञता से हाथ जोड़ लिये, वसुदेव प्रेम और विश्वास भरी नजरों से मुझे निहार रहे थे शायद श्रीकृष्ण को पता था कि मैं ही वो योद्धा हूँ जो आने वाले समय में उनके विजय अभियानों में उनके मार्ग को सुगम करूँगा, मैं ही करूँगा आर्यावर्त की सर्वश्रेष्ठ नारायणी सेना का नेतृत्व, सत्य की प्रतीक अजेय नारायणी सेना और उस प्रचंड सेना का सेनापति सात्यकि, बलभद्र के चेहरे पर भी मुस्कान थी शायद शेषावतार को भी आने वाले समय

का पूर्वानुमान था, उठो मित्र वसुदेव ने मुझे उठाया उनके मित्र सम्बोधन से मैं बेहद भावुक हो उठा वसुदेव कृष्ण ने मेरी तलवार मेरे हाथों में दी और अपने दोनों हाथों से मेरे कन्धों को पकड़कर बोले मुझसे शिक्षा लोगे मित्र, मैं विस्फारित नेत्रों व रूंधे कण्ठ से त्रिलोकीनाथ के चरणों में लेट गया मेरा सौभाग्य प्रभु मेरा परम् सौभाग्य मेरा जीवन और मेरी निष्ठा सदैव आपके चरणों में समर्पित रहेगी जगदीश्वर, और सात्यकि शांत हो गये, मैंने कुछ क्षण इंतजार किया, फिर क्या हुआ आगे क्या हुआ मैं बोला पर कोई उत्तर नहीं, मैं अपने आप को प्यासा महसूस करने लगा यह क्या बात हुई मैं बच्चों की तरह अपने आप से मचल गया, फिर क्या हुआ, और फुसफुसाहट आई ज्ञात संघ के वंशज मैं कल फिर आऊँगा, मैं यंत्रवत बैठा रह गया, कल के अनंत इंतजार में।

तीसरी रात

# रणभूमि ही एक योद्धा की पहचान होती है।

मुझे लग रहा है कि दिसंबर 2023 से तुम्हारे जीवन में कुछ बदलाव आने वाला है, शाम को रितु मुझसे फोन पर बात करते हुए बोली, क्या मतलब किस तरह का बदलाव मैंने पूछा, तुम्हारी जन्म कुंडली में कुछ ग्रह अविश्वसनीय स्थान पर हैं देश के शीर्षस्थ ज्योतिषियों में अपनी जगह बना चुकी रितु बोली, मैं कुछ समझा नहीं ठीक से बताओ मैं अचानक उत्तेजित हो गया, तुम्हारी वर्तमान ग्रह दशा के मुताबिक तुम अध्यात्म से बेहद करीब से जुड़ने वाले हो पर ये बदलाव वानप्रस्थ नहीं बल्कि उससे भी उच्च स्तर का है लेकिन कमाल की बात यह है कि ये तुम्हारे वर्तमान कैरियर को प्रभावित नहीं कर रहे, और मेरे अंदर के फिल्म निर्देशक व संगीतकार ने राहत की सांस ली कोई बात नहीं जैसी महादेव की इच्छा और अपनी दोनों पुत्रियों विष्णुप्रिया व रिद्धिमा का हालचाल पूछकर मैंने फोन रख दिया ये सब करते करते रात के दस बज गये और मैं बैठे बैठे सोचने लगा कि नियति मुझे कहाँ ले जा रही है, मुझे कई बार ये अहसास हुआ है कि ईश्वर कहीं न कहीं मुझ पर मेहरबान है अचानक वही अप्रितम, अनबूझी और स्वर्गिक सुगंध मुझे अपने अंतर्मन में महसूस

होने लगी, मैं आ गया हूँ ज्ञात संघ के वंशज, और मैं आनंदित हो उठा मेरी आंखें भर आयी, स्वागत महान सात्यकि, मेरी अवस्था शायद सुदामा जैसी हो गयी थी, जो देवकीनंदन से अपने चने की पोटली छुपा रहे थे, असल में हम लोग अतिथियों को सत्कार स्वरूप कुछ खाद्य या पेय पदार्थ जरूर परोसते हैं पर उस कालजयी योद्धा को मैं क्या दे सकता था, तुम मुझे वो दे रहे हो ज्ञात संघ वंशज जिसे मुझे देने का वचन स्वयं वसुदेव कृष्ण ने दिया था इसलिए तुम स्वयं मेरे लिये एक उपहार की तरह हो, मैं चुपचाप सुन रहा था मेरी उंगलियों की पकड़ कलम पर सख्त हो गई, तो लिखो ज्ञात संघ वंशज मथुरा का दिव्य दरबार सजा हुआ था राजमहल के प्रांगण व राजसभा में सभी मंत्रीगण प्रबुद्धजन व कर्मचारीगण मौजूद थे खाली था तो सिर्फ एक स्थान मथुरा का राज सिंहासन हालांकि वसुदेव कृष्ण और दाऊ भैया के इस विजय अभियान के बाद भी यादव कुल के सरदार सत्राजित व अन्य प्रभावशाली लोग अपने हाव भाव से स्वयं को प्रभावशाली व ताकतवर साबित करने की कोशिश करते दिख रहे थे, तभी वयोवृद्ध मंत्री वीरसेन उठे और उन्होंने मथुरा के राजा हेतु वसुदेव कृष्ण के नाम का अनुमोदन कर दिया ये तो अवश्यंभावी भी था सारी राजसभा में जय जयकार होने लगी पर श्रीकृष्ण के चेहरे पर कोई भाव नहीं था, जब कोलाहल शांत हुआ तो देवकीनंदन का गंभीर स्वर गूँज उठा, राजकाज हेतु मेरा अनुभव नगण्य है इसलिए मैं इतनी बड़ी जिम्मेदारी को निभाने में असमर्थ हूँ अतएव मैं इस राज सिंहासन पर इसके वास्तविक अधिकारी व राजकाज में दक्ष अपने पूज्य नानाश्री महाराजा उग्रसेन का नाम प्रस्तावित करता हूँ, सारी सभा निशब्द और अवाक् थी, वृद्ध महाराज उग्रसेन की आंखों में आँसू थे, महाराज उग्रसेन की जय, वसुदेव कृष्ण की जय, दाऊ भैया की जय, मातृभूमि की जय के जयघोष से सारा सभागार गूँज उठा और वर्षों की प्रतीक्षा के बाद मथुरा और बृजभूमि को उसके वास्तविक जनप्रिय राजा मिले, वसुदेव कृष्ण और दाऊ प्रसन्न थे, मैं भी मुस्कुरा रहा था यह सोचकर कि ये अभागे दरबारी त्रिलोकीनाथ को एक ऐसे राज्य का सिंहासन सौंप रहे थे, जो एक अत्याचारी का

शापित सिंहासन था। कदाचित् इन सबको यह अहसास ही नहीं था कि वसुदेव कृष्ण का सिंहासन तो स्वयं ब्रम्हांड का संतुलन साध रही अनंत आकाश गंगा है। राज्याभिषेक समारोह के बाद हम सब मथुरा को सुदृढ़ करने में लग गये, नागरिकों व सेना का सशक्तिकरण शुरू हो गया साथ ही राजकीय सेना का शस्त्र प्रशिक्षण भी प्रारंभ हो गया और ज्ञात संघ के वंशज बेहद अल्प समय में ही मुझे वसुदेव कृष्ण और दाऊ भैया ने युद्ध के अनगिनत पाठ पढ़ा डाले, कदाचित् मैंने ऐसी युद्धकला अब तक किसी भी शिक्षक के पास नहीं देखी थी अभी सब व्यवस्थित ही हो रहा था कि वह सूचना आ ही गयी जिसकी आशंका सब को मन ही मन भयभीत कर रही थी, मथुरा का विश्वसनीय गुप्तचर जीवा राजसभा में आया और उसने एक कर्णभेदी समाचार दिया, मगध सम्राट जरासंध अपने दामाद कंस के वध का प्रतिशोध लेने हेतु अपनी वज्र सेना लेकर मथुरा की ओर अग्रसर हो गया है, यह सुनते ही चारों ओर सन्नाटा व्याप्त हो गया रोजाना दरबार में अकड़कर अपनी लौह तलवार लेकर बैठते योद्धाओं की लौह तलवारें लगा जैसे काष्ठ में परिवर्तित हो गयीं हों, मैं भी स्तब्ध था, सम्राट जरासंध प्रचंड योद्धा तो था ही पर उसके बारे में यह किवदंती थी कि उसे स्वयं देवी जरा का आशीर्वाद प्राप्त था इसीलिए वो लगभग अमर था और यही वो वजह थी जिस कारण जरासंध का आतंक सारे आर्यावर्त में व्याप्त था, वसुदेव कृष्ण शांत और स्थिर थे उन्होंने जीवा से पूछा हमारे पास कितना समय है गुप्तचर सिर्फ दस कार्य दिवस वसुदेव ग्यारहवें दिन शत्रुओं की सेना मथुरा की सीमा पर आ जायेगी गुप्तचर ने उत्तर दिया, शत्रुओं के संख्याबल का क्या अनुमान है बलभद्र ने पूछा, लगभग पांच लाख नियमित सैनिक, सात अन्य राजा व उनका छह लाख सैन्य दल, पचास रथी, तीस अतिरथी व दस महारथी प्रभु, सुनते ही महाराज उग्रसेन तो लगा जैसे सिंहासन से ही गिर पड़ेगें सही भी था शत्रु को मृत्युस्तर तक भयभीत कर देने के लिये सम्राट जरासंध का ही नाम पर्याप्त था, यहां तो सात राजाओं का संयुक्त बल भी उसके साथ था और मथुरा की सेना तो अभी तक ठीक से तैयार भी नहीं थी कोई मुकाबला

था ही नहीं ये युद्ध मथुरा शुरू होने से पहले ही हार गई थी, बस एक ही उम्मीद थी वसुदेव कृष्ण, हमारी सेना का क्या विवरण है कृतवर्मा वसुदेव ने पूछा, कुल एक लाख पच्चीस हजार सेनाबल है जिसमें पिचहत्तर हजार सैनिक यादव सरदारों के अधीन है कृतवर्मा बोला श्रीकृष्ण ने महाराजा उग्रसेन की ओर देखा पर महाराज के पास कोई शब्द नहीं थे और फिर देवकीनंदन का दैवीय स्वर राजसभा में गूँज उठा, मथुरा के योद्धाओं वो समय आ गया है जब मथुरा का राजसिंहासन वास्तविक खतरे में है मैं वसुदेव कृष्ण इस संकट काल में मथुरा नगरी के समस्त नागरिकों व राजसिंहासन को यह वचन देता हूँ कि मैं इस नगर की रक्षा करूँगा इस पर आये हर संकट को इससे दूर ले जाऊँगा शत्रु के हर आक्रमण को मथुरा से पहले मेरा और बलभद्र का सामना करना होगा, इस युद्ध में जो भी योद्धा और नागरिक मेरे साथ आना चाहें उनका स्वागत है और ज्ञात संघ के वंशज मैंने देखा शेषावतार की मुठ्ठी उनकी गदा पर कस गयी वो दो कदम आगे आये और अपने अनुज के कंधे पर उन्होंने अपना दायां हाथ रख बायें हाथ से अपनी दैवीय गदा को ऊपर उठा दिया लगा जैसे मथुरा का विजय ध्वज अनंत आकाश की ओर विजयी भाव से उड़ चला हो, मैं भी अपनी दुधारी खींच तत्काल अपने प्रभु के पास आकर दहाड़ा मथुरा के शत्रुओं को हम समूल नष्ट कर देगें प्रभु, वसुदेव कृष्ण की जय मेरे कण्ठ से निकले इस जयघोष के साथ मथुरा शहर के कोने कोने से वसुदेव कृष्ण की जय, महाराज उग्रसेन की जय, बलराम भैया की जय के उद्घोष अपनी अनंत ऊर्जा के साथ प्रस्फुठित हो उठे और होते भी क्यूं नहीं यह उनके प्रभु का युद्धघोष था, यह आदेश गिरिराज गोवर्धन को अपनी तर्जनी पर धारण करने वाले केशव का था, फिर क्या हुआ मैंने उत्तेजनावश योद्धा से जल्दी से पूछा।

ज्ञात संघ के वंशज फिर मैंने देखा प्रभु श्रीकृष्ण का बुद्धि चातुर्य, सात्यकि अपनी धुन में बोलते जा रहे थे मैंने देखी वसुदेव कृष्ण की वह अभेद्य व्यूह रचना जिसे कदाचित् जरासंध तो क्या स्वयं मृत्युदेव भी भेदने में असफल हो जाते, सिर्फ नौ कार्य दिवस है हमारे पास राजमहल के

मथुरा
अन्य राजा
हस्तिनापुर
से
सुरक्षित
कृतवर्मा, शतधन्वा व
सत्राजित
उत्तरी द्वार
पूर्वी द्वार
पश्चिमी द्वार
दक्षिणी द्वार
सात्यकि व सैन्य दल
श्री कृष्ण व बलराम
शाल्व सेना
जरासन्ध

मंत्रणा कक्ष में जहाँ मथुरा के सब योद्धा मौजूद थे केशव बोले, इन नौ कार्य दिवसों में हमें अपनी व्यूह रचना पूरी करनी है, सर्वप्रथम हमें जरासंध की सेना के आगमन का हर रास्ता अवरूद्ध कर देना है और श्रीकृष्ण मथुरा के मानचित्र पर झुक गये।

उत्तरी दिशा से क्यूंकि मथुरा को हस्तिनापुर से कोई खतरा नहीं इसलिए उत्तरी द्वारा सुरक्षित है, दाऊ भैया सर्वप्रथम अपने दल के साथ पूर्व दिशा से शुरू कर दक्षिण व पश्चिम दिशाओं में स्थित आम नागरिकों सहित अन्न व अन्य जरूरी खाद्य पदार्थों व उपयोगी वस्तुओं को मथुरा नगरी में ले आयेंगे एवं साथ ही अपने पीछे सभी पेय श्रोतों व खाद्य श्रोतों को नष्ट कर देगें ताकि शत्रु सेना को रसद न मिले और युद्ध हेतु नये योद्धाओं का चुनाव करेंगे, दाऊ भैया ने सर हिलाकर मौन स्वीकृति दी, मथुरा के सभी श्रमजीवी व शिल्पकार सारे नगर की दीवारों की मरम्मत व सभी मुख्य मार्गों व प्रवेश द्वारों पर अवरोधों की श्रृंखला बनायेंगे स्मरण रहे अवरोध ऐसे हों जिससे एक बार में सिर्फ चार शत्रु ही नगर में प्रवेश कर पायें, दक्षिणी द्वार से जरासंध स्वयं हमला करेगा इसलिए वहां मैं और दाऊ भैया दस हजार प्रमुख सैनिकों के साथ उसका सामना करेंगे, पूर्वी द्वार पर संयुक्त राजाओं की सेना रहेगी वहां सत्राजित, कृतवर्मा व शतधन्वा पच्चीस हजार सेना सहित रहेंगे, दक्षिणी द्वार से शाल्व आक्रमण करेंगे वहां सात्यकि दस हजार की अरिष्टनेमी सेना के साथ रहेंगे, ध्यान रहे हमें अपने सभी द्वारों की रक्षा करनी है शेष सेना महाराज उग्रसेन के नियन्त्रण में मुख्य महल में हर वक्त तैयार रहेगी, भगवान रूद्र से प्रार्थना करो कि उसके सहयोग और सहायता की आवश्यकता का अवसर न आये हम सभी खामोश थे सिर्फ मौन स्वीकृति, सब सुन रहे थे जगदीश्वर को क्यूंकि वही हम सबकी आखिरी उम्मीद थे, आप सब अपनी अपनी तैयारी कीजिए सारे योद्धा वसुदेव कृष्ण को प्रणाम कर जाने लगे अंत में श्रीकृष्ण के पास सिर्फ मैं बचा था श्रीकृष्ण मुझे अपलक देख रहे थे मेरी आंखों में उनके प्रति कृतज्ञता के आँसू आ गये मुझ पर भरोसा करने के

लिए आभार प्रभु मेरे दोनों हाथ श्रद्धा से जुड़ गये, मेरे नेत्र उनकी आराधना में बन्द हो गये **देवकीनंदन सर्वदा विजयते** मैंने मन ही मन दुहराया, तभी कृष्ण बोले तुम मुझे बेहद प्रिय हो सात्यकि और ये संग्राम तुम्हारे जीवन में आने वाले अनंत युद्धों और विजय अभियानों का एक श्रीगणेश मात्र है, मेरे नेत्र खुले और मैंने देखा प्रभु श्रीकृष्ण के दाहिने हाथ में एक दिव्य धनुष चमचमा रहा था, उन्होंने वह धनुष मेरे हाथों में दिया और उसे थामते ही मुझे ऐसे लगा जैसे मैंने देवराज इंद्र का वज्र थाम लिया हो मैंने उस दिव्य धनुष को दोनों हाथों से उठाकर माथे से लगा लिया, केशव के स्वर गूँज रहे थे यह नारायण धनुष है सात्यकि जब तक यह तुम्हारे हाथों में है मित्र तुम अजेय हो तुम्हारा तुणीर अक्षय रहेगा और तुम्हारे बाण शत्रुओं के हृदय में ऐसे प्रवेश करेंगे जैसे मेघराज की बूंदें प्यासे रेगिस्तान में प्रवेश करती हैं चलो मित्र साथ मिलकर हम शत्रु को वह देते हैं जिसकी उसे अभिलाषा है **मृत्यु**। ज्ञात संघ के वंशज वो दिन आ ही पहुँचा मैं मथुरा के उत्तरी द्वार पर था मेरे साथ थी मथुरा की अरिष्टनेमी सेना मैं अपने वज्र रथ पर सवार था मेरा सारथी विद्युत मेरे साथ था, मेरे वाम पक्ष को संभाल रहा था युद्धाजित मथुरा की सेना का एक जाबांज सिपहसालार और हमारे सामने था शाल्व सेना का भयंकर ज्वार, इसे जरासंध का डर कहें या कृष्ण के प्रति शाल्वों की द्वेष भावना उन्हें देखकर ऐसा महसूस हो रहा था जैसे वो ये युद्ध खुद ही के लिये लड़ने आये हैं तकरीबन ढेढ़ लाख की शाल्व सेना का नेतृत्व कर रहा था शाल्व देश का दुर्जेय योद्धा पवनाक्ष, मैंने सुन रखा था कि वो युद्ध में वायु की भांति प्रचंडता से आक्रमण करता है इसलिए यह नाम उसे शाल्व राजा ने स्वयं दिया था, शाल्व सेना की ओर से प्रचंड शंख ध्वनि के साथ युद्ध का बिगुल बज उठा और ज्ञात संघ के वंशज मैं अपना नारायण धनुष थाम कर गरज पड़ा यादव श्रेष्ठों आज इन शाल्वों को दिखा दो कि वसुदेव कृष्ण की सेना के सामने इन सबकी अहमियत तुच्छ कीणों के समान है मेरे आह्वान पर मथुरा की मुठ्ठी भर अरिष्टनेमी सेना मेरे

साथ युद्ध की देवी माँ काली व वसुदेव कृष्ण का जयघोष करते हुए शाल्वों पर टूट पड़ी, हत्प्रभ शाल्वों की सेना के पैर इस अकस्मात तूफान से उखड़ने लगे क्यूंकि शायद उन्हें ये उम्मीद ही नहीं थी कि मथुरा की सेना का छोटा सा दल उन पर सीधा आक्रमण कर देगा, जब तक वो संभलते तब तक मथुरा की अरिष्टनेमी सेना ने शाल्वों की अग्रिम पंक्ति को गाजर मूली की तरह काटकर फेंक दिया, तभी इस रक्तपात के बीच अचानक शाल्व सेना के केन्द्र से एक सांकेतिक बाण हवा में प्रक्षेपित हुआ और देखते ही देखते अविश्वसनीय गति से शाल्वों का व्यूह परिवर्तित हुआ एक तुमुल घोष के साथ मैं और मेरी सेना शाल्वों के वक्राकार व्यूह में बुरी तरह घिर गयी, मैंने देखा पश्चिमी द्वार पर सिर्फ दो हजार योद्धाओं के साथ मेरा सिपहसालार युद्धाजित शाल्व सेना के ज्वार को थामे हुए था, अब हमारे व पश्चिमी द्वार के सैन्य दल बीच तकरीबन पच्चीस हजार शाल्व सैन्य दल था, मुझे तत्काल अपनी भूल का अहसास हुआ युद्ध व्यूह के अनुसार हमें मथुरा के प्रवेश द्वारों की सुरक्षा करनी थी पर अब कुछ नहीं हो सकता था, मेरी आठ हजार संख्या बल की सेना लगभग एक लाख शाल्व सैनिकों से घिरी थी, तभी मेरे कानों में गूँजे वसुदेव के स्वर हम उन्हें वो देगें मित्र जिसकी उन्हें अभिलाषा है मृत्यु, चतुरंगी व्यूह आरंभ करो मैं गरज पड़ा और हमारी सैन्य टुकड़ी तत्काल चतुरंगी व्यूह में निबद्ध हो गयी, मथुरा के दो दो हजार दुर्दम्य योद्धा भयंकर युद्ध करते हुऐ बढ़ चले अपनी अपनी ओर का मैदान साफ करने, विद्युत ने मेरे रथ के सारे मारक चक्र खोल दिये और ज्ञात संघ के वंशज फिर उठा मृत्यु का तूफान मेरे नारायण धनुष और मेरी अरिष्टनेमी अश्वसेना की तलवारों ने युद्ध भूमि में रक्त मंथन कर दिया, सर्पव्यूह में प्रचंड गति से दौड़ रहे मेरे रथ के मारक चक्रों व मेरे धनुष से निकल रहे बाणों ने शाल्वों के व्यूह को बुरी तरह हिला दिया। मेरी युद्धाश्व सैन्य टुकड़ी के योद्धा मेरे रथ के साथ कहर बरपाते हुए शाल्वों की सेना को बुरी तरह रौंद रहे थे, मेरी रक्त की प्यास बढ़ती

जा रही थी, मुझे दिख रहे थे सिर्फ और सिर्फ शत्रुओं के नतमस्तक सिर, मैं मेरा धनुष और तुड़ीर जैसे एकाकार हो गये थे, मुझे लग रहा था जैसे मैं प्यासा हूँ रक्त का प्यासा, वसुदेव कृष्ण के दुश्मनों का रक्त तभी मेरे सामने अपनी सेना को संबल देता हुआ पवनाक्ष आ गया, एक शानदार अभेद्य कवचधारी रथ पर सवार उस योद्धा ने मुझ पर सीधे आक्रमण किया हम दोनों के बीच बाणों का आदान प्रदान शुरू हो गया, उसके हर बाण का जवाब मेरे तुणीर में था, हम दोनों के बाण एक दूसरे के बाणों को निष्फल कर रहे थे, एक पल तो ऐसा आया जब लगा युद्ध भूमि में सिर्फ हम दोनों ही हों, सांय सांय की ध्वनि के साथ हर पल सिर्फ बाण ही बाण दिखने लगे, दोनों सेनायें भी युद्ध रोककर हमारे द्वंद्व को देखने लगीं, तभी तीव्र बाण वर्षा के बीच मेरे चंद्रास्त्र ने शाल्व सेनापति के धनुष के दो टुकड़े कर दिये, हत्प्रभ दिख रहे पवनाक्ष के दक्ष सारथी ने तत्काल उसका रथ मेरी ओर वायुवेग से दौड़ा दिया कदाचित् वो अपने स्वामी को समय देना चाहता था, पर मेरा सारथी विद्युत था, दुगुनी गति से मेरा रथ उसके रथ की ओर दौड़ा और पास आते आते मेरे बाणों ने शाल्व सेनापति के सारथी को मृत्युलोक पहुँचा दिया, जैसे ही पवनाक्ष का चालकविहीन रथ अनियंत्रित हो मेरे रथ के सामने आया विद्युत ने मेरे रथ को चपलता से बायें मोड़ते हुए वज्र रथ के दाहिने पहिये का लौह सुरक्षा चक्र खोल दिया तीव्र गति से धड़धड़ाते हुए लौहचक्र ने पवनाक्ष के रथ के दांये भाग को आसानी से काट दिया पर उससे कुछ क्षण पहले ही स्थिति भांप शाल्व सेनापति अपनी तलवार खींच कर रथ से बाहर कूद चुका था विद्युत ने बायें पक्ष पर जबरदस्त घुमाव लेते हुए रथ को सीधे स्थिर किया अब हम दोनों आमने सामने थे, पवनाक्ष ने अपनी तलवार मुझे देखते हुए हवा में उठा दी और स्तब्ध खड़ी अपनी सेना को ललकारा युद्ध करो सबको कत्ल कर दो, दोनों सेनायें फिर से आपस में प्राणपण से गुँथ गयी, मैं अपनी दुधारी खींचकर अपने रथ से ठीक पवनाक्ष के सामने कूद पड़ा, क्रोध में उन्मत हो चुके

पवनाक्ष ने अपनी तलवार का एक भरपूर वार मेरी ग्रीवा पर किया और मैंने झुककर उस वार को बचाते हुए अपनी दुधारी तलवार को दांये से यंत्रवत वाम दिशा में अर्धचन्द्राकार घुमाते हुए आसमान की ओर प्रक्षेपित कर दिया, अगले ही पल तलवार की लय और वायु के शानदार संतुलन के साथ मेरी तलवार ने अपनी झौंक में आगे आये पवनाक्ष का सर उसके धड़ से अलग कर आसमान में उछाल दिया, मैं तनकर खड़ा था रक्त से सनी तलवार थामे मेरा हाथ हवा में था, वसुदेव कृष्ण की जय मेरे कंठ से निकले जयघोष को सबने सुना, मथुरा के भगवान की जय। शाल्व सेना में हाहाकार मच गया जिसे जिधर रास्ता मिला वो उधर ही भाग खड़ा हुआ पश्चिमी द्वार पर जीत हुई, मैंने वीर योद्धा पवनाक्ष के सम्मान में अपनी तलवार झुकाकर उसे वीरोचित प्रणाम किया, इस युद्ध में मेरे छह सौ सैनिकों ने अपना बलिदान दिया पर मथुरा ने शाल्वों के हृदय को कभी खत्म न होने वाले आतंक से भर दिया, पूर्वी द्वार पर सत्राजित, कृतवर्मा, शतधन्वा के नेतृत्व में मथुरा की सेना ने संयुक्त राजाओं के सैन्य बल को बुरी तरह रौंदकर रख दिया सत्राजित की धनुर्धारी सैन्य टुकड़ी और शतधन्वा की गदा व कृतवर्मा की तलवार ने कहर बरपा दिया, और ज्ञात संघ के वंशज फिर गुप्तचरों और मथुरा की सेना के मुख से मैंने सुनी वो अविश्वसनीय रणनीति और सम्राट जरासंध की पराजय की कहानी कैसे श्रीकृष्ण और दाऊ भैया ने जरासंध और उसके विशाल सैन्य दल को नाकों चने चबवा दिये, शेषावतार और उनके गदाधारी शिष्यों ने सिंहों के समूह की भांति मुख्य केन्द्र में विध्वंसक प्रहार करते हुए जरासंध की अरिष्टनेमी सेना को दौड़ा दौड़ा कर मारा, दाऊ भैया के भयंकर हल ने जरासंध और उसके मित्र राजाओं की सेनाओं के सागर को चीर डाला और वहीं योगेश्वर कृष्ण ने मथुरा की गलियों में जरासंध की सेना का निर्ममता से वध किया वसुदेव कृष्ण की तलवार और सुदर्शन का शत्रुदल के पास कोई जवाब नहीं था, जरासंध की अजेय धनुर्धारी सेना ने केशव के शारंग से छूटे बाणों के चक्रवात के सामने

घुटने टेक दिये, ज्ञात संघ के वंशज कदाचित् कोई भी शूरवीर युद्ध के दौरान ये दावा नहीं कर सकता था कि वो केशव के हस्तलाघव की तीव्रता को माप सके, भयंकर युद्ध में दाऊ भैया की गदा के भीषण प्रहार से जब जरासंध का रथ टूट कर बिखरा तो वो भीरू मृत्यु के भय से अपना मुकुट और अपने शस्त्र फेंककर साधारण सैनिकों की तरह भाग लिया, वो तो भला हो मगध सेना के सेनापति का जिसने दाऊ भैया से अपनी सैन्य टुकड़ी और अपना सर फुड़वाकर जरासंध को भागने का अवसर प्रदान कर दिया, हकीकत तो यह है ज्ञात संघ के वंशज इन दोनों भाईयों को किसी भी योद्धा की जरूरत थी ही नहीं ये दोनों तो कदाचित् समूची धरा को अकेले विजित करने की क्षमता रखते थे, इस शानदार विजय के पश्चात मथुरा की राजसभा में मेरे प्रभु ने मुझे महारथी व एक अक्षौहिणी सेना के स्वामी का सम्मान प्रदान किया, जबकि यह विजय सिर्फ और सिर्फ श्रीकृष्ण और दाऊ भैया की थी हम सब तो उनके अनुयायी थे, पता नहीं वे मुझ पर इतने दयालु और स्नेही क्यूं थे उनकी इतनी अनुकंपा मुझ पर क्यों थी, इसका कोई जवाब मेरे पास नहीं था, मेरे पास था तो सिर्फ उनका प्रेम, समर्थन और मेरे ऊपर उनका अटूट विश्वास, मैंने मन ही मन प्रार्थना की, माँ दुर्गा मुझे शक्ति देना, मैं अपने प्रभु का सम्मान हमेशा कायम रख सकूं और खामोशी मैंने थोड़ा इंतजार किया फिर क्या हुआ महान सात्यकि, फिर क्या हुआ लेकिन शांति, मैं समझ गया मैंने घड़ी देखी रात के ढाई बज गये थे मैं भूखा प्यासा बैठा था पर ये भूख और प्यास सिर्फ उस गाथा की थी जिसे मैं सुन रहा था, इतनी खुशी इतनी जिज्ञासा और इतनी प्यास मुझे कभी नहीं लगी मैंने अपनी कलम रख दी, पता नहीं अब सो पाऊँगा कि नहीं, क्यूंकि मेरी नियति थी सिर्फ इंतजार, इंतजार द्वापर के अजेय योद्धा का।

चौथी रात

# परिवार का परिचय तो विषय मात्र है, असल में स्वयं का परिचय ही वास्तविक गौरव है।

आज करीब सायं चार बजे मैं अपनी कार लेकर वेस्टर्न एक्सप्रेस वे से बांद्रा होते हुए वर्ली सी लिंक के विहंगम नजारों का आनन्द लेते हुए पेडर रोड स्थित श्री बाबुलनाथ मंदिर पहुँच गया, कहते हैं महादेव शिव के इस पवित्र मंदिर का अस्तित्व मुम्बई की कुलदेवी माँ मुम्बा देवी से भी पूर्व का है। एक ओर जहाँ माँ का स्थान बाबुलनाथ के पूर्व दिशा में है वहीं उत्तर दिशा में माँ महालक्ष्मी हैं और दक्षिण में रहस्यमयी अजंता ऐलोरा एवं पश्चिम में समुद्रदेव मैंने महादेव के दर्शन कर उन्हें जल व चंदन समर्पित किया व मन ही मन उनकी कृपा व सहज दर्शन हेतु कृतज्ञता प्रकट करते हुए उनके सम्मान में दण्डवत हो गया लौटते समय शाम होने लगी थी और मुम्बई धीरे धीरे रोशन हो रही थी, इस समय

का दृश्य बड़ा मनोहारी होता है धीरे धीरे मंथर गति से आगे बढ़ रहे ट्रैफिक साथ साथ मैं खुद के बारे में सोचने लगा तकरीबन 200 वर्ष पूर्व मेरे पूर्वज राजस्थान के पाली अंचल से आकर प्राचीन आगरा शहर के ग्रामीण क्षेत्र में बस गये थे और उस जगह का नाम रखा जौनई पाली से मूल सम्बन्ध होने के कारण हमारा गोत्र पैलवार पड़ गया था मेरी वंशावली में मेरे परदादा चौ॰ मौहर सिंह, मेरे दादा गोपी सिंह, मेरे पिता श्री उजागर सिंह मुझे इतना ही याद है, हमारी कुलदेवी पाली माता है जिनका पवित्र मंदिर राजस्थान के पाली गांव में है और मुझे याद आ गयी मेरी माँ स्व॰ प्रकाशवती अपना सारा समय और जीवन अपने बच्चों पर लुटा देने वाली माँ, मेरी आंखों में आँसू छलक आये, मैं ड्राइव करते करते अपनी सोसायटी में पहुँच गया मैंने कार को पार्किंग में खड़ा किया और अपने फ्लैट का ताला खोलकर सारी लाइटें ऑन कर दी और रैफ्रिजरेटर से एक एप्पल जूस की कैन निकालकर टेबल पर बैठ गया, मैंने कैन का कैप खोला और एप्पल जूस मेरे गले में उतरने लगा तभी वो प्यारी सी खुश्बू फैल गयी, तैयार हो ज्ञात संघ के वंशज द्वापर का योद्धा आ गया था, प्रणाम सात्यकि मैं तैयार हूँ मैंने उत्तर दिया मेरी कलम पर पकड़ सख्त हो गयी पर मैं कुछ उलझन में था, महान योद्धा मुस्कराया कुछ पूछना चाहते हो पूछो डड्डू भाई मेरी हैरत का ठिकाना नहीं रहा सात्यकि मेरा मन पढ़ रहे थे, बचपन में मेरे दिवंगत भाई स्वर्गीय प्रबल प्रताप सिंह व मेरे दिवंगत चाचा स्वर्गीय कमल सिंह और कभी कभी मेरे पिता मुझे इस नाम से सम्बोधित करते थे और मुझे बहुत अच्छा लगता था मैंने योद्धा से अपनी उत्सुकता प्रकट की आप जैसे महान शख्स के माता पिता और परिवार के बारें में भी इस युग के जिज्ञासुओं को पता लगना चाहिए, महान सात्यकि, प्रश्न सबका नहीं तुम्हारा है ज्ञात संघ के वंशज तुम क्या चाहते हो वसुदेव कृष्ण ने मुझे सिर्फ तुम्हारी जिज्ञासा व प्रश्नों के लिये प्रतिबन्धित किया है ये आदेश सिर्फ तुम्हारे लिये है सात्यकि बोले, मेरे हाथ स्वयमेव जुड़ गये मैं सिर्फ और सिर्फ कृतज्ञ हूँ

आप जो कहेंगे मैं तो वही लिखूँगा, तो ठीक है ज्ञात संघ के वंशज सबसे पहले तुम्हारी जिज्ञासा का अंत फिर मेरी गाथा, मैं यानी स्वयं अपने आप की खोज सरल नहीं होती, मैं को खोजते खोजते कभी कभी आप उस अवस्था में पहुंच जाते हैं जहाँ आपको महसूस होता है कि शायद आपको अपने वर्तमान या स्वयं पर ही संतोष कर लेना चाहिये पर मेरा सौभाग्य है कि मेरा वंश कीर्ति और शौर्य से भरा हुआ है। मेरा एक नाम युयुधान भी है, मैं वृष्णि वंश से सम्बन्ध रखता हूँ भगवान विष्णु के वंशज, हमारी वंशावली महान राजा नहुश, ययाति, शताजित, कार्तवीर्याजुन जैसे मेरे पूर्वजों की वीरगाथा से सजी है जिन्हें देवताओं के साथ कंधे से कंधा मिलाकर युद्ध करने का सम्मान प्राप्त हुआ, जिन्होंने अपनी वीरता से न सिर्फ हमारे कुल को बल्कि समूचे ब्रम्हांड को गौरवान्वित किया ज्ञात संघ के वंशज मैं युद्ध के आभूषण युद्धाजित के पुत्र महान शिनि का प्रपौत्र हूँ, मेरे पिता सात्यक के नाम पर मुझे मेरा नाम सात्यकि मिला किंतु वसुदेव कृष्ण मुझे सत्य का रक्षक सात्यकि कहते हैं हालांकि मैं उनके इस प्रेम और सम्मान के सामने नतमस्तक हूँ, जो अवसर व सम्मान मेरे प्रभु ने मुझे दिया वो कदाचित् मेरे किसी भी पूर्वज को प्राप्त नहीं हुआ, जरा सोचो मेरी अवस्था त्रिलोक के स्वामी महाविष्णु के आठवें अवतार आपको उनके वचन की सुरक्षा का भार दें, आपको अमृत सदृश वरदान दें और स्वयं आपको शस्त्र व शास्त्र से शिक्षित करें, मुझसे ज्यादा भाग्यशाली और कौन होगा तुम लिखते रहो ज्ञात संघ के वंशज अभी तो ये शुरूआत है, समय रथ अपनी तीव्र गति से दौड़ रहा था और श्रीकृष्ण व दाऊ भैया मथुरा के सर्वांगीण विकास पर अपनी पूरी क्षमता और मजबूती से जुटे हुए थे, सारे नागरिक व सैन्यदल अपनी पूरी क्षमता से नगर को आर्थिक, सामाजिक व रणनीतिक रूप से सुदृढ़ कर रहे थे, मेरी शस्त्र शिक्षा उच्च शिखर पर थी, शीघ्र ही मेरे प्रभु एवं दाऊ भैया ने मुझे एक साधारण सैनिक से एक खतरनाक योद्धा में परिवर्तित कर दिया, ऐसे विनाशक शस्त्र व गजब की युद्धनीतियाँ और व्यूह रचना जो कदाचित्

द्वापर में भार्गव श्रेष्ठ परशुराम के अलावा किसी ने सोची भी न हों उन्हें सीखने का अवसर मुझे प्राप्त हुआ, हालांकि उस समय अन्य राज्यों में भी काल तक को चुनौती देने में सक्षम योद्धा मौजूद थे जिनमें गंगापुत्र भीष्म, शल्य, आचार्य द्रोण, कृपाचार्य, जरासंध आदि प्रमुख नाम थे पर मुझे संदेह था कि इनमें से कोई भी युद्ध के उस सर्वोच्च स्तर तक अपनी पहुँच रखता होगा जिस स्तर पर वसुदेव कृष्ण और दाऊ भैया थे शस्त्र संधान के समय इन दोनों भाइयों की एकाग्रता और बिना किसी स्नायु पर भार दिये सहज शस्त्र संचालन ज्ञात संघ के वंशज निःसंदेह वे उस वक्त ब्रम्हांड के सर्वश्रेष्ठ योद्धा थे। अगर कहूं तो ये अतिश्योक्ति नहीं होगी कि उस समय की सबसे दुर्जेय व्यूह व युद्धनीतियों के आविष्कारक थे मेरे प्रभु वसुदेव कृष्ण और उन्हीं के निर्देशन में विकसित हो रही थी एक विशेष नारायणी सेना स्वयं नारायण की नारायणी सेना, मुझे व यादववीर कृतवर्मा को इस सेना के एक एक भाग का सेनापति नियुक्त किया गया, एक विशिष्ठ भाग का अधिकार दाऊ भैया के अधीन था, महान बलराम के उस गदाधारी सैन्यदल के सामने आने की सोचने मात्र से ही शत्रु दलों की हालत देखने लायक होती थी, कहीं कोई चुनौती नहीं थी ज्ञात संघ के वंशज शत्रु सेनाओं में यह किवदंती थी कि युद्ध में शेषावतार के दल को संबल स्वयं धरती माँ देतीं है, यही कारण था कि जब जब दाऊ युद्ध में उतरे तब तब शत्रुदल और आर्यावर्त के बड़े बड़े महारथी उनके सामने तिनके की तरह उड़ गये, ऐसा लगता था जैसे दाऊ के रथ की वल्गा मानस रूप में स्वयं मृत्युदेव संभालते थे, उस काल खण्ड के प्रचंड योद्धा भी दाऊ से नजरें नहीं मिलाते थे। ऐसे माहौल में मेरा प्रशिक्षण व विजय कार्य दोनों ही चल रहे थे, ज्यादा समय नहीं बीता कि जीवा फिर हाजिर था एक बार फिर से वही अशुभ सूचना जरासंध इस बार पूरी तैयारी से आक्रमण की तैयारी कर रहा है और उसके साथ इस बार शाल्व, त्रतायु, वामिक, गोनर्द, दंतनका, सोमरू, विंदूरथ, चेकितान, जयद्रथ जैसे राजा भी अपनी प्रचंड तैयारियों के साथ आने वाले है, समाचार सुनते ही सत्राजित,

कृतवर्मा, शतधन्वा, अक्रूर जैसे लोगों के माथे पर परेशानी की लकीरें खिंच गयी ऐसा लग रहा था जैसे एक बार फिर से आने वाले इस युद्ध की विभीषिका उन्हें परेशान कर रही है। यही मानव स्वभाव है ज्ञात संघ के वंशज विपत्ति के समय हम लोग ईश्वर का भी साथ छोड़ देते हैं, बुझे मन से ही सही पर ये सब लोग एक बार फिर युद्ध की तैयारियों में लग गये लेकिन वसुदेव कृष्ण सब समझ रहे थे और शीघ्र ही रात्रि के प्रथम प्रहर के समय मैं वसुदेव कृष्ण के सामने खड़ा था, मित्र सात्यकि मुझे एक वचन दोगे केशव बोले, आप आज्ञा करें प्रभु मैं प्रस्तुत हुआ, सात्यकि तुम मेरी अनुपस्थिति में मथुरा शहर की प्रजा और नगर की रक्षा का दायित्व संभालोगे, अपने रक्त की अंतिम बूंद तक प्रभु मैं बोला पर मेरी कुछ समझ में नहीं आ रहा था प्रभु हम सब तो आपके मार्गदर्शन में रहते हैं और भला आपके रहते मथुरा को किसका भय, और ज्ञात संघ के वंशज माखनचोर ने फिर वो कहा जो सीख संपूर्ण ब्रम्हांड के योद्धाओं के लिये थी, जो सीख अपनी सेना और अपनी प्रजा को अपनी जीत के लिये काल के मुख में झौंक देने वाले शासकों के लिये थी। जरासंध और उसके साथी राजा मुझसे द्वेष रखते हैं मित्र और जब मैं ही मथुरा में नहीं रहूँगा तो वो आक्रमण किस पर करेंगे वैसे भी मैं कदापि यह नहीं चाहता कि मथुरा की सेना का कोई भी योद्धा मेरे साथ अनिच्छा से युद्ध करे, मैं इस युद्ध को मथुरा से बहुत दूर ले जाऊँगा जरासंघ और उसकी सेना सिर्फ और सिर्फ मेरे पीछे होगी, सुनते ही मैं सन्न रह गया नहीं केशव जरासंध की सेना को मैं तिनकों की भांति बिखेर दूंगा, आप मुझे अवसर दीजिए कहते हुए मैं वसुदेव के पैरों में गिर पड़ा आप कहीं मत जाइये, फिर भी अगर आपका यही निर्णय है तो मैं आपके साथ चलूंगा प्रभु, नहीं मित्र मथुरा सिर्फ तुम्हारे धनुष के साये में सुरक्षित हैं जरासंध को मुझसे युद्ध चाहिये और वो उसे मिलेगा फिर ये मत भूलो सात्यकि मेरे साथ दाऊ हैं और बलभद्र के रहते कृष्ण को ज्यादा श्रम नहीं करना पड़ेगा, मगध नरेश तो छोड़ो कदाचित् सारे ब्रम्हांड की फौज भी दाऊ के

सामने विंदूषकों का झुण्ड मात्र है और मेरे जाने के पश्चात भी अगर जरासंध ने मथुरा को छेड़ा तो तुम यादव श्रेष्ठों के साथ उस मूर्ख को दिखा देना कि बृज के योद्धा कृष्ण की अनुपस्थिति में कृष्ण से भी ज्यादा निमर्म हैं, जाओ सेना और गुप्तचरों को सुदृढ़ करो, जैसी आपकी आज्ञा केशव पर आप जा कहाँ रहे हैं, छलिया के होठों पर वही निश्छल मुस्कान थी, मैं कल अपने जीवन के कुछ और अमूल्य पलों और अध्यायों की शुरूआत करने जा रहा हूँ सात्यकि, और ज्ञात संघ के वंशज अगले दिन अचानक आर्यावर्त के सवश्रेष्ठ आचार्य महान संदीपनी मुनि राजसभा में पधारे व उन्होंने महाराज उग्रसेन से वसुदेव कृष्ण और दाऊ भैया को अपने आश्रम हेतु मांग लिया, कदाचित् सर्वश्रेष्ठ गुरू भी सर्वश्रेष्ठ शिष्यों की खोज करते रहते हैं। हम सबने और समूची मथुरा ने भी राहत की सांस ली क्यूंकि मुनिश्रेष्ठ के आश्रम पर आक्रमण का साहस उस काल खण्ड में किसी भी राजा में नहीं था असल में मुनिश्रेष्ठ के आश्रम में समूचे आर्यावर्त के राजकुमार वेद व शस्त्र शिक्षा प्राप्त करते थे इस वजह से समूचा आर्यावर्त आश्रम की रक्षा हेतु प्रतिबद्ध था, वहीं दूसरी ओर कृष्ण की अनुपस्थिति में मथुरा पर आक्रमण का कोई कारण नहीं था और किसी भी अकारण आक्रमण की दशा में मथुरा को निश्चित मदद मिलती हस्तिनापुर से क्यूंकि राजमाता कुंती वसुदेव की बहन थी और देवव्रत गंगापुत्र भीष्म के क्रोध से जरासंध तो क्या मृत्यु के दूत भी घबराते थे, पितामह भीष्म आर्यावर्त में अजेय थे कहा जाता था कि समूचे आर्यावर्त को अकेले थामने की क्षमता इस महायोद्धा में थी, कुल मिलाकर मथुरा फिलहाल सुरक्षित थी, बिना लड़े जरासंध एक बार फिर से पराजित हो गया वाह केशव क्या रणनीति थी, क्या खेल खेला छलिया ने जरासंध और उसके साथी इस समाचार से चक्कर खा गये, उधर यज्ञोपवीत संस्कार के पश्चात गुरू के सानिध्य में प्रभु और भैया दाऊ का शास्त्र एवं शस्त्रों का प्रशिक्षण शुरू हुआ इधर हम लोग मथुरा को और मजबूत करने में जुट गये। निःसंदेह प्रभु की अनुपस्थिति में हम लोग धन

की कमी से जूझ रहे थे परेशान हो मैंने व्यक्तिगत रूप से यादव सरदार सत्राजित से मदद हेतु अनुरोध भी किया क्यूंकि उनके पास धन का अदम्य स्रोत स्यमंतक मणि थी पर उन्होंने मेरा अनुरोध ठुकरा दिया, सभी को अपनी आवश्यकता का निर्वहन स्वयं करना चाहिए सात्यकि चाहे वो आपकी व्यक्तिगत हो या सामूहिक सत्राजित ने दो टूक उत्तर दिया, मैं भी चुपचाप जैसा साधन उपलब्ध था उसी में अपना सर्वश्रेष्ठ करने लगा, मथुरा के गुप्तचरों से हमें निरंतर दाऊ भैया व केशव के समाचार मिल रहे थे, गुरू संदीपनी के सर्वश्रेष्ठ मार्गदर्शन व शिक्षा ने केशव को कदाचित् उस समय विश्व का सर्वश्रेष्ठ धर्नुधर बना दिया था, केशव ने वो कर दिखाया जो धनुर्विद्या के इतिहास में आज तक नहीं हुआ, गुरू के आश्रम में एक बेहद प्राचीन वट वृक्ष था जिसकी केन्द्रीय डाल के पत्तों को बाण से बींधना था पर शर्त थी कि बाण संधान के दौरान वृक्ष का एक भी पत्ता उसकी डाली से अलग न हो, परीक्षा देना तो दूर किसी भी राजकुमार ने धनुष तक उठाने की हिम्मत नहीं की। फिर दिखा देवकीनंदन के शरसंधान और हस्तलाघव का वो दिव्य प्रदर्शन एकबारगी तो गुरू संदीपनी भी हत्प्रभ रह गये, ज्ञात संघ के वंशज काश मैं भी उस दृश्य को देख पाता, वट के प्रत्येक पत्ते को केशव के बाणों ने बींध दिया, लाखों पत्तों से लदे उस वृक्ष का प्रत्येक पत्ता दो भागों में बंट गया था और मेरे प्रभु के सम्मान में वृक्षदेव ने अपने शरीर से एक भी पत्ते को अलग नहीं होने दिया, गुरू की आंखें भर आयी मुझे गौरवान्वित करने के लिये शुक्रिया पुत्र, वसुदेव कृष्ण भी गुरू के चरणों में झुक गये ये सब आपकी ही कृपा है गुरूदेव, इधर युद्ध के देवता बलभद्र को युद्ध प्रशिक्षण के क्रम में सैकड़ों साल पुरानी बांबी को गदा प्रहार से गिराना था, सभी गदापाणि शिष्य अपने प्रहारों से वज्र की भांति कठोर बांबी की कुछ मिट्टी ही गिरा पाये तभी शेषावतार की गदा उठी और प्रचंड प्रहार के पश्चात बांवी की जगह रेत ही रेत थी लगा जैसे बलभद्र की गदा के सम्मान में धरती माँ ने अपना आंचल पसार दिया हो, गुरू हृदय से प्रसन्न

हो गये वाह पुत्र बलराम आयुष्मान रहो तुम धरती के सर्वश्रेष्ठ गदा वीर हो और दाऊ शर्माते हुए गुरू के चरणों में झुक गये, और ज्ञात संघ के वंशज फिर हमने सुनी सर्वश्रेष्ठ शिष्यों द्वारा सर्वश्रेष्ठ गुरू को दी गयी अद्‌भुत गुरूदक्षिणा, शिक्षा पूरी होने के उपरांत सुदूर पूर्व के आतंक अजेय राक्षस पांचजन्य द्वारा बंदी बनाये गुरूपुत्र को छुड़ाने हेतु अथाह समुद्र पार कर दोनों भाइयों ने पांचजन्य पर प्रचंड आक्रमण कर दिया वसुदेव कृष्ण और बलराम के सामने थी पांचजन्य की अजेय जल सेना, दोनों ओर से भयंकर युद्ध छिड़ गया वसुदेव कृष्ण के शारंग से छूटे अमोघ अस्त्रों ने भयानक सागर मंथन कर दिया, बाणों की अविरल वर्षा ने पांचजन्य के युद्धक जहाजों को चरमरा कर रख दिया पांचजन्य की सेना के योद्धाओं की छाती बाणों से भर गयी और दाऊ लगा जैसे क्षीर सागर में शेषावतार ने अपने सहस्रफन खोल दिये हों, वायुसिद्धि की प्रचंड उछालों के साथ गरजते हुए बलभद्र युद्धक जहाजों के बेड़े में जिस भी जहाज पर पग रखते वो युद्धक जहाज उनकी गदा के भीषण प्रहारों से तुरंत जल समाधि ले लेता, चरमरा कर डूबते जहाजों और समंदर की प्रचंड लहरों के साथ उछलते अपने सैनिकों व सिपहसालारों के शवों को देख रहा हैरान व परेशान दुर्दान्त पांचजन्य अंत में सुदर्शन से अपना सर कटवाकर मृत्यु को प्राप्त हुआ, समंदर का सैकड़ों योजन हिस्सा टूटे जहाजों और शत्रुओं की लाशों से पट गया और गुरू पुत्र को पांचजन्य की कैद से छुड़ाकर दोनों महावीर गुरू के आश्रम में लौटकर गुरूदेव के चरणों में झुक गये, कदाचित् संसार की सर्वश्रेष्ठ गुरू दक्षिणा, फिर मथुराधीश का मथुरा आगमन हुआ, उनके साथ में था पांचजन्य राज्य से विंदास्वरूप मिला अप्रितम खजाना और दिव्य पांचजन्य शंख, इस युद्ध के पश्चात पूर्वोत्तर का समुद्री मार्ग भी पांचजन्य के आतंक से सदैव के लिये मुक्त हो गया, मैं वसुदेव कृष्ण के चरणों में झुका और मेरे प्रभु ने मुझे गले से लगा लिया, मैंने तुम्हें याद किया मित्र कृष्ण बोले, मैं भी आपको याद कर रहा था प्रभु मैं भावुक था, सारा खजाना देवकीनंदन ने महाराजा उग्रसेन को

सौंप दिया जिससे मथुरा को एक नयी ऊर्जा और शक्ति मिली, कुछ समय ही बीता था कि पता चला सम्राट जरासंध मथुरा की ओर चल पड़ा है, मगध के गुप्तचर बहुत तेज और शक्तिशाली थे हम सबने अपनी तलवारें खींच ली, दाऊ फुफंकारे सात्यकि चलो इस नीच का अध्याय अब मैं हमेशा के लिये ही समाप्त कर देता हूँ और बुरी तरह भड़के भैया बलराम को रोकने में वसुदेव कृष्ण के भी पसीने छूट गये, ऐसे ही थे महान बलराम भय या युद्धनीति से उन्हें कोई मतलब नहीं था कोई व्यूह रचना उनके लिये मायने नहीं रखती थी, दाऊ के शस्त्रागार में सिर्फ एक ही शब्द था शत्रु का समूल नाश, पर केशव कुछ और ही सोच रहे थे मैं एक बार फिर से अपने ईष्ट के सामने था, सात्यकि मेरे मित्र मैं आज रात ही यहां से प्रस्थान करूँगा तुम सेना और राज्य का संगठन कार्य निरंतर जारी रखो, पर प्रभु अब आप कहाँ जा रहे हैं मैं हैरान था, केशव मुस्कुराये अभी बहुत लोगों का कार्यभार व ऋण मुझ पर बाकी है मित्र मैं जल्दी आऊँगा, और अगर जरासंध मथुरा आया तो मैं बोला, तो फिर उसे टकराना होगा मेरे ब्रम्हास्त्र से और वो ब्रम्हास्त्र तुम हो सात्यकि मिटा देना उसे, जो आदेश प्रभु मैं अपने घुटनों पर प्रभु के सम्मान में झुक गया। तड़के सुबह हमें पता चला कि वसुदेव कृष्ण व भैया बलराम अपने महल में नहीं हैं, हमने तुरंत सभी ओर गुप्तचर दौड़ा दिये मथुरा की सुरक्षा की समीक्षा होने लगी सब ओर भगदड़ मची थी, पर एक शख्स इस सबसे दूर अपने स्वार्थ में मगन था और वो था सत्राजित क्यूंकि उसके पास प्रतिदिन एक निश्चित स्वर्ण कोष आ जाता था कहा जाता था कि सत्राजित का स्वर्ण भंडार समूचे आर्यावर्त को खरीद सकता था, वो स्वर्ण उसे प्राप्त होता था एक मणि से **स्यमंतक** शायद कलयुग की जुबान में पारस पत्थर, लेकिन इतना संपन्न होने पर भी सत्राजित ने कभी मथुरा दरबार की कोई आर्थिक मदद नहीं की बल्कि मेरे द्वारा मदद मांगने पर अपने भाई प्रसेनजित के सामने मुझे दो टूक न कह दिया, मैंने वसुदेव कृष्ण को सूचित भी किया पर प्रभु खामोश रहे शायद इसलिये भी क्यूंकि

सत्राजित की पराक्रमी पुत्री सत्यभामा केशव से अगाध प्रेम करती थी और ये त्रिलोकीनाथ को पता था।

शीघ्र ही हमें देवकीनंदन के समाचार मिलने लगे, भार्गव श्रेष्ठ परशुराम के मार्गदर्शन में दोनों अनुज सुदूर पूर्व के जंगलों में रह रहे वनवासियों को लेकर उत्तर पूर्व स्थित पर्वत माला की शीर्ष पहाड़ी गोमंतक टेकरी पर चले गये थे जहाँ पर किसी भी सेना का पहुँचना असंभव था। उस आकाश छूती ऊँचाई पर इन वनवासियों के साथ कन्धे से कन्धा मिलाकर वसुदेव कृष्ण और भैया बलराम ने अपने श्रम से पूरा नगर ही बसा दिया, इसी निर्माण के दौरान इस रहस्यमयी पहाड़ी पर प्राप्त हुआ एक अथाह स्वर्ण भंडार, कृतज्ञ वनवासियों के सारा स्वर्ण भंडार दोनों भाइयों के चरणों में रख दिया, वसुदेव ने मुक्तभाव से उसका एक प्रचुर हिस्सा उन वनवासियों में बांट दिया, गोमंतक पर उत्सव का माहौल था, पर अनहोनी तो केशव की सहधर्मिणी थी। असंभव को संभव करते हुए सम्राट जरासंध और उसकी सेना पहाड़ी की तलहटी में पहुँच गयी, लग रहा था जैसे योद्धाओं का समंदर ठाठें मार रहा हो दूर दूर तक जहाँ भी नजर जाती वहीं योद्धाओं की भीड़ नजर आ रही थी, कृष्ण की पकड़ शारंग पर कस गयी बलभद्र की गदा उठी और ज्ञात संघ के वंशज फिर हमने सुनी गुप्तचरों से, बहती हुई हवाओं से, ऋषि मुनियों के कंठ से वो अनोखी युद्ध गाथा, जरासंध की सेना के सामने थी मुठ्ठी भर अप्रशिक्षत वनवासी युद्धक टुकड़ी लेकिन लगभग अपराजेय क्यूंकि उनका नेतृत्व कर रहे थे द्वापर के दो भीषण महायोद्धा, श्रीकृष्ण के युद्ध व्यूह में फंसकर जरासंध का अपार सैन्य दल भुनगे की तरह पिस गया, दोनों भाइयों का समर देख स्वयं देवताओं ने भी दांतो तले उंगली दबा ली जरासंध को सामने देखते ही भीषण क्रोध में बलभद्र अचानक अपना आपा खो बैठे और शेषावतार ने गदा हाथ में ले प्रचंड हुंकार भरते हुए गोमंतक के शीर्ष से सीधे शत्रु सेना के केन्द्र में एक अविश्वसनीय छलांग ली, जैसे ही

प्रचंड वेग से बलभद्र की गदा ने धरा को स्पर्श किया लगा जैसे प्रलय आ गयी हो और जरासंध की सेना के हाथी, रथ, घोड़े हवा में उछलने लगे, इधर वसुदेव कृष्ण और उनका दिव्य धनुष शारंग एकाकार हो गये, धड़धड़ाते नाराच बाणों का सागर शत्रु सेना को निगलने लगा जरासंध ने अपने धनुष से प्रत्युत्तर दिया पर कोई फायदा नहीं भीषण संग्राम में केशव के सामने बुरी तरह हत्प्रभ जरासंध और उसके साथी राजा अपनी जान हथेली पर ले उल्टे पैर भाग लिये, दाऊ अपने रौद्र रूप में थे उनसे युद्ध तो दूर कोई उनकी ओर देखने तक का साहस नहीं कर रहा था। लगभग एक प्रहर में जरासंध की अरिष्टनेमी गदा हस्त सेना की लाशों से युद्ध भूमि पट गयी। एक पल तो ऐसा आया ज्ञात संघ के वंशज जब सभी वनवासी और स्वयं वसुदेव कृष्ण भी स्तब्ध खड़े सिर्फ दाऊ को देखने लगे, समर भूमि के मध्य में लाशों के समंदर के बीच बलभद्र सिंहराज की तरह दहाड़ रहे थे, कोई चुनौती शेष नहीं थी शेषावतार के मुख से निकल रही विषफुंकार के सामने आने का साहस कदाचित् उस समय स्वयं मृत्यु में भी नहीं था। फिर से भाग गया कायर अनुज के स्नेहिल स्पर्श से शांत हुए दाऊ फुफुकारे, समूचे युद्ध में सिर्फ यही शब्द निकले थे बलभद्र के मुख से तभी सामने से चेकितान अपने सैन्यदल के साथ आते दिखे उनके साथ श्वेत ध्वज लिये चेदि का सैन्यदल था, आ गया अवसरवादी दाऊ फिर से भड़क उठे बड़ी मुश्किल से कृष्ण ने उन्हें शांत किया, चेकितान ने पूर्ण समर्पण कर कृष्ण का नेतृत्व स्वीकार किया और एक दुःखभरी सूचना दी कि भैया उद्धव को पड़ोस के राजा श्रंगलव ने बंदी बना लिया है, असल में बुरी तरह चिन्तित गुप्तचर दल के प्रमुख उद्धव वसुदेव कृष्ण के प्रेम में स्वयं उनके समाचार लाने हेतु निकल पड़े और अपने राज्य की सीमा पर स्वयं को भगवान विष्णु का अवतार बताने वाले राजा श्रंगलव ने उन्हें पकड़कर बंदी बना लिया। दोनों भाईयों ने चेकितान के सैन्यदल के साथ तत्काल श्रंगलव के लौह किले को घेर लिया, अल्पयुद्ध के पश्चात कृष्ण ने सुदर्शन से श्रंगलव का सिर धड़ से

अलग कर दिया, वैसे भी दोनों भाईयों के आने की सूचना से श्रृंगलव की अधिकांश सेना पहले ही भाग गयी थी, कारागार से मुक्त हो उद्धव भैया कृष्ण के गले लग गये, विपुल खजाने के साथ दोनों भाइयों ने एक बार फिर मथुरा में प्रवेश किया हम सब खुशी से झूम उठे मथुरा का डंका चारों ओर बजने लगा, पर वसुदेव गंभीर थे उन्होंने मुझसे सैन्य व अन्य गतिविधियों का विवरण लिया और आवश्यक निर्देश दिये, अगले दिन राजदरबार में वसुदेव ने मुझे व कृतवर्मा को सत्राजित के दांये व बायें नियुक्त किया और राजसभा में कृष्ण के स्वर गूँजे मथुरावासियों व यादव वीरो हम सब मथुरा राज्य के प्रति निष्ठावान है और मथुरा के सिंहासन की छत्रछाया में ही अपना जीवन यापन करते हैं इसलिये स्त्री, संतान, भवन एवं व्यवसाय द्वारा अर्जित धन व गौधन एवं कृषि भूमि के अलावा राज्य में मौजूद हर वस्तु राज्य की संपत्ति है, जिसे राजाज्ञा से कभी भी अधिग्रहीत किया जा सकता है, इस वक्त हम अपने आपको मजबूत कर रहे हैं जिस हेतु राजकोष का सुदृढ़ होना अति आवश्यक है क्यूंकि मथुरा कभी किसी राज्य पर विस्तार हेतु आक्रमण नहीं करती अतएव हमारे संसाधन सीमित है, इसलिए मैं यादव श्रेष्ठ सत्राजित से ये अपेक्षा करता हूँ कि वे दिव्य स्यमंतक मणि को राजकोष में जमा कर दें ये महाराजा उग्रसेन का आदेश है। सुनते ही सारे दरबार में सन्नाटा छा गया सत्राजित का चेहरा क्रोध से लाल हो गया तनाव बढ़ता देख मेरी व कृतवर्मा की मुठ्ठियां अपनी तलवारों की मूठ पर कस गयीं, चारों ओर सन्नाटा था, और फिर खामोशी, फिर क्या हुआ मैं अचानक ऐसे बोल पड़ा जैसे मणि मुझे ही मिलने वाली हो और मुझे एहसास हुआ कि योद्धा जा चुके हैं, मैं थोड़ा संयत हुआ एक बार फिर मेरा इंतजार फिर निकल पड़ा था अपने अगले पड़ाव की खोज में, कैन में बचा हुआ एप्पल जूस गर्म हो चुका था और मैं फिर सोचने लगा कि ये बची रात और आने वाला दिन कब खत्म होगा।

पांचवी रात

# सेवा त्याग और समर्पण आपको सदैव जीवन के उच्च स्तर की ओर अग्रेषित करता है।

मुम्बई की एक और सपनीली शाम आज बाहर बारिश हो रही थी और मैं सोच रहा था कि आज लोखण्डवाला बैक रोड पर थोड़ा टहलूंगा लेकिन इंद्रदेव बाधा बन गये और मैं गर्म चाय से भरा मग लेकर आराम से बिस्तर में बैठ गया, सोचने लगा कि कैसे मैं अपना जीवन सफर तय करते करते माया नगरी मुम्बई तक आ गया और फिल्म निर्देशन के क्षेत्र में उतर गया, मेरी यात्र सरल नहीं थी आज भी मैं अपनी किस्मत और अपने संघर्षमय जीवन से दो दो हाथ कर रहा था बिना रूके बिना थके पर ईश्वर कृपा मुझ पर थी, मुझे याद आया कैसे संघर्ष के दिनों में जब मुझे एक डिजीटल फोन डायरी की जरूरत थी और एक ऑटो रिक्शा में जब मैं बैठा तो यह मुझे मेरी सीट पर मिल गयी थी निःसंदेह कोई भूल गया था नीले रंग की कैसियो कम्पनी की डिजीटल डायरी, इसी दौरान एक दिन मेरे पास पैसे खत्म हो गये थे और शाम को जब मैं बांद्रा के स्थानीय जागर्स पार्क में बुझे मन से टहलने गया तो मुझे पार्क में एक पर्स मिल गया था जिसमें लगभग उतने ही रूपये थे जितने की मुझे

जरूरत थी जरूर किसी व्यक्ति का गिरा होगा पर मुझे याद है कि उनके मिलने से पहले मुझे यह आभास हो गया था कि थोड़ी ही देर में मुझे पैसे मिलने वाले हैं, इन मीठी यादों को याद कर मैं मुस्कराने लगा और तभी वही स्वर्णिम सुगंध आह मैंने आनंददायक सांस ली, लिखना तुम्हें मेरे लिये था ज्ञात संघ के वंशज तुम तो अपनी गाथा लिखने लगे सात्यकि फुसफुसाये, मैं थोड़ा सकुचा गया प्रणाम सात्यकि मैं तो बस प्रभु कृपा का स्मरण कर रहा था मेरी कोई गाथा नहीं, गाथा हर प्राणिमात्र की है ज्ञात संघ के वंशज तुम्हारी भी है कहीं बेहद दुख भरी कहीं बेहद रोमांचकारी वसुदेव कृष्ण की कृपा हर क्षण हमारे साथ रहती है, हम जीवित हैं और इस संसार में सृजन और विध्वंस देख रहे हैं इससे बड़ा आश्चर्य और कुछ भी नहीं, जी मैंने नम्रता से हाथ जोड़ लिये, तो लिखो ज्ञात संघ के वंशज मथुरा का वैभव धीरे धीरे बढ़ता जा रहा था और साथ ही सेना भी मजबूत हो रही थी और इसी बीच एक दिन गुप्तचर प्रमुख उद्धव बेहद खुशी से राजदरबार में आये और शुभ समाचार सुनाया कि हस्तिनापुर से राजमाता कुंती व उनके पाचों पुत्र मथुरा आ रहे हैं, असल में हस्तिनापुर की राजमाता कुंती वसुदेव की बहन थी अतएव रिश्ते में वो श्रीकृष्ण की बुआ लगती थी केशव भी प्रफुल्लित हो उठे, महाराजा उग्रसेन ने राजमाता कुंती और पांचों पांडवों के आतिथ्य की जिम्मेदारी केशव व दाऊ भैया को ही सौंप दी, मैंने पांचों पांडु पुत्रों की ख्याति सुन रखी थी धनुर्विद्या में अर्जुन व गदा एवं मल्ल युद्ध में भीमसेन आर्यावर्त में प्रसिद्धि पा रहे थे बाकी तीनों भाई भी अच्छे योद्धा थे, हां ज्येष्ठ भाई युधिष्ठिर की सत्यनिष्ठा जरूर कभी कभी इन पांडु पुत्रों के लिए कुछ न कुछ आपदा खड़ी कर देती थी, किस वक्त क्या बोलना है इसका भान इस ज्येष्ठ पांडु पुत्र को था ही नहीं, सत्य का वर्णन भी उचित समय या उचित स्थान पर ही करना चाहिये ज्ञात संघ के वंशज जैसे देवतागणों का एक निश्चित स्थान है, नहीं तो आपका सत्य कभी कभी आपको एक दुर्जेय और दुर्गम मार्ग की ओर ले जाता है, क्यूंकि सत्य की परीक्षा देवों

के साथ साथ समय भी लेता है, खैर नियत समय पर पांचों पुत्रों सहित राजमाता कुंती का मथुरा आगमन हुआ और मेरा मन धनुर्धारी अर्जुन को देखते ही श्रद्धा और सम्मान से भर गया पांडु पुत्र ने भी मुझे बड़े अपनेपन और स्नेह से गले लगा लिया केशव प्रसन्न थे उन्होंने अर्जुन से मुझे धनुर्विद्या सिखाने का अनुरोध किया और अर्जुन ने मुझे गुरू द्रोण से अर्जित धनुर्विद्या के ग्रन्थ पढ़ाने शुरू कर दिये, अभ्यास के दौरान हम दोनों के बाण आपस में टकराकर इस तरह गुँथ जाते थे कि पहचानना मुश्किल हो जाता कि किसके तरकश में कौन सा तीर था, भीम भी दाऊ भैया से गदायुद्ध की बारीकियाँ सीखने लगा निःसंदेह बलदाऊ भैया की युद्धशाला से विंदाई के वक्त वो एक भीषण गदाधारी योद्धा प्रचारित होने वाला था, वसुदेव कृष्ण रोजाना सांयकाल हमें यमुना तट पर अपनी बंसी सुनाते थे और हम सब लोग उसकी तान में बह जाते थे, बिहारी की बंसी को सुनने यमुना अपना प्रवाह रोक लेती थी सारी मथुरा नगरी उस वक्त शांत हो जाती थी एक नृत्य कर रहे मयूर के पंखों की भांति सब झूम जाते थे। इस सबमें तकरीबन छह माह कैसे बीत गये किसी को पता ही नहीं चला, इस बीच मुझे लगा कि बहन सुभद्रा शायद अर्जुन की तरफ आकर्षित थी क्यूंकि वह अर्जुन का विशेष ध्यान रखती थी। शीघ्र ही पांडवों के प्रस्थान का समय भी आ गया उनके जाने के पश्चात हम लोग नियमित राजकाज में व्यस्त हो गये, पर इस बीच एक षडयंत्र पकने लगा था सत्राजित, शतधन्वा, कृतवर्मा इत्यादि एक दिन अचानक मथुरा की राजसभा में मथुरा के युवराज पद के चयन का प्रस्ताव से आये, महाराज उग्रसेन कुछ बोलते उससे पहले ही सत्राजित ने अपनी चाल चल दी कृष्ण मैं चाहता हूँ कि आप मथुरा के युवराज पद हेतु महाराज उग्रसेन की वंश परंपरा से किसी उपयुक्त नाम की घोषणा करें, मैंने देखा योजनानुसार महाराज उग्रसेन का प्रपौत्र मूर्ख वृहदल अकड़कर बैठा था, कृष्ण निरंतर मुस्कुरा रहे थे उन्होंने बिना क्षण गंवाये स्वयं वृहदल को युवराज पद हेतु नामित कर दिया, मेरे होठों पर मुस्कान आ गयी एक

बार फिर से चला केशव का जादू सबके चेहरे फीके पड़ गये मुरलीधर ने सारे सुनियोजित गृहयुद्ध का पल भर में खात्मा कर दिया, मूर्ख वृहदल युवराज घोषित हो गया। तभी राजसभा में गुप्तचर सूचना लेकर आये कि विंदर्भ देश की राजकुमारी रूक्मिणी का स्वयंवर आयोजित किया गया है वसुदेव कृष्ण का रूक्मणी के प्रति प्रेम व रूक्मिणी का कृष्ण से लगाव सबको पता था लेकिन विंदर्भ नरेश भीष्मक का पुत्र रूक्मी अपनी बहन का विवाह शल्य, जरासंध या जयद्रथ में से किसी एक से करना चाहता था असल में वो कृष्ण का घोर विरोधी था, दाऊ भैया ने क्रोध में अपनी गदा लहराते हुए विंदर्भ कूच की घोषणा कर दी, मेरी तलवार भी म्यान से बाहर आ गयी और तो और खुशी में डूबे वृहदल ने भी अपनी तलवार खींच ली इससे पहले कि महाराज कुछ आदेश करते तब तक मथुरा की करीब दो हजार सेना लेकर हम लोग तत्काल विंदर्भ कूच कर गये, बात की बात में विंदर्भ राज्य की सीमा पर मथुरा के खेमे गाड़ दिये गये, विंदर्भ में इस समय लाखों की सेना व राजा महाराजाओं का जमघट था पर हम निश्चिंत थे क्यूंकि हमारा नेतृत्व कर रहे थे महान प्रलयंकारी योद्धा बलराम। अगले दिन सुबह घबराया हुआ राजा भीष्मक का दूत हमें राजसभा में आमंत्रित करने आया केशव ने बड़ी मुश्किल से दाऊ भैया को शिविर में रूकने हेतु मनाया और मुझे व कृतवर्मा एवं कुछ चुने हुए अंगरक्षकों को साथ ले वसुदेव कृष्ण विंदर्भ के राजदरबार में पहुँच गये, युवराज रूक्मी ने जानबूझकर हमें राजसिंहासन से थोड़ी दूर बैठने का स्थान प्रदान किया जबकि जरासंध व अन्य राजा प्रमुख स्थान पर विराजमान थे, रूक्मी बड़े दम्भ के साथ हमारे पास आया और उसने वसुदेव कृष्ण को बिना निमंत्रण आने हेतु उलाहना दिया और बताया कि उसने रूक्मिणी का विवाह सम्राट जरासंध से पहले ही निश्चित कर दिया है, यह सुनते ही वसुदेव कृष्ण अपने स्थान से उठ गये और राज सिंहासन की ओर बढ़े, रूक्मी तत्काल उनकी तरफ लपका पर अगले ही पल मेरी तलवार उसकी ग्रीवा पर थी चुपचाप खड़ा रहा नीच मैं फुफकारा, रूक्मी

भय से जड़ हो गया लेकिन उसकी मूर्खता ने केशव को उचित अवसर प्रदान कर दिया था और ज्ञात संघ के वंशज फिर मैंने देखा राजसभा में उपस्थित आर्यावर्त के पराक्रमी राजाओं की आंखों में देवकीनंदन का खौफ, जरासंध भी थोड़ा असहज था, महाराज भीष्मक वसुदेव गरजे मुझे अभी अभी राजकुमार रूक्मी से यह ज्ञात हुआ है कि आपने राजकुमारी रूक्मिणी का विवाह सम्राट जरासंध के साथ पहले ही तय कर दिया है, स्वयंवर आयोजित होने के बावजूद बिना किसी स्पर्धा या नियम के आपने ऐसा कृत्य करके यहां मौजूद आर्यावर्त के सारे राजा व महाराजाओं को चुनौती दी है ये स्वयंवर नहीं ये आर्यावर्त के वीरों का अपमान है, साथ ही मथुरा को निमंत्रण न भेजना मथुरा राज्य का व्यक्तिगत अपमान है अपना अपराध स्वीकारिये वरना मथुरा के सेनाधिपति ज्येष्ठ बलराम आपकी प्रतीक्षा युद्ध भूमि में कर रहे हैं। सुनते ही सभा में अफरा तफरी मच गयी और अधिकांश राजे महाराजे भी अपनी तलवारें खींचकर वसुदेव कृष्ण के समर्थन में उनके पीछे आ गये, जरासंध की हालत देखने लायक थी रूक्मी क्रोध से कांप रहा था स्थिति की गंभीरता भांप महाराज भीष्मक बोले मेरा पुत्र मूर्ख व नादान है वसुदेव कृष्ण आपको उसने गलत सूचना दी आप एवं सभी राजा विंदर्भ के सम्मानित अतिथि हैं पर वर्तमान स्थिति देखते हुए मैं अपनी पुत्री का स्वयंवर स्थगित करता हूँ। जैसी आपकी इच्छा महाराज भीष्मक पर मैं भविष्य में भी मथुरा दरबार की तरफ से बिना स्वयंवर की घोषणा के राजकुमारी रूक्मिणी के विवाह को प्रतिबंधित करता हूँ अगर बिना स्वयंवर राजकुमारी रूक्मणी का विवाह हुआ तो इसे मथुरा के खिलाफ युद्ध का आह्वान माना जायेगा। हतप्रभ खड़े राजा भीष्मक को उसी अवस्था में छोड़कर केशव हमें लेकर तत्काल मथुरा लौट पड़े राजकुमारी रूक्मिणी अब सुरक्षित थी, बिना लड़े बिना किसी जनहानि के बृजनंदन ने वक्त को थाम लिया था, ऐसे ही थे प्रभु श्रीकृष्ण समय भी प्रभु के अनुसार चलता था, लौटते समय मार्ग में अचानक एक बार फिर श्रीकृष्ण बलराम भैया को साथ ले पास ही स्थित

गुरूश्रेष्ठ संदीपनी के आश्रम में चले गये और हमें मथुरा भेज दिया, गुरू भी अपने सर्वश्रेष्ठ शिष्यों को देख भावविहल हो उठे दोनों भाई गुरू के ज्ञान की गागर में डूब गये। इसी बीच हमें गुप्तचरों से एक शुभ सूचना मिली मुनि के आश्रम में कुशस्थली के पराजित राजा कुकुमुदी ने शरण ले रखी थी और राजा कुकुमुदी की योद्धा पुत्री राजकुमारी रेवती के प्रेम में दाऊ उलझ गये, शेषावतार ने रेवती भाभी को उनके पिता का हारा हुआ राज्य वापस दिलाने का वादा कर दिया, हालांकि ये थोड़ा मुश्किल लक्ष्य था शत्रु राजा पुण्यजन की सेना में भीषण योद्धा थे पर दाऊ तो दाऊ ठहरे, वसुदेव कृष्ण का संदेश मिलते ही मैं मथुरा के दस हजार अरिष्टनेमी सैन्य दल के साथ प्रभु के पास पहुँच गया, इसी बीच उद्धव ने एक और समाचार दिया पुण्यजन के पड़ोस में स्थित चंडक राजा प्रभु का कृपा पात्र था मैंने तुरंत चंडक को संदेश भेज दिया, युद्ध हेतु प्रस्थान पूर्व प्रभु ने मुझे स्पष्ट आदेश दिया कि पुण्यजन को परास्त कर कुशस्थली पर अधिकार करना है और भैया का विवाह रेवती से होना है, दाऊ भैया सिर्फ हाँ में हाँ मिला रहे थे असल में युद्ध के समय बलभद्र को सिर्फ युद्ध ही दिखता था युद्ध के देवता जो ठहरे, ज्ञात संघ के वंशज महान बलराम के नेतृत्व में रेवती व कुकुमुदी के साथ चंडक से मिलते हुए हम लोग शीघ्र ही कुशस्थली पहुँच गये, राजा पुण्यजन और उसकी दो अक्षौहणी सेना चंद्रव्यूह में सजी राज्य की सीमा पर पहले से ही मौजूद थी, कवचधारी व अस्त्रों से सुसज्जित उसकी सेना का नेतृत्व कर रहा था उसका पुत्र और एक पराक्रमी योद्धा विरूपाक्ष, दाऊ ने मेरी तरफ देखा मैंने इशारा समझ अपनी और चंडक की एक अक्षौहिणी सेना को नाग व्यूह में सजा कर दाऊ को देखा उनका सर सहमति में हिला, बलभद्र की गदा उठी मैं और चंडक गरज पड़े **आक्रमण** मथुरा के योद्धाओं ने पुण्यजन की सेना पर भीषण आक्रमण कर दिया और रक्तपात होने लगा, शत्रु सेना पर चंडक बुरी तरह टूट पड़ा, मैंने भी नारायण धनुष उठाया और एकाग्र हो गया, रणभूमि योद्धाओं की युद्धाग्नि से खौलने लगी और

# नाग व्यूह

# चन्द्र व्यूह

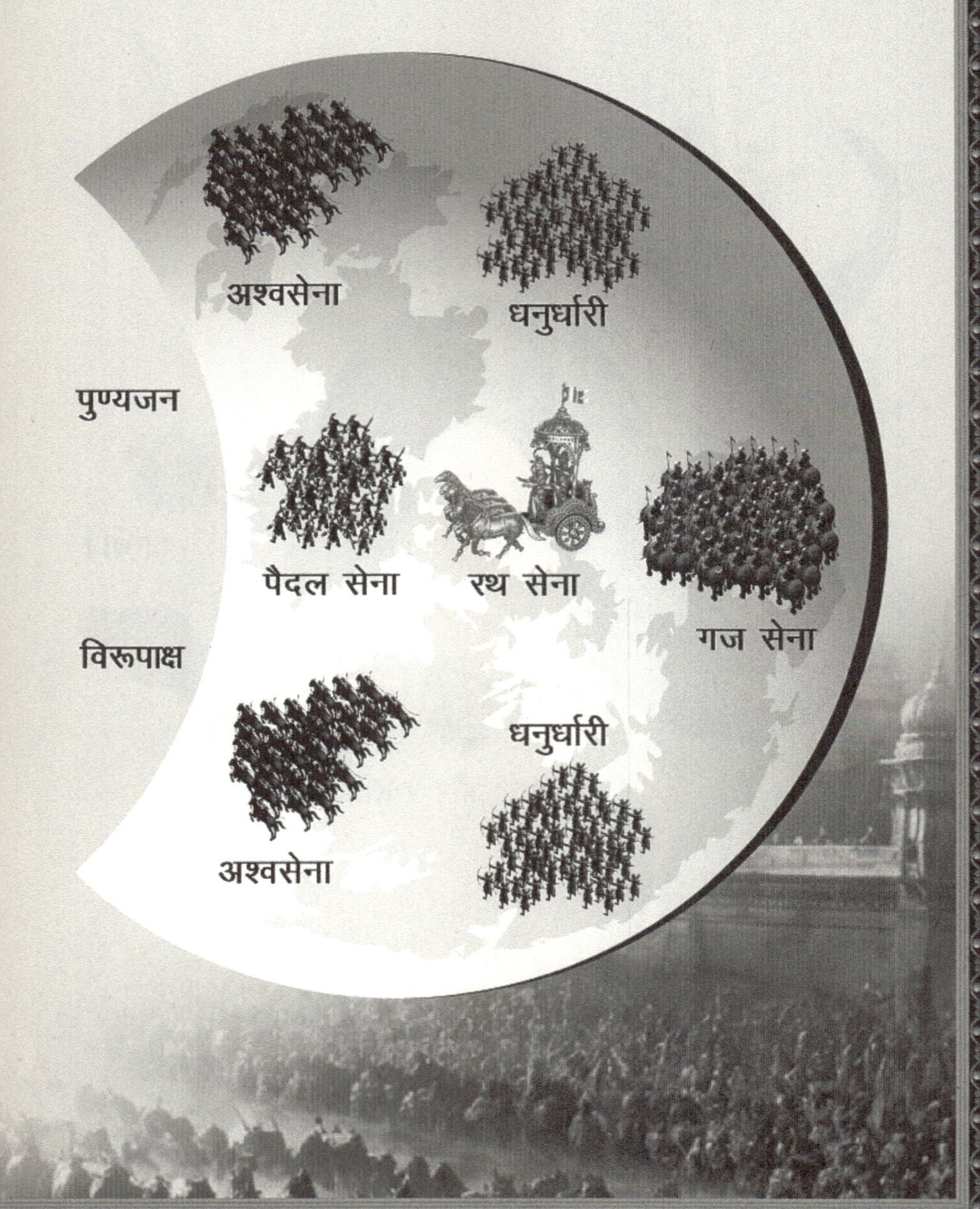

थोड़ी ही देर में मेरा सामना विरूपाक्ष से हो गया जल दानवों से सीखी धनुर्विद्या ने उसे निडर बना दिया था, हमारे तीर आपस में टकराने लगे विरूपाक्ष के नाराचों को मेरे अर्धचन्द्रकार बाण निगल रहे थे, प्रचंड युद्ध के दौरान उसके वरूण शस्त्रागार का मेरे अग्निबाणों ने विध्वंस कर दिया और मेरे धनुष से छूटे एक तीक्ष्ण शंक्वाकार घूर्णन बाण ने आखिरकार विरूपाक्ष के धनुष के दो टुकड़े कर ही दिये, अगले ही पलों में उसका सारथी अपनी छाती में मेरा बाण लिये पृथ्वी पर लेटा पड़ा था, तभी मेरे दक्ष सारथी विद्युत ने मेरे वज्र रथ के दोनों पहियों के मारक चक्र खोल दिये और विरूपाक्ष के रथ को तीव्र गति से गोलाकार घूमते हुए बुरी तरह अवरूद्ध कर दिया, विरूपाक्ष ने तत्काल शस्त्रागार से दूसरा धनुष उठाया पर उसका रथ स्थिर था और मैं दांये बायें दोनों ओर चपलता के साथ विरूपाक्ष पर प्रहार और उसकी सेना का संहार एक साथ करता जा रहा था। मेरे बाणों की वर्षा के सामने पुण्यजन का सैन्यदल लगभग हताश हो गया था विरूपाक्ष मेरी इस युद्धशैली पर दंग था, हताश राजकुमार ने अपनी तलवार खींच ली और गर्जा **सूर्यद्वंद्व** मैं इस युवक का साहस देख दंग रह गया सतयुग से चली आ रही इस युद्ध परंपरा में दो योद्धाओं के मध्य युद्ध की समाप्ति एक की मृत्यु के साथ होती है, शाबास मैं मन ही मन विरूपाक्ष की प्रशंसा करने लगा, चंडक ने तब तक मेरे आस पास एक रक्षा घेरा बना दिया वो बहुत भयंकर युद्ध कर रहे थे, ज्ञात संघ के वंशज फिर शुरू हुआ विरूपाक्ष के साथ मेरा भीषण सूर्यद्वंद्व बेहद शानदार तलवारबाज था ये राजकुमार मेरे हर वार को अपनी तलवार पर रोककर वह बड़ी कुशलता से प्रतिवार कर रहा था और एक वक्त ऐसा आया कि मुझे लगा अब इस द्वंद्व का अंत होना चाहिए तब तक विरूपाक्ष अपने शरीर पर कई घाव खा चुका था और मुझे भी दो घाव दे चुका था फिर मैंने प्रयुक्त किया भैया बलभद्र द्वारा सिखाया गया **सिंहदाव**, तलवार के उच्चतम स्तर के द्वंद्व में उलझा विरूपाक्ष आक्रामक हो विद्युत गति से मेरी तरफ अग्रसर हुआ मैंने उसके प्राणघाती वार को अपनी तलवार पर

रोका और उसकी तलवार को कुछ पल के लिये लगभग अवरूद्ध कर दिया अभागे विरूपाक्ष ने अपने हाथ को परिचालन देने हेतु चपलता से एक पग पीछे किया और उसी पल उसकी गर्दन को लक्ष्य करके मेरी तलवार सर्प कुंडली में घूम गयी खून के फव्वारे छोड़ता विरूपाक्ष धरती पर गिर पड़ा, तभी मैंने देखा दाऊ केन्द्र में नहीं थे मैंने तत्काल विद्युत को आदेश दिया और संकेतक बाण छोड़ दिया, मैं और चंडक अपने योद्धाओं के साथ तत्परता से पुण्यजन की सेना के केन्द्र की ओर लपके और ज्ञात संघ के वंशज के वो प्रलयंकारी दृश्य देखकर एकबारगी मैं भी कांप गया, मैंने देखा काल के समान शत्रुवाहिनियों को अपनी गदा से कुचल रहे दाऊ भैया और उनके वाम में युद्ध कर रही रेवती भाभी, जिधर भी ये दोनों योद्धा रूख करते उसी दिशा में तबाही का चक्रवात उठ जाता, पुण्यजन की सेना का ज्वार दाऊ की ओर बार बार अग्रसर होता और इस बल के पहाड़ से टकराकर तिनके की भांति बिखर जाता, दाऊ की गदा के प्रहार से मैंने घोड़ों, रथों, हाथियों और सैनिकों को आसमान में तिनकों की भांति उछलते देखा, मुझे अचानक से पुण्यजन पर दया आने लगी उसका कहीं पता न था शायद वो अभागा कहीं कुचला पड़ा होगा उसकी सेना अब सिर्फ अपने प्राण बचाती नजर आ रही थी। महान बलभद्र और उनकी गदाधारी सेना ने कुशस्थली के राज सिंहासन तक शत्रु का निर्ममता से संहार किया, दाऊ की गदा के सामने कुशस्थली की सारी रक्षा पंक्तियां चरमरा गयीं और जोश में बलभद्र ने राजा कुकुमुदी को कुशस्थली के सिंहासन पर बैठा दिया, मैं सन्न रह गया पर शेषावतार से कौन क्या कहे हम सब चुप थे, वसुदेव कृष्ण ने कुशस्थली पर अधिकार करने को कहा था पर अब कुछ नहीं हो सकता था, ये दाऊ का निर्णय था और भव्य समारोह में दाऊ भैया व रेवती भाभी की शादी हो गयी। हम बाराती दाऊ भैया और राजा कुकुमुदी की जय चिल्लाते हुए शादी में नृत्य की बजाय लाशें बिछाकर दुल्हन को ले मथुरा लौट आये जब माधव को पता लगा कि राज्य कुकुमुदी को दे दिया गया है तो उन्होंने मुझे घूरकर देखा और

मैं चुपचाप सर झुकाकर दाऊ भैया के पास खड़ा हो गया। अब मुझे एक राज्य चाहिए सात्यकि कृष्ण एकांत में बोले, लेकिन प्रभु मथुरा आप ही की तो है, सत्य है मित्र लेकिन मैं मथुरा का राजा नहीं अगर मैं राजा होता तो कदाचित् रूक्मिणी के स्वयंवर का निमन्त्रण मुझे अवश्य प्राप्त होता मैं विंदर्भ राजकुमारी को तभी स्वीकार करूँगा मित्र जब मेरे पास अपना राज्य होगा, सत्य ही तो कह रहे थे केशव एक अवसर था लेकिन दाऊ भैया ने रेवती भाभी के प्रेम में वो भी कुकुमुदी को दे दिया आप आदेश करें प्रभु जिस भी राज्य पर आप उंगली रख देंगें उसे आपके ध्वज तले समर्पण पर मजबूर कर दूंगा, नहीं मित्र हम अपने राज्य का सृजन स्वयं करेंगे कल सुबह तुम और मैं दक्षिण पश्चिम की ओर प्रस्थान करेंगे और आवश्यक दिशा निर्देश दे वसुदेव कृष्ण मुझे लेकर सुबह चल पड़े एक अज्ञात सफर पर। मैं अपने प्रभु के मार्ग का अनुसरण कर रहा था। चलते चलते मथुरा से तकरीबन पांच सौ कोस दूर आकर प्रभु ने समंदर किनारे एक मनोरम स्थान की ओर इशारा किया, हम अपने नगर के सृजन की शुरूआत इस स्थान से करेंगे सात्यकि, पर वसुदेव यहां निर्माण कार्य बहुत दुष्कर होगा समुद्र का ज्वार यहां थोड़ा तीव्र है, मैंने अपनी आशंका प्रकट की, केशव ने मेरी ओर मुस्कुराकर देखा और ज्ञात संघ के वंशज फिर मेरे कानों में गूँजी वसुदेव कृष्ण की वो दैवीय आवाज, सात्यकि जाओ कह दो समुद्रदेव से कि कृष्ण को अपनी द्वारका बसाने हेतु भूमि चाहिए तत्क्षण ये जमीन छोड़ दें। मैं यंत्रवत सागर तट पर आया और सागरदेव को प्रणाम कर मैंने अपने प्रभु का आदेश उन्हें सुना दिया, तभी एक और आश्चर्य हुआ देवशिल्पी विश्वकर्मा देव वहां पधार चुके थे देव विश्वकर्मा इस स्थान पर एक ऐसे नगर का निर्माण करो जो युगों युगों तक किवदंती बन जाये, आदेश का पालन होगा प्रभु विश्वकर्मा देव ने दोनों हाथ जोड़कर जवाब दिया, सात्यकि नगर निर्माण में देव को धन व श्रमजीवियों की कमी न हो, जो आज्ञा केशव मेरे दोनों हाथ जुड़ गये। ज्ञात संघ के वंशज अगले दिन एक अविश्वसनीय दृश्य मेरे सामने था

प्रातः काल ही समुद्र देव ने योजनों जमीन द्वारका के लिए छोड़ दी, द्वापर में वसुदेव कृष्ण की आज्ञा सागर देव भी मानते थे देवकी नन्दन मथुरा जा चुके थे और अब हमारा एक ही कार्य था भव्य द्वारका का निर्माण, पर उस हेतु चाहिए था निरंतर धन और उसका सुगम स्रोत थी **स्यमंतक मणि** पर स्यमंतक पर कुंडली मारे बैठा था सत्राजित। तो यह कौन बड़ी बात है, केशव उसे पल में छुड़ा लेगें मैं अनासाय बोल उठा तत्क्षण मुझे अपनी भूल का अहसास हुआ फिर क्या हुआ मैंने पूछा और वही खामोशी यादववीर सात्यकि जा चुके थे, मुझे अज्ञान से ज्ञान की ओर ले जाने वाली एक और रात के इंतजार में मैंने अपनी आंखें बंद कर ली और फिर से डूब गया वृष्णि वंश के वंशज की यादों में।

छठवीं रात

# अपने कर्म को सार्थक दिशा देना ही जीवन का सबसे बड़ा उद्‌देश्य है।

आज एक और व्यस्तता भरा दिन अपने प्रोड्यूसर से लम्बी मुलाकात के बाद कुछ कलाकारों से मिलकर मैं अंधेरी स्थित फिल्म लैब चला गया जहा तकरीबन चार घंटे अपने शूट किये प्रोजेक्ट्स को अपने एडीटर और सहायक निर्देशक के साथ बैठकर उन्हें क्रमबद्ध करता रहा, बीच में निरंतर चाय के दौर चलते रहे और तकरीबन छह बजे मैं जब अपने सहायक निर्देशक सूरज के साथ बाहर निकला तो बेहद थक चुका था, अचानक मुझे तेज भूख का अहसास हुआ और सात बंगला चौराहे पर आकर स्वदेश रेस्त्रां में चाय का आनंद लेते हुए मैं सोचने लगा कैसे एक लोहे की अटैची व हारमोनियम और एक टू इन वन कैसेट प्लेयर लेकर मैं इस शहर में आया था, बांद्रा के मरीना गेस्ट हाऊस के कमरा नम्बर सात से शुरू हुआ मेरा ये सफर आज भी जारी है, महादेव आपको सब कुछ देते हैं पर उस हेतु आपको निरंतर कर्म करते रहना होगा, कोई भी मार्ग सीधा नहीं होता पर आपको एक दिन मंज़िल तक जरूर पहुँचाता है, चाय खत्म कर सूरज ने विंदा ली, मैं भी घर की ओर निकल पड़ा रात के तकरीबन नौ बज चुके थे, मेरा पेट पहले से ही भरा हुआ था, मैंने खाना उठाकर फ्रिज में रख दिया और अपने लिये पतीले में दूध गर्म

किया और गर्म दूध भरा ग्लास लेकर गुड़ की डली के साथ उसके स्वाद का आनंद लेते हुए कम्प्यूटर टेबल पर जम गया, तभी फुसफुसाहट आई मैं आ गया हूँ ज्ञात संघ के वंशज और मेरे अंतर्मन में दूध गुड़ के स्वाद के साथ एक प्यारी सी महक फैल गयी, मैंने तत्काल कलम उठा ली और लिखने हेतु निबद्ध हो गया, तो लिखो ज्ञात संघ के वंशज केशव द्वारका से वापस लौटकर सत्राजित के महल पहुँचे और उन्होंने सीधे सीधे अपनी बात रख दी मुझे स्यमंतक मणि चाहिये सत्राजित कृष्ण की उपस्थिति मात्र से प्रसन्न सत्यभामा पास ही खड़ी थी, मणि अब मेरे पास नहीं है कृष्ण वो कुछ दिन से गायब है उसे ढूँढ़ने के प्रयास जारी है सत्राजित ने उत्तर दिया, असंभव वसुदेव कृष्ण बोले, यही तो मैं कह रहा हूँ कृष्ण ये असंभव है पर जबसे तुम्हारी नजर इस पर पड़ी है तभी से ये गायब है, देवकीनंदन पर लगभग सीधा आक्षेप लगाया था सत्राजित ने पर कृष्ण मुस्कुरा रहे थे प्रसेनजित कहाँ हैं अचानक केशव ने पूछा और सत्राजित हड़बड़ा कर बोला पता नहीं वो भी मणि की तलाश में निकला है, असल में सत्राजित ने स्यमंतक लेकर प्रसेनजित को मथुरा से बाहर अज्ञात स्थल की ओर भेज दिया था और ये खबर सत्यभामा केशव को पहले ही दे चुकी थी, तत्काल प्रसेनजित की खोज में गुप्तचर दौड़ा दिये गये, केशव स्वयं अक्रूर, उद्धव व सत्राजित के कुछ आदमियों को साथ ले इस कार्य हेतु निकल पड़े और शीघ्र ही अभागे प्रसेनजित का नुचा हुआ मृत शरीर उत्तर के घने जंगलों में मिला, शव के पास मिले सुरागों और पदचिन्हों का पीछा करते हुए आखिर वसुदेव कृष्ण गंतव्य तक पहुँच ही गये और फिर कृष्ण ने लड़ा एक भीषण द्वंद्व, किवदंतियों के मुताबिक उस जंगल में **रिक्षराज जामवंत** रहते थे ऐसी कहानियाँ प्रचलित थी कि ये योद्धा त्रेतायुग से जिन्दा थे प्रभु श्री राम के अनन्य भक्त व राम और रावण युद्ध के साक्षी जामवंत, स्यमंतक अब जामवंत के पास थी और जामवंत ने केशव को द्वंद्व की चुनौती दे डाली, ज्ञात संघ के वंशज तकरीबन तीस दिवस वसुदेव कृष्ण और त्रेता के इस योद्धा के बीच हुए भयंकर द्वंद्व युद्ध में आखिरकार जामवंत पराजित हुए और माधव से मिले

युद्धदान से कृतज्ञ इस योद्धा ने अपनी पुत्री जामवंती का विवाह श्रीकृष्ण से कर प्रसेनजित के शव से हासिल हुई स्यमंतक मणि प्रभु को सौंप दी, मेरे स्वामी ने एक बार फिर एक अबूझ पहेली को हल कर डाला, जब कृष्ण स्यमंतक के साथ मथुरा वापस लौटे तो केशव के शौर्य और धीरज के चारों ओर चर्चे होने लगे और लज्जित सत्राजित ने अपनी पुत्री और अतीव योद्धा सत्यभामा का विवाह श्रीकृष्ण से निश्चित कर स्यमंतक उन्हें सौंप दी, इस तरह द्वारका के निर्माण हेतु एक अतुलनीय स्वर्ण प्रवाह उपलब्ध हो गया, इसी बीच विध्वंसकारी समाचार मिलते ही मैं तुरंत द्वारका से मथुरा की ओर दौड़ पड़ा, सुदूर पश्चिम का आतंक व जरासंध का मित्र कालयवन एक म्लेच्छ सेना लेकर मथुरा की ओर निकल पड़ा है सुनकर कृष्ण खामोश थे। दाऊ भैया को बुला लूं मैं बोला, दाऊ उस समय कुशस्थली गये हुए थे, नहीं मित्र केशव बोले कालयवन की सेना टिड्डी दल की भांति है ये पिशाच जहाँ से भी निकलते हैं वहाँ की धरा भी बंजर हो जाती है, तो क्या ये राक्षस हमें पराजित कर सकता है प्रभु मैंने पूछा, सवाल जय या पराजय का नहीं सात्यकि सवाल लाखों नागरिकों और प्रकृति का है, अगर ये युद्ध हुआ तो बहुत विनाश होगा मैं इस विनाश के पक्ष में नहीं हूँ, ज्ञात संघ के वंशज मैं खामोश अपने स्वामी से युद्धनीति का एक और पाठ पढ़ रहा था, सात्यकि सुबह कालयवन से भेंट करने चलते हैं, मेरे तो छक्के छूट गये पर मैं सिर्फ इतना ही बोल पाया जो आज्ञा प्रभु, दूसरे दिन प्रातः मैं और वसुदेव कृष्ण मात्र आठ सैनिकों के साथ आम नागरिकों के वेश में निकल पड़े दक्षिण पश्चिम दिशा की ओर जहाँ से कालयवन निरंतर मथुरा की ओर बढ़ रहा था, सायंकाल होते होते मथुरा से तकरीबन पचास कोस की दूरी पर हमें कालयवन के प्रहरियों ने थाम लिया, योजनों तक उसकी काली सेना दिख रही थी, तंबू गढ़े हुए थे, कालयवन के सैनिकों ने हमें उसके सामने पेश किया एकदम काला भुजंग और नशे में धुत्त लग रहा था जैसे स्वयं मृत्यु देव का भैंसा सामने बैठा हो, कौन हो तुम लोग कालयवन ने पूछा और तभी केशव को सुनकर हम सबकी बुद्धि चकरा गयी, हम लोग वसुदेव

कृष्ण के साथी हैं महान सम्राट और आपके दर्शन हेतु आये हैं छलिया ने अपने दोनों हाथ जोड़ लिये और उसकी प्रशंसा में जो मन में आया वो बोलने लगे, एक पल को तो मुझे भी ऐसा लगा जैसे कि कालयवन से बड़ा धर्मात्मा और दानवीर धरती पर अभी तक जन्मा ही नहीं, कालयवन अपनी प्रशंसा सुन झूम उठा लगा जैसे अभी हम सबको वरदान दे डालेगा। योगेश्वर का प्रशंसा अस्त्र चल चुका था और शीघ्र ही केशव ने कालयवन को यह भरोसा दिला दिया कि कृष्ण उससे अत्यंत भयभीत हैं, महाराज अगर आप कृष्ण से मिल ले तो वह सहर्ष आपके सेवक बन जायेंगे, फूल के कुप्पा हुए कालयवन ने प्रातः काल अपनी छोटी सी टुकड़ी साथ ले हमारे साथ प्रस्थान कर दिया, उसे पूरा भरोसा दिला दिया गया था कि कृष्ण पास ही पहाड़ों में छुपे हुए हैं, कालयवन के साथ चलते हुए हम सभी अपना सर धुन रहे थे कि ये दूसरा कृष्ण कहाँ से लायेगें, अगर रास्ते में कुछ भी अनहोनी हुई तो हमारे पास तो शस्त्र भी नहीं थे, चलते चलते दोपहर बीत गयी, और कितनी दूर जाना है कालयवन बार बार पूछ रहा था, बस थोड़ी दूर और कहते हुए कृष्ण दक्षिण पूर्व दिशा की ओर चले जा रहे थे, तभी सत्यानाश हो गया सामने से कुछ राहगीर आ गये और प्रभु को देखकर वे उनके चरणों में लोट गये वसुदेव कृष्ण की जय, कालयवन अवाक् रह गया हमें काटो तो खून नहीं मुझे बड़ी शर्म आ रही थी, युद्ध की बजाय ये क्या हो रहा था, जब तक हम संभलते तब तक कालयवन क्रोध में गरजकर कृष्ण की ओर दौड़ा पर रणछोड़ तो पहले ही भाग लिये थे, किसी को कुछ समझ नहीं आ रहा था हम सब भी उन दोनों के पीछे मूर्खों की भांति दौड़ पड़े, ज्ञात संघ के वंशज ये दौड़ तकरीबन 18 प्रहर तक चली, कालयवन की टुकड़ी के सैनिक थकान से बेदम होकर लेट गये, उनमें से कुछ के सर मैंने झुंझलाकर लाठी से ही फोड़ डाले और कुछ की मृत्यु हृदय गति रूकने से हो गयी, सौभाग्य से हम लोग अपनी उम्मीद बनाये हुए थे और इसी बीच पीछा करते करते मथुरा के दक्षिण पूर्व स्थित अरावली पहाड़ों की श्रंखला के उद्‌गम पर करीब तीस कोस दूर हमने अचानक केशव

और कालयवन को खो दिया, पूछताछ करने पर चरवाहों ने बताया कि दो लोग सामने काली पहाड़ी की गार में गये हैं, एक दुबला पतला आदमी भाग रहा था और दूसरा काला असुर उसका पीछा कर रहा था, मेरा हृदय अनहोनी से कांप उठा अगर मेरे स्वामी को कुछ हुआ तो मैं तेरा लहू पी जाऊँगा कालयवन में गरजता हुआ गार में पहुँचा, कालयवन मैं निरंतर उसे ललकार रहा था के अचानक सामने का दृश्य देखकर तत्काल मेरे स्नायु शिथिल हो गये, मेरे सामने एक अलौकिक दृश्य था एक पीताम्बरधारी वृद्ध केशव के चरणों में झुके हुए थे और पास ही पड़ा था एक राख का ढेर जो अभी भी सुलग रहा था, मुझे देखकर केशव मुस्कुराये इन्हें प्रणाम करो सात्यकि ये महावीर राजा मुचकुन्द हैं, सतयुग में आप देवताओं के लिये लड़े और वर्षों के भीषण युद्ध के उपरांत आपने देवताओं के पक्ष में विजय प्राप्त की। पुरस्कार स्वरूप इन्होंने ब्रम्हदेव से शांत निंद्रा की अपेक्षा की, आज कालयवन ने उस निंद्रा को भंग किया और परिणाम इनकी क्रोध दृष्टि में समायी ब्रम्हशक्ति ने उसे राख का ढेर बना दिया, ज्ञात संघ के वंशज मैं केशव को बाहों में जकड़कर जोर जोर से रोने लगा फिर कभी ऐसा मत करना ठाकुर मेरे शब्द गले में अटक रहे थे, प्रभु कृष्ण ने भी स्नेह से मुझे अपने बाहुपाश में भर लिया मुझे अभी बहुत से कार्य करने हैं मित्र वो मेरे कानों में फुसफुसाये, हम मथुरा लौट पड़े अब मथुरा को कहीं से भी कोई चुनौती नहीं थी वसुदेव कृष्ण के शारंग और दाऊ भैया की गदा ने सारे आर्यावर्त को थर्रा दिया, पान्चजन्य, श्रृंगलव, पुण्यजन, कालयवन के अवसान और जरासंध की पराजय के बाद कोई प्रतिरोध नहीं था, शुभ समय आ गया द्वारका सज गयी थी पांडव बंधू भी आ गये थे और हमारी शस्त्र व राजनीति एवं युद्धकला की प्रयोगशाला एक बार फिर से जीवंत हो उठी और द्वारका को मिले उसके **द्वारकाधीश** कदाचित् समूचे आर्यावर्त ने ऐसा शानदार राज्याभिषेक दुबारा नहीं देखा होगा, महाराजा उग्रसेन की आंखों में खुशी के आँसू थे, द्वारकाधीश का राज्याभिषेक समारोह खत्म होने के पश्चात् पांडव हस्तिनापुर लौट चुके थे और कुछ समय बाद ही खबर आयी

राजकुमारी रूक्मिणी के स्वयंवर की, पर द्वारका को निमंत्रण नहीं मिला, द्वारका का सैन्यदल दाऊ के नेतृत्व में निकल पड़ा और एक बार फिर यादव सैन्यबल विंदर्भ सीमा पर पहुँच गया, सात्यकि मिटा दो विंदर्भ को दाऊ गरजे, पर केशव के मन में कुछ और ही था दाऊ सैन्यबल यात्रा करके थका हुआ है कल सुबह विंदर्भ को थामेंगे सात्यकि विंदर्भ के दक्षिण पश्चिम में शिविर स्थापित करो दक्षिण पश्चिम मार्ग अवरूद्ध रहेगा, जी प्रभु और मैं तैयारियों में जुट गया, जैसा कृष्ण का आदेश था दूसरे दिन सुबह सुबह हम तैयार हो सेना सहित डट गये, दक्षिण पश्चिम मार्ग पूर्ण रूप से अवरूद्ध था पर कृष्ण का कुछ पता नहीं था, कहाँ हैं किशन युद्ध के लिये व्यग्र दाऊ बार बार पूछ रहे थे, अब हम क्या बोलते हमारे पास कोई उत्तर नहीं था तभी गुप्तचर जीवा आया, कुछ पता लगा कहाँ है कृष्ण दाऊ ने पूछा, अपनी नजरें जमीन में धंसाये शर्माते हुए जीवा ने बताया कि तड़के सुबह श्रीकृष्ण ने उद्धव को साथ ले रूक्मिणी भाभी का अपहरण कर लिया है और उन्हें लेकर द्वारका की ओर गये हैं। अब समझ आया रणछोड़ रूक्मणी का हरण कर भाग लिये थे और अब विंदर्भ और द्वारका के बीच हम थे, जैसे ही यह खबर विंदर्भ में मौजूद राजाओं को लगी उनके सैन्य दल विंदर्भ की सेना के साथ संयुक्त रूप से आगे बढ़े पर उनमें से ज्यादातर तो दाऊ को देखते ही उल्टे पैर दौड़ लिये, यहां तक कि सम्राट जरासंध ने भी विंदर्भ नरेश को ही उल्टा सीधा बककर अपनी जान छुड़ाई, बची खुची सेना को बुरी तरह भन्नाये दाऊ ने अपनी गदा और मैंने अपने नारायण धनुष से नाप लिया थोड़ी सी मारकाट के बाद विंदर्भ सेनापति लुटा पिटा प्राण रक्षा की प्रार्थना करता दाऊ के सामने खड़ा था, आज विंदर्भ का किस्सा ही खत्म कर दें प्रभु मैं फुसफुसया, नहीं सात्यकि विंदर्भ अब हमारा संबंधी है ये किशन हमेशा मुझे शर्मिंदा करता रहता है बड़बड़ाते हुए दाऊ द्वारका की ओर लौट पड़े, रास्ते में चलते चलते समाचार प्राप्त हुआ कि कैसे मूर्ख रूक्मी अपनी सैन्य टुकड़ी के साथ केशव से उलझ पड़ा और थोड़ी देर के युद्ध में पराजित होकर गालियाँ बकता वापस विंदर्भ की ओर लौट गया, और

द्वारका वो तो मग्न थी रूक्मिणी भाभी के सत्कार में दाऊ भैया भी द्वारका पहुँचते ही सब कुछ भूल गये, लगा जैसे सब उन्हीं का किया धरा है ऐसे ही थे बलभद्र छोटे भाई के सुख में सबसे सुखी नागश्रेष्ठ बलराम, तभी उत्सव के बीच गुरूश्रेष्ठ संदीपनी का आगमन हुआ प्रफुल्लित मन से द्वारकाधीश ने गुरूदेव को आसन पर बिठाया और चर्चा में डूब गये, सुबह हम सबको ज्ञात हुआ कि केशव गुरूदेव के साथ पांचाल देश चले गये हैं। गुप्तचरों से धीरे धीरे समाचार मिलने लगे कैसे कृष्ण ने अनिंद्य सुन्दरी पांचाल राजकुमारी द्रोपदी से विवाह हेतु रखे महाराजा द्रुपद के प्रस्ताव को ठुकरा दिया। असल में ये पिता, पुत्र और पुत्री द्रोणाचार्य से प्रतिशोध की अग्नि में दहक रहे थे, दुर्जेय धनुर्धारी द्रोणाचार्य को परास्त करने हेतु उन्हें चाहिये था सर्वश्रेष्ठ धनुर्धर और उस समय आर्यावर्त में एक ही सर्वश्रेष्ठ व सर्वोच्च धनुर्धारी था जो परशुराम शिष्य गुरू द्रोणाचार्य को भी चुनौती देने का साहस रखता था जिनके शारंग की टंकार से सारा आर्यावर्त कांप जाता था वो थे वसुदेव कृष्ण। आपकी पुत्री अनिंद्य सुंदरी है महाराजा कृष्ण ने द्रुपद को संबोधित किया पर उसे पति रूप में प्रेमी नहीं आज्ञाकारी योद्धा चाहिये और इस सृष्टि में कोई भी मेरा उपयोग नहीं कर सकता, सुनते ही राजा द्रुपद, धृष्टद्युम्न व द्रौपदी के चेहरे उतर गये किंतु कृष्ण गंभीर थे वे द्रौपदी के पास पहुँचे परंतु मैं तुम्हारी मदद अवश्य करूँगा कृष्णा, यह सुनते ही तीनों के चेहरे खिल उठे, और ज्ञात संघ के वंशज मैं नहीं भूल सकता वो दिन पांचाल राजकुमारी द्रौपदी के स्वयंवर का भव्य आयोजन केशव ने मुझे भी द्वारका से पांचाल बुला भेजा, उन्होंने मुझे पास ही वन में रह रहे कुछ ब्राम्हणों को पांचाल राजसभा में लाने की जिम्मेदारी दी, और मैं जब इस ब्राम्हण परिवार से मिला तो मेरी हैरानी का ठिकाना नहीं रहा वो पांडव थे अजेय पांडव, हालांकि मुझे इन सब में अर्जुन ही बेहद प्रिय लगता था पर युद्धप्रिय होने के कारण भीमसेन से भी मेरा तालमेल बैठ ही जाता था, खैर दूसरे दिन हम लोग राजसभा पहुँचे और केशव के इशारे पर साधारण प्रजा के साथ एक कोने में खड़े हो गये, महाराज द्रुपद के दायीं ओर द्वारकाधीश बैठे थे और बांयी ओर

थी अनिंद्य सुंदरी राजकुमारी द्रौपदी, ज्ञात संघ के वंशज एक बार को तो मैं भी ब्रम्हांड सुंदरी के सौंदर्य में खो गया सभा में सारा आर्यावर्त मौजूद था और वहीं मैंने पहली बार देखा अंगराज कर्ण को, सभी कहते थे कि वो सूर्यपुत्र था उसका कवच अभेद्य था, दुर्योधन, जरासंध, शिशुपाल, जयद्रथ, बिन्द अनुविन्द, शाल्व, शल्य जैसे असंख्य वीर वहां मौजूद थे। स्पर्धा शुरू हो गयी केन्द्र में रखे शिव धनुष को उठाकर चक्र घूर्णन कर रही मछली की छवि को पानी में देखकर उसकी आंख भेदनी थी एक असंभव लक्ष्य, भन्नाये शिशुपाल ने इसे मजाक बताते हुऐ इस स्वयंवर को सुनियोजित बता दिया उसके मुताबिक कृष्ण स्वयं द्रौपदी से विवाह करना चाहते थे, मैं क्रोध में भन्ना कर उसके पास पहुँचा और अपनी तलवार उसके कंठ से लगा दी द्वारकाधीश से सम्मानपूर्वक बात करो, शिशुपाल तत्क्षण खामोश हो गया और एक एक कर वीर उस शिव आयुध के समक्ष नतमस्तक होने लगे कोई उसे उठा भी नहीं पाया, अंगराज कर्ण राज उद्घोषक की आवाज गूँजी, मैंने देखा वसुदेव चिन्तित हो उठे सूर्यपुत्र ने रूद्र आयुध को प्रणाम कर उसे सहज ही उठा लिया और प्रत्यंचा को बांधकर शरसंधान करने लगा तभी मैंने देखा वसुदेव कृष्ण का द्रौपदी को इशारा और सभा में द्रौपदी के शब्द गूँज उठे, मैं सूतपुत्र से विवाह नहीं करूँगी, लगा जैसे सूर्य अचानक मध्यम हो गये हों, अपमान से अंगराज का चेहरा दग्ध हो उठा तत्काल उस वीर ने शिव आयुध को प्रणाम कर वापस यथास्थान रख दिया, पांचाल राजकुमारी मुझे तुम्हारा कोई आकर्षण नहीं है, मैं तो मात्र यह बताना चाहता था कि ये स्पर्धा मेरे लिए एक बच्चों के खेल जैसी है युद्ध जाति से नहीं शस्त्रों से लड़ा जाता है, वीरता जाति में नहीं बाहुबल में होती है अंगराज ने पांचाल राजकुमारी को प्रत्युत्तर दिया और सभा को प्रणाम कर तत्काल राजसभा छोड़ दी। मुझे बेहद बुरा महसूस हुआ ना जाने क्यूं पांचाल राजकुमारी के लिये मेरा सम्मान क्षण भर में गायब हो गया, क्या कोई और क्षत्रिय धनुर्धारी इस सभा में मौजूद नहीं जो इस शर्त को पूरा कर सके युवराज धृष्टद्युम्न गरजे, और ज्ञात संघ के वंशज केशव के इशारे पर अर्जुन मैदान में आ गया

मेरे नेत्र फैल गये ओह तो ये थी प्रभु की योजना, फिर जैसा कि होना था वही हुआ मछली का आंख फोड़ दी गयी अपमान और निराशा से क्रोधित राजा व राजकुमार राजसभा में शोर मचाने लगे, उन्होंने अर्जुन पर आक्रमण कर दिया, केशव के इशारे पर मैं मैदान में आ गया और जब अर्जुन के हाथ में रूद्र धनुष हो और साथ में भीम और मैं तो किसको टिकना था, हम तीनों के संयुक्त प्रहारों के सामने सारी राजसभा कुछ ही देर में सूनी हो गयी, कर्ण पहले ही जा चुका था, केशव ने तत्काल मुझे राजकुमारी द्रौपदी व पांचों भाइयों को लेकर वहां से जाने का आदेश दिया, मैं इन सबको लेकर शीघ्रता से राजमाता कुंती के पास पहुँचा और ज्ञात संघ वंशज फिर मेरे सामने आया वो पल जिसने मुझे लज्जा और ग्लानि से भर दिया, हुआ यूं कि द्रौपदी को लेकर हम जैसे ही राजमाता कुंती की कुटिया के बाहर पहुँचे युधिष्ठिर जोरों से चिल्लाया माँ देखो आज हम क्या लाये हैं अंदर से कुंती ने मातृ स्वभाववश प्रचलित शब्द कहे जो भी लाये हो उसे आपस में बांट लो, बस फिर क्या था अब तो माँ की आज्ञा माननी ही पड़ेगी और द्रौपदी पांचों की हो गयी, अर्जुन की बेबसी को अनदेखा कर ब्रम्हांड सुंदरी के सौंदर्य पर आसक्त चारों भाईयों, और कुंती की मौन स्वीकृति देख मैं क्षोभ से भर उठा, तत्काल अर्जुन से अनुमति ले मैं द्वारका प्रस्थान कर गया सात्यकि शांत हो गये, फिर क्या हुआ वही मौन, योद्धा जा चुका था शायद सात्यकि को भी एकांत की जरूरत थी, मैं भी इस वर्णन से उद्वेलित था, मैंने कलम को चुपचाप रखा और अपने थके हुए शरीर को अपनी रिवाल्विंग चेयर पर उसकी पुश्त से टिका सर छत की ओर कर अपनी आंखें बन्द कर ली, कल के इंतजार में।

सातवीं रात

# "होइहि सोई जो राम रचि राखा" होना वही है जो प्रभु ने आपके कर्मक्षेत्र में लिख रखा है आप तो सिर्फ निमित मात्र हैं।

आज सुबह मैं अपने सहायकों को आवश्यक निर्देश देकर निकल पड़ा दिल्ली के सफर पर और मेरा पहला पड़ाव था नासिक, महादेव शिव की पवित्र नगरियों में से एक, मैंने स्थानीय होटल में चैक इन कर सुबह पवित्र ज्योतिर्लिंग त्रयंबकेश्वर के दर्शनों की अभिलाषा के साथ चाय का कप लेकर बिस्तर पर डेरा जमा लिया और तभी वो प्यारी सी खुश्बू मेरे ज़ेहन में दौड़ने लगी मैंने जल्दी से अपनी पैन और डायरी उठायी, थोड़ा धीरज से ज्ञात संघ के वंशज इन पलों का आनंद लो तुम महादेव शिव की नगरी में हो सात्यकि फुसफुसाये, मैं ठीक हूँ यादव श्रेष्ठ मेरी कलम पर पकड़ सख्त हो गयी और मैं लिखने को आबद्ध हो गया कुछ पलों की खामोशी के बाद फिर वही आवाज, तो लिखो ज्ञात संघ के वंशज मैं द्वारका आ गया था और दाऊ भैया, उद्धव, अक्रूर, कृतवर्मा इत्यादि के साथ हम लोग युद्धस्तर पर द्वारका को मजबूत करने में जुट गये, गुप्तचरों से हमें लगातार केशव के धीरज, चातुर्य, पराक्रम और राजनीतिक कौशल की सूचना मिल रही थी। पाणिग्रहण समारोह के पश्चात् श्रीकृष्ण पांडवों

को द्रौपदी सहित लेकर हस्तिनापुर पहुँचे और भीष्म, द्रोण, कृपाचार्य, दुर्योधन, कर्ण जैसे विद्वान और प्रभावशाली एवं गांधार नरेश शकुनि जैसे धूर्त को निरूत्तर कर उन्होंने हस्तिनापुर राज्य का विभाजन बिना रक्तपात के ही करा दिया, हालांकि पांडवों को उनके हिस्से में खाण्डवप्रस्थ जैसा बीहड़ और निर्जन प्रदेश मिला, ये ऊसर और दुर्गम वनक्षेत्र बेहद रहस्यमयी था, किवदन्ती थी कि खाण्डवप्रस्थ में प्रवेश करने से मृत्यु भी डरती थी क्यूंकि वहां रहते थे पाताल के श्रापित नाग जो नागाधिपति राजा वासुकी के आदेश की भी अवहेलना करते थे, इनके दर्शन मात्र की कल्पना से बड़े बड़े योद्धाओं की रीढ़ की हड्डी में सिहरन दौड़ जाती थी, इस बंटवारे से सभी पांडु पुत्रों का मुख सफेद पड़ गया सही भी था भला उस निर्जन और दुर्गम विष क्षेत्र का वे करते भी क्या पर केशव मुस्कुरा रहे थे जरूर द्वारकाधीश के मन में कोई योजना थी, ज्ञात संघ के वंशज उसके बाद जो हुआ उसे देख उस वक्त के बड़े बड़े योद्धा भी हत्प्रभ रह गये, आर्यावर्त के सर्वश्रेष्ठ योद्धा श्रीकृष्ण और धनुर्धर अर्जुन इन नागों पर टूट पड़े, केशव के शारंग और अर्जुन के धनुष से निकलती बाणवर्षा से लगा जैसे खाण्डवप्रस्थ में भूचाल आ गया हो, चक्रवात की भांति अप्रितम बाण वर्षा करते हुए इन दोनों महारथियों ने नागों पर धावा बोल दिया, पाताल नागों ने भी प्रचंड प्रतिरोध किया उनके अकाट्य नाग शस्त्रों व विष बुझी फुंकारों के ज्वालामुखी के बीच मेरे स्वामी का पराक्रम, ब्रम्हांड में वो शब्द नहीं हैं ज्ञात संघ के वंशज जिनसे उस भयंकर रक्तपात का वर्णन किया जा सके चारों दिशाओं में केशव और अर्जुन के बाणों का दावानल दहक रहा था, प्रलयंकारी युद्ध में दोनों की देह विषैली फुंकारों और नाग अस्त्रों के प्रहारों से रक्तरंजित थी, नागों के रहस्यमय व्यूहों व पाताल द्वारों को केशव के बाणों ने तिनके की भांति बिखेर दिया, प्रचंड प्रतिरोध था पाताल नागों का पर इस युद्ध का परिणाम तो सुनिश्चित था, भयंकर समर के पश्चात द्वारकाधीश और अर्जुन के रथ के चारों ओर दूर दूर तक पाताल नागों की लाशों का रेगिस्तान फैला हुआ

था, कदाचित् ये आर्यावर्त के इतिहास का सबसे बड़ा नाग संहार था, समूचे आर्यावर्त ने दांतों तले उंगली दबा ली, फिर द्वारकाधीश के आदेश पर श्रेष्ठ शिल्पकार दानवराज मय के निर्देशन में आरंभ हुआ पांडवों के नये नगर का निर्माण, प्रभु का आदेश मिलने पर मैं भी द्वारका के शिल्पकालों और श्रमजीवियों को लेकर खाण्डव प्रस्थ आ गया मेरे साथ प्रचुर मात्रा में स्वर्ण भी था, हम सब इस महानिर्माण में एक साथ जुट गये और जब ये कार्य संपूर्ण हुआ तो इसका अतुलनीय वैभव आह ये तो कदाचित् देवराज इन्द्र की अलकापुरी से भी ज्यादा खूबसूरत है मैंने सोचा, मैं दानवराज मय की शिल्पकला से चमत्कृत था, प्रभु श्रीकृष्ण ने इस अद्‌भुत निर्माण को नाम दिया **इंद्रप्रस्थ** दानवराज के शिल्प को देवराज का नाम, मय दानव उस सम्मान से भावविहल हो उठे और उनके दोनों हाथ प्रभु के सम्मान में करबद्ध जुड़ गये, युधिष्ठिर का राज्याभिषेक कर हम लोग भी केशव के साथ वापस द्वारका पहुँच गये, अभी कुछ ही समय बीता था कि एक दिन अचानक दुर्योधन द्वारका पहुँचा, वो सीधा दाऊ के महल में गया, कुष्ण मुस्कुराने लगे असल में शकुनि ने दुर्योधन को समझा बुझाकर द्वारका भेजा था, ताकि वो दाऊ भैया से गदायुद्ध की बारीकियां सीखे निःसंदेह भीमसेन पर बढ़त के लिये जरूरी था, इसमें कोई शक भी नहीं था कि शस्त्र शिक्षा के समय दुर्योधन एक सर्वश्रेष्ठ शिष्य था दाऊ भैया को चाहिये था योग्य शिष्य और दुर्योधन को चाहिये थे गदा युद्ध के वे रहस्यमयी पाठ जो सिर्फ और सिर्फ शेषावतार के पास थे, जल्द ही अपने कड़े परिश्रम से दुर्योधन दाऊ भैया का प्रिय शिष्य बन गया, एक दिन दाऊ की व्यायामशाला में बलभद्र के निर्देशन में दुर्योधन और मैं गदाभ्यास कर रहे थे, हमारे शरीर पसीने से लथपथ थे अचानक दुर्योधन भीषण हो उठा उसने एक उछाल ली और मुझ पर सीधे प्रहार किया मैंने तत्काल उसे रोका, दाऊ ने मेरी तरफ देखा और सहमति प्रदान की, मैं भी भयंकर हो उठा प्रहार शुरू हो गये, हम दोनों का शानदार हस्तलाघव देख दाऊ के सभी शिष्यों का जमघट लग गया केशव भी आ

गये, तभी त्रिदांव में दुर्योधन ने एक भीषण प्रहार मेरी पीठ पर किया प्रहार के वेग से मैं लड़खड़ा गया और पीड़ा व क्रोध से मेरा माथा दग्ध हो उठा, जोश में दुर्योधन भीषण वेग से आगे आया और अचानक मेरे सर्पदांव में फंस गया, मेरे दांये हाथ में थमी गदा प्रचंड गति से घूमी और धृतराष्ट्र पुत्र रक्तवमन करता हुआ व्यायामशाला के खम्भे से जा टकराया पर वाह गांधारी पुत्र वो तुरंत अपनी पीड़ा को भूल द्वंद्व हेतु प्रस्तुत हो गया, तकरीबन छह प्रहर तक चले इस युद्ध को रोका एक गरजती आवाज ने विश्राम, दाऊ आगे आये सात्यकि को इतने समय तक थामना असंभव है दुर्योधन शाबास, बलदेव की आंखों में गांधारी पुत्र के लिए प्रशंसा के भाव थे, दाऊ उस पर इतने मेहरबान हुए कि हमारे सामने ही उन्होंने दुर्योधन को बहन सुभद्रा से उसका विवाह करने का वचन दे दिया, हम सब भौचक्के थे एक बार को तो कृष्ण भी सकपका गये, दुर्योधन मतवाले साण्ड की तरह खुशी से झूमता हस्तिनापुर चला गया, जब कृष्ण चुप तो हम सब चुप तभी आगमन हुआ अर्जुन का वो कुछ विचलित था, शायद उसे दुर्योधन की सूचना मिल गयी थी, दाऊ भैया अर्जुन के आगमन से उदासीन व बेपरवाह थे पता नहीं क्यूं पर पांडव कभी भी दाऊ के मन में अपने लिये स्नेह नहीं जगा पाये शायद इसलिये भी क्यूंकि पांडवों के कारण श्रीकृष्ण पर आकस्मिक संकट आते रहते थे और बलभद्र के लिये उनका भाई ही उनकी दुनिया था। इसी बीच केशव ने द्वारका को एक और उत्सव का सुख प्रदान किया सत्राजित पुत्री और महान योद्धा सत्यभामा दुल्हन बनकर द्वारका आ गयी, सब ओर उल्लास का वातावरण था, हम लोगों का शस्त्र अभ्यास भी जारी था इसी दौरान एक दिन जब हम राजसभा में बैठे थे कि तभी आचार्यों के एक समूह का आगमन हुआ और मैं समझ गया मुसीबत आ गयी, समस्त आचार्य अपना दुख सुनाते सुनाते रो पड़े दाऊ भैया उस वक्त प्रभास तीर्थ गये हुए थे राजसभा में अर्जुन, मैं, सत्यभामा, अक्रूर, उद्धव, कृतवर्मा मौजूद थे, असल में ये आचार्य पीड़ित थे दक्षिण के आतंक से, सुदूर दक्षिण का पिशाच

नरकासुर, ज्ञात संघ के वंशज एकबारगी तो नरकासुर का नाम सुनकर अर्जुन जैसा धर्नुधर भी थर्रा उठा पर केशव गंभीर थे उन्होंने आचार्यों को ढांढस बंधाते हुए उन्हें उस पिशाच के संहार का वचन दे डाला, मेरे हाथ तलवार की मूंठ पर कस गये पर तभी मैं केशव के शब्द सुनकर कांप उठा, तुम सब द्वारका में ही रहोगे, उस पिशाच का वध मैं स्वयं करूंगा केशव ने हम सबको सम्बोधित किया, हम सब किर्तव्यविमूढ़ थे मन में प्रश्नों के अम्बार थे, लाखों मायावी राक्षसों की सेना और अकेले केशव, एक पल को हम भूल गये कि वे महाविष्णु के अवतार है, सहसा सत्राजित पुत्री सत्यभामा की आवाज ने उस मौन को भंग किया मैं इस युद्ध में आपके साथ चलूंगी स्वामी, एक शानदार योद्धा थी सत्राजित पुत्री केशव ने मौन स्वीकृति दी, इधर केशव और सत्यभामा निकले उधर दाऊ भैया द्वारका लौटे और उन्होंने आसमान सर पर उठा लिया, वो खौफनाक क्रोध से मुझे और अर्जुन को देख रहे थे मानों कह रहे हो कि कायरों तुमने मेरे भाई को अकेला छोड़ दिया, हम चुपचाप थे क्यूंकि एक तरफ कुआँ और दूसरी तरफ खाई, ज्ञात संघ के वंशज एक बार फिर समूचा आर्यावर्त द्वारकाधीश के यशोगान से झंकृत हो उठा, मार्गदर्शन हेतु गरूणों के दल को साथ ले श्रीकृष्ण के शारंग एवं सत्यभामा की तलवार ने पिशाचों पर कहर बरपा दिया, दोनों के भयंकर समर के सामने नरकासुर भी अजेय सेना ने घुटने टेक दिये मुझे पीड़ा थी तो सिर्फ इस बात की कि मैंने उस दृश्य को अपनी आंखों से देखने का सौभाग्य खो दिया, सोचो ज्ञात संघ के वंशज सामने अक्षौहिणी की संख्या में अजेय दुर्दम्य पिशाचों की सेना और सामने मात्र दो योद्धा, दोनों हाथों में तलवार लिये देवी सत्यभामा के अंडज व्यूह के सामने नरकासुर के अजेय सेनापति प्रलम्ब के चिथड़े उड़ गये, अप्रितम वेग के साथ शारंग से छूटे आसमान से बरसते अमोघ बाणों की घनघोर वर्षा ने पिशाचों को बींधकर रख दिया, वसुदेव कृष्ण के साथ भीषण युद्ध के मध्य नरकासुर को अपने कृत्य का फल चुकाना पड़ा, सुदर्शन ने उसका शीश उसके धड़ से उतार लिया,

पर अभी एक और सूचना थी नरकासुर के कारागार में बंदी तकरीबन सोलह हजार एक सौ युवतियों व राजकुमारियों ने वसुदेव कृष्ण को अपना पति मान लिया, ये भी शाश्वत सत्य है ज्ञात संघ वंशज जब जब द्वारकाधीश द्वारका से बाहर गये तब तब वे नूतन विवाह कर ही लौटे, सब प्रसन्न थे बलभद्र भी अपने रंग में आ चुके थे और फिर अर्जुन ने केशव से इंद्रप्रस्थ वापस जाने की अनुमति माँगी, तब केशव का अकाट्य प्रेम अर्जुन के प्रति झलक उठा उन्होंने उसे सुभद्रा के साथ विवाह का वचन दे दिया, अर्जुन तो प्रसन्न हो लौट पड़ा पर हम सबने सदैव की भांति अपना सर पीट लिया कुछ समझ ही नहीं आ रहा था कि करना क्या है। तभी दाऊ भैया ने हम सबको विवाह समारोह की तैयारियों का आदेश दिया और हस्तिनापुर को दुर्योधन व सुभद्रा के विवाह की सूचना भिजवा दी, दाऊ भैया के उत्साह भरे निर्देशों और तैयारियों के बीच हमें समझ ही नहीं आ रहा था कि कृष्ण कुछ बोल क्यों नहीं रहे हैं, केशव निश्चिंत दिख रहे थे, द्वारका सजने लगी थी और वंदनवार लगाते हुए हमें ये समझ ही नहीं आ रहा था कि ये सजावट किसके लिये हो रही है अर्जुन या दुर्योधन, जहाँ कृष्ण का वचन अकाट्य व अपरिवर्तनीय था वहीं बलभद्र के निर्णय को बदलने का प्रश्न ही नहीं था, इन्हीं सब उहापोह और तैयारियों के बीच श्रीकृष्ण ने विवाह पूर्व दाऊ भैया से सुभद्रा सहित रैवतक पर्वत चलने का आग्रह किया, महादेव के दर्शनों के आग्रह का घुमक्कड़ दाऊ भैया के द्वारा इंकार करने का कोई प्रश्न ही नहीं था इसी बीच कई दिनों से गायब अक्रूर भी आ गया और हम लोगों ने शीघ्र ही तैयारी कर प्रस्थान किया और रैवतक पहुँच खेमे गाड़ दिये गये, अगले दिन ब्रम्हमुहूर्त में श्रीकृष्ण उठे और उन्होंने सुभद्रा व अक्रूर के साथ चार सैनिकों को साथ में लिया व शिव मंदिर की ओर पूजा हेतु प्रस्थान किया, इधर हम सब दाऊ भैया के खेमे में आ गये हमारे बीच औपचारिक विचार विमर्श चल ही रहा था कि अचानक श्रीकृष्ण हाफंते दौड़ते आये दाऊ भैया, दाऊ भैया वे लगातार चिल्ला रहे थे, लुटा पिटा अक्रूर भी उनके

साथ था, हम सब अवाक् थे कि हुआ क्या है, और केशव ने एक कर्णभेदी समाचार दिया कि सुभद्रा का अपहरण हो गया है, शेषावतार की उंगलियाँ गदा पर कस गयी किसने किया ये दुस्साहस, हम सब अवाक् थे कृष्ण की उपस्थिति में ये संभव ही नहीं था, दाऊ भैया सुभद्रा पूजन कर चुकी थी मैं भगवान शिव की अर्चना कर रहा था मैंने उसे बाहर प्रतीक्षा करने को कहा तभी बाहर से तीव्र कोलाहल सुनाई दिया मैं तत्काल दौड़कर बाहर पहुँचा तो सैनिक चिल्ला रहे थे अक्रूर जमीन पर पड़ा था और एक अजनबी सुभद्रा को लेकर रथ में दूर निकल चुका था, तो पीछा क्यों नहीं किया दाऊ भड़क उठे, पीछा कैसे करता दाऊ वो तो मेरा ही रथ लेकर भागा था मैंने अंगरक्षकों को तुरंत रथ के पीछे दौड़ाया और इधर आ गया कहकर कृष्ण ने सांस ली हम सब हत्प्रभ थे, कितने सैनिक पीछे गये हैं दाऊ ने पूछा, चार वही उस वक्त साथ थे मैं खुद पैदल दौड़कर आपके पास आया हूँ कृष्ण धीमे से बोले, हमारी बहन का हरण हो गया और सिर्फ चार सैनिक पीछा कर रहे हैं क्या बकवास कर रहे हो किशन सात्यकि चलो बलभद्र फुफकारे, हम सब तत्काल प्रस्तुत हुए पर कृष्ण फिर बोल उठे, भैया कहाँ चलें हमें पता ही नहीं कि वो दुष्ट किस दिशा में गया है तो हम पीछा कैसे करेंगे, हमें सैनिकों के लौटने की प्रतीक्षा करनी चाहिए, बात सही थी और फिर प्रहर बीतने लगे हर प्रहर के साथ भैया का क्रोध बढ़ता जा रहा था और शिविर का अधिकांश सामान उनकी गदा की भेंट चढ़ गया, तकरीबन छह प्रहर बाद चारों सैनिक लुटे पिटे वापस आये, क्या हुआ सुभद्रा कहाँ है दाऊ ने व्यग्रता से पूछा, महाराज हमने उन्हें तीन प्रहर की दूरी पर थाम लिया था लेकिन उस अपहरणकर्ता ने हमें बुरी तरह पराजित कर दिया क्षमाप्रार्थी हैं बेचारा सैनिक बोला, द्वारका को चुनौती कौन है वो नीच जिसने से दुस्साहस किया क्या तुमने उसे पहचाना, और ज्ञात संघ के वंशज अगले ही पल वो नाम एक विस्फोट की तरह हमारे कानों में गूँजा, अर्जुन पांडु पुत्र अर्जुन था वो महाराज, सैनिक को सुन हम सब अवाक् रह गये,

अर्जुन के सामने चार तो क्या चालीस हजार की सेना भी असहाय थी, बलभद्र कृष्ण की तरफ देखकर फुफकारे पहले द्रौपदी और अब सुभद्रा ये पांडव हैं ही नीच सात्यकि सेना को तैयार करो आज मैं इन दुष्टों का समूल नाश कर दूँगा, जो आज्ञा दाऊ और मैंने निरीह नजरों से केशव को देखा तभी छलिया बोल पड़े पर भैया अब तक तो अर्जुन सुभद्रा को लेकर इंद्रप्रस्थ पहुँचने वाला होगा और सुभद्रा का हरण उसकी अनुमति के बिना कोई नहीं कर सकता वो आपकी बहन ही नहीं आपकी शिष्या भी है, और इंद्रप्रस्थ प्रवेश के पश्चात् सुभद्रा अब नियमानुसार अर्जुन की पत्नी है, और मैं अपनी बहन को विधवा बनाने के इस अभियान का हिस्सा नहीं बनूँगा, सहसा दाऊ सन्न रह गये ओह तो ये सब तुम्हारा किया धरा है कृष्ण, केशव ने दोनों हाथ जोड़कर अपनी नजरें झुका ली, दाऊ भैया बुरी तरह बिफर पड़े लगा जैसे क्रोध में गदा से धरा का सीना ही चीर देगें कृष्ण कब तक, कब तक चलेगा ये सब, समाज, कुल, परिवार और भाई किसी की भी परवाह नहीं तुम्हें, ऐसा कोई है जिससे तुम्हें प्यार हो, मैं सिर्फ आपसे प्रेम करता हूँ दाऊ केशव का ब्रम्हास्त्र चल चुका था, हम सब खामोश थे, कुछ देर चुप रहकर दाऊ बोले सात्यकि वापस द्वारका चलो, जो आज्ञा दाऊ मैंने उत्तर दिया और हम सब खामोशी से द्वारका की ओर चल दिये, लम्बी खामोशी शायद सात्यकि भी नागश्रेष्ठ के चुप के साथ खामोश हो गये थे, मैंने भी चुपचाप कलम रखकर अंगड़ाई ली और महादेव शिव को मन ही मन प्रणाम कर सुबह का इंतजार करने लगा शायद उस वक्त त्रयंबकेश्वर भी मुस्कुरा रहे होगें क्यूंकि रैवतक के साक्षी तो महादेव स्वयं थे।

आठवीं रात

# जय और पराजय, न्याय और अन्याय एवं सत्य और असत्य हमेशा शाश्वत है।

शिवनगरी की एक पवित्र सुबह मैंने तैयार होकर होटल से चैकआउट किया और चल दिया पवित्र ज्योतिर्लिंग त्रयंबकेश्वर की ओर, नासिक शहर के दक्षिण में केन्द्र से करीब पच्चीस किलोमीटर की दूरी पर स्थित ज्योतिर्लिंग में पहुँचते ही मेरा मन प्रफुल्लित हो उठा, चारों ओर शांति कहीं कोई भीड़ नहीं मात्र तीन मिनट में ही मैं खड़ा था त्रयंबकेश्वर के समक्ष, अदभुत अद्वितीय मेरे हाथ प्रभु के सम्मान में स्वयमेव जुड़ गये दिव्य एवं भव्य दर्शन विशाल हृदय भगवान शिव, उनके दर्शन मात्र से ही मैं अपने आपको तरोताजा महसूस करने लगा गर्भ गृह से बाहर आकर मैंने शिखर ध्वज को प्रणाम करने के पश्चात भगवान के पूजन को जा रहे औघड़ पुजारी को उनके प्रभु सेवा भाव के लिये नमन किया और अपनी आगे की यात्रा पर चल दिया, तकरीबन रात्रि आठ बजे मैं निरंतर कार ड्राइव करते हुए पहुँच गया भगवान महाकाल की रहस्यमय नगरी उज्जैन। मेरी नजर में उज्जैन से ज्यादा रहस्यमयी स्थान शायद ही कहीं और हो, गोरखनाथ संप्रदाय के महान योगियों से लेकर राजा विक्रमादित्य के शासन और नवरत्नों की यादों की धरोहर से सुशोभित यह नगरी आज

भी विश्व के विद्वानों को चुनौती देती है, यहां आकर बड़े बड़े विद्वानों की विद्वता बौनी पड़ जाती है और सबसे शीर्ष पर महादेव शिव का महाकाल रूप में विद्यमान ज्योतिर्लिंग, मेरा मन हुआ कि मैं इस शिव नगरी के प्रवेश द्वार पर ही अपना समय व्यतीत कर दूँ। रात्रि तकरीबन साढ़े आठ बजे मैं अपने होटल पहुँचा, होटल के कर्मचारियों ने मेरा सामान मेरे कमरे में व्यवस्थित किया मैंने उनका धन्यवाद करते हुए उनसे एक कप चाय का अनुरोध किया, मैं जब तक व्यवस्थित हुआ तब तक चाय आ चुकी थी मैं बाबा महाकाल को नमन करता हुआ चाय का आनंद लेने लगा, मेरी कलम और डायरी पास ही थी तभी लगा जैसे महाकाल की आरती के जलते दीयों की खुश्बू सारे कमरे में फैल गयी हो ये वो चिरपरिचित खुश्बू नहीं थी, और फिर वही फुसफुसाहट, महाकाल के दर्शनों का लोभ मैं छुपा नहीं सका ज्ञात संघ के वंशज मैंने सोचा कि उस पूजा का प्रसाद तुम्हें भी दे दूँ, द्वापर के योद्धा के उस प्रेम और सदाशयता पर मैं श्रद्धा से भर उठा आपका आभार सात्यकि जय महाकाल मेरे नेत्र श्रद्धा से मुंद गए, जय महाकाल, रूद्र भगवान की जय, शिव परिवार की जय, सात्यकि आज बेहद प्रसन्न थे तो लिखो ज्ञात संघ के वंशज, हम लोग द्वारका आ तो गये थे लेकिन सब ओर सन्नाटा था एक अजीब सा निशब्द मौन पर एक काम निरंतर जारी था वसुदेव कृष्ण की बंसी, सांयकाल समुद्र तट पर प्रभु की बंसी के स्वरों में द्वारका शांत ओर एकाग्र हो जाती थी, एक दिन केशव मुझे लेकर दाऊ भैया के महल की ओर चल पड़े भैया को प्रणाम कर द्वारकाधीश प्रस्तुत हुए, भैया पूरी द्वारका सुभद्रा को याद कर रही है क्यूं न हम अर्जुन और सुभद्रा को यहाँ आमंत्रित कर उनका विवाह करा उन्हें अपना आशीर्वाद दें, सुभद्रा आखिर आपकी छोटी बहन है कृष्ण बोले, तब तक शांत हो चुके दाऊ भैया ने सर हिलाकर अपनी स्वीकृति दे दी और तैयारियाँ होने लगी द्वारका वासियों ने पूरे शहर को सजा दिया। शानदार और भव्य समारोह में अर्जुन और सुभद्रा का विवाह संपन्न हुआ। इसी बीच एक दिन द्वारका दरबार में

तकरीबन तीस देशों के राजाओं का समूह एक साथ आया उनके हाथ करबद्ध जुड़े हुए थे, हम सब यादव योद्धा अपनी छाती फुलाकर खड़े हो गये हमें लगा कि वे शायद द्वारकाधीश से शिष्टाचार भेंट करने आये हैं, पर सत्यानाश ये तो फिर से एक आपदा की सूचना थी, ये सभी भयाक्रांत शासक वसुदेव कृष्ण से ये निवेदन करने आये थे कि आर्यावर्त के तकरीबन सौ से ज्यादा राजाओं के एकजुट समूहों के संघ ने उनका व उनकी प्रजा का जीना दुश्वार किया हुआ है और उन सबका नेतृत्व जरासंध कर रहा है, वसुदेव कृष्ण कुछ कहते उससे पहले ही बलभद्र बोल पड़े अपना राज्य, व अपनी प्रजा की सुरक्षा की जिम्मेदारी प्रत्येक राजा का नितांत व्यक्तिगत कर्तव्य है, अतएव आप सभी अपनी इस समस्या से स्वयं निपटिये अगर द्वारका पर किसी ने दृष्टि डाली तो द्वारका उसका जवाब देगी, हम सबने भी तुरंत दाऊ भैया के इस उत्तर का समर्थन कर दिया, हम समझ रहे थे बलराम केशव को व्यर्थ युद्धों और विवादों से दूर रखना चाहते थे, पर हम सब असहाय हैं महान बलराम भवानीपुर नरेश अश्विन बोले, अगर भुजाओं में बल नहीं तो आत्मदाह कर लो दाऊ भैया की दो टूक सुनकर सभी राजाओं के चेहरे उतर गये सब चुप थे, कृष्ण का गंभीर स्वर गूँजा हम सब आपकी पीड़ा समझते हैं पर द्वारका कभी भी अकारण किसी भी राज्य पर आक्रमण नहीं करती हाँ ये राजसभा आपकी क्या सहायता कर सकती है इस पर विचार अवश्य किया जायेगा तब तक आप द्वारका के मेहमान हैं, आपके द्वारका प्रवास के दौरान आप और आपकी प्रजा द्वारका द्वारा रक्षित रहेगी, एक बार फिर केशव ने चतुराई से दाऊ भैया के शब्द बिना कहे उन्हें ही सौंप दिये दाऊ ने केशव को घूर कर देखा, सिर्फ वाकचातुर्य से ही माधव ने सभी राजाओं को बलराम कवच प्रदान कर दिया, ज्ञात संघ के वंशज द्वारका रक्षित राज्यों और राजाओं को सौ राजा तो क्या समूचा आर्यावर्त भी छूने का साहस नहीं कर सकता था, सभी राजाओं के चेहरे इस छोटे से आश्वासन से खिल उठे वसुदेव कृष्ण की जय, महान बलराम की जय,

द्वारका की जय से सारी सभा गूँज उठी। दूसरों के विवाद में जबरदस्ती टांग अड़ाने वाला इससे ज्यादा उत्पाती शख्स मैंने अभी तक नहीं देखा बलराम बड़बड़ाये सात्यकि बलभद्र का आदेश गूँजा सभी राज्यों में द्वारका के सुरक्षा ध्वज के साथ सैन्य टुकड़ियाँ भेज दो, जो आज्ञा प्रभु मैंने प्रत्युत्तर दिया और व्यवस्था हेतु जुट गया पर अभी एक समस्या से उभरे नहीं कि दूसरी आफत आ गयी इंद्रप्रस्थ से पांडवों का राजदूत राजसभा में एक विशेष सूचना के साथ आया कि महाराज युधिष्ठिर ने केशव को आमंत्रण भेजा है वो राजसूय यज्ञ करना चाहते हैं, सुनते ही हम सब सन्न रह गये, ये युधिष्ठिर पगला गया है क्या बलभद्र आवेश में बोले, आर्यावर्त के भीषणतम् योद्धाओं को चुनौती ये मूर्ख अपने साथ साथ पूरे पांडु कुल को भी डुबो कर ही मानेगा, मुझे भी लगा शायद द्वारका व हस्तिनापुर के समर्थन की उम्मीद में पांडु पुत्रों ने कुछ ज्यादा ही ऊँची छलांग लगा ली पर जैसी कि आशंका थी श्रीकृष्ण ने तुरंत दारूक को साथ ले इंद्रप्रस्थ की ओर प्रस्थान कर दिया, दाऊ भैया के माथे पर चिंता की लकीरें दृष्टिगोचर होने लगीं, मैंने दाऊ के निर्देश पर द्वारका के गुप्तचर तत्काल समूचे आर्यावर्त में दौड़ा दिये, द्वारका की नारायणी सेना को विभाजित कर विभिन्न स्थानों पर तैनाती हेतु आदेश प्रसारित होने लगे इसी बीच इंद्रप्रस्थ से भी समाचार आने लगे, केशव के इंद्रप्रस्थ पहुँचते ही एक सभा का आयोजन हुआ पांचों भाई बेहद उत्साह में थे लग रहा था मानो अभी से पूरी पृथ्वी जीत ली हो पर केशव गंभीर थे। असल में ये सारा खेल द्रुपद पुत्री द्रौपदी का था पांच पतियों के वरण के बाद शायद उसकी इच्छा विवाह प्रथा से ही विरक्त हो गयी थी और ब्रम्हांड सुंदरी का अब एक ही लक्ष्य था पिता का प्रतिशोध, वहीं मूर्ख युधिष्ठिर का एक ही लक्ष्य रहता था द्रौपदी को प्रभावित करना, इसी क्रम में इन महाराज ने ये उड़ता तीर अपनी छाती में ले लिया, राजसूय यज्ञ हेतु आपकी क्या योजना है महाराज युधिष्ठिर केशव ने पूछा, आप बतायें केशव हम उसी अनुसार आरंभ करेंगे युधिष्ठिर बोला, प्रस्ताव मेरा नहीं तुम्हारा है भ्राता युधिष्ठिर

कृष्ण ने तत्काल उत्तर दिया और यह सुनते ही पांचों भाइयों को जैसे सांप सूंघ गया, असल में यह योजना ही वसुदेव कृष्ण के भरोसे थी, सबसे पहले मगध राज्य और उसके सहयोगी राजाओं को जीतना होगा जिनका कुल सैन्य बल लगभग पचास लाख है हमारे पास कितना सैन्य बल है भ्राता युधिष्ठिर केशव के प्रश्न जारी थे, युधिष्ठिर का मुंह लटकाकर उत्तर दिया लगभग दो लाख केशव, तभी भीम बोल पड़ा पर कृष्ण द्वारका की नारायणी सेना भी तो है और पितामह भीष्म भी तो मदद करेंगे, असल में इस मूर्ख भीम को खाने और युद्ध करने के सिवा और कुछ आता ही नहीं था, नारायणी सेना पर नियंत्रण दाऊ रखते हैं भैया और वो किसी से भी अकारण युद्ध नहीं करते, पितामह भीष्म की निष्ठा भी हस्तिनापुर सिंहासन से है इंद्रप्रस्थ से नहीं वैसे भी हस्तिनापुर का सैन्यदल दुर्योधन के नियंत्रण में है। हाँ ये निश्चित है कि इस अभियान में तुम्हें द्वारका, हस्तिनापुर व उसके मित्र राजाओं से युद्ध नहीं करना पड़ेगा कृष्ण स्पष्ट बोले, सुनकर सबके चेहरे लटक गये, हो गया राजसूय यज्ञ, हाँ एक योजना पर काम हो सकता है केशव के बोलते ही पांचों भाईयों सहित द्रौपदी के चेहरे दुबारा खिल उठे कृष्ण व्यूह आरंभ हो चुका था, अगले ही दिन सायंकाल तीन ब्राम्हणों ने इंद्रप्रस्थ से चलकर मगध की राजधानी में प्रवेश किया और यह त्रिमूर्ति सुबह सुबह जरासंध के दरबार में पहुँच गयी ये कृष्ण, अर्जुन और भीम थे तीनों ने इतना शानदार अभिनय किया कि जरासंध भी इन्हें नहीं पहचान पाया, वाह केशव ब्रम्हांड में ऐसी युद्धनीति किसी के पास नहीं थी, सम्राट जरासंध को केशव ने ऐसा चढ़ाया कि वो दानवीर बन गया और दान में केशव ने उससे एकल युद्धदान माँग लिया, आत्मसम्मान के सागर में आकंठ तक डूब चुके जरासंध की मति भ्रष्ट हो चुकी थी और जरासंध ने प्रतिद्वंद्वी हेतु अर्जुन और माधव को छोड़ हट्टे कट्टे सांड भीमसेन का चुनाव किया, कदाचित् ये उसके जीवन की सबसे बड़ी भूल थी क्यूंकि मल्ल युद्ध में द्रोण और बलभद्र से दीक्षित भीम का मुकाबला आर्यावर्त में शायद

ही कोई कर पाता, यह किवदंती थी कि ये पांचों भाई देवताओं के आशीर्वाद से जन्मे थें युधिष्ठिर धर्मराज, अर्जुन देवराज इन्द्र, नकुल व सहदेव अश्वनी कुमार व भीम स्वयं पवन देव। इसीलिये यह पांडुपुत्र वायुवेग से प्रचंड युद्ध करता था और कहते थे कि श्री राम भक्त चिरंजीवी देव हनुमान भी उससे भ्रातवश स्नेह करते थे, ज्ञात संघ के वंशज फिर शुरू हुआ जरासंध और भीम का गदायुद्ध दोनों प्रचंड योद्धा आपस में भिड़ गये, जरासंध के पास अथाह युद्धों का अनुभव व अपार बल था तो भीम के पास भी प्रचंड दैवीय बल व रहस्यमयी युद्ध कला थी, लेकिन जरासंध के पास भीमसेन के हर दांव का उत्तर था, वह भीम के हर वार को अपनी गदा पर रोककर उसे धकेल रहा था लग रहा था जैसे दो मतवाले सांड आपस में भिड़ गये हों, दोनों ही रक्त और युद्ध के प्यासे लगभग सात दिनों तक चले इस एकल युद्ध में दोनों लहुलुहान हो गये लेकिन दोनों के उत्साह में कोई कमी नहीं। गदा युद्ध अनिर्णय रहने की स्थिति में केशव ने अपनी चाल चल दी, जरासंध और भीम में मल्लयुद्ध छिड़ गया बस यहीं पर भीम जरासंध पर भारी पड़ गया, भीम के बाहुपाश में जरासंध बुरी तरह फड़फड़ा उठा और कुंती पुत्र ने क्रोध में उन्मत हो सारे नियमों को ताक पर रख दिया, युद्ध करते करते उसके धैर्य का ज्वालामुखी फट पड़ा और कदाचित् युद्ध इतिहास के सबसे जघन्य दृश्यों में से एक, भीम ने थके हुए जरासंध को पैरों से पकड़कर दो भागों में चीर दिया, ऐसा ही भीषण योद्धा था भीम क्रोध में उसके हाथों से सिर्फ सर्वनाश ही होता था, क्रोधित मगध की सेना और सेनापतियों ने तत्काल तीनों को घेरने का प्रयत्न किया पर वहां मौजूद छद्म वेशधारी द्वारका और इंद्रप्रस्थ के गुप्तचरों व सैनिकों ने तलवारें खींच और तीनों को सुरक्षा घेरे में ले लिया, वसुदेव कृष्ण की जय भीम दहाड़ पड़ा, केशव का नाम सुनते ही मगध के योद्धाओं के हाथ पैर कांप गये, कृष्ण गरजे समर्पण, सारे आर्यावर्त में हाहाकार मच गया सारे शत्रु राजा चूहों की भांति खामोश अपने बिलों में घुस गये द्वारकाधीश के साथ

पांडु पुत्रों के शौर्य की पताका भी चहुंओर फैल गयी। शरणागत राजाओं ने भी द्वारका से विंदा ली और फिर कृष्ण कवच में पांडवों का राजसूय यज्ञ संपन्न हुआ, शीघ्र ही हमें महाराज युधिष्ठिर के सम्राट पद पर राज्याभिषेक हेतु निमंत्रण प्राप्त हुआ, दाऊ भैया ने कृतवर्मा व शतधन्वा को द्वारका की सुरक्षा का भार सौंपकर अपने साथ मुझे व द्वारका के मित्र बन चुके यादव श्रेष्ठ चेकितान व सत्राजित को साथ ले इंद्रप्रस्थ प्रस्थान कर दिया, शीघ्र ही हम सब इंद्रप्रस्थ पहुँच गये। इंद्रप्रस्थ का राजदरबार सुशोभित था लगभग समूचे आर्यावर्त के राजा महाराजा वहां मौजूद थे जरासंध की मृत्यु के पश्चात पांडवों को चुनौती देने का साहस किसी ने नहीं किया तभी यज्ञ पूजा की तैयारी के क्रम में परमपूज्य महर्षि वेद व्यास ने अग्रपूजा हेतु किसी संबंधी व व्यक्तिविशेष को नामित करने का अनुरोध सभा से किया, इससे पहले कोई कुछ बोलता शकुनि के इशारे पर पौंड्रक राज ने बड़े होने के कारण चेदिनरेश शिशुपाल का नाम प्रस्तावित कर दिया और उसके समर्थन में शाल्व, विंद अनुविंद, दुर्योधन सहित कई राजाओं ने हर्षनाद शुरू कर दिया, यह देखकर मैं अचानक अपना नियंत्रण खो बैठा मैंने गरजते हुऐ अपनी तलवार खींच ली द्वारकाधीश के रहते आर्यावर्त में इस सम्मान का अधिकारी और कोई नहीं हो सकता मेरे साथ समर्थन में द्रुपद, सत्राजित, चेकितान, भीम, धृष्टद्युम्न सभी खड़े थे सारे विरोधियों को सांप सूंघ गया, महर्षि वेद व्यास ने भी तत्काल कृष्ण को अग्रपूजा हेतु आमंत्रित कर दिया, महर्षि के सामने किसी के बोलने का प्रश्न ही नहीं था अग्रपूजन की तैयारी शुरू हो गयी। तभी अभागे चेदिराज शिशुपाल ने अपना आपा खो दिया और क्रोध में वसुदेव कृष्ण को अपमानजनक शब्दों से अलंकृत करना शुरू कर दिया, चुप हो जा कायर वर्ना तेरा मुख बाणों से भर दूंगा अर्जुन क्रोध से संतप्त हो उठा, लेकिन शिशुपाल पर काल अपनी कुंडली जमा चुका था शिशुपाल के मुख से निकल रहे अपशब्दों के बीच अचानक प्रकाशपुंज सा उठा और पलक झपकते ही सुदर्शन ने शिशुपाल का सर धड़ से अलग

कर दिया, राजसभा में कोहराम मच गया, दुर्योधन की गदा उठी ये यज्ञ अब नहीं होगा, सारे राजा दो फाड़ हो गये, हमारे आयुध भी हमारे हाथों में आ गये तभी अचानक तीव्र गति से बलराम योद्धाओं की भीड़ को चीरते हुए राजसभा के मध्य में पहुँचकर गरजे आर्यावर्त की क्षत्राणियों कोई ऐसा वीर पैदा नहीं किया जो आज इस यज्ञ को रोक सके जिसकी भुजाओं में बल है वो मेरे सामने आये कहते हुए शेषावतार ने अपनी गदा को राजसभा के मध्य धरती में धंसा दिया, सारी बाजी पलट गयी थी इसे दाऊ का सम्मान कहे या आतंक विरोध तो दूर किसी ने भी उनसे नजरें मिलाने तक का साहस नहीं किया, इस तरह शिशुपाल की बलि के साथ बलराम कवच के साये में राजसूय यज्ञ संपन्न हो गया। समारोह उपरांत द्रौपदी के अनुरोध पर मैं और दाऊ भैया, केशव के साथ कुछ दिन के लिए इंद्रप्रस्थ में ही रूक गये व सत्राजित एवं चेकितान बाकी सेना लेकर द्वारका लौट पड़े, हम लोग शांति से इंद्रप्रस्थ के आतिथ्य का आनंद ले ही रहे थे कि एक बार फिर आफत टूट पड़ी, गुप्तचर जीवा एक भयानक समाचार लेकर आया हमारी अनुपस्थिति में मौका पाकर शाल्वराज ने अपनी सेना के साथ द्वारका पर आक्रमण कर दिया और पूज्य पिताश्री वासुदेव को बंदी बनाकर अपने साथ ले गया है, हम सबको काटो तो खून नहीं, और सात्यकि खामोश हो गये, चारों ओर एकदम सन्नाटा था, महाकाल की नगरी भी सो रही थी, मैंने भी कलम रख दी और धनुषाकार अंगड़ाई लेते हुऐ अपने शरीर को ढीला छोड़ दिया, सुबह जल्दी उठने के संकल्प और महाकाल के दर्शनों की अभिलाषा के साथ मैं भी सो गया

नवमी रात

# युद्ध अपने लिये नहीं, अपनों के लिये लड़े जाते हैं।

महाकाल की नगरी उज्जैन की एक सपनीली और उमंग भरी सुबह मैं उठकर जल्दी से तैयार हुआ, उज्जैन में ही रह रहे मेरे परिवारिक मित्र और प्रभु भक्त आचार्य जी भी आ गये, शीघ्र ही हम दोनों साथ निकलकर प्रभु महाकाल के दर्शन हेतु लगी भक्तों की कतार में निबद्ध हो गये, थोड़ी ही देर में महादेव शिव का भव्य ज्योतिलिंग मेरी नजरों के सामने था सबसे अनोखे, सबसे शक्तिशाली और सबसे दयालु चंदन से महकते प्रभु शिव और गोघृत के दियों से जगमगाता सुगंधित परिसर, मैंने एक लंबी आनंददायक श्वांस ली इस अनमोल पल के लिये आपका शुक्रिया प्रभु और मैं प्रभु के दरबार में नतमस्तक हो गया, तकरीबन एक प्रहर प्रभु के दरबार में बिताने के पश्चात् मैं आचार्य जी के साथ मंगलनाथ भगवान के दर्शन हेतु प्रस्थान कर गया, दर्शन पश्चात हम दोनों नाथ संप्रदाय के गुरूओं व योगियों के वैभव को प्रकट करते गोरख मठ की ओर प्रस्थान कर गये, नाथ संप्रदाय के रहस्यों को ओढ़े हुए ये तपस्थली आज भी योगी व तपस्वियों के लिये स्वर्ग है, मेरा मन बेहद प्रफुल्लित था। दोपहर विश्राम के बाद मुझे सायं सौभाग्य प्राप्त हुआ माँ हरसिद्धि के

द्वारिका
दक्षिणी द्वार
पूर्वी द्वार
साम्ब
प्रद्युम्न
कालकूट
विक्रूप
शाल्वराज
मणिधर
शुक्राक्ष
सर्प व्यूह

दिव्य दर्शनों का, उज्जैन के प्रतापी राजा विक्रमादित्य की कुलदेवी उनके नवरत्नों, वराहमिहिर, धन्वन्तरि, क्षयनक, अमर सिंह, शंकु, खरकपारा, कालिदास, बेतालमह, वररूचि के ज्ञान और विद्वता का प्रमुख श्रोत, उन्हें ज्ञान व सिद्धियाँ देने वाली माँ हरसिद्धि, गुप्त कलाओं व ज्ञान की देवी हरसिद्धि, माँ के विग्रह के भव्य दर्शन कर मैं सदियों से माँ के समक्ष स्थित सहस्रदीप स्तंभ में जल रहे दीपकों को निहार कर अपनी आंखों को अमृतपान कराता एक अद्‌भुत और अकल्पनीय दिन के लिये प्रभु को बारंबार धन्यवाद करते हुए अपने भाग्य को सराहता हुआ रात तकरीबन आठ बजे वापस आ गया, करीब नौ बजे कलम और डायरी लेकर बिस्तर में बैठा ही था कि दिव्य सुगंध के साथ वही फुसफुसाहट, एक पवित्र और यादगार दिन के लिये बधाई ज्ञात संघ के वंशज, प्रणाम सात्यकि ये सब अद्‌भुत और अकल्पनीय है मैंने मन ही मन उत्तर दिया, तो लिखो ज्ञात संघ के वंशज, हम सब लगभग स्तब्ध थे कि बलभद्र बोले विस्तृत समाचार दो और गुप्तचर बोल उठा प्रभु द्वारका में आठ दिवस पहले अचानक शाल्वों की सेना ने नगर को तीनों ओर से नाग व्यूह में घेर लिया व नगर के सभी द्वार अवरूद्ध कर दिये। ओह तभी शाल्व राज यहां से शीघ्र ही चला गया था, मुझे तत्काल बोध हुआ राजकुमार प्रद्युम्न ने उत्तरी द्वार एवं राजकुमार साम्ब व अक्रूर जी ने दक्षिणी द्वार से शाल्वों की सेना को भीषण प्रत्युत्तर दिया। प्रद्युम्न मैं चौंक गया वो तो चौदह वर्ष से गायब था, प्रभु राजकुमार आपके इंद्रप्रस्थ प्रस्थान के चार दिवस बाद अचानक ही द्वारका पहुँचे, उनके साथ राक्षस सुंदरी माया भी थी तभी दाऊ ने गुप्तचर को बीच में ही टोक दिया द्वारका के समाचार दो फिर क्या हुआ दाऊ अत्यंत व्यग्र थे, शाल्व सेना के सेनापतियों शुक्राक्ष, मणिधर, कालकूट व विक्रूप ने शाल्व सेना के साथ द्वारका पर भीषण आक्रमण किया अचानक हुए इस हमले से बिना किसी तैयारी व व्यूह रचना के राजकुमार प्रद्युम्न तत्काल द्वारका की अग्रिम सेना लेकर शुक्राक्ष, मणिधर व शाल्व में भिड़ गये, इन तीनों के सामने युवराज प्रद्युम्न व

द्वारका की सेना एक अभेद्य दीवार की भांति डट गयीं, उधर दक्षिणी द्वार पर राजकुमार साम्ब व अक्रूर भी शत्रु को प्रत्युत्तर दे रहे थे, विक्रूप और राजकुमार साम्ब में भयंकर युद्ध छिड़ गया इसी समय पीछे से एकाएक पहुँचे चेकितान व सत्राजित के दल ने भी शाल्व सेना पर धावा बोल दिया, एक बार तो लगा कि शाल्व सेना दो पाटों में पिस जायेगी पर अचानक कालकूट और विक्रूप ने सर्पव्यूह खोल दिया और इन दोनों के साथ मणिधर भी आ मिला, शुक्राक्ष ने पहले ही अपनी सेना के साथ राजकुमार प्रद्युम्न का मार्ग अवरूद्ध कर रखा था, कालकूट, विक्रूप और मणिधर ने साम्ब, सत्राजित, चेकितान को भीषण युद्ध में उलझा लिया और बिना व्यूह रचना के द्वारका की सेना कमजोर पड़ने लगी, अक्रूर ने मदद के लिये शंख फूंक दिया प्रद्युम्न ने तत्काल दक्षिणी द्वार की ओर बढ़ने की चेष्टा की पर शुक्राक्ष ने उन्हें अवसर ही नहीं दिया, दोनों ओर से भयंकर प्रहार हो रहे थे राजकुमार प्रद्युम्न ने वायवास्त्र से प्रहार किया वायवास्त्र के चक्रवाती प्रहार से शुक्राक्ष त्राहिमाम कर उठा, तभी शाल्व राज की गज सेना युद्ध में कूद पड़ी, भयानक युद्धक गज आंधी की तरह द्वारका की सेना पर टूट पड़े हमारी सेना भी प्राण पड़ से लड़ रही थी, राजकुमार प्रद्युम्न ने गजों की ओर शस्त्रों का भंडार खोल दिया, चारों ओर भयानक भगदड़ मची थी, रक्त कुंड बनते जा रहे थे पर असल चिंता दक्षिणी द्वार की थी, जहाँ सुनियोजित सर्पव्यूह में बुरी तरह उलझे साम्ब, सत्राजित व चेकितान को अपना व्यूह बनाने का मौका ही नहीं मिल रहा था, हालांकि इन तीनों के सामने शत्रु सेना के तीनों सेनापति कमजोर थे लेकिन उनके साथ अतीव सैन्य बल था, राजकुमार साम्ब अब थकने लगे थे, महाराज हालात ऐसे हुए कि हम लगभग युद्ध हारने ही वाले थे कि अचानक से द्वारका का दक्षिणी द्वार खुला और वसुदेव कृष्ण की जय, द्वारका अजेय, बलभद्र की जय के गगनभेदी जयघोष के साथ श्वेत युद्धाश्व पर सवार रानी सत्यभामा द्वारका के निजी अंगरक्षकों की अश्वसेना व अतिरिक्त सैन्य दल के साथ शाल्व सेना पर टूट पड़ीं, लगा

जैसे युद्ध की देवी दुर्गा अवतरित हो गयी हो, रानी सत्यभामा के धनुष से छूटे बाणों ने कालकूट, विक्रूप और मणिधर को एक साथ थाम लिया, रानी सत्यभामा के बाणों की वर्षा के सामने उनकी आंखें ये भी नहीं देख पायी के कब उनकी मृत्यु उन्हें निगल गयी, तीनों की देह बाणों से भर गयी, निजी अंगरक्षकों की अश्वसेना की तलवारों और टापों से युद्धक्षेत्र धधक उठा, तब तक प्रद्युम्न ने भी शाल्वों की गज सेना का लगभग समूल संहार कर दिया था। राजकुमार प्रद्युम्न के धनुष से तत्काल एक सांकेतिक बाण छूटा और दक्षिणी द्वार की मदद हेतु द्वारका की सेना का व्यूह दक्षिणी द्वार की ओर खिसका और भीषण संग्राम के बाद शाल्व सेना मैदान छोड़ भागने लगी पर तब तक देवी सत्यभामा, राजकुमार प्रद्युम्न और राजकुमार साम्ब ने अधिकांश शाल्व सेना को मार गिराया, शुक्राक्ष भी मारा गया, द्वारका की सेना को देवी सत्यभामा ने अपने नेतृत्व में तत्काल सुरक्षा व्यूह में निबद्ध किया, प्रद्युम्न, सत्राजित चेकितान, साम्ब इत्यादि लहूलुहान थे, तभी अचानक उत्तरी द्वार पर हो हल्ला मच गया, हुआ ये कि प्रद्युम्न को घिरा देख श्रेष्ठी वासुदेव अपने अंगरक्षक दल के साथ युद्ध करते हुए शाल्व सेना में अंदर तक धंस गये और तभी सर्प व्यूह के आखिरी छोर पर उन्हें शाल्व राज ने घेरकर बंदी बना लिया और अपने साथ तत्काल शाल्व देश ले भागा कहकर गुप्तचर चुप हो गया। तत्काल द्वारका प्रस्थान करो बलराम गर्जे, हम लोग द्रुत गति से द्वारका पहुँच गये द्वारका के चारों ओर लाशों के ढेर लगे थे जगह जगह धुआँ उठ रहा था, कदाचित् वहां कुछ राक्षसी अस्त्रों का प्रयोग भी किया गया था। तुरंत राजसभा का आयोजन किया गया, हमारे साथ अर्जुन व द्रौपदी भी आये थे, द्वारका का प्रबंध अर्जुन को सौंपकर वसुदेव कृष्ण और दाऊ भैया के नेतृत्व में द्वारका की सेना रात्रि तक बिना विश्राम किये शाल्व राज्य पहुँच गयी और बिना रूके रात्रि में ही शाल्व राज के किले को घेर लिया गया। वसुदेव ने मुझे पूर्व द्वार पर, अक्रूर, उद्धव व कृतवर्मा को दक्षिणी द्वार पर और पश्चिमी द्वार पर स्वयं को सज्जित कर किले

को संपूर्ण रूप से अवरूद्ध कर दिया, बलराम भैया को उनके अरिष्टनेमि दल के साथ सीधे धावा बोलकर पूज्य पिताश्री को छुड़ाकर द्वारका ले जाने का कार्य सौंपा गया, किशन आज कोई व्यूह रचना नहीं दाऊ स्पष्ट बोले, जो आज्ञा दाऊ केशव गंभीर थे और पांचजन्य गूँज उठा शाल्व नगर के साथ द्वारका की नारायणी सेना ने ईंट से ईंट बजा दी, ब्रम्हमुहूर्त में ही ऐसा लगा जैसे शाल्व नगर में भूकंप आ गया हो, वायुसिद्धि की अविश्वसनीय उछाल लेते हुए शाल्व के किले के मजबूत लौह द्वारों को अपनी गदा के प्रहारों से ध्वस्त करते हुए दाऊ भैया के दल ने अविश्वसनीय गति से नगर में प्रवेश किया, प्रहिरयों को कुचलते हुए युद्ध के देवता के भयंकर स्वरूप को देख शाल्व सैनिक हत्प्रभ रह गये, शाल्व के श्रेष्ठ गदाधारी दल ने प्रतिरोध किया, गदांये टकराने लगी पर दाऊ और उनके दल को थामना कोई हंसी खेल नहीं था, शाल्व सैनिकों की तुड़ी मुड़ी लाशों से शहर की गलियां भरने लगीं, क्रोध में चिंघाड़ते हुए बलभद्र जब राजकीय कारागार पहुँचे तो लगा जैसे कोई अवरोध या द्वार था ही नहीं, लाशों के कालीन पर आते हुए दाऊ के सामने पड़ने का साहस किसी में नहीं था, पिताश्री वसुदेव को मुक्त करा दाऊ सीधे द्वारका निकल गये, वहीं पूर्वी द्वार पर मेरे बाणों ने शाल्व सेना पर कहर बरपा दिया उनके कवच विंदीर्ण होने लगे और मेरी अश्वसेना ने उन्हें चीरकर रख दिया, मेरे सैनिकों के सामने शाल्वों का प्रतिरोध लगभग गायब था उधर पश्चिमी द्वार से वसुदेव कृष्ण ने अपनी सेना के साथ शाल्व नगर में सूर्य किरणों की भांति प्रवेश किया, शारंग की टंकार से शाल्व की मुख्य सेना दहल उठी अतुलनीय बाणों की वर्षा करते हुए केशव अंदर तक धंस गये, शाल्वों का धुनर्धारी दल प्राणपण से लड़ रहा था, शाल्व राज ने केशव पर दिव्यास्त्रों से आक्रमण किया पर केशव तो लग रहा था जैसे वे किसी भी दिव्यास्त्र को स्वीकार ही नहीं कर रहे थे, शारंग से छूटे साधारण लौह बाण सभी दिव्यास्त्रों को आसानी से निगल

रहे थे, शीघ्र ही अपनी छाती में केशव के बाणों का समूह ले शाल्वराज मृत्यु को प्राप्त हुआ, केशव आज रौद्र रूप में थे।

शाल्वों का लगभग सफाया हो गया था, उन्हें भागने का कोई भी अवसर प्राप्त नहीं हुआ सभी द्वार पूर्ण रूप से अवरूद्ध थे, लुटे पिटे और आतंकित शाल्वों को छोड़कर हम रक्त से सने वापस द्वारका पहुँचे तो लगा जैसे शहर में दीपावली हो गई हो, सब सामान्य होने लगा अर्जुन और द्रौपदी भी लौट गये, इसी बीच प्रद्युम्न के गायब और प्रकट होने का राज सामने आया। प्रद्युम्न का अपहरण मायावी असुर शम्बरासुर ने किया था पर उसने बाल्यकाल में ही बलात् अपहरण कर पत्नी बनायी गयी अनिंध्य सुन्दरी रानी माया के अनुरोध पर उसे मारा नहीं, धीरे धीरे प्रद्युम्न ने शम्बरासुर को प्रभावित कर उससे मायावी युद्ध विद्या व गुप्त मंत्र व असुरास्त्रों का ज्ञान प्राप्त किया और इस राक्षस के उत्पीड़न से बुरी तरह परेशान माया के सहयोग से समय आने पर इस दुष्ट राक्षस का वध कर दिया जिससे सुदूर शीत प्रदेशों में शांति कायम हुई, प्रद्युम्न के प्रति माया का समर्पण व प्रेम देखकर द्वारका में माया को सबने प्रसन्न मन से प्रद्युम्न की पत्नी स्वीकार किया। तभी एक दिन हस्तिनापुर से युवराज दुर्योधन की पुत्री लक्ष्मणा के स्वयंवर हेतु द्वारका को निमंत्रण आया, हम लोग अभी अन्य तैयारियों में व्यस्त थे अतएव दाऊ भैया ने राजकुमार साम्ब को हस्तिनापुर भेज दिया, जामवंती पुत्र साम्ब एक बेहद मदांध उच्चश्रृंखल योद्धा था उसे द्वारकाधीश का पुत्र होने का भयंकर अभिमान था, और साम्ब ने एक और काम भी बड़ी चतुरता और लगन से किया था, उसने दाऊ भैया का दिल जीत रखा था और जिस पर दाऊ खुश तो फिर उसे किसकी परवाह, साम्ब महाराज हस्तिनापुर पहुँच गये और साम्ब को तो उत्पात करना ही था, हुआ भी वही हस्तिनापुर में राजकुमारी लक्ष्मणा को देखते ही साम्ब उस पर आसक्त हो गया और एक दिन मदिरा के नशे में धुत साम्ब ने राजकुमारी लक्ष्मणा का हाथ पकड़ उसे बलात् गले से

लगा लिया, चारों ओर शोर मच गया लक्ष्मणा भय से चीखने लगी और साम्ब को तुरंत बंदी बना लिया गया ये खबर जब द्वारका पहुँची तब केशव द्वारका में नहीं थे, समाचार मिलते ही तुरंत बलभद्र और मैं सेना लेकर हस्तिनापुर की सीमा पर पहुँच गये, हस्तिनापुर संदेश भेज दिया गया, सीमा पर द्वारका की सेना का आगमन सुन हस्तिनापुर की सेना भी पितामह भीष्म के नेतृत्व में सामने आ गयी और मोर्चा संभाला द्रोणाचार्य ने साम्ब ने अक्षम्य अपराध किया है बलभद्र वो हस्तिनापुर का अपराधी है उसे हस्तिनापुर की राजसभा सजा देगी यही न्याय है द्रोण बोले, तब तक दाऊ का क्रोध सातवें आसमान पर पहुँच गया इससे पहले कि मैं आपका मान सम्मान भूल जाऊं मेरे सामने से चले जाओ आचार्य द्रोण साम्ब मेरा भतीजा ही नहीं बल्कि द्वारका का प्रतिनिधि भी है अगर उसने अपराध किया है तो उसकी सजा उसे हस्तिनापुर नहीं द्वारका देगी, यादवों के सम्मान के साथ खेलने का अवसर मैं किसी को नहीं दूँगा तत्काल साम्ब को मुक्त करो दाऊ गरजे, द्रोण चुपचाप लौट गये माहौल तनावपूर्ण हो गया दोनों सेनायें संनद्ध हो गयीं, भीष्म केन्द्र में थे उनके साथ अंगराज कर्ण, अश्वत्थामा, दुर्योधन, दुःशासन, कृपाचार्य, और द्रोण के रथ भी युद्ध मुद्रा में आ गये, मैंने भी अपना धनुष उठा लिया हमारा सैन्य दल भी तैयार हो गया, सावधान बलराम भीष्म का स्वर गूँज उठा, असल में ये वृद्ध पहाड़ आर्यावर्त में स्वयं एक किवदंती था, कहा जाता था भार्गव श्रेष्ठ महर्षि परशुराम भी इसे पराजित नहीं कर पाये थे भीष्म का धनुष उनके हाथ में था, पर दाऊ तो दाऊ थे पितामह भीष्म मैं आपको अंतिम अवसर दे रहा हूँ सम्मानपूर्वक या तो चुपचाप इन सियारों को लेकर वापस लौट जाइये नहीं तो इनकी लाशों के पर्वत को पार करना शायद आपके लिये भी संभव नहीं होगा, बलभद्र के सब्र का बांध टूटने के करीब था, सब सन्नाटे में आ गये कुरूसेना और उसके सेनापति के लिये कदाचित् यह शब्द उल्कापात की तरह थे क्यूंकि गंगापुत्र भीष्म अजेय थे तभी अंगराज कर्ण ने भूल कर दी अपनी जुबान को लगाम दे ग्वाले नहीं तो

मैं तुझे अपने रथ के घोड़ों के साथ जोत दूंगा, और आँख झपकने के अंतराल में ही सबने एक अविश्वसनीय दृश्य देखा क्रोध से भन्नाये दाऊ भैया की गदा के एक भीषण प्रहार से अंगराज कर्ण का रथ टुकड़ों में बिखर गया कर्ण धूल धूसरित हो गया, कुछ पलों पहले जो शेषावतार को अपने रथ में जोत रहा था वो बिना मुकुट असहाय धरती पर पड़ा था, आज ये सब मरेगें मैं मन ही मन बड़बड़ाया, भीष्म, द्रोण और कृपाचार्य की तिकड़ी की आंखें भी विस्मय से फैल गयीं, क्या तुम्हारे तुणीर में बाण नहीं हैं भीष्म बलभद्र बेहद उन्मत हो चुके थे युद्ध आरंभ करो कब तक तुम सब जिव्हा चलाते रहोगे, द्वारका के योद्धाओं के जबड़े कस गये हम सबके चेहरों पर उत्तेजना थी, द्वारका की सेना की असल परीक्षा तो आज थी। इससे पहले कि गंगापुत्र भीष्म कोई उत्तर देते शकुनि के इशारे पर दुर्योधन अपने रथ से उतरकर तेजी से दाऊ की ओर दौड़ा और उनके पैरों से लिपट गया गुरूदेव मेरी इज्जत अब आपके हाथों में है अगर आज साम्ब को छोड़ा तो सारा आर्यावर्त मुझ पर हंसेगा, इससे तो अच्छा है आप स्वंय मेरा वध कर दीजिए, आपसे जीतना संभव नहीं और कलंकित जीवन मुझे मंजूर नहीं दुर्योधन की बात भी सही थी, तो क्या करूँ दुर्योधन क्या अपने भतीजे को हस्तिनापुर में मरने हेतु छोड़ दूँ नहीं बलभद्र एक उपाय है गांधार नरेश शकुनि पीछे से बोला अगर आप राजकुमार साम्ब और राजकुमारी लक्ष्मणा के विवाह की अनुमति दे दें तो हस्तिनापुर और द्वारका दोनों का मान रह जायेगा कपटी के दोनों हाथ जुड़े हुए थे, दाऊ ने कुछ पल सोचा ठीक है विवाह पश्चात् राजकुमार साम्ब और पुत्री लक्ष्मणा को शीघ्र द्वारका भेजो, आपका आभार गुरूदेव दुर्योधन दाऊ के चरणों में झुक गया, मैं गरज उठा महाराज बलराम की जय और वातावरण द्वारका और हस्तिनापुर के जयघोष से गूँज उठा, बल के देवता ने हालांकि एक और युद्ध अकेले जीत लिया था पर आज का विजेता तो असल में शकुनि था, इस शानदार पांसे को फेंक कर द्यूत सम्राट ने ब्रह्मांड की अभेद्य और अजेय ताकत से दुर्योधन व हस्तिनापुर को सदैव के लिये

सुरक्षित कर दिया, द्वारका में सब ठीक था इसी बीच एक दिन मैं प्रभु श्रीकृष्ण के महल में बिना सूचना दिये पहुँचा, जैसे ही मैं द्वारकाधीश के कक्ष में घुसा मैंने देखा केशव मेरी ओर पीठ किये खड़े थे प्रणाम प्रभु, पीताम्बरधारी मेरी तरफ पलटे और ज्ञात संघ के वंशज मैं सन्न रह गया, केशव की आंखों में आँसू थे, क्या हुआ प्रभु, क्या हुआ आपके नेत्रों में आँसू, सात्यकि मेरे मित्र वसुदेव रूँधे कंठ से बोले कभी कभी हम चाहकर भी उनके लिये कुछ नहीं कर पाते जो हमें सबसे अधिक प्रिय होते हैं और द्वारकाधीश बुरी तरह रो पड़े, मैंने प्रभु को अपनी बाहों में समेट लिया मैं भी रोने लगा मेरे आँसू तो मेरे प्रभु के लिये थे पर उनके आँसू, मैंने दुबारा पूछा नहीं और उन्होंने बताया नहीं। इस घटना के चार दिवस पश्चात पांडु पुत्र नकुल साधारण भेष में द्वारका आया और केशव के सामने बुरी तरह रोने लगा, रोते रोते उसने बताया कि उनका राज्य कौरवों ने हड़प कर उन पांचों भाइयों व द्रौपदी को वनवास दे दिया है, और सुभद्रा बलराम ने पूछा, सुभद्रा भाभी गर्भवती हैं अतएव वे हस्तिनापुर में ही माता कुंती के साथ हैं, सात्यकि सुबह हम लोग नकुल के साथ बाकी पांडु पुत्रों से मिलने हेतु प्रस्थान करेंगे द्वारका की व्यवस्था अब दाऊ भैया देखेगें, सब खामोश थे और ज्ञात संघ के वंशज अगले दिन पांडु पुत्रों के पास पहुंचकर हमने सुनी वो घृणित घटना, कैसे मदिरा के नशे में मूर्ख युधिष्ठिर ने दो दो बार अपना राज्य शकुनि के पासों की भेंट चढ़ा दिया, कैसे उस द्यूतप्रेमी मतिभ्रष्ट ने अपने भाइयों और पत्नी को भी दांव पर लगा दिया, कैसे एक पत्नी को उसके पांच महारथी पतियों ने शर्मिंदा किया, कैसे स्वयं को वीर कहने वाले ये पांचों पांडु पुत्र धक्के खाकर अपने ही राज्य से निष्कासित हुए, ज्ञात संघ के वंशज इन्होंने सिर्फ पांडुकुल को ही नहीं बल्कि उन देवताओं को भी शर्मिंदा किया जिनके आशीर्वाद से ये धरती पर अवतरित हुए थे। असल में युधिष्ठिर एक सत्यनिष्ठ मूर्ख था और इस मूर्ख के सत्यव्यूह में उलझकर द्रौपदी अपनी जगहंसाई कर बैठी और मेरे केशव अपना सब कुछ खो

बैठे, जब इन पांच झुके हुए सिरों के बीच द्रुपद पुत्री ने अपने चीरहरण के दृश्य का रोते हुए वर्णन किया तो मेरे सीने में एक हूक सी उठी, उसने बताया कैसे भीष्म, द्रोण, कर्ण, कृपाचार्य, धृतराष्ट्र, विंदुर, दुर्योधन व सारी कुरू सभा उस दृश्य का आनंद ले रही थी, फफकते हुए द्रुपद पुत्री बोली केशव जब दुष्ट दु:शासन मेरे वस्त्र खींच रहा था तो मैंने आपको याद किया सखा, ज्ञात संघ के वंशज यह सुनकर वसुदेव कृष्ण फिर से रो पड़े, पांचाल राजकुमारी के सब्र का बांध भी टूट चुका था तुम क्यूं नहीं आये मुझे बचाने केशव तुमने मुझे मेरी रक्षा का वचन दिया था तुम क्यूं नहीं आये कहते हुए द्रुपद पुत्री केशव की बाहों में ढह गयी, पांचाली का रूदन पूरे वनक्षेत्र में गूँज रहा था। अचानक मुझे चार दिवस पहले का वो दृश्य स्मरण हो आया जब प्रभु के नेत्रों में आँसू थे, शायद वो वही पल थे जब उनकी कृष्णा का वस्त्र हरण हो रहा था, मैं भी रोने लगा और रोते रोते मेरा माथा पीड़ा से दग्ध हो उठा, मुझे आज्ञा दें केशव मैं हस्तिनापुर के इन नरपिशाचों के सर काटकर आपके व द्रुपद पुत्री के चरणों में रख दूँगा पर पीताम्बरधारी कुछ और ही सोच रहे थे, वो वक्त भी आयेगा सात्यकि पर अभी समय शेष है, अर्जुन केशव का गंभीर स्वर गूँजा मैं चाहता हूँ तुम आने वाले समय के लिये खुद को तैयार करो, प्रसन्न करो देवाधिदेव महादेव को युद्धाभ्यास करो, भ्राता भीम आप अपने बल को और पुष्ट करो अपने संपर्क सूत्र बढ़ाओ, नकुल और सहदेव आप दोनों आसपास के वातावरण पर नजर रखोगे और वन क्षेत्र में नागरिकों, ऋषिगणों व मुनियों से संपर्क बढ़ाओगे, और मैं केशव युधिष्ठिर बोला, आप यहीं कुटिया में सुरक्षित रहें कृष्ण बोले, और ये कर भी क्या सकता है कायर मेरे अंतर्मन में क्रोध से विचार प्रकट हुआ, कृष्ण आगे बढ़कर द्रोपदी के पास पहुँचे मैं तुम्हारा ऋणी हूँ पांचाली तुम्हारे इस अपमान और अंतर्मन की पीड़ा का बदला सारे हस्तिापुर को चुकाना पड़ेगा, कोई कितना भी बड़ा शूरवीर हो तुम्हारे अपमान के ज्वालामुखी में उसे अपनी आहूति देनी ही पड़ेगी ये तुम्हें वसुदेव कृष्ण का वचन है,

द्वारका के श्रेष्ठतम गुप्तचर व सैनिक छद्म वेश में तुम लोगों के आस पास ही रहेंगे पहले ये बारह वर्ष और फिर एक वर्ष अपने रोष और क्रोध को संचित करो सखी मैं तुम्हें प्रतिशोध का अवसर दूँगा, और हम खामोशी से द्वारका लौट पड़े। सब ओर खामोशी थी वातावरण निःशब्द था सात्यकि जा चुके थे मेरी आंखों में भी आँसू थे, मेरे मन में भी क्रोध था, मैंने खुद को शांत करने हेतु एक गहरी श्वास ली और महाकाल की नगरी में एक शांत लेकिन दुख से भरी निद्रा में चला गया, कल के इंतजार में।

दसवीं रात

# जीवन और जल दोनों एक समान हैं, हर सुख, दुख, बाधा और विपत्ति को लाँघते हुए ये अपने अंतिम पड़ाव की ओर अग्रेषित रहते हैं।

सुबह मैं जल्दी से तैयार हुआ और आचार्य जी भी आ गये, पूजा हेतु पारंपरिक सूती कमीज और धोती बांधकर हम दोनों क्षिप्रा नदी के तट पर स्थित प्राचीन पारदेश्वर महादेव के मंदिर में पहुँचे, शुद्ध पारद से बने करीब चार फीट ऊँचे विशाल शिवलिंग और शिव परिवार की मूर्तियों से आच्छादित यह स्थान बेहद प्राचीन और तंन्त्र साधना का एक महत्वपूर्ण केन्द्र है, उज्जैन के विद्वान आचार्यों द्वारा शिव अनुष्ठान संपन्न कराकर, मुझे पारदेश्वर महादेव पर दुग्धाभिषेक का सौभाग्य प्राप्त हुआ, बार बार चंदन, दुग्ध, दही, घृत, शहद इत्यादि के बाद जैसे ही पारदेश्वर को क्षिप्रा नदी के पवित्र जल से अभिषेक किया जाता तो लगता जैसे पूर्णिमा के चांद से भी खूबसूरत शिव रूप के दर्शन हो रहे हों, महारूद्र को प्रणाम कर हम लोगों ने मोक्ष धाम में स्थित विघ्नविनाशक सिद्धि गणेश मंदिर दर्शनार्थ धावा बोल दिया, माँ पार्वती पुत्र को नमन कर हम सायंकाल

फिर से माँ हरसिद्धि के आंगन में आ गये, रहस्यमयी सहस्रदीप स्तम्भ के हजारों दीपों की रोशनी में माँ हरसिद्धि की जय के साथ सामने स्थित भगवान महाकाल के प्रांगण से आ रही घंटों व नगाड़ों एवं महाकाल आरती का अद्‌भुत वायवीय व भक्तिमय तालमेल हो रहा था। शिव और शक्ति का मिलन हजारों श्रद्धालु इस अलौकिक पल के साक्षी थे, मैंने माँ को प्रणाम किया और महाकाल को नमन कर होटल वापस आ गया, कपड़े बदलकर पैन, डायरी लेकर बिस्तर में जम मैंने मां सरस्वती को उनकी कृपा के लिये धन्यवाद ज्ञापित किया और द्वापर के अजेय योद्धा का आज स्वयं ही आह्वान कर डाला, आइये महान सात्यकि मैं बुदबुदाया, मैं तुम्हारे साथ ही हूँ ज्ञात संघ के वंशज आज माँ के दर्शन कर मैं भी कृतार्थ हुआ सात्यकि फुसफुसाये, प्रणाम महान सात्यकि मैंने मन ही मन योद्धा को प्रणाम किया, चिरंजीवी रहो ज्ञात संघ के वंशज, सात्यकि आज भी वैसे ही थे जैसे वे उनकी गाथा में थे त्वरित प्रतिक्रिया देने वाले। आत्मस्वभाव कभी परिवर्तित नहीं होता मित्र द्वापर का योद्धा मेरे विचारों को पढ़ सकता था, मैंने हाथ जोड़ लिये, तो लिखो ज्ञात संघ के वंशज, पांडवों का वनवास धीरे धीरे बीत रहा था और इस समय अंतराल में अर्जुन ने भीषण तपस्या व श्रम कर अपने मानस पिता देवराज इन्द्र से गांडीव धनुष व अनेक दिव्यास्त्र प्राप्त किये, पर अर्जुन यहीं नहीं रूका बल्कि घनघोर तपस्या कर उसने भगवान रूद्र को भी प्रसन्न कर लिया, उसकी तपस्या से प्रसन्न हो रूद्र भगवान ने उसे अमोघ पाशुपत अस्त्र प्रदान किया, कहते हैं कि इस दौरान उसे महादेव से युद्ध का भी अवसर प्राप्त हुआ, महादेव भी शायद देखना चाहते थे कि पाशुपत को थामने की शक्ति इस कुंती पुत्र में है भी कि नहीं, परिणाम तो तय था भीषण द्वंद्व के बाद अर्जुन पराजित हुआ पर उसने महादेव का हृदय जीत लिया, ज्ञात संघ के वंशज असल में अर्जुन एक बड़ा ही विकट व धैर्यवान योद्धा था, जो चाहे जय हो या पराजय शत्रु से भी उसकी

युद्धकला के गुण सीख लेता था और यहां तो प्रतिद्वंद्वी स्वयं शिव थे, निःसंदेह इस युद्ध के बाद उसकी युद्धकला एक उच्चतम स्तर की ओर अग्रसर थी, इसी बीच नागलोक से भी अर्जुन के सम्बन्ध हो गये और नाग राजकुमारी उलूपी से विवाह कर उसे एक पुत्र प्राप्त हुआ ज्येष्ठ पांडु पुत्र और उस समय का एक भीषणतम् योद्धा इरावन, भीम ने भी इसी बीच घनघोर युद्ध में राक्षसराज हिडिम्ब का वध कर उसकी पुत्री हिडिम्बा से विवाह कर लिया इस विवाह से रहस्यमयी राक्षसी युद्धकला के साथ साथ पांडु पुत्रों ने राक्षसों का समर्थन भी प्राप्त कर लिया, भीम को भी हिडिम्बा से एक पुत्र प्राप्त हुआ महाबलशाली घटोत्कच और राक्षसों ने अपने राजा भीम को नाम दिया महाराज बकोदर, द्रौपदी ने भी इसी दौरान पांचों भाइयों से अपने पांच पुत्रों को जन्म दिया और वे अपने नाना पांचाल नरेश महाराज द्रुपद के यहां शस्त्र व शास्त्र दीक्षा में प्रवीण होने लगे, हम लोग भी द्वारका के निरंतर उत्थान में लगे हुए थे पर जामवंती पुत्र साम्ब दाऊ भैया के संरक्षण में कुछ न कुछ उपद्रव करता रहता था, केशव इस सबसे बेपरवाह अपनी बंसी और द्वारका में मस्त थे, एक दिन द्वारकाधीश ने मुझे बुलाया और कहा कि पांडवों का बारह वर्ष का वनवास खत्म हो रहा है अतएव मुझे उनकी मदद हेतु जाना होगा तुम यहां पर सारी व्वस्थायें देखोगे जी केशव मैंने उत्तर दिया, सुबह केशव दारूक को लेकर काम्यक वन की ओर प्रस्थान कर गये, पांडवों के एक वर्ष के अज्ञातवास हेतु केशव ने मत्स्य देश की राजधानी विराटनगर को चुना ये छोटा सा नगर राज्य समूचे आर्यावर्त से अलग थलग था और इसका मुख्य आय श्रोत गौपालन था, यहां के राजा का नाम विराट था पर असल में इस राज्य की मुख्य सुरक्षा का आधार था कीचक, एक शक्तिशाली योद्धा जिसे युद्ध में सिर्फ कुछ चुने हुए योद्धा ही पराजित कर सकते थे। पांचों पांडव अलग अलग वेश में विराट नगर पहुँच गये, द्रौपदी को महारानी सुदेष्णा की दासी का काम मिला, अर्जुन संगीत शिक्षक बन विराट

राजकुमारी उत्तरा को संगीत व नृत्य सिखाने लगा, भीमसेन को रसोई की जिम्मेदारी मिली और बकोदर महाराज की उदरपूर्ति हेतु एक स्थायी व्यवस्था हो गयी, नकुल व सहदेव को विशाल गौशालाओं का प्रबंधन मिला और युधिष्ठिर ज्ञात संघ के वंशज एक बार फिर से इस द्यूत प्रेमी को उसका प्रिय कार्य मिल गया, उसका द्यूत पराक्रम देख विराट ने उसे अपने साथ द्युत क्रीड़ा हेतु नियुक्त कर लिया, राजा विराट के साथ प्रतिदिन पांसे फिंकने लगे कुसंग का ज्वर भयानक होता है ज्ञात संघ के वंशज इस जुआरी ने अपने पराक्रम से विराट राजा के जुए की लत को नई ऊँचाइयाँ प्रदान कर दीं और वो करता भी क्या, द्वारका के बेहद विशिष्ट गुप्तचर व सैनिक मत्स्य की राजधानी में फैल गये, इधर दाऊ भैया ने पहले ही सुभद्रा व उसके पुत्र अभिमन्यु को द्वारका बुला लिया था जहाँ अर्जुन पुत्र अभिमन्यु सबकी आँखो का तारा बन गया एक शेर जैसा निडर योद्धा। अभिमन्यु का शस्त्र प्रशिक्षण शुरू हो गया मुझे अभिमन्यु मामा कहता था क्यूंकि सुभद्रा मेरी भी बहन थी, केशव, दाऊ भैया और मैंने अपना सारा शस्त्र ज्ञान इस योद्धा पर उड़ेल दिया, ज्ञात संघ के वंशज एक दिन तो मैं भी अवाक् रह गया हुआ यूं कि धनुर्विद्या प्रशिक्षण के क्रम में अभिमन्यु और मैं आमने सामने थे अचानक सुभद्रा पुत्र ने मेरे द्वारा प्रक्षेपित नाराच बाण को न सिर्फ अपने साधारण बाण से रोका बल्कि मेरे पैरों से सिर्फ एक अंगुल की दूरी पर मेरे दांये बायें धरा में दो बाण घुसा दिये, ये एक प्राथमिक स्तर के योद्धा के लिये असंभव था, ये तो सातवें स्तर का प्रदर्शन था, ये शस्त्र संधान तुमने कब सीखा पुत्र, त्रिबाण संधान मामा जब आप और कृतवर्मा काका युद्धाभ्यास कर रहे थे युवा योद्धा भोलेपन से बोला, मैंने अपने प्यारे भांजे को गले से लगा लिया आयुष्मान मेरे बच्चे तू द्वारका का गौरव है प्रशिक्षण उपरांत तो तेरा सामना शायद देवराज इंद्र भी न कर सकेंगे, मैं सबको हरा दूंगा मामा मेरे भांजे ने मुझे अपनी बाहों कस लिया, देवता कार्तिकेय जैसी मुस्कान थी सुभद्रानन्दन के चेहरे पर, तभी हमें सूचना मिली कि भीम

महाशय ने द्रौपदी पर आसक्त हुए भयंकर योद्धा कीचक का वध कर दिया है। मत्स्य देश में इस आतंक के पहाड़ से स्वयं राजा विराट व महारानी सुदेष्णा भी आतंकित थे निश्चित तौर पर उन्होंने तो खुद को सुरक्षित ही महसूस किया होगा परंतु भीम के इस कृत्य से वसुदेव कृष्ण के माथे पर एक बार फिर चिंता की लकीरें आ गयीं, पांडव संकट में थे क्यूंकि कीचक को थामने का सामर्थ्य सिर्फ वसुदेव कृष्ण, बलराम, भीष्म, कर्ण, द्रोणाचार्य, दुर्योधन, भीम और मुझमें ही था, पांडवों का अज्ञातवास खतरे में था। हालांकि अज्ञातवास का समय भी लगभग समाप्ति की ओर ही था पर अनहोनी होकर रहती है। कीचक वध की सूचना भी हस्तिनापुर पहुँच ही गयी, दुर्योधन समझ गया कि ये सब भीमसेन का किया धरा है किंतु पितामह भीष्म की सलाह पर कुछ भी करने से पहले उसने इसकी पुष्टि करना उचित समझा शायद गंगापुत्र पांडवों को संभलने का समय उपलब्ध करा रहे थे। पर समय था कहाँ हस्तिनापुर के हाथ बहुत लम्बे थे दुर्योधन ने तत्काल अपनी पत्नी दुशला के भाई राजा सुशर्मा जिसके राज्य की सीमा विराटनगर से लगती थी को पांडवों की टोह लेने का संदेश भेज दिया, सुशर्मा की सेना ने विराट नगर को घेर लिया, विराट राजकुमार उत्तर ने सुशर्मा का मुकाबला करने की कोशिश की पर सुशर्मा एक अतिरथी स्तर का योद्धा था, राजकुमार उत्तर असहाय था सुशर्मा की सेना ने विराटनगर में लूटपाट शुरू कर दी, कीचक की अनुपस्थिति में विराटनगर कोई प्रतिरोध नहीं कर सका, राजा विराट के महल को घेर लिया गया, हाहाकार मच गया लुटा पिटा उत्तर रोते हुए राजसभा में पहुँचा, और बात जब शरण देने वाले की जान और सम्मान की हो तो क्षत्रिय खून खौलना सामान्य सी बात है, पांचों भाई खामोशी से युद्ध में उतर पड़े और इन पांचों योद्धाओं के सामने बेचारा सुशर्मा क्या करता, नगर के दोनों द्वार खुले और सुशर्मा की लुटेरी सेना को अर्जुन, भीम, नकुल, सहदेव और युधिष्ठिर ने थाम लिया पांचों भाइयों से आतंकित शत्रुसेना में जिसका जिधर मुंह समाया वो उधर ही भागने लगा, अचानक

भीम के सामने हाथी पर सवार सुशर्मा आ गया अपना परिचय दो योद्धा सुशर्मा गरजा, कीड़े ले मेरा परिचय भीम फुफकारा और प्रचंड गदा के प्रहार से सुशर्मा और उसका हाथी दोनों जमीन पर लेटे पड़े थे, मदभरे सांण्ड की तरह सुशर्मा को घसीटते हुए उत्तर के साथ भीम विराट राजदरबार पहुँच गया, बाकी पांडवों ने भी थोड़ी ही देर में अपने प्रचंड प्रहारों से मैदान खाली कर दिया सुशर्मा की सारी सेना भाग गयी, राजसभा में तनकर बैठे राजा विराट ने इस अवसर पर पूरा आत्मविश्वास और बड़ा दिल दिखाते हुए सुशर्मा को मुक्त कर दिया, असल में अंदर ही अंदर डरे हुए इस बेचारे राजा को क्या पता था कि ये पांचों योद्धा कौन थे और आने वाला समय किस करवट बैठने वाला है। इस सब मारकाट के बीच इस मूर्ख राजा और उत्तर को ये बोध ही नहीं हुआ कि वे इन पांचों भाइयों से कुछ प्रश्न भी करते, लुटा पिटा सुशर्मा सीधे हस्तिनापुर पहुँचा, स्थिति भांप तत्काल बिना किसी योजना के हस्तिनापुर का तकरीबन दस हजार सैन्य बल साथ ले दुर्योधन ने गंगापुत्र भीष्म, द्रोणाचार्य, कृपाचार्य, कर्ण, अश्वथामा, दु:शासन इत्यादि के साथ विराट नगर पर आक्रमण कर दिया, हस्तिनापुर की सेना का आगमन सुन महाराज विराट थर थर कांपने लगे लगा जैसे किसी भी पल उनका हृदयाघात हो जायेगा गंगापुत्र भीष्म आज विराट नगर को मिटा देगें महाराज बड़बड़ाये, और ज्ञात संघ के वंशज द्रौपदी बुरी तरह उबल पड़ी करो या मरो तेरह वर्षों से संतप्त पांडु पुत्रों का क्रोध फट पड़ा, इस बार युधिष्ठिर भी ताव खा गया पांचाली आज के दिन को समूचा आर्यावर्त याद रखेगा। हस्तिनापुर की सेना ने विराट नगर को घेर लिया, सैन्य ताकत में तो ये कोई मुकाबला था ही नहीं, इसलिये दुर्योधन बिना सेनापति नियुक्त किये सीधा चढ़ दौड़ा, अब हालात ये थे कि आर्यावर्त के सर्वश्रेष्ठ महारथी व योद्धा रथारूढ़ हो युद्ध को तत्पर थे, सबके पास अपना अरिष्टनेमी सैन्य दल था परंतु किसी को नहीं पता था कि प्रधान सेनापति कौन है, व्यूह रचना क्या है, हस्तिनापुर का प्रधान ध्वज कहाँ है, प्रत्यक्ष युद्ध में कदाचित् ये सबसे बड़ी मूर्खता

थी, पर दुर्योधन के सामने विराट की भला क्या हैसियत थी शंख फूंक दिये गये, अचानक धड़धड़ाते हुए विराट नगर के द्वार खुले और राजकुमार उत्तर व विराट सेना के साथ पांचों पांडव कौरवों के सामने आ गये, नगर में मौजूद द्वारका के गुप्तचर व सैनिक भी उनके साथ थे, कौरव सेना पर तत्काल धावा बोल दिया गया नेतृत्व स्वभाविक रूप से अर्जुन ही कर रहा था, गांडीव गरज उठा प्रथम तीन बाण गंगापुत्र भीष्म, आचार्य द्रोण व कृपाचार्य के रथ के सामने भूमि में धंस गये आयुष्मान वत्स तीनों के हाथ उठे, अर्जुन है ये आक्रमण करो बंदी बना लो इसे दुर्योधन गर्जा, सभी के धनुष उठ गये पर पहला आक्रमण कौन करेगा, पांडव कोई साध ारण योद्धा नहीं थे स्थिति समझकर गंगापुत्र भीष्म गरजे व्यूह बनाओ सभी सैन्यदल हक्के बक्के अपने अपने महारथियों को देख रहे थे, भीष्म का दल तीव्रता से व्यूह में निबद्ध हुआ, गंगापुत्र का अनुसरण करो कर्ण गर्जा, पर देर हो चुकी थी, अर्जुन गांडीव उठा कर मंत्रोच्चार कर चुका था **सम्मोहन अस्त्र प्रकटम्** जब तक हस्तिनापुर का सैन्यदल संभलता तब तक दिव्यास्त्र प्रक्षेपित हो गया, कौरव सेना की संपूर्ण अग्रिम पंक्ति तत्काल अचेत हो गयी, सारे महारथी अपने रथों में लुढ़क गये और नेतृत्वविहीन कौरव सेना को पांचों महारथियों व द्वारका और विराट के सैनिकों ने बुरी तरह दौड़ा लिया, हस्तिनापुर के सैनिक जैसे तैसे अपने अचेत महारथियों को लेकर वहां से निकल पाये, विराट राज की जीत हुई गनीमत थी कि खुशी के मारे राजा विराट पागल नहीं हुआ और तभी राजकुमार उत्तर से पांडवों का वास्तविक परिचय जान राजा विराट अवाक् रह गये, कृतज्ञ राजा ने अपनी पुत्री उत्तरा का विवाह अर्जुन से प्रस्तावित कर दिया, तब तक केशव भी मत्स्य देश पहुँच चुके थे कृष्ण व्यूह का दूसरा द्वार खुल चुका था, केशव के इशारे पर अर्जुन ने उत्तरा को अभिमन्यु के लिये मांग लिया, राजा विराट खुशी में सातवें आसमान पर पहुँच गये बिना देर किये विवाह का मुहूर्त तय हो गया, पांडवों व राजा विराट ने कृष्ण की सलाह पर समूचे आर्यावर्त के मित्र राजाओं को

अभिमन्यु व उत्तरा के विवाह हेतु निमंत्रण पत्र भेजना शुरू कर दिया, इस चाल से केशव ने आने वाले समय हेतु पांडवों के लिये एक अभेद्य सुरक्षा कवच का निर्माण कर दिया, केशव द्वारका वापस आ गये और द्वारका के मित्र राज्यों को भी दाऊ भैया के आग्रह के साथ विवाह समारोह के निमन्त्रण पत्र भेज दिये गये। द्वारका की सुरक्षा हेतु प्रद्युम्न व कृतवर्मा को नियुक्त कर महाराज उग्रसेन व वासुदेव सहित अभिमन्यु को लेकर दाऊ भैया व केशव ने विराट नगर की ओर प्रस्थान किया, शानदार व भव्य तरीके से विवाह समारोह संपन्न हुआ आर्यावर्त के दो सौ से ज्यादा राजा व महाराजा इस विवाह में सम्मिलित हुए। समारोह उपरांत केशव ने दाऊ भैया से अभिमन्यु व उत्तरा को लेकर द्वारका पहुँचने का आग्रह किया मुझे देवकीनंदन ने विराट नगर में ही रोक लिया था, खुशी से मगन बलभद्र तत्काल द्वारका प्रस्थान कर गये और अगले दिन जब केशव ने विराट नगर के राजदरबार में संयुक्त राजसभा का आयोजन किया तब मुझे समझ में आया कि क्यों श्रीकृष्ण ने दाऊ भैया को पहले ही द्वारका भेज दिया था। राजसभा पांडवों व द्वारका के मित्र राजाओं से खचाखच भरी हुई थी और वसुदेव कृष्ण गंभीर स्वर में बोले, जैसा कि आप सबको ज्ञात है महाराज युधिष्ठिर ने बारह वर्ष का वनवास व एक वर्ष का अज्ञातवास सफलता से पूर्ण कर लिया है सैकड़ों कष्ट इस दौरान इन पांडवों ने सहे पर अपना वचन पूरा किया, द्यूत क्रीड़ा की शर्त पूर्ण होने के उपरांत अब इंद्रप्रस्थ इन्हें वापस मिलना चाहिए परंतु इस हेतु हस्तिनापुर से अभी तक कोई भी संदेश नहीं आया है और इस विवाह समारोह में भी हस्तिनापुर राज्य से कोई भी प्रमुख व्यक्ति सम्मिलित नहीं हुआ है, इसका मतलब हस्तिनापुर की मंशा साफ है वे पांडु पुत्रों का अधिकार हड़पना चाहते हैं। दुर्योधन एक महात्वाकांक्षी व सत्ता लोलुप शख्स है जिसका एक ही लक्ष्य है समूचे आर्यावर्त पर एकक्षत्र शासन करना। अर्थात पांडवों के पश्चात आपमें से किसी का भी राज्य सुरक्षित नहीं और इस संकट के समय में हस्तिनापुर को कोई रोक सकता है तो

वो सिर्फ पांडव है, इसका एक जीवन्त उदाहरण गत दिनों विराट नगर की सीमा पर हुआ वो युद्ध है जिसमें इन पांचों योद्धाओं ने अकेले ही हस्तिनापुर को बुरी तरह पराजित किया। ज्ञात संघ के वंशज पांचों पांडव केशव की इस तारीफ पर फूल कर कुप्पा हो गये, फिर भी पांडु पुत्र शांति चाहते हैं, अतएव किसी भी निर्णय पर पहुँचने से पहले हम हस्तिनापुर दरबार में अपना दूत भेजकर शांतिपूर्ण तरीके से इंद्रप्रस्थ वापसी की मांग करेंगे अगर हस्तिनापुर ने राज्य वापसी से इंकार किया तो युद्ध अवश्यंभावी है, मैं ये चाहता हूँ कि बात अगर हमारे और आप सभी के अधिकारों और सुरक्षा की है तो हम सब मिलकर उनकी रक्षा करें, आज पांडु पुत्रों के साथ महाराज द्रुपद, राजा विराट, सत्राजित, चेकितान, सात्यकि और स्वयं मैं खड़ा हूँ क्या आप इस धर्म युद्ध में हमारा साथ देंगे, सभा में सन्नाटा था पर सभी राजाओं के चेहरे पर उत्तेजना साफ देखी जा सकती थी, तभी भीमसेन ने पकती दाल में तड़का लगा दिया इस सबकी जरूरत नहीं केशव आप आशीर्वाद दें मैं अकेला ही समूचे हस्तिनापुर को अपनी गदा से धूल में मिला दूँगा, तब तक मैं भी अपनी तलवार खींच कर गरज पड़ा वसुदेव कृष्ण की जय और अपूर्व जोश में सारी सभा ने युधिष्ठिर के समर्थन में तलवारें खींच ली, वसुदेव कृष्ण की जय, महाराज युधिष्ठिर की जय, तो ये थी केशव की योजना, निःसंदेह दाऊ यहां होते तो ऐसा कदापि नहीं होता, मैं आप सब राजाओं से ये अनुरोध करता हूँ कि उपयुक्त दूत का चुनाव कर उसे तत्काल हस्तिनापुर प्रस्थान की आज्ञा दें केशव बोले, पर कौरवों का क्या भरोसा हो सकता है वो हमारे दूत का ही वध कर दें हस्तिनापुर से मुझे न्याय की उम्मीद नहीं द्रौपदी बीच में बोल पड़ी, बात भी सही थी दुर्योधन से कुछ भी उम्मीद नहीं थी प्रश्न मुश्किल था बिल्ली के गले में घंटी कौन बांधेगा, आर्यावर्त के दो सौ से ज्यादा राजाओं के सामूहिक प्रतिनिधि के साथ कुछ करने से पहले हस्तिनापुर को बहुत सोचना होगा फिर भी अगर कोई संदेह है तो मैं स्वयं को इस कार्य के लिये प्रस्तुत करता हूँ केशव

को सुन चारों ओर सन्नाटा छा गया। मैं परेशान सा कृष्ण के पास पहुँच कर फुसफुसाया ये आप क्या कर रहे हैं प्रभु दुर्योधन इस वक्त पागल सिंह की भांति है और उसकी इस अवस्था के लिये वो सबसे ज्यादा आपको ही जिम्मेदार मानता है अगर आप गये तो विवाद बढ़ जायेगा, सात्यकि दाऊ भैया के रहते भला इस समूचे आर्यावर्त में क्या तुम्हें कोई ऐसा योद्धा नजर आता है जो कृष्ण को स्पर्श करने का साहस करे, मैंने गहरी सांस ली और योगेश्वर मुझे देख मुस्करा उठे, तभी पांचाल नरेश द्रुपद बोल उठे द्वारकाधीश आप हमारे लिये पूज्यनीय हैं और इस राजसभा के सर्वमान्य संचालक है अतएव मेरी आपसे प्रार्थना है वसुदेव कृष्ण कि आप दूत के रूप में सभी के आदर और सम्मान के पात्र विराट नगर के राजपुरोहित आचार्य चक्रपाणि के चयन हेतु अपनी अनुमति प्रदान करें, जैसी आप सब की इच्छा महाराज द्रुपद कृष्ण ने सहमति से सर हिलाया, द्रुपद का गंभीर स्वर गूँजा विराट नगर के राज पुरोहित राजाज्ञा के साथ कल राजदूत के रूप में हस्तिनापुर प्रस्थान करेंगे सभा विसर्जित की जाती है। खामोशी मैंने कुछ पल इंतजार किया और श्वांस छोड़ दी सात्यकि जा चुके थे, मैं अभी भी द्वापर में खोया हुआ था, मैंने भी कलम रख एक अंगड़ाई ली सुबह मुझे भी भगवान महाकाल और माँ हरसिद्धि की नगरी से दिल्ली की ओर प्रस्थान हेतु विंदा लेनी थी, शायद द्वापर युग की इंद्रप्रस्थ नगरी हर यायावर की यही नियति है चलते रहना तब तक, जब तक कि उसका वो समय नहीं आ जाता जब वो शायद मिलेगा अपने निर्माता और अपने पूर्वजों से।

## ग्यारहवीं रात

# अधिकार कभी भी मांगने से नहीं मिलता उसे तो अर्जित किया जाता है, उसके लिए आपको करना पड़ता है अथाह श्रम और कभी-कभी भीषण संग्राम।

सुबह उठकर मैं तैयार हुआ और उज्जैन की पवित्र धरती व बाबा महाकाल और माँ हरिसिद्धी को प्रणाम कर अपनी यात्रा पर चल पड़ा, सांय सात बजे मैं झाँसी व ग्वालियर होते हुए पहुँचा धौलपुर, पवित्र मचकुंड तीर्थ और राजा मुचुकुन्द की गुफा, भव्य चौपड़ा महादेव मंदिर व अनेक ऐतिहासिक जीर्ण शीर्ण हवेलियां और किले साथ ही शहर के दक्षिण में बहती शांत लेकिन अंदर ही अंदर घातक अंगड़ाई लेती चंबल नदी का शहर, चंबल कदाचित् भारत की एक मात्र नदी है जो अभी तक प्रदूषण से मुक्त है, यही चंबल नदी प्रयागराज तीर्थ स्थल के त्रिवेणी संगम मैं पवित्र जल का सबसे बड़ा स्रोत भी है, मिथक है कि चंबल का पानी आपके शरीर व हृदय को शेर जैसा बना देता है इसीलिये समूचे विश्व में बागी सिर्फ चंबल में ही पैदा हुए वहीं बाहुबली इलाहाबाद में सोचते सोचते मैं तकरीबन आठ बजे अपने शहर आगरा पहुँच गया। माँ यमुना का शहर, विश्व के सैलानियों के आकर्षण का केन्द्र व प्रेम के

प्रतीक ताजमहल से सजा मेरा शहर और मेरे लोग, इसी शहर और इसके अंचल में स्थित छोटे से कस्बे जगनेर में रची बसी है मेरी बचपन की यादें, मेरी माँ की यादें, जिन्हें मैं प्रतिदिन याद करता हूँ, ये सब सोचते सोचते मैं घर पहुँच गया रात के ग्यारह बज चुके थे पर बच्चे इंतजार कर रहे थे और देर तक बच्चों से बातें करके तकरीबन एक बजे मैं ड्राइंगरूम में आ गया, तभी वो खुश्बू फैल गयी मैंने जल्दी से कलम और डायरी उठा ली प्रणाम सात्यकि, चिरंजीवी रहो ज्ञात संघ के वंशज परिवार के साथ आप हमेशा अपने आप को शांत और सुरक्षित महसूस करते है, सत्य है महान सात्यकि मैं अंतर्मन में फुसफुसाया, तो लिखो ज्ञात संघ के वंशज, अगले दिन विराट नगर के राजपुरोहित पांडवों का संदेश लेकर हस्तिनापुर निकल पड़े और वही हुआ जो अवश्यंभावी था, राजदूत को न सिर्फ दुर्योधन ने तत्काल वापस भेज दिया बल्कि स्पष्ट संदेश देने हेतु उनके पीछे पीछे हस्तिनापुर के दूत के रूप में बेहद चतुर व धूर्त संजय विराट नगर आ धमका, वो तो मेहरबानी थी कि दुर्योधन ने राजपुरोहित की गर्दन नहीं दबोची। पांडवों का अज्ञातवास पूरा नहीं हुआ है अतएव पांडु पुत्रों को एक बार फिर बारह वर्ष का वनवास व एक वर्ष का अज्ञातवास व्यतीत करना होगा और इस हेतु अंतिम शर्तें तय करने ज्येष्ठ पांडु पुत्र युधिष्ठिर को हस्तिनापुर आमंत्रित किया जाता है, संजय ने स्पष्ट संदेश दिया, सब चुपचाप थे अचानक केशव बोले अज्ञातवास भंग हुआ है क्या इस विषय में हस्तिनापुर के सभी विद्वान व वहाँ की राजसभा एकमत है, केशव के शब्द आक्रमण से संजय हड़बड़ा गया नहीं द्वारकाधीश पर अधिकांश विद्वानों का यही मानना है, पितामह भीष्म क्या कहते हैं कृष्ण ने फिर प्रश्न किया, उनका कहना है कि वे इस विषय में निश्चित तौर पर कुछ नहीं कह सकते संजय ने गोल मोल उत्तर दिया, बस छलिया खुलकर मैदान में आ गये, जब हस्तिनापुर के ध्वज का सबसे प्रमुख रक्षक यह मानता है तो फिर संदेह क्यूं साफ साफ कहो दूत हस्तिनापुर पांडु पुत्रों को उनका राज्य वापस दे रहा है या नहीं, धूर्त संजय

इस अचानक बदले हुए माहौल से घबरा कर बोला मैं कुछ समझा नहीं मैं तो मात्र राजदूत हूँ, सिर्फ एक शब्द राजदूत हाँ या न द्वारकाधीश फिर से गरज पड़े, संजय के झुके मुख से एक ही शब्द निकला नहीं, तुम वापस जा सकते हो दूत हस्तिनापुर को कहना सम्राट युधिष्ठिर अपना राज्य वापस प्राप्त करना भली भांति जानते है सभा समाप्त, द्वारकाधीश के इशारे पर सब उठ खड़े हुए। दूसरे दिन सर्वसम्मति से निर्णायक बातचीत हेतु देवकीनंदन ने मुझे व दारूक को लेकर पांडवों के प्रतिनिधि के तौर पर हस्तिनापुर प्रस्थान किया। हम लोग सायंकाल हस्तिनापुर पहुँच गये और केशव सीधे महात्मा विंदुर के घर पहुँचे, धर्मात्मा व बेहद सज्जन विंदुर अत्यंत विद्वान थे व हस्तिनापुर में महामंत्री का पद सुशोभित करते थे, हस्तिनापुर के राजसिंहासन के लिये पूर्ण प्रतिबद्ध परंतु गलत को गलत कहने का साहस रखने वाला ये शख्स अपनी साधारण सी कुटिया में द्वारकाधीश को देख भावविहल हो उठा, विंदुर ने श्रद्धा से अपने दोनों हाथ जोड़ लिये। प्रातः काल हम लोग हस्तिनापुर दरबार में पहुँचे महाराज धृतराष्ट्र, गंगापुत्र भीष्म, आचार्य द्रोण, कृपाचार्य, दुर्योधन, कर्ण, दुःशासन, अश्वथामा, इत्यादि वीरों से सज्जित शानदार राजसभा देख एकबारगी मैं भी हस्तिनापुर के वैभव की मन ही मन प्रशंसा करने लगा, आसन ग्रहण करें द्वारकाधीश भीष्म बोले, मैं यहाँ आसन ग्रहण करने नहीं बल्कि इस समय सम्राट युधिष्ठिर और आर्यावर्त के दो सौ से ज्यादा राजाओं के प्रतिनिधि व दूत के तौर पर आया हूँ पितामह, इस स्पष्ट संदेश के साथ कि पांडु पुत्रों ने वनवास की सभी शर्तों को पूरा कर दिया है अतएव उन्हें उनका राज्य सम्मानपूर्वक वापस कर दिया जाये, आप उचित कह रहे हैं द्वारकाधीश लेकिन अज्ञातवास को लेकर अभी संशय है महाराज धृतराष्ट्र बोले, कोई संशय नहीं है महाराज विद्वान ज्योतिषियों व धर्माचार्यों ने पंचांग में गणना कर यह घोषणा की है कि पांडु पुत्र बारह वर्ष का वनवास व एक वर्ष का अज्ञातवास पूरा कर चुके हैं और ये सुनते ही अब तक मुश्किल से शांत बैठे दुर्योधन का क्रोध फूट पड़ा और वो

भड़ककर बोला, हस्तिनापुर के पास पर्याप्त विद्वान और धर्माचार्य मौजूद हैं केशव हमारी गणना के अनुसार पांडु पुत्रों का अज्ञातवास भंग हो चुका है, भला कृष्ण इतनी आसानी से हार मानने वाले कहाँ थे उन्होंने तत्काल प्रतिवाद किया दुर्योधन वे तुम्हारे भाई हैं, तुम अगर उनका राज्य वापस नहीं देना चाहते तो पांच गांव ही उन्हें दे दो लेकिन अन्याय मत करो, पर दुर्योधन भी इतना आसान शिकार नहीं था वो और भड़क गया कृष्ण हस्तिनापुर दरबार अपना निर्णय ले चुका है बेहतर यही है कि तुम यहाँ से चले जाओ अन्यथा, क्या अन्यथा दुर्योधन अब कृष्ण भी उलझ पड़े क्या मैं ये समझूं कि तुम दो सौ राजाओं की सामूहिक सेना व पांडु पुत्रों से युद्ध करोगे, सुनते ही दुर्योधन क्रोध में कांपता हुआ खड़ा हो गया मुझे दो सौ राजाओं का भय मत दिखाओ कृष्ण मैं एक आवाहन पर यहां तीन सौ राजाओं को इकठ्ठा कर सकता हूँ और तभी उसके साथ कर्ण, अश्वथामा, दु:शासन ने भी खड़े हो अपनी अपनी तलवारें खींच ली, अपनी मर्यादा में रहो गांधारी पुत्र कृष्ण गरजे, पर दुर्योधन को परवाह कहाँ वो चीखा बंदी बना लो इस कृष्ण को, ज्ञात संघ के वंशज अपनी तलवार खींच मैं तेजी से आगे आया अपनी जिव्हा को लगाम दे सर्प अगर चाहो तो सारे हस्तिनापुर के योद्धा एक साथ अभी आ जाओ, हस्तिनापुर की सभा अचानक अग्नि के समान प्रज्वलित हो उठी वसुदेव कृष्ण भी अपने रौद्र रूप में थे मूर्ख दुर्योधन तू और तेरे ये सभी सहयोगी मेरे सामने मात्र एक सियारों का झुण्ड है, कहते हुए वसुदेव कृष्ण विशाल होते जा रहे थे उनके शब्द सारे हस्तिनापुर में गूँज रहे थे, तू युद्ध चाहता है मूर्ख, ये तू नहीं तेरी जिह्वा पर विराजमान स्वयं काल बोल रहा है, जिस राज्य पर तुझे बहुत अभिमान है वो राज्य आज भी है और तब भी होगा जब तेरा शव इस धरती पर पड़ा होगा, अगर कुछ नहीं होगा तो वो है तू और तेरे ये सारे सहयोगी, तेरा अंतिम प्रयाण ये सुंदर राज्य नहीं युद्ध की बंजर धरती है, जहाँ तू पीड़ा से घिसट घिसट कर प्राण देगा, सारी सभा त्राहिमाम कर उठी, केशव तत्काल मुझे लेकर बाहर आ गये और दारूक

ने रथ वापस विराट नगर की ओर दौड़ा दिया। अगले दिन विराट नगर की संयुक्त सभा में हस्तिनापुर के खिलाफ़ युद्ध का प्रस्ताव पारित हो गया, सभी मित्र राजाओं को निमंत्रण भेज दिये गये और ज्योतिषियों के द्वारा युद्ध के मुहूर्त की गणना के अनुसार ठीक एक वर्ष पश्चात दोनों पक्षों की सहमति से कुरूक्षेत्र का चयन इस युद्ध हेतु निश्चित हुआ, हम भी द्वारका प्रस्थान कर गये और युद्ध की तैयारी शुरू हो गयी, अभिमन्यु व उत्तरा ने भी द्वारका से विराटनगर की ओर प्रस्थान कर दिया और वो क्षण आ ही पहुँचा जिससे मैं भी भयभीत था, कृष्ण मुझे लेकर दाऊ भैया के पास पहुँचे दाऊ खामोश थे, केशव ने बात शुरू की भैया हस्तिनापुर और पांडवों के बीच में युद्ध निश्चित हो गया है और सारे आर्यावर्त के राजा इसमें सम्मिलित हैं, तो तुम्हें क्या परेशानी कृष्ण दाऊ बोले, केशव सकपका गये उन्हें शायद इस उत्तर की उम्मीद नहीं थी, इससे पहले कि द्वारकाधीश कुछ बोलते तब तक दाऊ फट पड़े कब तक कृष्ण तुम दूसरों के लिये लड़ोगे, कब तक दूसरों के मामलों में उलझोगे, मेरे प्रश्न का जवाब दो, क्या इन सबमें कोई ऐसा है जिसे तुम अपना कह सको, कृष्ण अवाक् थे, जो तुम्हारे हैं क्या तुमने कभी उनकी परवाह की सोचो, बोलो कृष्ण बोलो, बोलते क्यूं नहीं, बलराम भैया का क्रोध बढ़ता जा रहा था और हम लोगों ने उस वक्त चुपचाप लौटने में ही अपनी भलाई समझी और वापस दौड़ पड़े, अगली सुबह दाऊ केशव के महल में पहुँचे मैं भी वहां मौजूद था, दाऊ गंभीर स्वर में बोले किशन मैं इस युद्ध से खुद को अलग करता हूँ पर तुझसे दूर रहना मेरे बस में नहीं वो भी उस परिस्थिति में जब मेरा अनुज युद्ध भूमि में होगा इसलिये मैं किसी भी अनहोनी को टालने हेतु तीर्थ यात्रा पर निकल रहा हूँ, इस उम्मीद और विश्वास के साथ के जब लौटूंगा तो ये युद्ध खत्म हो चुका होगा, जी भैया कृष्ण बोले और ज्ञात संघ के वंशज बलभद्र ने केशव को गले लगा लिया, सात्यकि ख्याल रखना मेरे भाई का कहते कहते दाऊ फफक पड़े, मैंने भरी आंखों से हाथ जोड़कर शेषावतार से सहमति व्यक्त की, ऐसे ही थे दाऊ

कदाचित् ये उनका अंतिम भावुक प्रयास था शायद उन्हें उम्मीद रही होगी कि कृष्ण भी उनके साथ तीर्थ यात्रा पर चल पड़ेगें, पर त्रिलोकीनाथ के मन में तो कुछ और ही था, यहां भी असल में कृष्ण जीत गये थे आर्यावर्त की इस अभेद्य ताकत से उन्होंने कम से कम पांडवों को तो सुरक्षित कर ही दिया था और दाऊ चले गये, दूसरे दिन अचानक दुर्योधन और अर्जुन लगभग एक साथ द्वारका पहुँचे और युद्ध हेतु द्वारकाधीश से मदद मांगी ये एक राजकीय नियम था और केशव ने एक न्यायोचित बंटवारा किया, एक तरफ द्वारका की नारायणी सेना और दूसरी तरफ निहत्थे केशव, मैं युद्ध क्षेत्र में शस्त्र संचालन नहीं करूँगा सिर्फ किसी भी एक महारथी का रथ चलाऊँगा, यही तो जगदीश्वर का काम था सृष्टि का परिचालन, मूर्ख दुर्योधन ने तत्काल नारायणी सेना मांग ली और द्वारका के सारे वीर उसके हो गये अर्जुन का मुंह देखने लायक था, चलो सात्यकि दुर्योधन बोला, कहाँ चलें गांधारी पुत्र मैंने पूछा, नारायणी सेना अब मेरे अधीन है सात्यकि दुर्योधन बोला, लेकिन मैं नहीं मेरे मुंह से यह शब्द सुनते ही दुर्योधन अवाक् हो गया। द्वारकाधीश ने मुझे स्वतंत्र रूप से एक अक्षौहणी सेना का स्वामित्व दिया है दुर्योधन, मैं स्वतंत्र हूँ और मेरी निष्ठा मेरे स्वामी वसुदेव कृष्ण के साथ है, जब वो पांडु पुत्रों के पक्ष में है तो मैं भी निश्चित तौर पर पांडवों के साथ हूँ, मेरी बात न्यायोचित थी दुर्योधन थोड़ा निराश हुआ पर उसका अहंकार बहुत ऊंचे पायदान पर था, मुझे क्रोध से घूरते हुए वो बड़बड़ाया तो सबसे पहले मैं तेरा ही वध सुनिश्चित करूँगा सात्यकि, मैं भी ताव खा गया अगर ऐसा है युवराज दुर्योधन तो क्यूं न अभी फैसला हो जाये कहते हुए मैंने अपनी तलवार खींच ली, मुझे क्रोध में घूरते हुए दुर्योधन वापस हस्तिनापुर प्रस्थान कर गया, अर्जुन ने थोड़ी राहत की सांस ली केशव मुस्कुरा रहे थे, शीघ्र ही हम लोग सेना सहित विराटनगर पहुँच गये, अन्य राजाओं का भी अपनी अपनी सेनाओं सहित आगमन शुरू हो गया, पांचों पांडु पुत्र, अर्जुन पुत्र इरावन, राजा द्रुपद, धृष्टद्युम्न, सत्राजित, काशीराज, नीलराज, राजा

विराट, उत्तर, शिखण्डी भी अपने अपने दल के साथ पहुँच गये व युद्ध की तैयारी जोर शोर से आरंभ हो गयी, आखिरकार वो दिन आ ही गया। हम सबने कुरूक्षेत्र की ओर प्रस्थान कर दिया हमारी काफी सेना व मित्र राजा पहले ही वहां पहुँच चुके थे जिनका इंतजाम राजकुमार उत्तर के जिम्मे था, कुरूक्षेत्र में योजनों तक शिविर दिख रहे थे, दोनों सेनाओं के प्रधान शिविरों के बीच की दूरी लगभग एक योजन थी अंतिम तैयारियों का दौर शुरू हो गया, हम लोग पूरी क्षमता से अपनी तैयारियों में लगे हुए थे तभी एक ग्रामीण आया और उसने सूचना दी कि कुरूक्षेत्र तीर्थ में वृंदावन से पिताश्री नन्दबाबा व माँ यशोदा सहित कई वृंदावन वासी आये हैं, सुनते ही केशव जैसे बच्चे हो गये वो नंगे पैर उस ग्रामीण के साथ दौड़ पड़े हम लोग भी जैसे थे वैसे ही केशव के पीछे पीछे दौड़ लिये, और ज्ञात संघ के वंशज मेरे सामने था दुनिया का सबसे खूबसूरत दृश्य पिता को प्रणीपाद कर द्वारकाधीश माँ के चरणों में लेट गये, इसलिये कहा जाता है कि इस सृष्टि में अगर कुछ सच है तो वो सिर्फ माँ है, यशोदा माँ ने भी अपने माखनचोर को गले से लगा लिया दोनों रोने लगे, अरे पगले द्वारकाधीश होकर रोता है कहते हुए माँ केशव के आँसू पोंछने लगी, त्रिलोकीनाथ के आँसू पोंछने का सौभाग्य भी एक माँ को ही प्राप्त हो सकता था ज्ञात संघ के वंशज माँ के हाथ की रोटी और माखन का आनंद लेते केशव को देखकर लग रहा था जैसे द्वारकाधीश संसार का सर्वश्रेष्ठ भोजन कर रहे हों, महलों के छप्पन भोग यहां फीके थे, बेहद फीके, कृष्ण माँ की गोद में ही लेट गये और अनायास पूछ बैठे और कौन कौन आया है माँ, तेरे बचपन के साथी और हमारे पड़ोसी, कृष्ण के दिल से हूक सी उठी बस यही लोग और वो नहीं आयी माँ, हम सब स्तब्ध रह गये माँ यशोदा की आंखों में आँसू आ गये वो बोली नहीं रे मैंने उससे साथ चलने को बहुत जिद की, मैंने उससे बोला भी था वो तेरे बारे में पूछेगा तो मैं क्या कहूँगी, फिर वो क्या बोली माँ कुछ कहा उसने कृष्ण उत्सुकता से बोल पड़े, हाँ किशन वो बोली कि कह देना

बिहारी को मैं उसे अब बिल्कुल याद नहीं करती मुझे उससे नहीं मिलना, अच्छा लगभग भावुक हो चले कृष्ण बोले तो तू भी उससे जाकर कह देना माँ कि मैं भी उसे याद नहीं करता, और कुछ कहना है उससे भीगी आँखों से मुस्कुराते हुए माँ ने पूछा, हाँ माँ वो जब मेरे बारे और कुछ पूछे तो उससे कहना कि मैंने उत्तर देने की बजाय अपनी बंसी निकाल ली और कृष्ण सचमुच बंसी बजाने लगे, ज्ञात संघ के वंशज एकबारगी लगा जैसे ब्रम्हांड की सबसे पवित्र ध्वनि हमारे कानों में गूँज उठी हो, लगा जैसे वक्त रूक गया हो, सारा जगत मौन और एकाग्र होकर सुन रहा था अपने बिहारी को, लग रहा था कृष्ण की बंसी के स्वर उनकी प्रेयसी राधा और कृष्ण की प्रेम गाथा जगत को सुना रहे थे, कृष्ण को सबसे स्नेह था पर उनका प्यार सिर्फ राधा के लिये था, राधा कृष्ण के अंतर्मन में है, राधा कृष्ण की बंसी में है, राधा कृष्ण के सुरों में है, राधा कृष्ण से अलग है ही नहीं, असल में राधा ही कृष्ण हैं और कृष्ण ही राधा है। इन दुर्लभ पलों का वर्णन शायद मैं तुमसे नहीं कर पाता ज्ञात संघ के वंशज पर ये शाश्वत सत्य है कि प्रेम पर कभी कोई प्रतिबंध नहीं लगा पाया, हालांकि इस प्रसंग को विष्णु के आठवें अवतार ने प्रतिबंधित कर दिया था पर स्वयं त्रिलोकीनाथ भी अपनी प्रेम गाथा को फैलने से रोक नहीं पाये, जगद्जननी माँ पार्वती के अनुरोध पर स्वयं महादेव शिव ने प्रभु से क्षमा मांगकर माँ को यह अमर कहानी सुनायी थी, प्रेम का सर्वोच्च स्तर हैं राधा और कृष्ण, ब्रम्हांड में इस प्रेम की कोई पुनरावृत्ति नहीं है ज्ञात संघ के वंशज, कृष्ण राधा के थे और राधा कृष्ण की थी, दो शरीर लेकिन आत्मा से सदैव साथ, राधा कृष्ण के प्रेम का स्तर अमरता से भी ऊंचा है, सदैव शाश्वत और हर युग में स्मरणीय व अनुकरणीय, बिहारी के प्रेम में डूबी राधा ने अपना एक छोटा सा संसार ही बना लिया था बृज, जहाँ राधा बल्लभ थे, राधा रमण थे जहाँ की रज रज में सदैव के लिए बस गयी राधा और कृष्ण की अमर प्रेम कहानी, इसीलिए इनकी प्रेमगाथा को अमर कहानी कहते हैं, बंसी बजाते

बजाते मेरे प्रभु माँ की गोद में ही सो गये, शायद शांति की अंतिम रात्रि क्यूंकि कल से महाकाल के मृत्युभोज की तैयारी आरंभ थी, कोई शब्द नहीं मैं समझ गया द्वापर का योद्धा भी शायद अब बात करने की स्थिति में नहीं था, मैंने मन ही मन सात्यकि को प्रणाम कर अपनी कलम रख दी और सोने चल दिया, मृत्युदेव की व्यूह रचना को कलमबद्ध करने की तैयारी के साथ कल के इंतजार में।

बारहवीं रात

# सशक्त योजना सिर्फ आपको मजबूत बनाती है परिणाम सिर्फ महादेव को पता है।

आज की सुबह मैं थोड़ा अलसाया हुआ था लम्बी कार ड्राइव की थकान और कुछ घर पर होने से निश्चिंतता का अहसास, मुम्बई और दिल्ली में बहुत अंतर है न जाने क्यों मैं दिल्ली में ज्यादा मित्र नहीं बना पाया इसलिए में जब भी घर पर होता हूँ तो मेरे काम निश्चित है या तो मेरी लाइब्रेरी की किताबें या सिनेमा, मुम्बई में ये शौक गायब हो जाता है। दोपहर को मैं अपनी कार लेकर निकल पड़ा नोएडा से कनॉटप्लेस की ओर, कनॉटप्लेस की दक्षिण दिशा में स्थित पवित्र हनुमान जी के मंदिर में पहुँचकर ब्रम्हांड के श्रेष्ठतम राम भक्त व रूद्रावतार देव बजरंग बली को साष्टांग दण्डवत कर पूरे मंदिर परिसर में स्थापित, प्रभु श्रीराम, माँ दुर्गा, गौरी पुत्र गणेश, भगवान भोलेनाथ की मूर्तियों के दर्शन कर मैंने खान मार्केट की ओर रूख किया यहां कुछ बुक शॉप खंगाली पर कुछ नया हाथ नहीं लगने की निराशा के साथ मैं नोएडा वापस लौट पड़ा, तकरीबन सायं 8:30 बजे घर पहुँचकर खाना खाकर हम चारों आपस में बातें करने लगे कब ग्यारह बज गये पता ही नहीं चला और मैं अकेला

कम्प्यूटर टेबल पर जम गया तभी वो पवित्र सुगंध मेरे जेहन में फैल गयी मैं खिल उठा प्रणाम सात्यकि, चिरंजीवी रहो ज्ञात संघ के वंशज परिवार के साथ बिताये पल अनमोल होते हैं, जी मैंने श्रद्धाभाव से उत्तर दिया, तो लिखो ज्ञात संघ के वंशज, दूसरे दिन से हम सब उत्साह से युद्ध की तैयारियों में जुट गये, सैनिकों जंगी घोड़ों, हाथियों के रहने व भोजन की व्यवस्था, घायलों के उपचार हेतु शिविर और हर प्रहर कुरूक्षेत्र मैं पधार रहे मित्र राजाओं व उनके सैन्य दल के प्रबंधन में पांडव व कौरव दोनों ही पक्ष बेहद व्यस्त थे, तभी शकुनि के प्रबंधन में दुर्योधन ने अपना रंग दिखाना शुरू कर दिया कूटनीति में दक्ष गांधार नरेश ने हमारे पक्ष के कई राजाओं को बरगलाकर अपने पक्ष में लाना प्रारंभ कर दिया और उसकी सबसे बड़ी कामयाबी थी पांडु की दूसरी पत्नी माद्री का भाई व दुर्जेय योद्धा मद्र नरेश शल्य, गदायुद्ध व भाला युद्ध में प्रवीण इस महारथी के रथ परिचालन व मुकाबला पूरे आर्यावर्त में केवल एक ही योद्धा कर सकता था और वो थे केशव, हमारे दल में खलबली मच गयी और केशव ने कमान संभाली, वसुदेव ने सीधे वटवृक्ष की जड़ पर प्रहार किया, वो सीधे अंगराज कर्ण के पास पहुँचे, असल में कर्ण भगवान भास्कर के आशीर्वाद स्वरूप कुंती के गर्भ से उत्पन्न हुआ था पर तब कुंती अविवाहित थी और उन्होंने लोकलाज व राजमहल के भय से कर्ण को संदूक में रखकर गंगा में बहा दिया, सूर्यपुत्र अपने मानस पिता से प्रदत्त दिव्य कवच और कुंडलों के साथ पैदा हुआ था, उसकी रक्षा स्वयं उसके मानस पिता सूर्यदेव करते थे योगेश्वर इस रहस्य से भली भांति परिचित थे, वसुदेव कृष्ण ने यह भेद कर्ण पर खोल दिया, कर्ण स्तब्ध रह गया परंतु कर्ण तो कर्ण था, रहस्य प्रकट होने के बावजूद भी राधेय ने कृष्ण के प्रस्ताव को विनम्रता से ठुकरा दिया पर कृष्ण कहाँ मानने वाले थे उन्होंने कुंती को मैदान में उतार दिया, जन्मदात्री को सामने देख राधेय की आंखों में आँसू आ गये, आखिर में सूर्यपुत्र को वह सूत्र मिला जो हर जीव का जन्मसिद्ध अधिकार है उसकी माँ का परिचय, एक

तेजस्वी, परमवीर, दानवीर पर अभागा पुत्र और एक पत्थर दिल माँ, ज्ञात संघ के वंशज मेरी नजर में कुंती और एक पाषाण शिला में कोई अंतर नहीं था, उन पलों का मैं क्या वर्णन करूँ ज्ञात संघ के वंशज राधेय अपने वचन पर अटल था, दुर्योधन मेरा मित्र है माताश्री उसने मुझे तब अपनाया जब सारा जगत मुझ पर हंस रहा था, अब मेरा जीवन मेरे मित्र के लिये समर्पित है परंतु आज आप प्रथम बार मुझसे मिलीं है और कर्ण की जन्मदात्री माँ ने पहली बार उससे कुछ मांगा है, मैं अर्जुन को छोड़कर आपके चारों पुत्रों को अभय प्रदान करता हूँ दानवीर रूंधे कण्ठ से बोला, पुत्र को कुछ देने की बजाय अपने पुत्र से वचन ले कुंती लौट पड़ी, पर इतने से मान जायें वो वसुदेव कृष्ण कहाँ, केशव ने इस बार निर्णायक प्रहार किया और देवराज इंद्र दानवीर से दान मांगने आ पहुँचे, हालांकि इन्द्रदेव के इस षडयंत्र से सूर्यदेव अवगत हो गये थे, उन्होंने अपने पुत्र को सावधान भी कर दिया था, पर वाह राधेय दानवीर ने अपना शीश देवराज के चरणों में झुका दिया, मेरा जीवन धन्य हुआ कर्ण से स्वयं देवराज कुछ मांगने आये हैं मैं कृतज्ञ हुआ प्रभु आदेश करें सेवक क्या अर्पित करे दानवीर कर्ण का स्वर गूँजा, और इन्द्र ने कर्ण से उसका सूर्य कवच व दिव्य कुंडल मांग लिये, ज्ञात संघ के वंशज उस दृश्य को देख सारा संसार वाह वाह कर उठा, मेरे सामने भी एक बार फिर षडयंत्रकारी द्रोण और एकलव्य वृतांत घूम गया, जन्म से ही अपने शरीर से जुड़े कवच और कुंडलों को अपनी कटार से काटकर सूर्यपुत्र ने देवराज के चरणों में रख दिया, तुच्छ भेंट स्वीकार करें देवराज सूर्यपुत्र की सारी देह रक्त व घावों से लथपथ थी, पर उस महावीर के नेत्रों में पीड़ा की जगह कृतज्ञता थी, इन्द्र अपने अंतर्मन से इस योद्धा पर न्यौछावर हो गये, सूर्यपुत्र की संपूर्ण देह से झरते रक्त को देख देवराज के असंख्य नेत्रों में आँसू भर आये, मांगों पुत्र मुझसे कुछ भी मांग लो सारा स्वर्गलोक तुम पर न्यौछावर है राधेय, कर्ण के दोनों हाथ जुड़ गये योद्धा को क्या चाहिये देवराज अपना शिष्य मानकर जो भी शस्त्र देना चाहें, तथास्तु पुत्र और

कर्ण एक दिव्य नीले प्रकाश में घिर गया उसकी संपूर्ण देह में एक ऊर्जा भ्रमण करने लगी, उसके समूचे घाव भर गये और इन्द्र की आवाज गूँज उठी पुत्र कर्ण मैं तुम्हें ब्रम्हांड की ऊर्जा से संचालित वसावी प्रदान करता हूँ, ये शक्ति अकाट्य व अजेय है यह परम दैवीय शक्ति है अतः तुम इसका उपयोग मात्र एक बार ही कर सकोगे, इस शक्ति में स्वयं मृत्यु को भी निगलने की क्षमता है, सूर्यपुत्र ने कृतज्ञता से हाथ जोड़ लिये पर कृष्ण के माथे पर चिंता की लकीरें बढ़ गई अर्जुन सुरक्षित नहीं था, पर कुछ नहीं से कुछ होना सदैव सहायक ही होता है। कर्ण के दिव्य कवच और कुंडल अब इन्द्र के पास थे, इसी बीच रूक्मी अर्जुन के पास पहुँचा तुम्हें अगर युद्ध में मेरी जरूरत हो तो बताओ अर्जुन, उसकी दम्भ भरी आवाज सुनकर अर्जुन ने उसे सप्रेम मना कर दिया, बाद में गुप्तचरों ने बताया कि ऐसी ही अकड़ लेकर पहले वो दुर्योधन के पास भी गया था और उसने भी इसे मना कर दिया, भन्नाया हुआ रूक्मी मन ही मन दोनों पक्षों को गालियाँ देता हुआ विंदर्भ सेना के साथ वापस चला गया, कम से कम वसुदेव कृष्ण की ससुराल तो सुरक्षित है मैंने मुस्कुराते हुए सोचा, तकरीबन सब तैयारियाँ पूरी हो चुकी थी, गुप्तचर निरंतर दौड़ रहे थे, सूचनाओं का आदान प्रदान हो रहा था, हम सब शिविर में उपस्थित थे और सामने था पांडवों का प्रमुख गुप्तचर बारीक, कौरव पक्ष की क्या स्थिति है राजा द्रुपद ने पूछा, इक्कीस अक्षौहणी सेना है प्रभु दुर्योधन व उसके सौ भाई, गंगापुत्र भीष्म, आचार्य द्रोण, महारथी कृपाचार्य, अंगराज कर्ण, महारथी अश्वत्थामा, जयद्रथ, सुशर्मा, शल्य, त्रिगर्त नरेश भूरिश्रवा, शकुनि, कलिंग, मगध यवनराज, सौविर, विन्द अनुविन्द, भगदत्त, श्रतायुध, सुदक्षिण और फिर अगले नामों को सुनकर हम सब हत्प्रभ रह गये राक्षसराज अलम्बुश व पिशाचराज अलायुध, राक्षसों व पिशाचों का आर्यों के साथ युद्ध में लड़ना परंपरा के विपरीत था, और तकरीबन तीन सौ राजा व इक्कीस अक्षौहिणी सेना बारीक बोलता जा रहा था, शिविर में मौजूद सारे योद्धा चुप थे शायद सभी अपने मन ही मन में गणना कर

रहे थे, मैंने भी हिसाब लगाया पांचों पांडव, पांचों द्रौपदी पुत्र, अर्जुन पुत्र इरावन व अभिमन्यु, राजा द्रुपद, महारथी ध्रष्टद्युम्न, राजा विराट, उत्तर, चेकितान, शिखंडी, सत्राजित, कुंतीभोज, दन्तमौजा, शैव्यराज, अनूपराज, नील राजा, शशीराज, चोलराज, और मैं साथ में अठ्ठारह अक्षौहिणी सेना और अजेय त्रिलोकीनाथ वसुदेव कृष्ण, मेरा मन थोड़ा निश्चिंत हुआ, भीम कृष्ण बोले हिडिम्ब को संदेश भिजवा दो कि पुत्र घटोत्कच मदद को आ जाये, पर केशव भीम कुछ बोलता कि कृष्ण फिर बोल पड़े अलम्बुश की राक्षसी माया की काट सिर्फ बकोदर पुत्र के ही पास है, और पिशाच अलायुध अर्जुन ने पूछा, पिशाच के लिये हमारे पास एक सशक्त प्रतिद्व द्वी है तुम्हारा पुत्र इरावन कृष्ण फुसफुसाये, ज्ञात संघ के वंशज अगले दिन प्रातः काल वो समय आ गया जिसकी सबको प्रतीक्षा थी या कहें कि काल को प्रतीक्षा थी, दोनों सेनायें आमने सामने थी जहाँ तक दृष्टि जा सकती थी वहां तक सेनाओं का ठाठें मारता समंदर था, हाथी, घोड़ों व रथों पर सवार युद्ध को तत्पर आर्यावर्त के तकरीबन समस्त योद्धा वहां मौजूद थे, पांडवों की सेना के सेनापति का पदभार अग्नि से उत्पन्न धृष्टद्युम्न संभाल रहा था पर असली सेनापति तो वसुदेव कृष्ण ही थे, लेकिन इस पहले पड़ाव पर ही पांडव कमजोर नजर आ रहे थे क्यूंकि कौरवों की सेना के सेनापति थे अजेय गंगापुत्र भीष्म, त्रिलोक में जिसके वेग को साधने के लिये महादेव शिव को अपनी जटायें खोलनी पड़ी ऐसी माँ गंगा के पराक्रमी पुत्र, समूचे आर्यावर्त में ये महान बलशाली योद्धा अजेय था, इसीलिये भीष्म के रहते हस्तिनापुर को चुनौती देने का साहस किसी में नहीं था, मुझे अचानक से दाऊ भैया की कमी महसूस होने लगी, पांडवों की सेना वज्र व्यूह में निबद्ध हुई वज्र की नोक पर शानदार युद्धाश्वों से जुटे वज्र रथ पर अर्जुन था और सारथी थे केशव, व्यूह के दांये भाग पर भीमसेन और बायें भाग पर नकुल, सहदेव, धृष्टद्युम्न, प्रथम केन्द्र में अभिमन्यु था और महाराज द्रुपद, चेकितान, सत्राजित, इरावन व पांचों द्रौपदी पुत्र अपने अपने अरिष्टनेमी दलों के साथ दांये व बायें पक्ष

के भागों को पृष्ठ से मजबूती दे रहे थे, बाकी सभी राजा वज्र के विभिन्न भागों पर अपने अपने रथों पर आरूढ़ थे, मैं युधिष्ठिर के साथ केन्द्र में मौजूद था, केशव ने युधिष्ठिर की रक्षा का भार मुझे सौंपा था, मुझे वचन दो सात्यकि कि तुम धर्मराज की रक्षा करोगे केशव मुझे अपने साथ युद्ध का अवसर प्रदान करें मैंने अनुरोध किया, नहीं मित्र सत्य की रक्षा सिर्फ सात्यकि ही कर सकता है, गंगापुत्र भीष्म का एक ही लक्ष्य है युधिष्ठिर को बंदी बनाना, मेरा अनुमान है कि ज्यादा से ज्यादा चार प्रहर में भीष्म युधिष्ठिर को थाम लेगें, तब युधिष्ठिर को कौन बचायेगा, मैं समझ गया ज्येष्ठ पांडु पुत्र को कोई छू भी नहीं सकेगा आप निश्चिंत रहे केशव और मैं अपने प्रभु के सम्मान में झुक गया, तुम मेरा गौरव हो मित्र कृष्ण बोले और तभी जीवा खबर लाया कि आज देवव्रत भीष्म ने वज्र व्यूह के सामने औरमी व्यूह रचा है कृष्ण शांत थे, बहुत चालाक है ये वृद्ध शेर मैं मन ही मन बड़बड़ाया, युद्ध में किसी भी व्यूह को निगलने की क्षमता औरमी व्यूह में थी। स्वयं भीष्म केन्द्र में थे दांये व बायें पक्ष पर अंगराज कर्ण व गुरू द्रोणाचार्य थे औरभी के पंच नखों पर, कृपाचार्य, कृतवर्मा, अश्वत्थामा, अलम्बुश, त्रिगर्त नरेश व अलायुध मौजूद थे दुर्योधन, शल्य एवं सुशर्मा, व्यूह को संबल दे रहे थे और अन्य योद्धा व्यूह के सभी पक्षों को सशक्त करने हेतु सन्नद्ध थे, दोनों ओर की सेनायें सज गयीं, अचानक अर्जुन ने वसुदेव कृष्ण से उसके रथ को दोनों सेनाओं के मध्य में ले चलने की प्रार्थना की, शायद वो मध्य से निरीक्षण करना चाहता था, वज्र का मुख्य द्वार खोल दिया गया और अर्जुन का रथ सूर्य रश्मियों की भांति दोनों सेनाओं के मध्य में आ गया, थोड़ी देर तक दोनों पक्षों की ओर देखने के बाद अर्जुन ने यकायक अपने गांडीव को रथ में रख दिया, मैं अपने बंधू बांधव व परिजनों से युद्ध नहीं करूँगा केशव मुझे कोई राज्य नहीं चाहिये शायद उसके स्वर में परिवार के प्रति स्नेह के साथ थोड़ा भय भी था, उसके वे शब्द जो यकीनन किसी योद्धा के लिये सबसे निम्न स्तर की सोच थे, ज्ञात संघ के वंशज एक पल को तो

# औरमी व्यूह

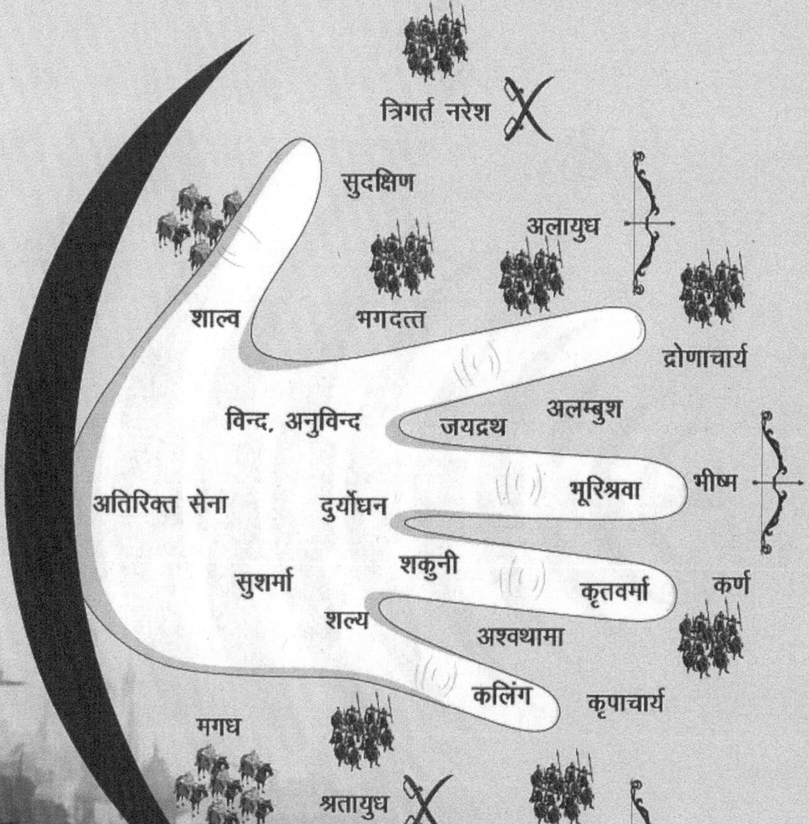
त्रिगर्त नरेश
सुदक्षिण
अलायुध
शाल्व
भगदत्त
द्रोणाचार्य
विन्द, अनुविन्द
जयद्रथ
अलम्बुश
भीष्म
अतिरिक्त सेना
दुर्योधन
भूरिश्रवा
शकुनी
सुशर्मा
कृतवर्मा
कर्ण
शल्य
अश्वथामा
कलिंग
कृपाचार्य
मगध
श्रतायुध
दुशासन

# वज्र व्यूह

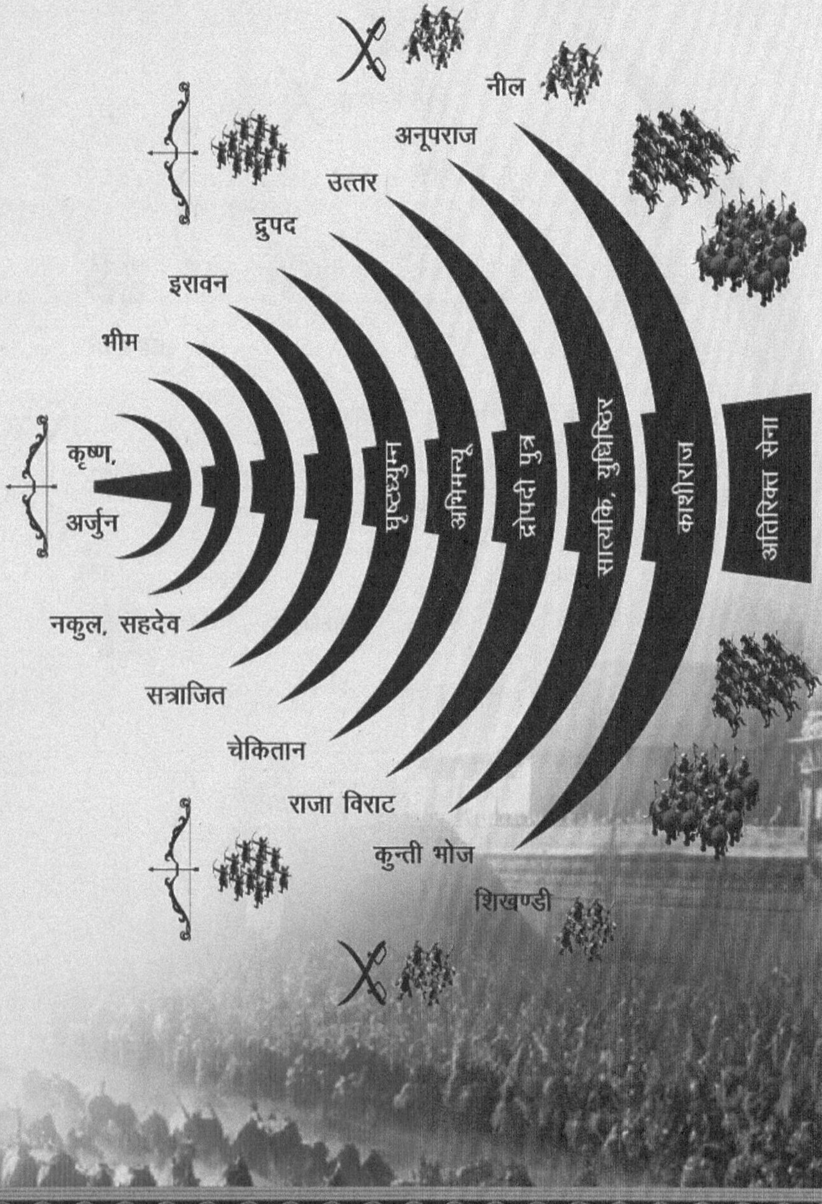
नील
अनूपराज
उत्तर
द्रुपद
इरावन
भीम
कृष्ण,
अर्जुन
धृष्टद्युम्न
अभिमन्यू
द्रौपदी पुत्र
सात्यकि, युधिष्ठिर
काशीराज
अतिरिक्त सेना
नकुल, सहदेव
सत्राजित
चेकितान
राजा विराट
कुन्ती भोज
शिखण्डी

द्वारकाधीश भी स्तब्ध रह गये और फिर केशव दग्ध हो उठे, जब तुम वनवास में थे, जब पांचाली का वस्त्र हरण हो रहा था, जब तुम्हारी माँ वन में भटक रही थी, तब ये परिवार कहाँ था मूर्ख, ये सब यहां तुमसे मिलने नहीं तुम्हें मृत्यु देने आये हैं, पर उसके लिये सभी दोषी नहीं केशव, वाह आज अर्जुन के पास अचानक सारे तर्क आ गये, दोनों सेनायें असहज थीं कि ये क्या हो रहा है, मेरा मन कर रहा था कि कौरवों से पहले मैं खुद ही इस महामूर्ख का वध कर दूँ, किसी को कुछ समझ नहीं आ रहा था अचानक लगा कि जैसे समय रूक गया हो, पृथ्वी ने धुरी पर घूर्णन बन्द कर दिया हो, सूर्यदेव के रथ को किसी ने थाम लिया हो, वसुदेव कृष्ण के स्वर कुरूक्षेत्र में गूँजने लगे, तू शून्य है अर्जुन, तू शून्य से आया है, तू शून्य में ही जायेगा, तेरे साथ सिर्फ तेरे कर्म जायेगें, इसलिये कर्म कर परिणाम तेरे बस में नहीं, वो निश्चित करने वाला मैं हूँ, सब कुछ मेरे द्वारा पहले से निश्चित है, ब्रम्हांड संहिता का पालक भी मैं हूँ, और संहारक भी मैं हूँ, तू तो सिर्फ और सिर्फ निमित्त मात्र है, यहां तेरा कोई नहीं है, तेरी उत्पत्ति मुझसे है, तेरा अंत भी मुझमें है, ये सारा जगत मुझसे ही उत्पन्न हुआ है, और मुझमें समाना ही इस जगत नियति है, जैसे सूर्यदेव एक निश्चित परिक्रमा करते हैं उसी प्रकार ब्रम्हांड व प्राणिमात्र की गति भी निश्चित है, उसे कोई नहीं बदल सकता मैं भी नहीं, तू जिनके लिये शोक कर रहा है, संतप्त है, जिनकी चिंता कर रहा है, देख ये सब कितनी बार जन्म और मृत्यु को प्राप्त हो चुके हैं, ज्ञात संघ के वंशज सब जड़ थे पर मैं अर्जुन की तरह अपने प्रभु को सुन व देख सकता था या शायद गंगापुत्र भीष्म और अंगराज कर्ण भी, कुरूक्षेत्र में बिखरे लाशों के ढेर बिजली की तरह हमारे सामने कौंध रहे थे, वसुदेव कृष्ण के शब्द निरंतर गूँज रहे थे, देख ये सब पहले से ही मृत हैं, इनका कोई अस्तित्व नहीं, इन्हें कोई भान नहीं, देख मुझे, प्रभु अपने विराट स्वरूप में थे, मैं अजन्मा हूँ, मैं अनश्वर हूँ, मैं ही सृष्टि का कर्ताधर्ता और मैं ही संहारक हूँ, अर्जुन स्तब्ध था मैं भी उसी अवस्था में था, सब

जड़ थे, तो पार्थ व्यर्थ संदेह न कर होगा वही जो निश्चित है, और ज्ञात संघ के वंशज वहीं कहीं मेरे द्वारकाधीश के शब्दों को जस का तस सहेज लिया परम तेजस्वी व तपस्वी महर्षि वेदव्यास ने और आने वाले युगों को मिला वो ग्रन्थ जिसे हम मानव जीवन का सार कहते हैं, मोतियों की माला की तरह प्रभु के एक एक शब्दों के मनकों को महर्षि ने अपने तपोबल से संजो लिया और उद्‌गम हुआ मेरे वसुदेव कृष्ण की वाणी पवित्र **श्रीमद्‌भागवत गीता** का, मेरा सिर श्रद्धा से झुक गया और केशव के अंतिम शब्द जो उन्होंने अर्जुन से कहे कदाचित्‌ उन्हें सुनकर तो कायर से कायर मानव भी दुर्जेय योद्धा बन जाता फिर अर्जुन तो वीरों का वीर था। केशव गरज उठे,

**उठा ले शस्त्र हाथ में समर करेंगे साथ में**
**संपूर्ण शत्रु वाहिनी का विनाश हो, पार्थ युद्धघोष हो**

और ज्ञात संघ के वंशज श्रीकृष्ण ने पांच्चजन्य फूंक दिया, अर्जुन का देवदत्त भी हुंकार उठा, गंगापुत्र भीष्म का गंगनाभ, अंगराज कर्ण का हरिण्यगर्भ, युधिष्ठिर का अनंतविजय, भीम का पौंड्रिक, दुर्योधन का विंदारक, द्रोणाचार्य का गज शंख, धृष्टद्युम्न का उद्‌घोष, अश्वथामा का हिम शंख और मेरा कालिंदी शंख भी गूँज उठा, प्रचंड शंखों की ध्वनि के बीच समूचे कुरूक्षेत्र को थर्राते हुए गंगा के वेग जैसे अजेय भीष्म का स्वर गूँजा **आक्रमण**, मैं भी उत्तेजित हो उठा पर सन्नाटा था, फिर क्या हुआ महान सात्यकि, क्या हुआ, लगा जैसे मेरा कोई खिलौना टूट गया हो, मैं उदास हो गया और तभी वही फुसफुसाहट इतना आसान नहीं है ये वर्णन ज्ञात संघ के वंशज मैं कल फिर आऊँगा, योद्धा को प्रणाम कर मैंने बुझे मन से कलम रख दी और सोने चला गया, हलांकि मुझे पता था कि आज मुझे नींद नहीं आयेगी, क्यूंकि मेरा मन कुरूक्षेत्र में था।

तेरहवीं रात

# रक्त का रंग सिर्फ लाल होता है, चाहे वो किसी भी प्राणीमात्र का हो पर रक्त की प्यास भिन्न भिन्न प्रकार की होती है।

दिल्ली या कहूँ कि द्वापर की इंद्रप्रस्थ की एक और सुबह, मैं उठकर तैयार हुआ तब तक आलू पराठे तैयार हो चुके थे मैंने जमकर उनका लुत्फ उठाया और फिर तैयार होकर मैं निकल पड़ा कुरूक्षेत्र की ओर, शायद समय भी यही चाहता था कि द्वापर के योद्धा से महायुद्ध का आरंभिक वृतांत मैं उसी धरा के भूखंड पर सुनूं जहाँ ये भीषण रक्तपात हुआ था। सैल्फ ड्राइव कर मैं सायं पांच बजे के आसपास कुरूक्षेत्र पहुँच गया, हरियाणा राज्य में स्थित ये शहर एक अजीब सी रहस्यमयी चुप्पी ओढ़े रहता है शायद आज भी ये स्थान उस महासमर के स्तब्धकारी दृष्टांतों से खुद को अलग नहीं कर पाया है। पवित्र ब्रम्ह सरोवर को प्रणाम कर मैंने पास ही स्थित प्राचीन दक्षिण मुखी हनुमान जी के मंदिर में रूद्रावतार के दर्शनों का लाभ लिया और पीपली चौराहा स्थित हरियाणा सरकार के पैराकिट होटल आ गया इसी बीच कुछ अतिथि भी आ गये थे सब कार्य करते करते रात के दस बज गये और अपने कार्य व्यवस्थित कर मैंने अपनी कलम और डायरी उठा ली, कुरूक्षेत्र में स्वागत है ज्ञात संघ के वंशज, महान योद्धा आ गया था प्रणाम सात्यकि, मैं तुम्हारी

उत्तेजना व उत्सुकता समझ रहा हूँ ज्ञात संघ के वंशज और सच कहूँ तो उत्सुक मैं भी हूँ, तो शुरू करते हैं मैं बोला, लगा जैसे योद्धा मुस्कुराया हो पर बेहद सर्द मुस्कुराहट तो लिखो ज्ञात संघ के वंशज, दिल दहलाते शंखों की प्रचंड ध्वनि के बीच वज्र व्यूह और औरमी व्यूह एक दूसरे की तरफ अग्रसर हुए और दोनों सेनायें एक दूसरे से वायु वेग से टकराई सैनिकों से सैनिक, रथियों से रथी, महारथियों से महारथी, अश्व सेना से अश्वसेना, गज सेना से गजसेना बुरी तरह भिड़ गये, चारों ओर भयंकर संग्राम छिड़ गया पर ये तो शुरूआत थी देवव्रत भीष्म प्रचंड वेग से पांडवों की सेना पर टूट पड़े गंगापुत्र का धनुष उठा और प्रथम आक्रमण में ही उन्होंने अपने शस्त्रागार से यमदंड अस्त्र वज्र व्यूह के केन्द्र की ओर प्रक्षेपित कर दिया, यमदंड मृत्यु की भांति केन्द्र की ओर लपका प्रत्युत्तर में वज्र की नोंक से अर्जुन का गांडीव गरज उठा और इन्द्रास्त्र ने यम दण्ड का मार्ग रोक लिया प्रचंड विस्फोट, सावधान अर्जुन भीष्म गरजे, दो प्रचंड धनुर्धारियों के बीच शक्ति परीक्षण शुरू हो गया जहाँ भीष्म का ज्वार माँ गंगा के वेग की भांति प्रचंड था वहीं वसुदेव कृष्ण से संबल पा अर्जुन भी बेहद भयंकर बाण वर्षा कर रहा था, जरा सी देर में आकाश बाणों से पट गया और इसी मध्य अंगराज कर्ण और द्रोणाचार्य ने औरमी का दांया व बांया पक्ष खोल दिया, वज्र के दांये भाग पर द्रोणाचार्य के सामने उनका मदांध व दुर्जेय शिष्य भीम था, द्रोण संभलते उससे पहले ही भीम का दल अपनी गदांये लेकर उनकी टुकड़ी पर टूट पड़ा, इस क्रोधित पर्वत को रोकना आसान नहीं था, गुरू द्रोण का रथ भीम के प्रहार से टूट गया तत्काल ही अतिरिक्त रथ द्रोण के दल की मदद हेतु पहुँचने लगे और भयंकर मार काट मच गयी, इधर कर्ण के सामने धृष्टद्युम्न था दोनों भिड़ गये पर ये कोई मुकाबला था ही नहीं, लेकिन नकुल और सहदेव भी वहां मौजूद थे अतः वज्र व्यूह थोड़ा सुरक्षित था इसी बीच वज्र के दांये पक्ष में महाराज द्रुपद अपने साथ सत्राजित व चेकितान को ले भीम के पास पहुँच गये औरमी व्यूह के बांये भाग पर दबाव बढ़ गया, इन योद्धाओं ने भयंकर युद्ध में औरमी का बांया बाजू

लगभग काबू में ले लिया पांडु पुत्र भीम गाजर मूली की तरह कौरवों की सेना को कुचल रहा था उसे देख आचार्य द्रोण हतप्रभ थे, उन्होंने तत्काल धूम्रास्त्र का आह्वान किया इससे पहले के औरमी का बांया पक्ष धूम्र घेरे में आता द्रुपद ने नागशक्ति अस्त्र प्रक्षेपित कर दिया धूम्रास्त्र शांत हो गया, सावधान गुरूदेव भीम गर्जा और द्रोण गदा लेकर कूद पड़े पर दुर्भाग्य से शारीरिक बल में द्रोण भीम से बहुत पीछे थे, लेकिन तब तक औरमी के पृष्ठ से मदद आ चुकी थी, कृपाचार्य व कृतवर्मा युद्ध में शामिल हो चुके थे द्रुपद, चेकितान और सत्राजित अब व्यस्त थे, युद्ध भीषण गति पकड़ने लगा केन्द्र में भीष्म और अर्जुन भिड़े हुए थे, लेकिन वज्र व्यूह के बायें हिस्से में हालात बेहद गंभीर थे धृष्टद्युम्न, नकुल, सहदेव के पास अंगराज कर्ण के बाणों का कोई जवाब नहीं था, कर्ण के बाणों ने नकुल और सहदेव को बुरी तरह आक्लांत कर रखा था, धृष्टद्युम्न पहले ही घायल था, सूर्यपुत्र द्वंद्व के साथ साथ पांडवों की सेना का भी निर्ममता से संहार कर रहा था और तभी दु:शासन भी पहुँच गया, उसे देखते ही तब तक संभल चुका धृष्टद्युम्न अपनी तलवार खींच तत्काल दु:शासन से भिड़ गया, बुरी तरह घायल नकुल ने क्रोध में अपने मानस पिता अश्वनी कुमारों द्वारा प्रदत्त मारकेश अस्त्र कर्ण पर प्रक्षेपित कर दिया तत्काल सूर्यपुत्र के शस्त्रागार से महेन्द्र अस्त्र प्रक्षेपित हुआ और मारकेश निष्फल हो गया, कर्ण के नाराच बारिश की बूंदों की तरह बरस रहे थे कौरवों का औरमी व्यूह कसने लगा था अभी हालात संभले भी नहीं थे कि अचानक बादलों की तीव्र गड़गड़ाहट से कुरूक्षेत्र गूँज उठा और अलम्बुश ने वज्र के केन्द्र की ओर आक्रमण कर दिया, असुरास्त्र प्रक्षेपित होने लगे प्रतिकार स्वरूप अर्जुन के गांडीव से भी गरूड़ास्त्र छूटने लगे और इसी बीच भीष्म का रथ युधिष्ठिर की ओर अग्रसर हो गया, उनके पीछे पीछे दुर्योधन भी वज्र के केन्द्र में आ पहुँचा, केशव सही थे मात्र चार प्रहर में भीष्म युधिष्ठिर के पास थे वज्र व्यूह संकट में था, भीष्म के अर्धचन्द्रकार बाण युधिष्ठिर के रथ की ओर प्रक्षेपित होने लगे मेरे हाथ नारायण धनुष पर कस गये भीष्म के बाणों के सामने मेरे नाराचों की

दीवार खड़ी हो गयी, समर्पण करो युधिष्ठिर भीष्म गरजे, मैं दग्ध हो उठा ये कुरूसभा नहीं है योद्धा भीष्म, सात्यकि यहां मौजूद है सम्राट युधिष्ठिर से पहले तुम्हें मुझे परास्त करना है युद्ध करो, ज्ञात संघ के वंशज मेरे और गंगापुत्र के बीच एक भयंकर युद्ध छिड़ गया भीष्म के हर शर का जवाब मेरे तुणीर में था लेकिन बहुत ही हठी योद्धा थे भीष्म उनके धनुष से रहस्यमयी गंगास्त्र प्रक्षेपित हुआ, मेरे धनुष से रूद्र अस्त्र छूटा और नष्ट होते होते भी गंगास्त्र ने मेरे कवच को विंदीर्णी कर मेरे कंधे को बुरी तरह भेद दिया, एक धनुर्धारी को कैसे धीमा करना है ये गंगापुत्र भली भांति जानते थे, पर मैं भी वसुदेव कृष्ण का शिष्य था, भीष्म हैरानी से मुझे देख रहे थे, ये घाव मुझे नहीं रोक पायेंगे गंगापुत्र कहते हुए मैंने मंत्रोचार किया **ॐ बलभद्र नमः शेष अस्त्र प्रकटम्** दाऊ भैया का रहस्यमयी शेष अस्त्र मेरे धनुष से प्रक्षेपित हो गया, बेहद भयंकर व अकाट्य शस्त्र था शेष अस्त्र प्रक्षेपित होते ही उसका एक फलक पांच सहस्त्र छोटे अस्त्रों में परिवर्तित हो जाता था, पर आश्चर्यजनक रूप से देवव्रत भीष्म एक कुशल कारीगर की भांति उसका निराकरण कर रहे थे लेकिन वे उलझ चुके थे, इधर युधिष्ठिर ने दुर्योधन को भाला युद्ध में उलझा लिया, मैं निश्चिंत था क्यूंकि युधिष्ठिर को भाला युद्ध में मद्र नरेश शल्य के सिवा कोई चुनौती नहीं दे सकता था, पर वज्र व्यूह की स्थिति बड़ी विकट थी, अलम्बुश के मायावी युद्ध से अर्जुन संतप्त था, वज्र के दांये भाग पर भी घमासान छिड़ा हुआ था और बायें पक्ष को तो सूर्यपुत्र कर्ण ने लगभग छिन्न भिन्न ही कर डाला था, केन्द्र में गंगापुत्र खुद युद्धरत थे, हम खतरे में थे तभी मैंने देखा एक साथ तीन सांकेतिक बाण आसमान में प्रक्षेपित हुए और प्रचंड शंख ध्वनि के साथ एकल त्रिशूल व्यूह में निबद्ध हो बायें पक्ष पर सुभद्रा पुत्र अभिमन्यु, केन्द्र में उलूपी पुत्र इरावन और दांये पक्ष पर पांचों द्रौपदी पुत्रों ने प्रचंड वेग से आक्रमण कर दिया, अभिमन्यु के बाणों का वेग इतना तीव्र था कि इससे पहले कि अंगराज कर्ण उनका प्रतिरोध करता उसके धनुष की प्रत्यंचा अभिमन्यु के नाराचों ने काट दी, अलम्बुश के असुरास्त्रों को इरावन के पाताल नाग

शस्त्रों ने थाम लिया और दांये द्वार पर तो इस आकस्मिक हमले ने कौरवों में भगदड़ ही मचा दी, संकेत पा पीछे से चोल व राजा विराट ने घेरा कस दिया, भयंकर युद्ध में कर्ण के शरीर को अभिमन्यु के बाणों ने कई जगह से भेद दिया, वाह भांजे मैं मन ही मन प्रशंसा कर उठा, उधर इरावन और अलम्बुश में घनघोर युद्ध छिड़ गया इरावन के सैन्य दल के विष बाणों से राक्षसी दल त्राहिमाम कर उठा और इधर पांचों द्रौपदी पुत्रों ने कुरू सेना को लगभग दौड़ा लिया, द्रोण ने प्रतिकार करने की कोशिश की लेकिन भीम उन्हें संभलने का अवसर ही नहीं दे रहा था, अर्जुन पुनः भीष्म से उलझ गया और मैं गदा लेकर दुर्योधन के सामने कूद पड़ा, वज्र व्यूह दोबारा सशक्त होने लगा, तभी अर्जुन के अर्धचन्द्राकार ने भीष्म के रथ की ध्वजा काट दी, क्रोधित गंगापुत्र अपनी लय में आ गये, उन्होंने दुगने वेग से बाण वर्षा शुरू कर दी, परंतु कर्ण घायल हो चुका था और उसे लेकर उसकी टुकड़ी शिविर में जा चुकी थी, उसके स्थान पर उसका पुत्र वृषकेतु आ गया, अभिमन्यु और वृषकेतु में भयंकर युद्ध छिड़ गया, राधेय पुत्र वृषकेतु भी एक महारथी स्तर का योद्धा था दोनों के बाण एक दूसरे की कड़ी परीक्षा ले रहे थे, लेकिन भीष्म को देख लग रहा था कि अब इस घायल सिंह को रोकना बहुत मुश्किल है, वो तो केशव की मौजूदगी में स्थिति थोड़ी संभली हुई थी पर अर्जुन बुरी तरह विचलित था, इधर दुर्योधन हालांकि एक सर्वश्रेष्ठ गदावीर था पर मैं दाऊ की परछाई था, हम दोनों का मुकाबला लगभग बराबरी का था, गदाओं के परस्पर टकराने से चिंगारियां निकल रही थी, आज तेरा कुचला हुआ शव ही पांडवों के शिविर में जायेगा सात्यकि दुर्योधन बड़बड़ाया, तभी उसके प्रहार को रोकते हुए मैंने गांधारी पुत्र की सबसे कमजोर नस पर जबरदस्त शब्द प्रहार किया, अन्धों की संतान आंख होते हुए भी अन्धी ही होती हैं मटके से जन्में राक्षस, मेरे शब्द आक्रमण का तत्काल असर हुआ और दुर्योधन क्रोध में पगला गया, तेरी जिह्वा खींच लूंगा नीच वो फुफंकार, पर तब तक देर हो चुकी थी क्रोध में उन्मत ये योद्धा मेरे वायुदांव में फंस गया था, दुर्योधन की पीठ पर मेरी गदा का एक भीषण प्रहार हुआ और दुर्योधन धरती पर लेटा पड़ा था, उसके मुख से रक्त छलक उठा,

तभी गंगनाभ गूँजा, भास्कर जा चुके थे युद्ध रूक गया, बुरी तरह घायल दुर्योधन ने मुझे भीषण क्रोध से घूरा, जाओ जाकर अपने घावों पर मरहम का लेप करो गांधारी पुत्र मैं मुस्कुराते हुए बोला, कौरवों का औरमी व्यूह छिन्न भिन्न हो गया था, लेकिन देवव्रत भीष्म भयंकर चोट कर गये, पांडव पक्ष के लगभग पचास हजार सैनिकों का वध इस वृद्ध शिकारी ने अकेले ही कर डाला था, कर्ण के भीषण प्रहारों ने भी हमारी सेना को बुरी तरह घायल कर दिया था, मेरे कन्धे में धंसा भीष्म के बाण का टुकड़ा मुझे ये बता रहा था कि वे कितने विकट योद्धा थे, पर पांडवों के पुत्रों के पराक्रम से वज्र आज अजेय था, आज अंगराज कर्ण मुझे याद कर रहे होंगे मामा अभिमन्यु मेरे कानों में फुसफुसाया और मैंने उसे अपनी बाहों में भर लिया, तभी गुप्तचर खबर लाये कि अंगराज कर्ण ने भीष्म के सेनापति रहने तक अपने आपको इस युद्ध से अलग कर लिया है, हुआ ये कि कौरवों के प्रधान शिविर में कर्ण ने कहा अगर पितामह भीष्म चाहते तो आज ही युधिष्ठिर का वध कर देते पर उन्होंने किया नहीं और इस आक्षेप से तिलमिलाये भीष्म क्रोध में बोले मैं तुम्हारी तरह शिविर में बेहोशी की हालत में नहीं आया हूँ अंगराज कर्ण, अपने और मेरे शरीर के घावों को देखो पांडव कोई साधारण योद्धा नहीं हैं, और क्रोध में कर्ण ने प्रतिज्ञा कर डाली अब मैं आपके नेतृत्व में ये युद्ध नहीं करूंगा गंगापुत्र मैं इन पांडवों को अकेले ही पराजित करके दिखाऊँगा, दुर्योधन आश्चर्यजनक रूप से खामोश था, शायद धृतराष्ट्र पुत्र को इतना तो पता ही था कि सूर्यपुत्र कर्ण और गंगापुत्र भीष्म में कौन ज्यादा उपयोगी है, ये सब देख गांधार नरेश शकुनि ने अपना माथा पीट लिया पर अब कुछ नहीं हो सकता था, मैंने देखा द्वारकाधीश के चेहरे पर एक राहत भरी मुस्कान थी हम सब लोग कल के युद्ध की तैयारियों में जुट गये, और वही लम्बी खामोशी मैंने कुछ क्षण प्रतीक्षा की पर द्वापर का योद्धा जा चुका था, या फिर वो यहीं कहीं था कुरूक्षेत्र में अपनी स्मृतियों के साथ, स्मृति महासमर की, स्मृति द्वारकाधीश की, मैं भी बिस्तर में लुढ़क गया, और सो गया कुरूक्षेत्र में

चौदहवीं रात

# युद्ध का बस एक ही नियम होता है विजय या पराजय, कोई फर्क नहीं पड़ता कि इसे आपने किस प्रकार प्राप्त किया।

आज मैं थोड़ा जल्दी उठ गया था करीब आठ बजे कुरू तीर्थ में ब्रम्ह सरोवर व अन्य मन्दिरों के दर्शन करते हुए मैं निकल पड़ा चंडीगढ़ की ओर फिर चंडीगढ़ पहुँचकर सेक्टर छत्तीस में कुछ लोगों से मुलाकात कर मैं प्रेस क्लब पहुँचा और पत्रकार मित्रों से मिल सायं पांच बजे वापस कुरूक्षेत्र की ओर लौट पड़ा, होटल पहुँचकर मैं कमरे में नितांत अकेला सोचने लगा एक रिसर्च के बारे में, जिससे पता चलता है कि तकरीबन विलुप्त हो चुकी प्राचीन सरस्वती नदी कुरूक्षेत्र की सीमा में कहीं कहीं अभी भी जागृत है, ज्ञान की देवी भी कुरूक्षेत्र का मोह शायद इसलिये नहीं छोड़ पा रही थी क्यूंकि यही वह स्थान है जहाँ ब्रम्हांड के सर्वश्रेष्ठ ज्ञान का प्राकट्य हुआ था, श्रीमद् भागवत गीता, सोचते सोचते काफी रात हो गयी और मैंने चाय का आर्डर किया, गर्म गिलास में भाप छोड़ती चाय की खुशबू के साथ मैंने कलम व डायरी उठा ली तभी वातानुकूलित संयत्र की ठंडक के साथ कुछ कुछ चंदन जैसी खुशबू कमरे में फैल गयी, द्वापर का योद्धा आ गया था प्रणाम युगवीर, आयुष्मान ज्ञात संघ के वंशज

माँ सरस्वती लुप्त नहीं हुई है उन्होंने सिर्फ अपने आपको धरा की परतों में समाधिस्त कर लिया है मेरी सोच को सुधारते हुए सात्यकि बोले, जी मैं विनम्रता से बोला तो लिखो ज्ञात संघ के वंशज, युद्ध के अगले दिन भीष्म ने गरूड़ व्यूह रचा केन्द्र में स्वयं भीष्म व उनके साथ मद्र नरेश शल्य, जयद्रथ, सुशर्मा एवं शकुनी थे, दांये भाग में आचार्य द्रोण, दु:शासन, भूरिश्रवा व त्रिगर्त नरेश थे, बायें पक्ष में अश्वथामा, दुर्योधन, कलिंगराज व मगध राज थे गरूण की गर्दन पर कृपाचार्य थे एवं गरूड़ के पृष्ठ पर कृतवर्मा, अलम्बुश, अलायुध व भगदत्त एवं अन्य राजा थे। हमारे पक्ष में धृष्टद्युम्न ने आज क्रौंच व्यूह की रचना की क्रौंच के अग्रभाग पर धृष्टद्युम्न, इरावन, द्रुपद, सत्राजित व चेकितान थे क्रौंच के दांये अर्जुन व वसुदेव कृष्ण के साथ राजा विराट, उत्तर व कुंतिभोज और बायें पक्ष में भीम के साथ शिखंडी, दन्तमौजा, चोल राजा व मत्स्य सेना थी क्रौंच के मध्य में अभिमन्यु व द्रौपदी के पांचों पुत्र व नकुल एवं सहदेव तथा मध्य में युधिष्ठिर के साथ मैं था, युद्धक्षेत्र को थरथराता हुआ पितामह भीष्म का गंगनाभ गूँजा, देखते ही देखते अन्य महारथियों के भी शंख बजने लगे और सम्राट युधिष्ठिर की जय के साथ धृष्टद्युम्न ने गरूण पर भीषण धावा बोल दिया, पर सामने गंगापुत्र थे, अतुलनीय बाण वर्षा करते हुए देवव्रत भीष्म भी पांडव सेना पर टूट पड़े, दोनों सेनायें भिड़ गयी धृष्टद्युम्न और इरावन आज भीष्म के सामने डटे हुए थे और देखना सिर्फ ये था कि वे आर्यावर्त के इस वृद्ध पहाड़ को कब तक रोक सकते हैं, भीष्म के बाकी दल को द्रुपद, सत्राजित व चेकितान ने संभाल लिया, क्रौंच के दांये पक्ष पर आज गुरू द्रोणाचार्य ने हाहाकार मचा दिया अर्जुन के गांडीव की आज की कड़ी परीक्षा थी, दोनों ओर से घातक अस्त्र शस्त्र प्रक्षेपित हो रहे थे, इधर क्रोंच के बायें भाग को उन्मत भीम ने भयंकर गर्जना करते हुए खोल दिया उसके सामने था चिर परिचित प्रतिद्वंद्वी दुर्योधन दोनों योद्धा एक दूसरे पर गदा लेकर टूट पड़े,गदाओं के टकराने की प्रचंड ध्वनि से युद्धक्षेत्र गूँजने लगा, दोनों मदांध हाथियों की

# गरुण व्यूह

कलिंगराज
मगधराज
अश्वथामा
दुर्योधन
शकुनी
जयद्रथ
अलायुध
कृतवर्मा
विन्द,
अनुविन्द,
शाल्व
लक्ष्मण
कृपाचार्य
शल्य
भीष्म
अतिरिक्त
सेना
भगदत्त
त्रिगर्त नरेश
अलम्बुश
सुशर्मा
भूरिश्रवा
द्रोणाचार्य
वृषकेतु
दुशासन

# क्रौंच व्यूह

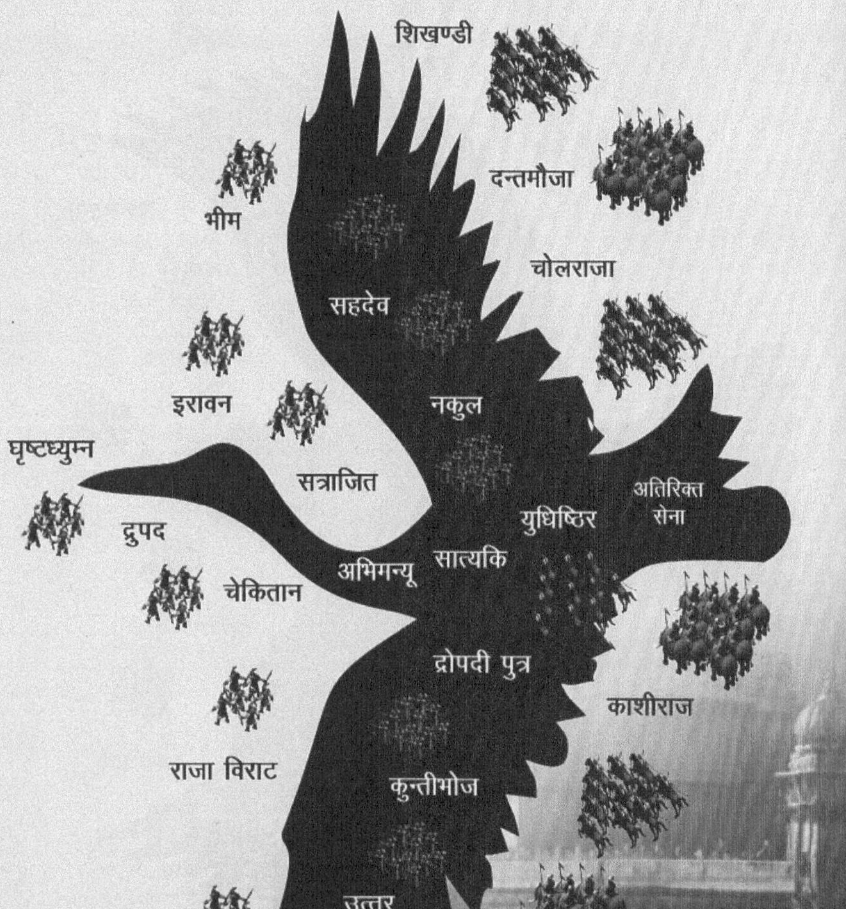
शिखण्डी
दन्तमौजा
भीम
चोलराजा
सहदेव
इरावन
नकुल
घृष्टद्युम्न
सत्राजित
अतिरिक्त सेना
युधिष्ठिर
द्रुपद
सात्यकि
अभिमन्यू
चेकितान
द्रोपदी पुत्र
काशीराज
राजा विराट
कुन्तीभोज
उत्तर
अर्जुन

भांति भिड़ गये मानो इन्हें किसी से कोई मतलब ही नहीं था, भीषण युद्ध करते हुए बांये पक्ष से अश्वथामा मध्य में पहुँचा और अभिमन्यु के हत्थे चढ़ गया, दोनों के बाण कहर बरपाने लगे जहाँ अश्वथामा एक प्रचंड योद्धा था, वहीं अभिमन्यु के आसपास आने से भय को भी भय लगता था, दोनों अपनी लय में थे दोनों के शस्त्रागार शस्त्रों से भरे हुए थे, इधर धृष्टद्युम्न व इरावन को पीछे धकेल भीष्म तीव्र वेग से आगे बढ़े तभी द्रौपदी के पांचों पुत्र पितामह से उलझ गये, नकुल और सहदेव के रथ भी आगे बढ़े किंतु गंगापुत्र के वेग को थामना इनके बस की बात नहीं थी, बस कुछ वक्त के लिये भीष्म अवरूद्ध थे, और तभी भीष्म के रथ के बायें से बेहद तीव्र गति से मद्र नरेश शल्य आगे आया, और क्रौंच के मध्य में शल्य की गदाधारी सेना ने कोहराम मचा दिया बात की बात में भयंकर युद्ध करता हुआ शल्य तेजी से युधिष्ठिर की तरफ लपका और इससे पहले कि वो ज्येष्ठ पांडु पुत्र को थामे मेरी अरिष्टनेमी सेना शल्य के सैन्य दल से भिड़ गयी, मैं अपनी गदा उठाकर मद्र नरेश के सामने कूद पड़ा, अब रणभूमि में चार गदाधारी टकरा रहे थे, दुर्योधन और भीम एवं शल्य और मैं, ज्ञात संघ के वंशज ये द्वंद्व इतने तीव्रतम स्तर का था कि हमारी गदाओं के प्रहार के मध्य या आस पास भी कोई आ जाता तो वो गदाओं के भीषण वेग से तत्काल मृत्यु को प्राप्त हो जाता, थोड़ी ही देर में शल्य को ये अहसास हो गया कि मैं आसान प्रतिद्वंद्वी नहीं था पर मद्र नरेश भी एक भीषण योद्धा था, समूचे कुरूक्षेत्र में मारकाट मची हुई थी, शस्त्रों के विस्फोटों से आसमान धूंआ धूंआ हो रहा था, भीष्म ने क्रौंच के मुख एवं गर्दन को बुरी तरह भेद दिया था, इधर शल्य मुझे उलझाकर युधिष्ठिर से थोड़ी दूर ले गया, युधिष्ठिर और शकुनि आपस में भिड़े हुए थे युधिष्ठिर का भाला अण्डज व्यूह में घूमते हुए उसके हाथ में था और शकुनि उसे भेदने का प्राणपण से प्रयत्न कर रहा था पर ये गांधार नरेश के लिये लगभग असंभव था, तीव्र युद्ध कर रहे द्रोण आज किसी के रोके नहीं रूक रहे थे उन्होंने अर्जुन के दल पर दैवीय अस्त्रों

की झड़ी लगा रखी थी, अर्जुन चपलता से उन्हें काट रहा था पर द्रोणाचार्य उसे आक्रमण का अवसर ही नहीं दे रहे थे, अर्जुन का आधा ध्यान क्रौंच के मध्य में भी लगा हुआ था जहाँ युधिष्ठिर पर आसन्न संकट मंडरा रहा था, पांडवों की अग्रिम पंक्ति के सभी योद्धा बुरी तरह घिर गये थे, और मध्य में युधिष्ठिर कमजोर पड़ रहा था, भीष्म के प्रचंड प्रहारों से इरावन, धृष्टद्युम्न, नकुल, सहदेव व पांचों द्रोपदी पुत्रों सहित कई योद्धा बुरी तरह घायल थे और भीष्म लगातार तीव्र गति से क्रौंच के मध्य में धंसे आ रहे थे, युधिष्ठिर की मदद हेतु मध्य से शैव्यराज ने संकेतिक बाण प्रक्षेपित कर दिया प्रचंड विस्फोट हुआ, पर मदद आती कहाँ से सारे महारथी व्यस्त थे और पांडव सेना का अतिरिक्त बल भीष्म के सामने असहाय था, तभी मैंने शल्य की आंखों में मक्कारी भरी चमक देखी मेरा माथा दग्ध हो उठा मैं अपनी गदा के प्रहारों को उच्चतम स्तर तक ले गया पर शल्य आज प्राणपण से भिड़ा हुआ था, भीष्म बेहद भीषण वेग से युधिष्ठिर की ओर अग्रसर थे, इसी बीच काशीराज के गज दल ने उन्हें रोकने की असफल चेष्टा की पर काशीराज के लिए भीष्म को रोकना असंभव था, उनके विस्फोटक बाणों ने गज दल में भगदड़ मचा दी, युधिष्ठिर ने असहाय दृष्टि से चारों तरफ देखा पर मदद की कोई संभावना नहीं, हारकर कुंती पुत्र की पकड़ उसके भाले पर सख्त हो गयी, आज ये युद्ध समाप्त हुआ सात्यकि शल्य ने गरजते हुए प्रहार किया, मैंने उसके प्रहार को अपनी गदा पर रोका और मेरे कानों के गूँजे मेरे प्रभु के शब्द "मुझे वचन दो मित्र कि तुम युधिष्ठिर की रक्षा करोगे" वसुदेव कृष्ण की जय के जयघोष के साथ मैंने शल्य की गदा को अवरूद्ध कर अपने दाहिने पैर का भीषण प्रहार मद्र नरेश के सीने पर किया शल्य पीड़ा से कुछ कदम पीछे हट गया और तभी मैं आंधी की तरह वक्राकार घूमा और अपनी गदा को वायु के साथ तालमेल बिठा मैंने शल्य की तरफ तीव्र वेग से फेंका, मद्र नरेश कुछ समझ पाये इससे पहले ही अपने सीने में एक भीषण प्रहार खाकर रक्तवमन करते हुए वो धरती

पर गिर गया। समर्पण करो युधिष्ठिर तभी भीष्म का स्वर मेरे कानों में पड़ा, भीष्म का रथ युधिष्ठिर से करीब पांच सौ गज की दूरी पर था, मैं युधिष्ठिर के रथ की ओर तीव्र गति से भागा, भीष्म के रथ और मेरे बीच दौड़ शुरू हो गयी, दूरी लगभग बराबर थी पर मैं पैदल था, काशीराज मैं चिल्लाया काशीराज का हाथी तत्काल मेरी तरफ घूमा, और ज्ञात संघ के वंशज तकरीबन दो सौ गज की दूरी से मैंने काशीराज के हाथी की ओर एक ऊंची छलांग लगाई, युद्ध में प्रशिक्षित उस दैत्याकार हाथी ने अपनी बलशाली सूंड पर ले मुझे दुगुनी गति प्रदान करते हुए युधिष्ठिर की ओर फेंक दिया, प्रचंड गति से मैं गंगापुत्र भीष्म और युधिष्ठिर के मध्य कूदा उस दृश्य को देख एक पल को तो भीष्म भी अवाक् रह गये, मेरा मुकुट कहीं गिर चुका था, मेरे केश हवा में लहरा रहे थे, मैंने अपनी तलवार खींच ली गंगापुत्र भीष्म मैं तुम्हें द्वंद्व की चुनौती देता हूँ, गंगापुत्र ने अपना धनुष रथ में रखा और अपनी तलवार लेकर मेरे सामने आ गये, अब युधिष्ठिर सुरक्षित था और ज्ञात संघ के वंशज आखिरकार मुझे गंगापुत्र भीष्म के साथ द्वंद्व युद्ध का अवसर प्राप्त हुआ, तलवार के श्रेष्ठतम योद्धा थे भीष्म, आश्चर्यजनक रूप से दाऊ भैया द्वारा मुझे सिखायी गयी रहस्यमयी नाग युद्ध शैली की भी काट इस अजेय योद्धा के पास थी किंतु मैं भीष्म के लिये एक बेहद कठिन प्रतिद्वंद्वी था, तीव्र गति से घूम रहीं हमारी तलवारों के द्वंद्व के बीच भीष्म मुझे कई घाव दे चुके थे, मैंने अपने आपको एकाग्र किया और एकल सर्प व्यूह में खुद को निबद्ध कर प्रचंड वेग से भीष्म पर टूट पड़ा, यह व्यूह काली मौत के नाम से प्रसिद्ध था, कुछ कुछ वैसा ही जैसा आक्रमण इस युग में मांबा नाग की प्रजाति अपने शत्रु पर करती है, इस व्यूह के आविष्कारक शेषावतार बलराम थे और भीष्म इससे अनभिज्ञ थे, जैसे ही भीष्म ने मेरे वेग को अपनी तलवार पर लिया उसी पल मैंने सर्प की तरह अपनी देह को मोड़ा और अपनी तलवार गंगापुत्र के उदर में घुसा दी वचने का कोई मार्ग ही नहीं था, पर वाह भीष्म उन्हें ऐसे ही आर्यावर्त

का सर्वश्रेष्ठ योद्धा नहीं कहा जाता था, पल के सौवें हिस्से में मेरे साथ ही भीष्म भी उसी गति से घूम गये और इस वेग में मेरी तलवार उनको गहरा घाव देते हुए मेरे हाथ से छूट गयी, अब भीष्म मेरे सामने खड़े हुए थे और उनके हाथ में तलवार थी, मैं तत्काल अपनी जंघा और कंधों पर ताल ठोकता हुआ मल्ल युद्ध शैली में सन्नद्ध हुआ, तभी युधिष्ठिर ने शंख फूंक दिया, सूर्य देव प्रस्थान कर चुके थे, युद्धविराम हो चुका था, तुमसे युद्धकर में गौरवान्वित हुआ सात्यक पुत्र भीष्म फुसफसाये, आप आर्यावर्त का गौरव है पितामह मैंने अपने दोनों हाथ जोड़ लिये और भीष्म लौट गये। कमरे में कुछ देर खामोशी छाई रही मैं समझ गया सात्यकि जा चुके थे, मैं भी बिस्तर में लुढ़क गया कुरूक्षेत्र के समर की विभीषिका में डूबते उतराते कल के इंतजार में।

पंद्रहवीं रात

# नियति आपको आपके कर्मक्षेत्र की तरफ खींचकर ले ही आती है और आपका कर्मक्षेत्र ही आपका धर्मस्थल है।

सुबह उठकर मैं जल्दी से नित्यकर्मों से फारिग हुआ और अल्पाहार करने के पश्चात मैं सीधे नोएडा की ओर प्रस्थान कर गया, नवनिर्मित पैरीफेरल एक्सप्रेसवे से सफर कर मैं लगभग साढ़े तीन घन्टे में दोपहर करीब दो बजे अपने ड्राइंगरूम में हिन्दुस्तान समाचार पत्र खोल कर बैठा था जिसमें मुख्य पृष्ठ पर इजराइल व हमास के बीच छिड़ी जंग से संबन्धित खबर पर मेरी नजरें टिक गयी, युद्ध जब भी होता है तब सिर्फ और सिर्फ तबाही होती है, और इससे सबसे अधिक दो पक्ष प्रभावित होते हैं पहला आम नागरिक और दूसरा प्रकृति, इसीलिये भगवान विष्णु के दसवें अवतार महात्मा बुद्ध आज समूचे विश्व में प्रासंगिक हैं, शांति, ध्यान और शिक्षा के धर्माधिकारी, कदाचित् प्रलय के बाद प्रभु भी आपको यही संदेश देना चाहते हैं कि शांति और ध्यान से ही आप एक उन्नत व सभ्य समाज का निर्माण कर सकते हैं, शायद इसीलिए विश्वनेता महात्मा गांधी आज भी विश्व में सम्मान के पात्र हैं, राजनेताओं में एकमात्र साबरमती का संत, सोचते हुए मेरा एक और दिन खत्म हुआ और मैं रात को डायरी

पैन लेकर घर पर बनाये अपने वर्क स्टेशन पर जम गया, वही प्यारी आवाज मैं आ गया हूँ ज्ञात संघ के वंशज, प्रणीपाद महान सात्यकि, चिरंजीवी रहो ज्ञात संघ के वंशज, मेरी उंगलियों ने पैन को मजबूती से पकड़ लिया, तो लिखो ज्ञात संघ के वंशज, आज युद्ध का तीसरा दिन था रात्रि में वसुदेव कृष्ण ने अर्जुन को लगभग चेतावनी ही दी, अर्जुन अगर तुमने अपना सर्वश्रेष्ठ नहीं दिया तो कदाचित् हम ये युद्ध हार जायेगें, शर्मिंदा हो अर्जुन बोला आप ऐसा न कहें वसुदेव आप देखना कल के युद्ध में कौरव पक्ष ये सोचेगा कि ये युद्ध उन्होंने क्यूं छेड़ा और वही हुआ आज पांडवों का मुख्य आक्रमण केशव ने भीम को सौंपा और इस मदांध योद्धा ने मकर व्यूह में पांडवों की सेना को सज्जित किया, मकर के मुख पर अर्जुन था और उसके दांये व बायें भीमसेन, अभिमन्यु, द्रौपदी के पांचों पुत्र व इरावन और धृष्टद्युम्न एवं द्रुपद थे, मकर के मस्तिष्क पर युधिष्ठिर और मैं मौजूद थे, नकुल व सहदेव, शिखण्डी, सत्राजित, काशीराज, चेकितान इत्यादि के साथ मकर को संबल दे रहे थे, कुरू पक्ष में भीष्म ने आज अजगर व्यूह की संरचना की गंगापुत्र अजगर के मुख पर थे और व्यूह के सभी द्वारों पर कुंडली की भांति द्रोणाचार्य, अश्वथामा, कृपाचार्य, शल्य, शकुनि, दुःशासन, कृतवर्मा, अलम्बुश, अलायुध, दुर्योधन, जयद्रथ, भूरिश्रवा इत्यादि योद्धा आच्छादित थे। वसुदेव कृष्ण ने पांच्चजन्य फूंक दिया, धड़धड़ाते हुए मकर व्यूह और अजगर व्यूह में निबद्ध सैनिक एक दूसरे से गुँथ गये, ज्ञात संघ के वंशज वाकई कौरव सेना आज अर्जुन के कहर से त्राहिमाम कर उठी, केशव ने भी आज अर्जुन के रथ के सारे सुरक्षा व मारक चक्र खोल दिये थे, बाणों का दावानल उगलता हुआ अर्जुन का वज्र रथ कौरवों के केन्द्र तक पहुँच गया, अर्जुन के रथ की गति को पकड़ना आज कुरू योद्धाओं के लिए बहुत मुश्किल हो रहा था, इससे उत्साहित अजगर व्यूह के दांये व बायें भाग पर भीम, अभिमन्यु व इरावन और पांचों द्रौपदी पुत्रों ने आतंक मचा दिया, हालांकि भीष्म के बाण बराबर प्रत्युत्तर दे रहे थे लेकिन भीष्म का

# अजगर व्यूह

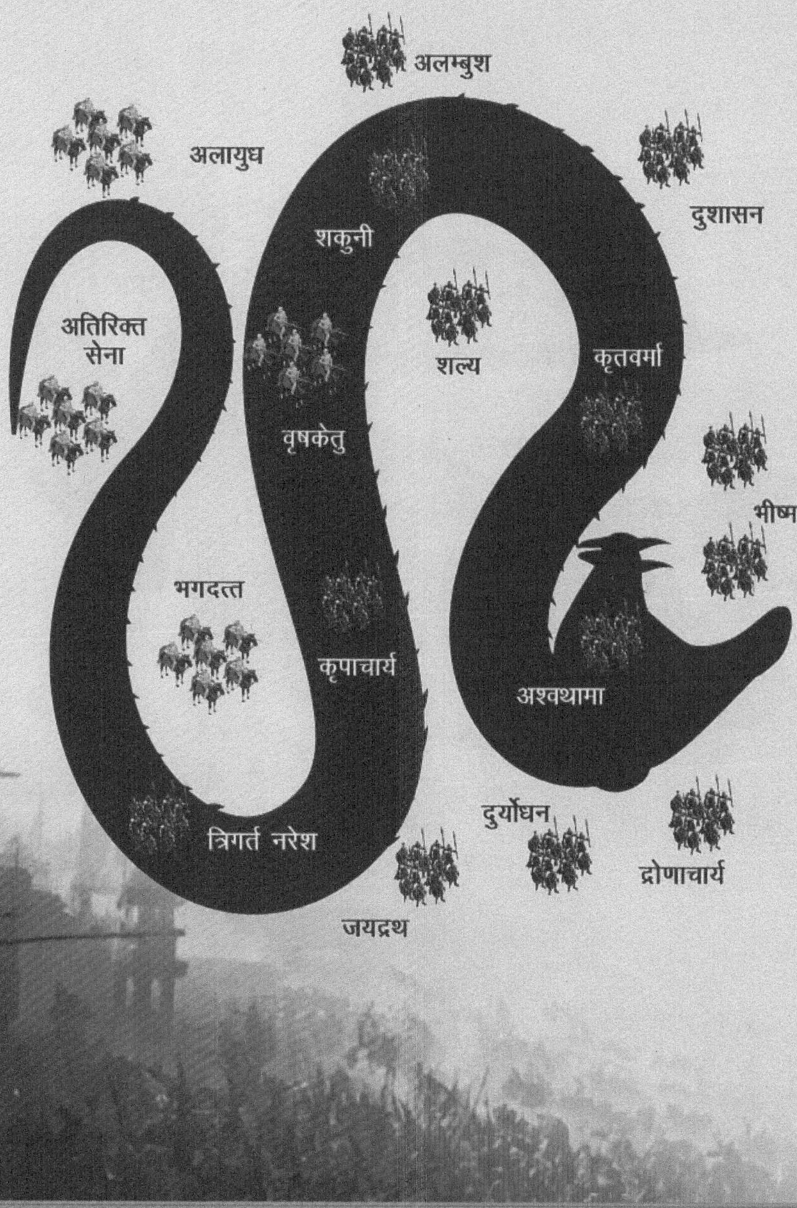
अलम्बुश
अलायुध
दुशासन
शकुनी
अतिरिक्त सेना
शल्य
कृतवर्मा
वृषकेतु
भीष्म
भगदत्त
कृपाचार्य
अश्वथामा
दुर्योधन
त्रिगर्त नरेश
द्रोणाचार्य
जयद्रथ

# मकर व्यूह

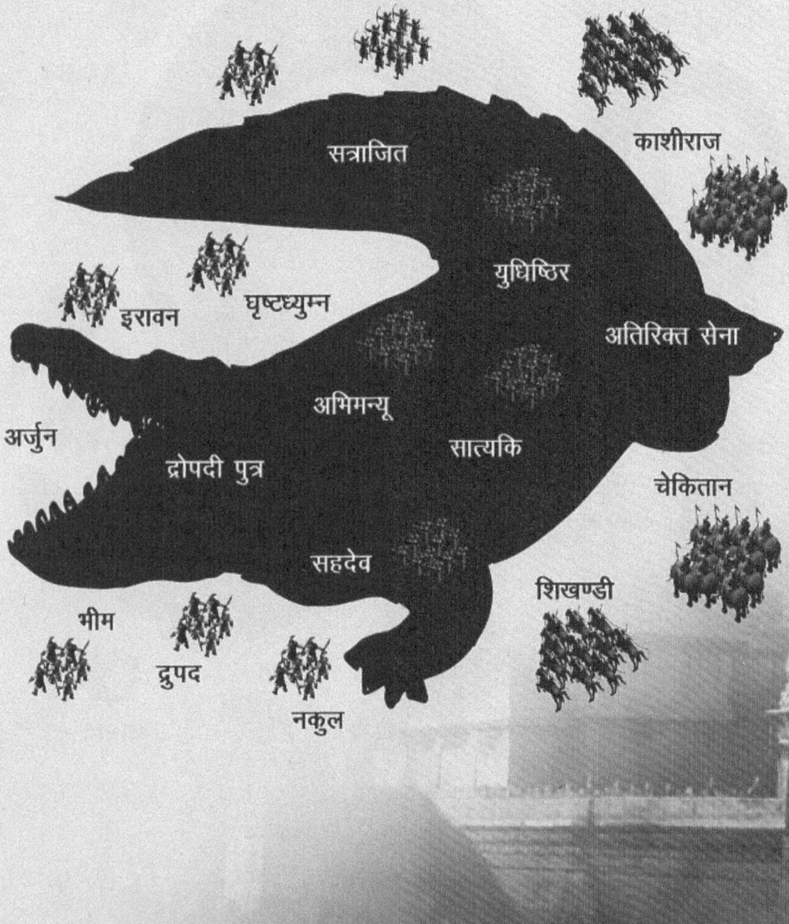

सत्राजित
काशीराज
युधिष्ठिर
इरावन
धृष्टद्युम्न
अतिरिक्त सेना
अभिमन्यू
अर्जुन
द्रोपदी पुत्र
सात्यकि
चेकितान
सहदेव
शिखण्डी
भीम
द्रुपद
नकुल

मुख्य दल अर्जुन को रोकने में बुरी तरह उलझ गया था, दांये व बायें पक्ष से आचार्य द्रोण, कृपाचार्य व अश्वथामा भारी बाण वर्षा कर रहे थे पर आज इन पिता पुत्रों के दल को थामना असंभव लग रहा था, तभी गंगापुत्र ने एक संकेतक बाण प्रक्षेपित किया, तत्काल अश्वथामा के तरकश से वायवास्त्र छूटा प्रतिरोध स्वरूप अभिमन्यु के शस्त्रागार से वरूणास्त्र निकल पड़ा, प्रचंड विस्फोट से दोनों दिव्यास्त्र टकराये अश्वत्थामा और कृपाचार्य ने संयुक्त रूप से दिव्यास्त्रों की झड़ी लगा दी, अभिमन्यु और इरावन भी पूरी क्षमता से उन्हें प्रत्युत्तर दे रहे थे, इसी प्रवाह में आंधी की तरह द्रोणाचार्य मकर के मस्तिष्क पर पहुँच गये, सावधान सम्राट युधिष्ठिर द्रोण गर्जे, आचार्य के शस्त्रागार से युधिष्ठिर की ओर नागपाश प्रक्षेपित हुआ, युधिष्ठिर असहाय खड़ा था पर द्रोण उसके पृष्ठ भाग को भूल गये थे जहाँ श्रतायुद्ध के साथ विन्द अनुविन्द मुझसे उलझे हुए थे, संकट भांप मैंने तत्काल शिखण्डी और काशीराज को उनसे भिड़ा दिया और मेरे नारायण धनुष से निकले गरूणास्त्र ने नागपाश को युधिष्ठिर से पहले ही दबोच लिया, मेरा युद्ध आहवान युधिष्ठिर को है सात्यक पुत्र चालाक आचार्य ने अपनी चाल चली, क्या तुम्हें ज्ञात नहीं मूर्ख ब्राम्हण युधिष्ठिर सम्राट है युद्ध भूमि में आहवान नहीं युद्ध किया जाता है, यदि मुझसे भय लग रहा है तो प्राण बचाकर लौट जाओ सात्यकि तुम्हें क्षमा करता है, मैंने तत्काल उत्तर दिया, केशव की पुरानी चाल शत्रु को उत्तेजित कर दो द्रोणाचार्य अवाक् रह गये, उनका चेहरा क्रोध से विकृत हो गया, मूर्ख योद्धा ले सामना कर अपनी मृत्यु का और मेरे शब्द आक्रमण से बुरी तरह क्रोधित द्रोण के शस्त्रागार से भयंकर अस्त्र मेरी ओर प्रक्षेपित हुए और मैं उनका प्रत्युत्तर देता हुआ इस भयंकर योद्धा को उलझाकर युधिष्ठिर से दूर ले गया, आचार्य द्रोण क्रोध में मेरी इस योजना से अनभिज्ञ रणोन्मत हो मुझे एक भीषण युद्ध प्रदान कर रहे थे, शक्ति अस्त्र के आह्वान के साथ इस वृद्ध ने मुझ पर तोरण अस्त्र का भी संधान एक साथ कर डाला, मैंने आदित्य अस्त्र से उनका प्रतिकार किया

और जैसे ही ये दिव्यास्त्र आपस में टकराये प्रचंड विस्फोट हुआ, लगा जैसे कानों के पर्दे फट जायेंगे, आचार्य आज आर पार के मूड में थे, मेरी उंगलियां भी चपलता से नारायण धनुष पर खेल रही थीं, हम दोनों एकाग्र हो गये थे जहाँ द्रोण लगभग सभी दिव्यास्त्रों के ज्ञाता थे वहीं मैं स्वयं जगदीश्वर का शिष्य था, ज्ञात संघ के वंशज तभी मेरे सारथी विद्युत ने समय भांप मेरे वज्र रथ को सीधे द्रोण की तरफ दौड़ा दिया आमने सामने एक दूसरे के प्रहारों को काटते जैसे ही हमारे रथ समीप आये तभी विद्युत खेल खेल गया, एक पल को तो लगा जैसे दोनों रथ भीषण वेग से बस टकराने ही वाले हैं, आचार्य की आंखें भी अचरज से भर गयीं तभी पल के सौंवे हिस्से में विद्युत ने मेरे रथ को बायें मोड़ दिया और वज्र रथ के दांये पहिये के घूर्णन करते लौह मारक चक्र ने द्रोण के रथ के दांये पहिये को बुरी तरह काट दिया, विस्मित आचार्य जो इस निश्चित टक्कर के मध्य सीधे मुझ पल छलांग लेने वाले थे अचानक रथ विहीन हो भूमि पर गिर पड़े, उधर रणभूमि के केन्द्र में लग रहा था जैसे चक्रवात उठ रहे हों जहाँ अर्जुन और भीम के संयुक्त प्रहारों ने कौरव सेना और उसके महारथियों पर कहर बरपा रखा था, वहीं रही सही कसर अभिमन्यु और इरावन ने पूरी कर दी थी, सारे कौरव महारथी अजगर की कुंडलियों को संभालने में व्यस्त थे, चारों तरफ अफरातफरी मची थी, द्रोण ने भीषण क्रोध में तलवार खींच ली मेरी तलवार भी अपनी म्यान से बाहर आ गयी, चले जाओ ब्राम्हण मैंने एक बार फिर से द्रोण को भड़का दिया, ज्ञात संघ के वंशज क्रोध में अक्सर प्रतिद्वंद्वी गलती कर बैठता है यही मेरा लक्ष्य था वर्ना आत्मकेन्द्रित होने पर इस योद्धा को संभालना लगभग असंभव था, भूखे शेर की भांति द्रोण मुझ पर लपक पड़े पर मैं भी कम नहीं था, एकल कृपाण द्वंद्व में मेरे गुरू स्वयं द्वारकाधीश थे, मैंने द्रोण के घातक वार को अपनी तलवार पर रोका और पूरा ध्यान केन्द्रित कर घातक युद्ध करते हुए शीघ्र ही उन्हें अपने सुदर्शन दांव में उलझा लिया, कृपाण युद्ध के इस दांव की काट समूचे आर्यावर्त में चुनिंदा योद्धाओं के पास

ही थी, फिरकी की तरह घूमते मेरे शरीर का मेरी तलवार के साथ अद्भुत तालमेल हो रहा था, मुझे लगा मैंने आचार्य द्रोण को रोक लिया है, पर वाह रे द्रोण वायुवेग से द्रोण की तलवार ने सुदर्शन के मध्य में प्रवेश कर मुझ पर प्रचंड आघात किया और अगले ही क्षण हम दोनों की तलवारें सिर्फ अग्रिम नोक से सटकर एक दूसरे को धकेल रहीं थीं, आज तेरी मृत्यु निश्चित है सात्यकि आचार्य जंगली भेड़िये की भांति गुर्राये, उन्होंने तीव्र प्रहार शुरू कर दिये, प्रचंड द्वंद्व में हम दोनों एक दूसरे को कई घाव दे चुके थे पर टक्कर लगभग बराबर की थी, उधर भीष्म निरंतर अर्जुन से जूझ रहे थे, भीम अपने प्रचंड वेग से कुरू सेना का लगातार संहार कर रहा था, पता ही नहीं लग रहा था कि भीम महारथियों को दौड़ा रहा है या सभी योद्धा भीम के पीछे दौड़ रहे हैं, अभिमन्यु और इरावन ने भी अश्वथामा और कृपाचार्य को बुरी तरह दबोच रखा था, बचे हुए महारथियों को द्रुपद और धृष्टद्युम्न व पांचों द्रोपदी पुत्रों के दल ने उलझा रखा था, अब भी समय है मेरा मार्ग छोड़ दे सात्यक पुत्र द्रोण बोले, ये समय प्रवचनों का नहीं है युद्ध करो ब्राम्हण मैंने समय माप एक तीव्र वार द्रोणाचार्य पर किया मैं अपनी लय में था, द्रोण ने उसे अपनी तलवार पर रोका तभी मैंने द्रोण की तलवार को पूरी शक्ति से अवरूद्ध कर यकायक अपनी तलवार को सीधे नीचे खींच लिया, परिणाम निश्चित था घायल हाथ लिये द्रोण निशस्त्र थे, आचार्य ने मुझे क्रोध मिश्रित आश्चर्य से देखा, तभी पितामह भीष्म का गंगनाभ गूँज उठा आज का युद्ध समाप्त हुआ, युधिष्ठिर सुरक्षित था, अजगर छिन्न भिन्न हो चुका था, मकर व्यूह अविजित था, द्रोण सन्न खड़े थे, आपसे युद्ध करना मेरे लिये सम्मान का विषय है आचार्य मैं अपने असली रूप में था, द्रोण मुझे देखते हुए, चुपचाप लौट गये। और लम्बी खामोशी मैं समझ गया अजेय योद्धा जा चुके थे, रात के दो बज गये थे, मैंने कलम और डायरी रख दी और रोमांचित सा चल दिया नींद के आगोश में क्यूंकि कल फिर मुलाकात होगी सत्य के रक्षक से।

## सोलहवीं रात

# प्रत्येक युद्ध आत्मविश्वास और निडरता से जीता जाता है पर सर्वश्रेष्ठ योजना आपको उचित अवसर प्रदान करती है।

मैंने आज सुबह से ही पैकिंग शुरू कर दी, मुझे आज कोलंबो जाना था, श्रीलंका की राजधानी एक बेहद खूबसूरत शहर और उतने ही अच्छे लोग, इंदिरा गांधी अंतर्राष्ट्रीय हवाई अड्डे के टर्मिनल तीन से श्रीलंकन एअरलाइन्स के आतिथ्य का लाभ लेता हुआ तकरीबन साढ़े छह बजे मैं कोलम्बो के भंडारनायके एअरपोर्ट पर पहुँच गया, बाहर मेरा ड्राइवर नुआन अपनी टैक्सी लेकर खड़ा था, एस-यू-वी में बैठकर मैंने सीट की पुश्त से अपना सर टिका लिया टोयोटा का इंजन गरज पड़ा और हम चल दिये कोलंबो फाइव में स्थित पांच सितारा होटल मरीनो बीच की ओर, समुंदर किनारे यह पांच सितारा होटल बेहद खूबसूरत नजारों से भरपूर है मेरे रूम की खिड़की से दिखता कोलंबो फाइव के समुद्र का शानदार किनारा और उसे बिल्कुल छूकर चलती स्थानीय ट्रेन, भोजन से निवृत्त हो मैं अपने रूम की रीडिंग डेस्क जम गया, राक्षसराज विभीषण की धरती पर स्वागत है ज्ञात संघ के वंशज सात्यकि फुसफुसाये, प्रणाम सात्यकि मैंने अभिवादन किया पर मुझे महराज विभीषण की धरती सुनकर

कुछ अजीब सा महसूस हुआ, हम द्वापर के लोग महान विष्णु के सातवें अवतार प्रभु श्रीराम द्वारा नियुक्त महाराज विभीषण को ही लंका का राजा मानते हैं सात्यकि एक बार फिर मेरा मन पढ़ रहे थे, द्वापर में कोई भी रावण का नाम नहीं लेता था, पर कलयुग में ये फिर से लोगों के जहन में अपनी जगह बना रहा है, बुराई को खत्म करने का एक ही तरीका है ज्ञात संघ के वंशज उसका नाम लेना ही बन्द कर दो, यहां स्वयं प्रभु ने आसुरी शक्तियों से युद्ध किया था, ये मेरे प्रभु श्रीराम द्वारा विजय की गयी धरती है, ज्ञात संघ के वंशज इसी धरती से सत्य और न्याय का ध्वज प्रतिष्ठित हुआ था इसीलिये यह छोटा सा द्वीप दो ऊर्जा रत्नों का भंडार है, **न्याय रत्न नीलम** और बुद्धि व दैवीय गुण से लबरेज ऊर्जा रत्न **पुखराज**, द्वापर के योद्धा को सुन मैं चकित रह गया बेहद विद्वान थे सात्यकि प्रभु श्रीराम की जय मैंने मन ही मन जयघोष किया। तो लिखो ज्ञात संघ के वंशज, आज महायुद्ध का चौथा दिन था, गंगापुत्र ने बेहद जटिल मंडलाकार व्यूह की रचना की थी, मंडल के तीनों कोनों पर भीष्म, द्रोणाचार्य, कृपाचार्य थे, दांये व बायें पक्ष से भूरिश्रवा व भगदत्त मंडल को संबल दे रहे थे, केन्द्र में शल्य थे और अन्य युद्धक द्वारों से दुर्योधन, अश्वथामा, दु:शासन, सुशर्मा, विन्द, अनुविन्द, वृषकेतु, त्रिगर्त नरेश, शाल्व, अलंम्बुश, अलायुध, लक्ष्मण, शकुनि इत्यादि व्यूह को सुरक्षा दे रहे थे। पांडवों ने आज कमल व्यूह रचा, केन्द्र में युधिष्ठिर के साथ आज अर्जुन था, मुख्य द्वार पर मैं, भीम और धृष्टद्युम्न थे, पांचों द्रौपदी पुत्र, अभिमन्यु व इरावन कमल के दांये भाग पर व नकुल, सहदेव, द्रुपद, विराट, चेकितान, सत्राजित कमल के बायें भाग पर थे, काशीराज, मत्स्यराज, उत्तर इत्यादि अन्य सुरक्षा द्वारों पर एवं पृष्ठ भाग में हमारी अरिष्टनेमी सेना थी, दोनों व्यूह सज चुके थे और गंगनाभ, पाण्चजन्य, देवदत्त के साथ साथ अन्य महारथियों की शंख ध्वनि गूँजी, युद्ध की देवी दुर्गा का जयघोष करते हुए दोनों व्यूहों में निबद्ध सेनाएं एक दूसरे की तरफ अग्रेषित हो गयीं, ज्ञात संघ के वंशज प्रथम आक्रमण में ही

मेरे बाणों की वर्षा, भीम की गदा और धृष्टद्युम्न की तलवार ने कुरू सेना पर कहर बरपा दिया तभी युद्ध भूमि में तीव्र वेग से आगे बढ़ रहे मेरे रथ को अचानक वज्र अस्त्र के प्रहार ने अवरूद्ध कर दिया, सावधान योद्धा युद्ध के देवता की भांति मेरे सामने गंगापुत्र भीष्म प्रकट हुए और भीष्म के धनुष से आयुध छूटने लगे, मेरे नारायण धनुष से भी शस्त्रों का प्रवाह शुरू हो गया, भीष्म के पृष्ठ से भी कुरू महारथियों ने दैवीय अस्त्रों का प्रक्षेपण शुरू कर दिया था, उनका नेतृत्व अश्वथामा व वृषकेतु कर रहे थे पर हमारे केन्द्र में अर्जुन के गाण्डीव के पास भी हर दैवीय अस्त्र का उत्तर था, भयंकर विस्फोट होने लगे भीम आज सीधे गरजते हुए कुरू पुत्रों के दल पर टूट पड़ा, रक्त बहने लगा था, धृष्टद्युम्न और भूरिश्रवा आपस में भिड़े हुए थे अग्निपुत्र की तलवार और दैवीय साधक पुत्र भूरिश्रवा की गदा दोनों ही आज प्राणपण से लड़ रहे थे, मेरे बायें पक्ष पर द्रोणाचार्य को मेरे भांजे अभिमन्यु ने रोक लिया, इरावन उसके पृष्ठ में अन्य महारथियों से भयंकर युद्ध कर रहा था, मंडल व्यूह के केन्द्रीय महारथियों को अर्जुन प्रत्युत्तर दे रहा था, तभी अचानक पांडवों की सेना को कुचलता हुआ शल्य अजगर की भांति युधिष्ठिर की ओर अग्रसर हुआ, थोड़ी ही देर में दो सर्वश्रेष्ठ भालों से सज्जित सैन्य टुकड़ियां आमने सामने आ गयीं, ज्येष्ठ कुंती पुत्र ने अपना वज्र भाला उठा लिया, युधिष्ठिर व शल्य के मध्य भयंकर शूल युद्ध छिड़ गया, पितामह भीष्म बेहद आक्रामक युद्ध कर रहे थे, परशु, गदा, शूल इत्यादि का निरंतर प्रहार उनके शस्त्रागार से मेरे सैन्य दल पर जारी था, पर आयुधों की तो मेरे शस्त्रागार में भी कमी नहीं थी, मैंने गंगापुत्र को एक पग भी आगे नहीं बढ़ने दिया तभी अचानक कमल के केन्द्र की ओर एक प्रचंड विस्फोट हुआ, समूचा आकाश रक्त की मानिंद लाल हो गया और मेरे रोंगटे खड़े हो गये, रहस्यमयी रक्तास्त्र के प्रक्षेपण के साथ ही अलम्बुश और अलायुध दोनों ने कमल व्यूह पर प्रचंड आक्रमण कर दिया असुरों का सर्वश्रेष्ठ अस्त्र अर्जुन भी विचलित हो उठा, मेरे व अर्जुन के गांडीव से

# मण्डल व्यूह

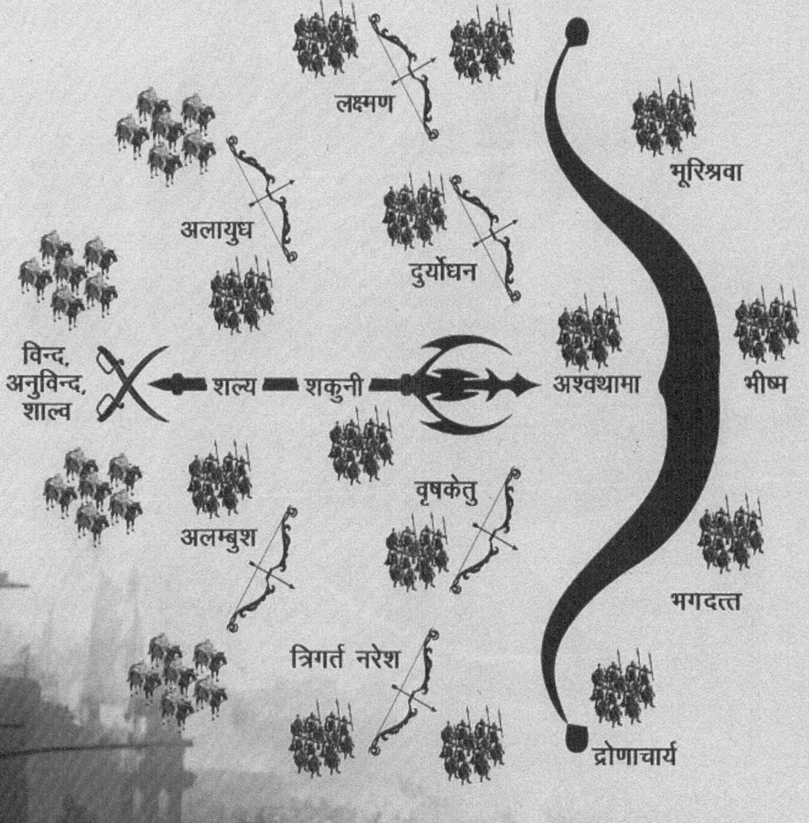
लक्ष्मण
मूरिश्रवा
अलायुध
दुर्योधन
विन्द,
अनुविन्द,
शाल्व
शल्य
शकुनी
अश्वथामा
भीष्म
वृषकेतु
अलम्बुश
भगदत्त
त्रिगर्त नरेश
द्रोणाचार्य

# कमल व्यूह

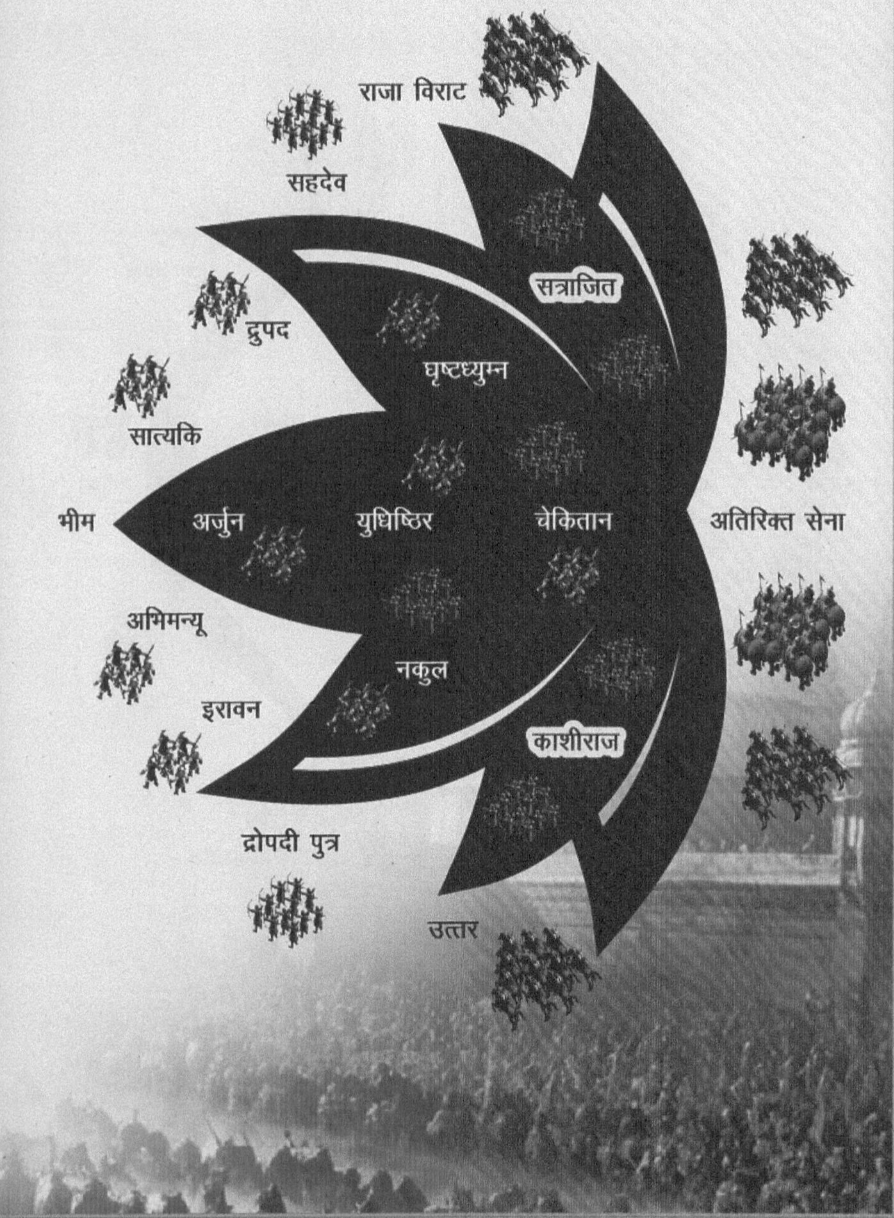

राजा विराट
सहदेव
सत्राजित
द्रुपद
घृष्टद्युम्न
सात्यकि
भीम
अर्जुन
युधिष्ठिर
चेकितान
अतिरिक्त सेना
अभिमन्यू
नकुल
इरावन
काशीराज
द्रोपदी पुत्र
उत्तर

वरूणास्त्र छूटे लेकिन भीष्म के मारक चक्रों ने उन्हें मार्ग में ही रोक लिया, वसुदेव कृष्ण भी चिन्तित हो उठे अर्जुन का गांडीव कई मोर्चों पर एक साथ दिव्यास्त्र उगल रहा था पर शत्रु अनेक थे तभी मदद आ गयी, उलूपी पुत्र इरावन विद्युत गति से कमल के केन्द्र में पहुँच गया, इरावन का विष अस्त्र तेजी से रक्तास्त्र की ओर बढ़ा और नाग सेना राक्षसों पर टूट पड़ी, अर्जुन को थोड़ा संबल मिला पिता और पुत्र की ये जोड़ी युद्ध में जमने लगी, एक दूसरे को सहारा दिये खड़े ये दोनों महायोद्धा शत्रुओं के लिये लगभग अजेय थे, उधर हैरान द्रोण को समझ ही नहीं आ रहा था कि अभिमन्यु को कैसे परास्त करें दोनों की देह से रक्त बह रहा था, आचार्य द्रोण पूरा जोर लगा रहे थे पर वाह मेरे भांजे युद्ध का सर्वश्रेष्ठ शिक्षक पूरा जोर लगाने के पश्चात भी अभिमन्यु को एक पग भी पीछे नहीं धकेल पाया, इस महायुद्ध में शत्रुओं के लिए एक अभेद्य दीवार था मेरा भांजा, लेकिन केन्द्र पर अलम्बुश व अलायुध के प्रहार और भीषण होते जा रहे थे, विष अस्त्र से थोड़ा मध्यम हुआ रक्त अस्त्र अब धीरे धीरे उग्र रूप लेता हुआ पूरे युद्ध क्षेत्र में फैलता जा रहा था कमल व्यूह लाल होने लगा था, समूचा कुरूक्षेत्र विस्फोटों और दिव्यास्त्रों से गूँज रहा था, वो तो गनीमत थी कि भीष्म और द्रोण को आज मैंने और अभिमन्यु ने रोका हुआ था नहीं तो शायद आज ही इस महायुद्ध का फैसला हो गया होता, रक्त से लथपथ होने के बावजूद हम दोनों मामा भांजे इन घातक शिकारियों के सामने टिके हुए थे, इसी बीच हम दोनों की नजरें मिली और अगले ही पल मैंने और अभिमन्यु ने मंत्रोच्चार किया **ॐ सर्वसंहारक अस्त्र आह्वानम्** तत्काल हमारे धनुषों से सर्वसंहारक अस्त्र प्रचंड वेग से रक्तास्त्र की ओर लपके पर तब तक रक्तास्त्र भयंकर हो उठा था हम दोनों के सर्वसंहारक को उसने तत्काल सोख लिया, हालांकि इसी बीच भीम मंडलाकार व्यूह में अंदर तक धंस कुरू सेना को बुरी तरह कुचल रहा था पर कुल मिलाकर कमल व्यूह संकट में था, इरावन भी अब थकने लगा था, मैं और अभिमन्यु भीष्म और द्रोणाचार्य के साथ

भीषण युद्ध में व्यस्त थे तभी अलम्बुश ने इरावन पर महायोगिनी अस्त्र प्रक्षेपित कर दिया काल भैरव की योगिनी शक्ति से आच्छादित इस अस्त्र की काट सिर्फ भैरव अस्त्र ही था पर दुर्भाग्य से पांडव सेना में ये किसी भी महारथी के पास नहीं था, इन असुर अस्त्रों की काट सिर्फ असुरों और पिशाचों के ही पास थी उनके अलावा इन राक्षसी दिव्यास्त्रों का सामना द्वापर में सिर्फ दो योद्धा ही कर सकते थे स्वयं वसुदेव कृष्ण और दाऊ, पर दुर्भाग्य से द्वारकाधीश को शस्त्र उठाना नहीं था और दाऊ युद्ध में थे ही नहीं, स्थिति विकट थी पर इरावन ने बिना डरे महायोगिनी अस्त्र पर नागशक्तियों का प्रहार शुरू कर दिया लेकिन नाग अस्त्रों के प्रहार से महायोगिनी अस्त्र थोड़ां मध्यम ही हो पाया एक बड़ा संकट सामने था। एक ही उपाय था "ब्रम्हास्त्र" **ॐ ब्रम्हणे नमः** मैंने मन्त्रोच्चार शुरू ही किया था कि अचानक प्रचंड वायु चलने लगी, सांय सांय की तीव्र ध्वनि के बीच कमल व्यूह के पश्चिमी द्वार से रक्त अस्त्र को विंदीर्ण करती हुई एक प्रचंड विद्युत लहर पूरे कुरूक्षेत्र में फैल गयी और कड़कड़ाती बिजलिका शक्ति के साथ अमोघ भैरवास्त्र प्रबल वेग से महायोगिनी अस्त्र के साथ टकराया, कर्ण भेदी विस्फोट के साथ दोनों असुरास्त्र विंदीर्ण हो गये। वसुदेव कृष्ण की जय के गगनभेदी युद्ध घोष के साथ अचानक दानवों की विशाल सेना ने भीम पुत्र दानवराज घटोत्कच के नेतृत्व में सभी दिशाओं से मंडलव्यूह पर भयंकर धावा बोल दिया अचानक टूट पड़ी इस आफत से कौरव सेना के सभी महारथी हत्प्रभ रह गये, मुकाबला कमल व्यूह के पक्ष की ओर झुकने लगा, दुर्योधन को सुरक्षा दो भीष्म गरजे, सांकेतिक बाण छूटे और अश्वथामा का अतिरिक्त दल गांधारी पुत्र की ओर दौड़ पड़ा तब तक घटोत्कच और इरावन ने अपने संयुक्त प्रहारों से अलम्बुश और अलायुध को दौड़ा लिया, इस नूतन ऊर्जा से भरा अर्जुन अब अपनी लय में था, शल्य और युधिष्ठिर लगातार जूझ रहे थे हालांकि दोनों ही घायल थे, इसी बीच स्थिति पक्ष में देख अर्जुन ने संकेतक बाण प्रक्षेपित किया और कमल व्यूह की सारी पंखुड़ियां खुल

गयी, खुले द्वारों से पांडव सेना कौरवों की सेना पर बुरी तरह टूट पड़ी, रणभूमि में हाहाकार मच गया, पर गंगापुत्र भीष्म अविचल डटे हुए थे उन्हें पीछे धकेलना नामुमकिन था, तभी कुरू सेना को कुचलता हुआ भीम अचानक पितामह भीष्म के दांये भाग में आ पहुँचा और उसने पूरे वेग से अपनी गदा गंगापुत्र के रथ की ओर फेंकी, संकट भांप गंगापुत्र का सारथी भीष्म के रथ और भीम की गदा के बीच आ गया और रक्त वमन करते हुए उसने गंगापुत्र को आखिरी प्रणाम किया, भीम भीष्म की गगनभेदी गर्जना से सारा युद्ध क्षेत्र दहल गया, अविश्वसनीय गति से गंगापुत्र के शस्त्रागार से भीम पर भीषण गदा प्रहार हुआ कुंती पुत्र तत्काल धरती पर लेट गया, पर वो भीम ही क्या जो डर जाये दुगने वेग से उठकर वो अपनी गदा ले पितामह की तरफ दौड़ा, भीष्म ने अपने शस्त्रागार से गदा उठा ली भीषण वेग से दोनों की गदाएं टकरायीं, गंगापुत्र के वज्र प्रहार से भीम कई कदम पीछे लौट गया, तत्काल संभलकर भीम संन्नद्ध हुआ तभी पांचजन्य गूँज उठा युद्धविराम, सूर्यदेव बाधा बन गये, ज्ञात संघ के वंशज समय और सूर्य कभी किसी के लिए नहीं रूकते, संध्या हो चुकी थी रक्तिम नेत्रों से भीम को देखते हुए भीष्म ने भी गदा रख गंगनाभ फूंक दिया, एक और दिन समाप्त हुआ। कमल व्यूह की रक्त से सनी पंखुड़ियां सिमटने लगीं, आज हम सब रक्त और घावों से लथपथ थे पर घटोत्कच के आगमन ने हमें शत्रु पर कई गुना बढ़त दे दी थी, मैं अपने भांजे अभिमन्यु के पास पहुँचा और सुभद्रा पुत्र के सर पर मैंने अपना हाथ रख दिया मुझे तुम पर गर्व है भांजे, मैंने आज आचार्य को हिलने भी नहीं दिया मामा देवता कार्तिकेय का दूसरा स्वरूप घायल अवस्था में भी मुस्कुरा रहा था और मैंने भी मुस्कुराते हुए उसे अपने गले से लगा लिया और फुसफुसाया तू आर्यावर्त का गौरव है मेरे बच्चे, ऐसे ही थे हम दोनों शत्रुओं के लिए लगभग अजेय। कहकर सात्यकि चुप हो गये मैंने थोड़ा इंतजार किया पर वे जा चुके थे, सुभद्रा पुत्र से बेहद स्नेह करते थे सात्यकि, या कहूं कि वसुदेव कृष्ण, बलभद्र और अभिमन्यु यही

सात्यकि के दुनियाँ थे, मैंने नवें माले पर स्थित अपने कमरे की स्लाइडिंग विण्डो खोली सामने समुद्र देव हरहरा रहे थे शायद वो भी तन्मयता से इस कहानी को सुन रहे थे, मैंने समुद्र देव व सात्यकि को प्रणाम किया और चला गया नींद के आगोश में, कल सत्य का रक्षक फिर आयेगा।

सत्रहवीं रात

# आत्मिक एकाग्रता से ही आप विजय की ओर अग्रसर होते है।

कोलंबो शहर विश्व के उन चुनिंदा शहरों में से एक है जहाँ पाश्चात्य संस्कृति आज भी अध्यात्म के पीछे भागती नजर आ रही है, इस शहर ने हालांकि आधुनिकता को भी बहुत अच्छे तरीके से आत्मसात किया है लेकिन श्रीलंका के निवासियों ने अपनी सांस्कृतिक, आर्थिक, सामाजिक व आध्यात्मिक विरासत को बेहद संजोकर रखा है। अगले दिन नीले समुद्र का शानदार नजारा करते हुए मैंने सुबह का नाश्ता खत्म किया, तकरीबन ग्यारह बजे मेरा दोस्त और श्रीलंका का मशहूर पार्श्वगायक प्रियानाथ मेरे पास आ गया और हम दोनों वहां से श्रीलंका के पूर्व राष्ट्रपति व महामहिम महिन्दा राजपक्षे के निवास की ओर चल पड़े तकरीबन बारह बजे हम अभेद्य सिक्योरिटी व प्रोटोकॉल की औपचारिकताओं के बाद बेहद शानदार ड्राइंगरूम में बैठे महामहिम के साथ चाय की चुस्कियों के बीच उनके सानिध्य का आनंद ले रहे थे, महामहिम राजपक्षे कदाचित् विश्व के सबसे मृदु, संयत और अगर आप उन्हें पसंद है तो सबसे आसानी से उपलब्ध होने वाले राष्ट्र प्रमुख हैं, इसीलिये शायद वे विश्व के सर्वाधिक लोकप्रिय राष्ट्राध्यक्षों में भी एक प्रमुख स्थान रखते हैं, तभी

आदरणीय श्रीमती शीरांथी राजपक्षे भी आ गयीं, मैं हमेशा की भांति उनके चरणों में झुक गया, एक बेहद प्यारी अभिभावक व सभ्य एवं सुसंस्कृत शख्सियत उन्हें मालूम है कि अतिथियों का स्वागत किस प्रकार किया जाता है तकरीबन आधा घण्टे बाद महामहिम ने हमसे भोजन का आग्रह किया, थोड़ी ही देर में हम शानदार डाइनिंग टेबल पर देश के प्रथम परिवार के साथ विशेष रूप से मेरे लिये बनाये गये शाकाहारी भोजन का आनंद ले रहे थे, महामहिम ने मुझसे दही व शहद लेने को कहा और मैं उसके स्वाद में डूब गया, भोजन पश्चात कृतज्ञता अर्पित करते हुए हमने महामहिम से इजाजत मांगी और उन्होंने सदैव की भांति निश्छल मुस्कुराहट से मुझे आशीर्वाद दिया, वापस आ करीब दो घण्टे विश्राम के बाद मैं सायं सात बजे कोलंबो पोर्ट एरिया में स्थित विश्व प्रसिद्ध प्राचीन महादेव मंदिर की ओर चल पड़ा, ये अत्यंत जाग्रत देव स्थान कदाचित् भारत भूमि पर उत्तर से दक्षिण तक फैले देवाधिदेव के किसी भी ज्योतिर्लिंग से कमतर नहीं है, मैं मन्दिर प्रांगण में प्रवेश करते ही सम्मोहित हो गया शुद्ध घृत से प्रज्वलित असंख्यों दीपकों से जगमगाता शिवालय, महादेव शिव के साथ शिव के तकरीबन सभी प्रमुख गण व माँ पार्वती, बाल गणेश व देवता कार्तिकेय प्रभु के विग्रहों के समक्ष मैंने साष्टांग दण्डवत किया और मुझ पर उनके अनुग्रह के लिये प्रभु को धन्यवाद ज्ञापित करने लगा **ऊँ नमः शिवाय**, रात तकरीबन नौ बजे मैं वापस मरीनो बीच पहुँच गया और कपड़े बदलकर राइटिंग टेबल पर बैठ गया डायरी व पैन मेरे सामने थी, द्वापर के योद्धा को प्रणाम मेरे मन से यूं ही निकला, आयुष्मान ज्ञात संघ के वंशज मेरे अवचेतन में फुसफुसाहट उभरी, आज महादेव के दर्शन कर मैं भी कृतार्थ हो गया, भगवान रूद्र की जय मेरी कलम पर पकड़ मजबूत हो गयी, तो लिखो ज्ञात संघ के वंशज, आज युद्ध का पांचवा दिन था, पांडव सेना आज नाग व्यूह में निबद्ध थी, अर्जुन नाग के मुख पर, नाग की नासिका पर मैं, भीम और धृष्टद्युम्न थे, नाग के मस्तिष्क पर द्रौपदी के पांचों पुत्र व अभिमन्यु और इरावन थे, घटोत्कच, चेकितान,

# कच्छप व्यूह

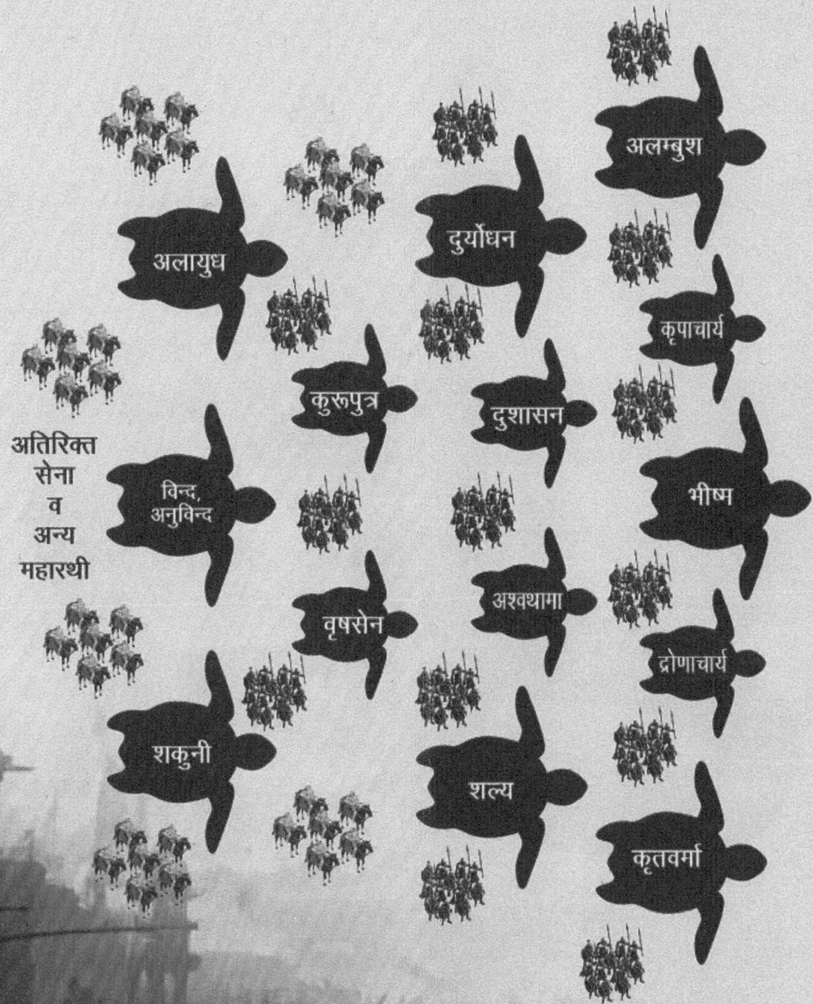
अलम्बुश
दुर्योधन
अलायुध
कृपाचार्य
कुरुपुत्र
दुशासन
अतिरिक्त सेना व अन्य महारथी
विन्द, अनुविन्द
भीष्म
वृषसेन
अश्वथामा
द्रोणाचार्य
शकुनी
शल्य
कृतवर्मा

# नाग व्यूह

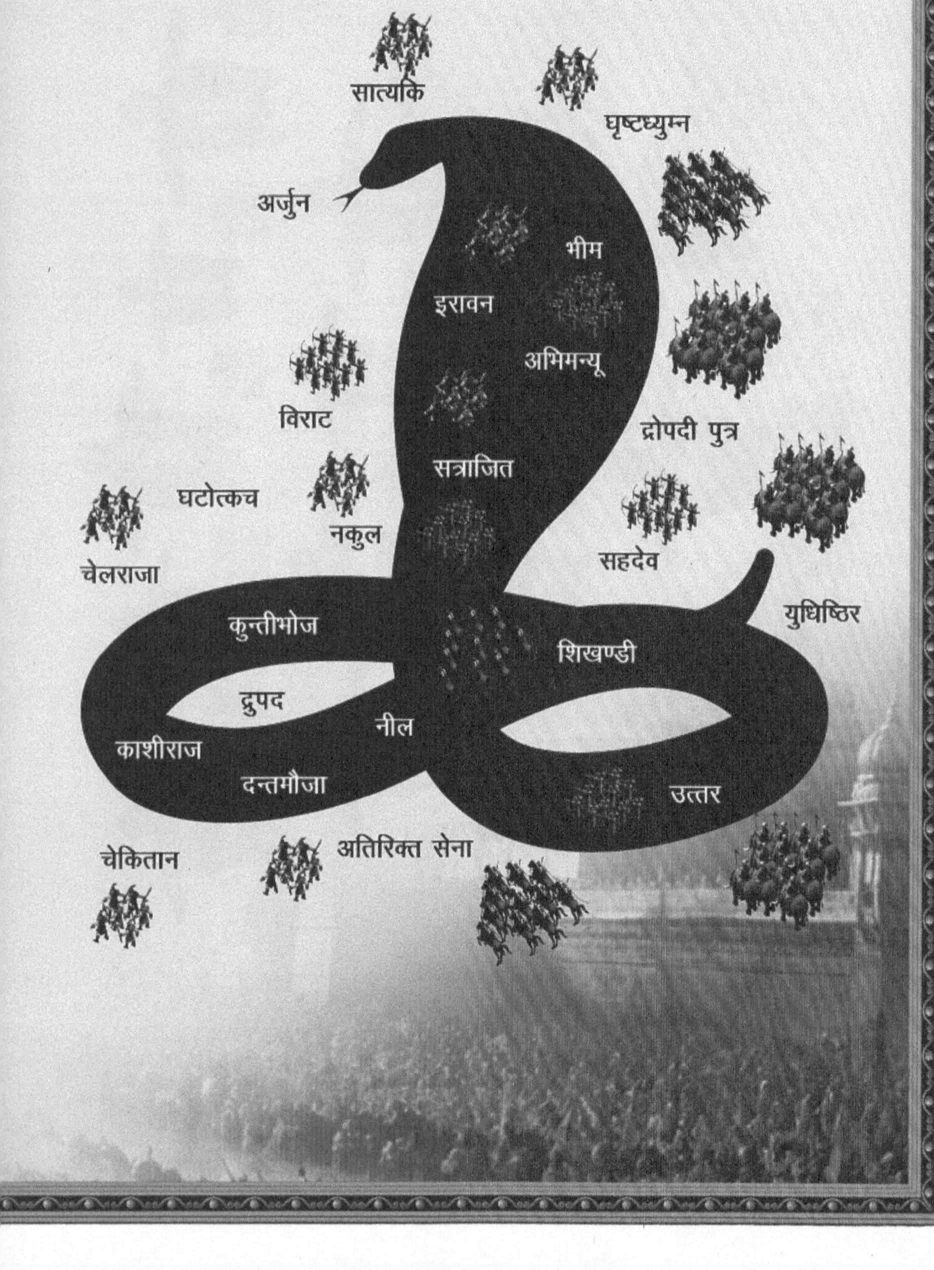

सात्यकि
धृष्टद्युम्न
अर्जुन
भीम
इरावन
अभिमन्यू
विराट
द्रोपदी पुत्र
सत्राजित
घटोत्कच
नकुल
चेलराजा
सहदेव
युधिष्ठिर
कुन्तीभोज
शिखण्डी
द्रुपद
नील
काशीराज
दन्तमौजा
उत्तर
चेकितान
अतिरिक्त सेना

सत्राजित नाग की कुंडलियों को संभाल रहे थे, द्रुपद, शैव्य, शिखण्डी, नील, काशीराज नाग को संबल दे रहे थे व नाग के केन्द्र में युधिष्ठिर, नकुल व सहदेव थे। गंगापुत्र भीष्म ने आज कच्छप व्यूह रचा थोड़ा धीमे लेकिन लगभग अभेद्य, इस व्यूह के सभी द्वारों पर कच्छप संरचना में कौरव सेना सज्जित थी, हर कच्छप को एक महारथी स्वतंत्र रूप से नेतृत्व दे रहा था, मैंने, भीम और धृष्टद्युम्न के साथ अपने विजय शंख फूंक दिये। हर हर महादेव के तीव्र जयघोष के साथ नाग व्यूह सरसराता हुआ कच्छप से टकराया, ज्ञात संघ के वंशज आज धनुर्धारी अर्जुन ने आचार्य द्रोण और पितामह भीष्म को एक साथ थाम लिया, प्रथम आक्रमण में ही अर्जुन आँधी की तरह द्रोणाचार्य पर बुरी तरह टूट पड़ा गांडीव से छूटे बाणों के तूफान और वसुदेव कृष्ण के विद्युत गति से चल रहे रथ परिचालन को देख आचार्य द्रोण हक्के बक्के रह गये, वहीं गंगापुत्र को तो यह समझ ही नहीं आ रहा था कि वे युद्ध करें या आचार्य द्रोण को बचायें, वसुदेव कृष्ण ने रहस्यमयी नाग शैली में दोनों महारथियों को अकेले ही वज्र रथ से बुरी तरह घेर लिया, लग रहा था जैसे शेषनाग क्षीरसागर में प्रचंड सर्पगमन कर रहे हों, वज्र रथ के घूर्णन कर रहे तीव्र मारक चक्रों से कौरव सेना बुरी तरह कट रही थी, थोड़े से अंतराल में ही अर्जुन के घातक नाराच बाणों के निरंतर प्रहार से द्रोण का रथ बुरी तरह क्षतिग्रस्त हो गया विवश आचार्य तत्काल भीष्म के रथ में आ गये, अब एक लक्ष्य पर दो महारथी थे, अर्जुन ने काली अस्त्र का संधान किया तुरंत गंगापुत्र के धनुष से शिव त्रिशूल प्रक्षेपित हुआ दोनों दिव्यास्त्र चल पड़े युद्ध भयंकर हो उठा, इधर भीम सीधा कच्छप में धंस गया जहाँ कच्छप को द्रोण पुत्र अश्वथामा संबल दे रहा था, भीम और उसके सैन्य दल के गदा प्रहारों से कच्छप का कवच छिन्न भिन्न होने लगा, असल में भीम और उसकी सैन्य टुकड़ी एक अनियंत्रित युद्ध दल थे जो युद्ध शुरू होने के बाद कहाँ पहुँचेगें ये शायद उन्हें भी नहीं मालूम होता था, इसीलिये युद्ध के दौरान शत्रु दल भीम की युद्धक टुकड़ी से अपने दल

को बचाते हुए चलते थे, कच्छप को संकट में जान जैसे ही अश्वथामा भीम की तरफ लपका तभी उसे धृष्टद्युम्न ने थाम लिया एक तरफ यज्ञ से निकला योद्धा और दूसरी तरफ दुर्जेय शिरांन मणिधारक गुरूपुत्र अश्वथामा दोनों की तलवारें टकराने लगी, दोनों ही एक दूसरे के रक्त के प्यासे थे, धृष्टद्युम्न प्रतिशोध में और अश्वथामा घृणा में, पर दोनों विकट योद्धा थे, दूसरी ओर अभिमन्यु और वृषकेतु में घमासान छिड़ा था राधेय पुत्र मेरे भांजे को पूरी टक्कर दे रहा था आखिर वो सूर्यदेव का पौत्र था, दोनों के धनुष अग्नि की भांति तप रहे थे तभी मेरे सामने कृपाचार्य आ गये सावधान सात्यकि, युद्ध में तो सब सावधान ही रहते हैं कृपाचार्य मैं बोला, द्रोण की पत्नी कृपी के भाई कृपाचार्य आर्यावर्त के सबसे संयत और शांत लेकिन निमर्म योद्धा थे उनका सम्मान स्वयं द्वारकाधीश भी करते थे, आर्यावर्त में दंतकहानियाँ प्रचलित थी कि कृपाचार्य को किसी यक्ष का आशीर्वाद प्राप्त है, इस महारथी में सौ शेरों के समूह को एक साथ थामने की क्षमता थी, कृपाचार्य मेरी चाल में नहीं फंसे उन्होंने तत्काल मुझ पर आक्रमण कर दिया, मैंने भी चपलता से प्रत्युत्तर देना शुरू कर दिया, कृपाचार्य कच्छप व्यूह का एक प्रमुख आधार थे, पर कच्छप की भी एक कमजोरी होती है उसके पैर, बस मैंने कृपाचार्य की रथी सेना के पहियों पर बाणों की झड़ी लगा दी, मेरा अरिष्टनेमी सैन्य दल तलवारें खींच कृपाचार्य के कच्छपों पर टूट पड़ा शीघ्र ही क्षतिग्रस्त रथों के साथ कच्छप चलने में असमर्थ हो गया, अब युद्ध पारंपरिक और आमने सामने का था और तब तक मेरी कुंडली कस गयी, मैंने कृपाचार्य के धनुष के तीव्र चंद्रास्त्र से दो टुकड़े कर दिये पर कृपाचार्य कोई साधारण योद्धा नहीं थे, पल भर में ही अपने शस्त्रागार से तलवार खींचकर वो मेरी तरफ लपके, मेरा मनपसंद शस्त्र और मैं अपनी दुधारी खींच कृपाचार्य से भिड़ गया, इधर व्यूह की कुंडलियों में घटोत्कच व अलम्बुश, इरावन व अलायुध, सत्राजित और दुर्योधन एवं जयद्रथ, सुशर्मा व द्रौपदी पुत्रों के बीच भयंकर युद्ध चल रहा था और शल्य एक

बार फिर युधिष्ठिर के समीप पहुँच गया, दोनों के भाले आपस में टकराने लगे, नकुल और सहदेव ने अतिरिक्त राजाओं की सेना को रोक रखा था, हर पल लाशें गिर रही थीं चारों ओर मारकाट मची थी, पर सबसे ज्यादा हाहाकार तो कच्छप के मुख पर मचा हुआ था अर्जुन और वसुदेव कृष्ण आज द्रोण व गंगापुत्र को आगे ही नहीं बढ़ने दे रहे थे, इसी बीच भीम ने सात कुरू पुत्रों को अपनी गदा से बुरी तरह कुचल डाला, अब हालात ये थे कि ये मतवाला सांण्ड कच्छप में जिधर मुड़ जाता उधर ही भगदड़ हो जाती थी, कई कौरव योद्धा तो अपने रथ से उतरकर पैदल ही भाग लिये, भीम मद भरे हाथी की तरह चिंघाड़ रहा था, ये देख गांधारी पुत्र दुर्योधन भूरिश्रवा को सत्राजित से भिड़ा भीम के सामने आ गया, दो गदापाणि योद्धा एक दूसरे को सामने थे, घृणा, द्वेष व ईर्ष्या के रथ पर सवार ऐसे योद्धा जिन्हें हार या जीत से कोई भी सरोकार नहीं था उनका एक ही लक्ष्य था दोनों में से किसी एक की मृत्यु, दोनों की गदांये टकराने लगी पर अब भीम के सामने बराबर का प्रतिद्वंद्वी था, उधर अग्रभाग पर तो लग रहा था जैसे अर्जुन आज द्रोणाचार्य के प्राण ही ले लेगा आचार्य ने व्याकुल हो असहाय दृष्टि से भीष्म को देखा और गंगापुत्र भड़क उठे, अर्जुन के रथ की ओर देवव्रत भीष्म के धनुष से सैकड़ों तीर ध्वनि की गति से प्रक्षेपित होने लगे अर्जुन तन्मयता से उन्हें काट रहा था पर आखिरकार भीष्म तो भीष्म थे बाजी पलटने लगी और थोड़ी ही देर में भीष्म हावी हो गये, भीष्म के धनुष ने अर्जुन के रथ के मार्ग में लौह बाणों की श्रृंखला बिछा दी, अर्जुन ने रौद्रास्त्र का संधान किया पर द्रोण के धनुष से तत्काल महेन्द्रास्त्र छूटा और रौद्रास्त्र निष्फल हो गया, द्रोणाचार्य घायल जरूर थे पर इस महारथी में बहुत सामर्थ्य था। तभी भीष्म ने मंत्रोचार किया **ॐ वैष्णवाय अस्त्र प्रकटम् संपूर्ण शत्रु संहारम्** और गंगापुत्र के धनुष से भयंकर वैष्णव अस्त्र पांडवों की ओर चल पड़ा, सेना को संकट में जान तुरंत अभिमन्यु ने वृषकेतु पर कौमुद अस्त्र प्रक्षेपित कर दिया, वृषकेतु ने भी अपने शस्त्रागार से कौमुद पर लौह गदाओं की

वर्षा कर दी पर इसी समय के बीच अभिमन्यु मंत्रोच्चार कर चुका था **ऊँ शेष अस्त्र प्रक्षेपम् शत्रु अस्त्र विनाशम्** अभिमन्यु के धनुष से छूटे शेष अस्त्र ने वैष्णव अस्त्र को अपने में समेट लिया, किंतु तब तक वैष्णव अस्त्र भयंकर तबाही मचा चुका था। नाग व्यूह गंगापुत्र के इस प्रहार से बुरी तरह हिल गया था, तभी संपूर्ण कच्छप भीम के गर्जन से थर्रा उठा, कुंती पुत्र ने दुर्योधन को विंर्दीण कर छह और कुरू पुत्रों को अपनी गदा से कुचल डाला, तभी भीष्म का गंगानाभ गूँज उठा, आज का युद्ध समाप्त हुआ। भास्कर जा चुके थे, कच्छप बुरी तरह छिन्न भिन्न था, नाग व्यूह भी घायल मगर अविजित था, मेरी और कृपाचार्य की तलवारें भी रूक गयीं हम दोनों खून से लथपथ थे, बधाई कृपाचार्य सूर्यदेव ने आपके प्राण बचा लिये मैंने जाते जाते कृपाचार्य को एक बार और उकसाया पर कृपाचार्य स्थिर थे, वसुदेव कृष्ण ने तुम्हें एक भयंकर योद्धा बना दिया है सात्यकि कृपाचार्य धीरे से बोले, मैंने सर झुकाकर उस संयत योद्धा का अभिवादन किया उनके बारे में जो भी सुना वो सत्य था। एक लम्बी खामोशी मैं समझ गया, मैंने एक गहरी सांस ली और सोने चला गया अपने देश से बहुत दूर महाराज विभीषण की नगरी लंका द्वीप में एक और रात के इंतजार में।

## अठ्ठारहवीं रात

# युद्ध में सबसे ज्यादा आवश्यक युद्ध नीति होती है जो आपदा को भी अवसर में बदल देती है।

सुबह थोड़ा जल्दी उठकर मैं कोलंबो के समुद्र किनारे टहलने लगा, समुद्र का पानी शांत था, मैंने अपने दांये बायें देखा और वाकिंग ट्रैक से रेलवे लाइन पार कर समुद्र किनारे की रेत में अपने पांव धंसा दिये, अचानक मेरे मन में श्रीलंका में आयी सुनामी की याद ताजा हो गयी, ये मनोरम और जीवनदायी अथाह समुद्र कैसे उस दिन महाकाल के आंसुओं का वाहक बन गया जिसमें हजारों जिंदगियां अपना वजूद खो बैठी थीं, बेहद भयंकर त्रासदी थी कदाचित् उसे प्रकृति का महाभारत ही कहेंगे जहाँ वायुदेव के रथ पर सवार हो वरूण देव मानो मानवों को ये प्रथम चेतावनी देने आये थे कि ईश्वर की रचना के संतुलन से छेड़छाड़ का अंतिम परिणाम क्या होता है, पर ये भी एक शाश्वत सत्य है कि जीवन चक्र ने हमेशा काल को आपके पीछे आने के लिये मजबूर किया है। सृजन ने हमेशा विनाश के सामने नयी चुनौतियां व नयी संरचनायें रची है, पत्थर के टुकड़े को हथियार बना सृजन की पहली नींव रखने वाली मानव

सभ्यता आज परमाणु प्रहार से आकाश गंगा के ग्रहों तक को मिटाने में सक्षम है, शायद ये कलयुग का ब्रम्हास्त्र ही है लेकिन दुर्भाग्य से ये दैवीय अस्त्र नहीं है, क्यूंकि इसे तप से नहीं बल्कि इसे प्रकृति से उसके तत्वों को चुराकर बनाया गया है, बेहद भयंकर रक्त पिपासू सोच से उत्पन्न ये एक असुरात्र है जिसे मानव ने नाम दिया है **परमाणु बम**। एक चार फुट छोटा स्टील का कंटेनर जो धरा के गर्भ में हजारों मीटर नीचे या सागर की सैकड़ों मीटर की गहराई में जब अपना मृत्यु मुख खोलता है तो उसके आसपास सैकड़ों योजन के दायरे में प्रकृति के समूचे जीवन चक्र का विनाश हो जाता है, मानो धरती माँ के गर्भ से कोई कृतघ्न राक्षस उसका पेट फाड़कर बाहर आ रहा हो, मानव के सबसे घृणित और राक्षसी स्वभाव का एक जीता जागता प्रतिफल। देवताओं ने हमें जीवन दिया और हमने बनाया परमाणु बम, सोचते सोचते मेरा मन अजीब सी घृणा से भर गया, सूर्यदेव भी जाग गये थे मैं वापस होटल आ गया और शीघ्र तैयार हो विश्व के प्रमुख आयोजन स्थलों में से एक भंडारनायके मेमोरियल इन्टरनेशनल कन्वेंशन सेंटर पहुँच गया, और वहाँ के प्रबंधकों से अपने आगामी कार्यक्रमों की चर्चा में जुट गया। लम्बी चर्चा के बाद सायं पांच बजे मैं वापस होटल पहुँचा और दो घंटे की नींद ले सायं सात बजे मैं माँ काली के प्राचीन मंदिर में दर्शनों हेतु पहुँचा, माँ के चरणों में प्रणाम कर मैं इस मंदिर के वैभव में डूब गया, बेहद प्राचीन व हिन्दू पुजारियों द्वारा संरक्षित इस देवस्थान में हालांकि फोटो खींचना मना है पर मैंने अपने मोबाइल से कुछ तस्वीरें ले लीं, प्रधान पुजारी बेहद दयालु थे उन्होंने मुझे रोका नहीं लेकिन उनकी दृष्टि देखकर मैं समझ गया कि ज्यादा लालच ठीक नहीं, मैंने उन्हें हाथ जोड़कर संकेत सूचक धन्यवाद किया और विघ्नहर्ता गणेश व कार्तिकेय प्रभु के विग्रहों को नमन कर वापस होटल पहुँच गया, कल सुबह मुझे थाईलैण्ड की फ्लाइट पकड़नी थी मुस्कुराहटों का शहर, और मैं नाइट सूट पहन कर अपनी राइटिंग टेबल पर जम गया, मैंने कलम हाथ में ली और डायरी खोल ली, वसुदेव कृष्ण की जय योद्धा

आ चुका था, तुम्हें देवस्थान में देखना अच्छा लगता है ज्ञात संघ के वंशज, जी मुझे देवदर्शन हमेशा संबल प्रदान करता है महान सात्यकि और मेरे लिये तो आप भी प्रभु का ही स्वरूप है सत्य के रक्षक, वसुदेव कृष्ण का स्मरण ही ईश्वर का रूप और उनकी कृपा है ज्ञात संघ के वंशज जिस पल आप उन्हें याद करते हैं उसी पल आप उनसे एकाकार हो जाते हैं सात्यकि फुसफुसाये, मेरे नेत्र श्रद्धा से झुक गये, तो लिखो ज्ञात संघ के वंशज, आज रात्रि कौरव शिविर में दुर्योधन गंगापुत्र भीष्म से उलझ गया, आज मेरे कई अनुज मारे गये पितामह और ये उसके रहते हो रहा है जिसके सामने युद्ध में देवता भी नहीं टिक सकते, हकीकत तो यह है पितामह कि आप युद्ध कर ही नहीं रहे वो बेहद विचलित था, अवाक् भीष्म ने द्रोणाचार्य की ओर देखा और द्रोण भी बोल पड़ा दुर्योधन कुछ हद तक सही कह रहा है महात्मा भीष्म जब अर्जुन मुझ पर भीषण प्रहार कर रहा था तो आप उसका वध कर सकते थे, इस आक्षेप से बुरी तरह अपमानित गंगापुत्र भीष्म क्रोध और अपमान से सुलग उठे लेकिन वाह गंगापुत्र हस्तिनापुर के सिंहासन के लिये इस महान योद्धा का समर्पण इस स्तर पर था कि वो इस अपमान को भी पी गये, पर उसका कुछ असर तो होना ही था और भीष्म क्रोध में बोले युद्ध के दौरान मैं कभी भी नियमों के विपरीत नहीं जाऊँगा दुर्योधन पर पांडव कल अपने जीवन का सबसे कठिन युद्ध लड़ेगें, आचार्य द्रोण कल मैं देखूँगा कि आपने अपने शिष्यों को क्या शिक्षा दी है। गुप्तचर से ये समाचार सुनते ही अभी तक खुश नजर आ रहे हम सबके चेहरे फीके पड़ गये द्वारकाधीश बेहद गंभीर थे कल पांडव सेना का नेतृत्व आप करगें महाराज द्रुपद केशव बोले, पांचाल के दुर्जेय योद्धा ने अपनी मूक सहमति दी और सुबह द्रुपद ने सर्वतोभद्र व्यूह की रचना की, उधर भीष्म ने चक्रशंख व्यूह में कुरू सेना को निबद्ध किया, सर्वतोभद्र व्यूह आक्रमण से अधिक प्रतिरोधक क्षमता रखता था, इसीलिये पांचाल देश की सुरक्षा सारे आर्यावर्त में मशहूर थी और महाराज द्रुपद इसके विशेषज्ञ थे, व्यूह के अग्रभाग में अर्जुन, द्रुपद,

धृष्टद्युम्न, अभिमन्यु, भीम, घटोत्कच, इरावन व चोल राजा थे द्वितीय सुरक्षा चक्र में द्रोपदी पुत्र, विराट, उत्तर, दन्तमौजा व काशीराज एवं केन्द्र में नकुल, सहदेव और मेरे सुरक्षा घेरे में युधिष्ठिर थे, आज युधिष्ठिर को संभालना सात्यकि कृष्ण फुसफुसाये, अपनी अंतिम सांस तक प्रभु मैंने उत्तर दिया। भीष्म द्वारा रचित चक्रशकठ घूर्णन करता हुआ एक बेहद मारक व्यूह था जिसमें कब कौन किसके सामने आ जाये ये किसी योद्धा को पता नहीं था असल में ये गणनाओं का खेल था और आर्यावर्त में गंगापुत्र भीष्म इस खेल के सर्वश्रेष्ठ खिलाड़ी थे, सभी योद्धा संनद्ध थे पर कौन किससे टकरायेगा ये सिर्फ या तो काल को पता था या देवव्रत भीष्म को या शायद वसुदेव कृष्ण को भी, तभी तो उन्होंने मुझे पहले ही चेतावनी दे दी थी और पांण्चजन्य व देवदत्त गूँज उठे, भीष्म ने भी गंगनाभ से प्रत्युत्तर दिया, हर हर महादेव के उद्घोष के साथ आरंभिक आक्रमण प्रारंभ हो गया, भीष्म के केन्द्रीय रथ के पीछे निर्देश व सांकेतिक ध्वजा एवं ध्वनि यंत्र लिये हुए बीस संदेशवाहक रथ थे, कौरवों का घातक अरिष्टनेमी दल उन्हें अभेद्य सुरक्षा प्रदान कर रहा था, भीष्म पांडवों की सेना पर बाणों का तूफान बरसाते हुए टूट पड़े प्रतिरोध में अर्जुन उनके सामने आ गया, चक्रशकठ के पृष्ठ से सर्पध्वजा उठी और व्यूह पांडवों के बायीं ओर सर्पगति से अग्रसर हुआ तीव्र गति से कौरवों की पहली टुकड़ी महाराज द्रुपद से शल्य के नेतृत्व में टकरा गयी, दोनों में घमासान छिड़ गया, द्रोण के हिस्से में भीम आ गया दोनों एक दूसरे पर टूट पड़े, इसी बीच कृपाचार्य ने अचानक प्रबल आक्रमण से सर्वतोभद्र को तोड़ा पर सामने आफत मौजूद थी घटोत्कच, अब कृपाचार्य एक दुर्गम युद्ध के मार्ग पर थे क्यूंकि घटोत्कच लगभग अविजित था, उधर भीष्म उफ लग रहा था जैसे उनके बाण उफनते समुद्र की गति को भी पीछे छोड़ दे रहे थे, उनके धनुष से प्रतिपल बरस रहे नाराचों से पांडव सेना में त्राहिमाम मचा हुआ था, अर्जुन बड़ी मुश्किल से उन्हें रोक पा रहा था बुरी तरह क्लांत हो अर्जुन ने भूमिसिद्धि अस्त्र का संधान किया, तत्काल

# चक्रशकठ व्यूह

दुर्योधन
द्रोणाचार्य
भूरिश्रवा
अलम्बुश
दुशासन
अतिरिक्त सेना व अन्य महारथी
शाल्व
भगदत्त
कुरूपुत्र
शल्य
भीष्म
चेदी राज
वृषसेन
अश्वथामा
विन्द, अनुविन्द
शकुनी
कृपाचार्य
कृतवर्मा

# सर्वतोभद्र व्यूह

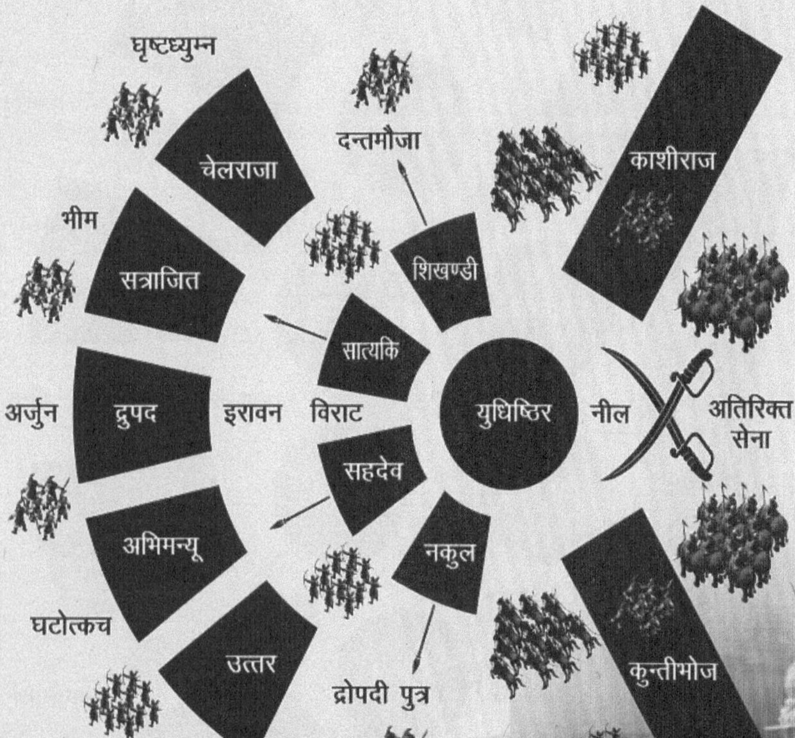
धृष्टद्युम्न
चेलराजा
दन्तमौजा
काशीराज
भीम
सत्राजित
शिखण्डी
सात्यकि
अर्जुन
द्रुपद
इरावन
विराट
युधिष्ठिर
नील
अतिरिक्त सेना
सहदेव
अभिमन्यू
नकुल
घटोत्कच
उत्तर
कुन्तीभोज
द्रोपदी पुत्र
चेकितान

ठोस रेत का बवंडर चक्रशकठ के सामने उठा पर भीष्म तब तक तोरण अस्त्र प्रक्षेपित कर चुके थे, भूमिसिद्धि तोरण के प्रहार से चूर चूर हो गया, इधर शल्य को धकेल द्रुपद आगे बढ़े और मद्र नरेश के सामने अभिमन्यु आ गया, शल्य प्राणपण से युद्ध कर रहा था पर अभिमन्यु ने उसे बुरी तरह घेर सर्वतोभद्र के आस पास भी नहीं फटकने दिया, महाराज द्रुपद व धृष्टद्युम्न पूरी शक्ति से चक्रशकठ को अवरूद्ध कर रहे थे, पिता पुत्र की इस धनुर्धारी जोड़ी को दुर्योधन व दुःशासन पूरी क्षमता से थामने का प्रयत्न कर रहे थे, इसी बीच अभिमन्यु ने एक घातक बाण शल्य के सीने में दे मारा शल्य रथ में ही अचेत हो गया, अभिमन्यु का रथ तीव्र गति से दुर्योधन की ओर लपका लेकिन अश्वथामा ने उसका मार्ग अवरूद्ध कर दिया और दो धनुर्धारियों में घमासान छिड़ गया, उधर द्रोण और भीम के मध्य भयानक द्वंद्व छिड़ा हुआ था भीम की गदा आचार्य को आगे बढ़ने का अवसर ही नहीं दे रही थी, तभी चक्रशकठ के पार्श्व से अलम्बुश प्रकट हुआ और उसने भीम पर अपने मुगदर से भयंकर प्रहार किया, भीम ने उसे अपनी गदा से रोका और क्रोध में अलम्बुश की ओर दौड़ पड़ा, अब द्रोणाचार्य का मार्ग खाली था द्रोपदी के पांचों पुत्रों ने उन्हें तत्काल रोकने की कोशिश की पर तभी बाण वर्षा करता हुआ वृषकेतु आ गया उसके साथ साथ शकुनि, कलिंग और मगध भी पहुँच गये, पीछे से सुदक्षिण और भगदत्त ने भी सैन्य टुकड़ी के साथ धावा बोल दिया, यह देख नकुल और सहदेव द्रोपदी पुत्रों के साथ आ गये, सभी प्राणपण से भिड़ गये, रक्तपात अपने चरम पर था, इसी बीच द्रोण एक पायदान और आगे बढ़ गये, यही भीष्म की गणना थी द्रोणाचार्य अपने सैन्य दल के साथ भयानक वेग से युधिष्ठिर की ओर अग्रसर हुऐ, उनकी अश्वसेना को देखकर लग रहा था कि वो आज कुरूक्षेत्र को ही रौंद डालेंगें, मेरी मुठ्ठी मेरे धनुष पर कस गयी और महारूद्र की जय का जयघोष करती मेरी अश्वसेना ने आचार्य द्रोण के सैन्य दल को प्रचंड उत्तर दिया, दोनों श्रेष्ठ दल भयंकर द्वंद्व में घिर गये, द्रोण ने चन्द्रास्त्र प्रक्षेपित किया तत्काल

मेरे धनुष से सूर्यास्त्र छूटा और इसी बीच मैंने एक भयंकर परशु प्रहार द्रोण के रथ पर किया, रथ के मध्य भाग में हुए इस भयंकर प्रहार से अगले ही क्षण आचार्य रथ विहीन हो चुके थे पर तब तक द्रोण के धनुष से छूटे शूल ने मेरे सारथी विद्युत को एक भयंकर घाव दे दिया, मैं तत्काल अपने रथ से कूदा और मैंने तलवार खींच ली, सावधान द्रोण मैंने ललकारा, तुम्हें मरने की बहुत शीघ्रता रहती है सात्यकि द्रोण फुफकारे, युद्ध कर निर्धन ब्राम्हण कम से कम कुछ तो अपने स्वयं के पराक्रम से अर्जित कर मैंने द्रोण की दुखती रग पर एक भयानक शब्द प्रहार किया और मेरा अंदाज बिल्कुल सही निकला, मेरे कटु शब्दों से बुरी तरह अपमानित द्रोण क्रोध में उन्मत हो गये और ज्ञात संघ के वंशज फिर मैंने देखा इस महान योद्धा का अण्डज व्यूह से सज्जित कृपाण युद्ध, मैंने कई असफल चेष्टायें की पर मैं अंडज को नहीं भेद पाया, तीव्र गति से रक्षात्मक युद्ध करते हुए मैंने मंत्रोच्चार किया **वायुसिद्धि शक्ति प्रकटम् संपूर्ण शक्ति प्रदानम्**। आचार्य तत्काल समझ गये पर इससे पहले कि वो अंडज को संभालते मेरी तलवार ने वायुसिद्धि के प्रचंड प्रहार के साथ अण्डज को भेद दिया, अब युद्ध बराबरी पर था हमारी तलवारें आपस में टकराकर खनक रहीं थीं मेरे और द्रोणाचार्य के शरीर पर घावों की संख्या हर प्रहार और हर दांव के दौरान बढ़ रहीं थीं, पर न द्रोण मुझे पीछे धकेल सके न ही मैं इस योद्धा को हरा सका, उधर अर्जुन अब थकने लगा था पर भीष्म तो लग रहा था जैसे ऊर्जा का अथाह श्रोत हों, एक पल को तो लगा कि अर्जुन घिर गया, तभी प्रचंड वेग से इरावन ने भीष्म पर धावा बोल दिया अपने पिता को संकट में देख रहस्यमयी नागों की दुनियाँ के इस नाग कुमार ने पाताल की रहस्यमयी युद्धकला और भीषण शस्त्रों का संपूर्ण दहाना ही गंगापुत्र पर खोल दिया, ऐसे अस्त्र शस्त्र जिन्हें आर्यावर्त के योद्धाओं ने कदाचित् कभी नहीं देखा था, इरावन भीषण समर कर रहा था पर सामने गंगापुत्र थे, वे अविचल भाव से नागकुमार को प्रत्युत्तर दे रहे थे, किंतु अर्जुन को संभलने के लिये कुछ समय मिल

गया था और वो संभलकर फिर से समर में कूद पड़ा, कभी कभी मैं सोचता हूँ ज्ञात संघ के वंशज अगर अभिमन्यु, इरावन, घटोत्कच और वसुदेव कृष्ण न होते तो इस युद्ध का क्या होता, सारे योद्धा रक्त से लथ पथ पर अपने अपने मोर्चों पर डटे हुए थे, इसी बीच भीष्म के दल से गज ध्वज आकाश की ओर उठा, तीव्र संकेतक ध्वनि गूँजी और सर्वतोभद्र पर अंतिम आक्रमण शुरू हो गया, भगदत्त की विशाल गज सेना पांडवों की ओर बढ़ी, दैत्याकार विशाल युद्धक गजों को देखकर लग रहा था जैसे ये आज संपूर्ण कुरूक्षेत्र को ही रौंद डालेंगे, और ज्ञात संघ के वंशज इस बेहद मुश्किल वक्त में मेरे भांजे अभिमन्यु ने सर्वतोभद्र के प्रथम द्वार को अभेद्य सुरक्षा देते हुए गज सेना की ओर अपना संपूर्ण शस्त्रागार खोल दिया, अश्वथामा चकित भाव से बीच में उन्हें रोकने का असफल प्रयास कर रहा था लेकिन सुभद्रा पुत्र के बाणों की गति को थामना अब गुरूपुत्र के लिए भी मुश्किल हो गया था, दोनों सेनाओं के बीच अभेद्य दीवार की तरह खड़े मेरे भांजे के अप्रितम बाणों के प्रहार से विचलित हो गज सेना हड़बड़ाकर बायीं ओर मुड़ी और यहीं भगदत्त गलती कर गया, क्यूंकि वहां गदाधारी भीम का सैन्य दल था, श्रीकृष्ण का सांकेतक शंख गूँजा और युद्धरत भीम ने तत्काल एक वज्र प्रहार अलम्बुश पर किया, भीम के प्रहार से राक्षस रक्तवमन करता युद्धभूमि में लेट गया। वसुदेव कृष्ण की जय के तीव्र जयघोष के साथ भीम की गदा आसमान में उठी और ज्ञात संघ के वंशज हाथियों में हाहाकार मच गया, भीम के सैन्य दल के भीषण गदा प्रहारों से गज सेना छिन्न भिन्न हो उठी, अविश्वसनीय दृश्य मेरे सामने था कई हाथी तो कुंतीपुत्र के प्रहारों से हवा में उछल गये, ये देख द्रोण तत्काल पीछे हटे क्यूंकि कौरव सैन्य दल को उनकी मदद की जरूरत थी, भाग जाओ ब्राम्हण मैं गर्जा और बुरी तरह भन्नाये द्रोण फिर से मेरी ओर क्रोध में झपटे, और इससे पहले कि वे अपने अनियंत्रित वेग को केन्द्रित कर पाते मैंने पूरे बल से अपनी

दुधारी घुमाई, उनकी तलवार मेरे भीषण प्रहार से उनके हाथ से गिर गई आचार्य अब निःशस्त्र थे, चले जाइये आचार्य मैं निहत्थों पर वार नहीं करता और मौन, निःशब्द व निहत्थे द्रोण वापस मुड़ गये, पर तब तक केन्द्र में भीष्म ने अपने प्रचंड प्रहारों से सर्वतोभद्र के दांये पक्ष की सेना लगभग आधी कर दी थी, हालांकि हम सब भी उन्हें पूरा प्रत्युत्तर दे रहे थे, अपने निश्चित समय पर भास्कर अपने विश्राम पथ की ओर अग्रसर हुए और गंगनाभ गूँज उठा युद्धविराम, हम और हमारा व्यूह ठीक ठाक ही था पर चारों ओर एक ही नाम गूँज रहा था भीष्म, भीष्म, भीष्म। मेरी कलम रूक गयी मैंने प्रतीक्षा की पर सात्यकि जा चुके थे, मेरी आंखें भी दुखने लगी थी, मैंने थके हाथों से कलम फिसल जाने दी मुझे लग रहा था जैसे मैं भी युद्ध कर रहा था, अपने विचारों को झटक कर मैं प्रभु को उनकी अनुकंपा के लिये प्रणाम कर सोने चला गया एक और रात के इंतजार में।

उन्नीसवीं रात

# धर्म पर अधर्म की बढ़त सिर्फ कुछ समय की ही बात होती है हर रात के बाद सुबह आती है।

मेरे मोबाइल फोन का अलार्म सुबह चार बजे चीख उठा, मैं जल्दी से तैयार हुआ और एअरपोर्ट चल दिया, सुरक्षा जांच पूरी कर मैं श्रीलंकन एअरलाइन्स के बोइंग 777 से चल दिया थाईलैण्ड की ओर। स्वर्णनगरी से स्वर्णभूमि एअरपोर्ट की उड़ान वाह क्या संयोग है, मैंने अपनी सोच पर मन ही मन मुस्कुरा अपनी कुर्सी की पेटी ढीली कर अपने शरीर को आरामदायक मुद्रा में ढीला छोड़ दिया, तकरीबन पांच बजे मैं स्वर्णभूमि एअरपोर्ट से बाहर आ गया, टैक्सी ड्राइवर प्रोमसेन कुमराट मेरी प्रतीक्षा कर रहा था और हम चल पड़े, मैं बैंकाक की खूबसूरती में डूब गया, ट्रैफिक बहुत ज्यादा था पर व्यवस्थित था, सायं सात बजे मैं सुखुम्बित के होटल हॉली डे इन में पहुँच गया, अपने रूम में आकर कपड़े बदल मैंने इलैक्ट्रिक कैटल में अपने लिये एक हॉट कॉफी तैयार की और कलम डायरी लेकर राइटिंग टेबल पर जम गया प्रणाम महान सात्यकि, मैं तुम्हारे साथ ही हूँ ज्ञात संघ के वंशज, मैं तैयार हूँ मैं मन ही मन फुसफुसाया, तो लिखो ज्ञात संघ के वंशज, आज युद्ध का सातवां दिन था भीष्म आज

बेहद उन्मत और क्रोध में नजर आ रहे थे, आज उन्होंने श्रीजान्तक व्यूह की रचना की, बेहद मारक व तीव्र वेग का व्यूह था श्रीजान्तक, वज्र की नोक की भांति तीखे और शंक्वाकार अभेद्य बाण की संरचना से प्रेरित इस व्यूह की नोक पर भीष्म थे, दांये व बायें आज अलायुध व आचार्य द्रोण थे, श्रीजान्तक को तुणीर की भांति अश्वथामा व कृपाचार्य और दुर्योधन संबल दे रहे थे, मध्य में शल्य, भगदत्त एवं पृष्ठ में शकुनि, वृषकेतु, लक्ष्मण, जयद्रथ व अन्य योद्धा संन्नद्ध थे, पांडव पक्ष आज धृष्टद्युम्न के सुपर्ण व्यूह की रचना में था, चपलता से परिचालन में सक्षम यह व्यूह कुल आठ केन्द्रों में विभाजित था जिसे अर्जुन, भीम, अभिमन्यु, धृष्टद्युम्न, नकुल, सहदेव और मैं संभाल रहे थे साथ में युधिष्ठिर भी था, घटोत्कच, इरावन, द्रुपद, विराट, सत्राजित इत्यादि मध्य व पृष्ठ संभाल रहे थे, सुपर्ण के किसी भी केन्द्र को तत्काल भरने हेतु पांचों द्रोपदी पुत्र व अतिरिक्त सेना भी संनद्ध थी। युद्धक शंख गूँज उठे दोनों व्यूह केन्द्र की ओर बढ़े और सेनाओं का ज्वार आपस में टकरा गया, लगा जैसे समुद्री चक्रवात उठ गया हो, भीष्म सदैव की तरह बेहद आक्रामक थे, हम भी पूरे सामर्थ्य से प्रत्युत्तर दे रहे थे कि अचानक सूं सूं की ध्वनि से युद्ध क्षेत्र गूँज उठा अलम्बुश ने केन्द्रीय आक्रमण करते हुए हम पर असुरास्त्रों का भंडार खोल दिया, घूर्णन करते शंक्वाकार बाण पांडव सैनिकों का संहार करने लगे, सेना पहले से ही भीष्म के कहर से त्रस्त थी और ये आफत भी टूट पड़ी, घटोत्कच को कृपाचार्य पहले ही युद्ध में उलझा चुके थे, अर्जुन, अभिमन्यु और मैं पूरी क्षमता से इस आक्रमण का प्रतिकार कर रहे थे पर बाकी योद्धाओं को भी संभालना था, तभी बेहद तीव्र गति से इरावन आगे आया नाग अस्त्र प्रक्षेपित होने लगे और इन तीनों पिता पुत्रों ने भीष्म, अलम्बुश और अलायुध के वेग को थाम लिया, इसी बीच भीम क्रोध में द्रोणाचार्य की ओर लपका पर बीच में अश्वथामा आ गया दोनों में भयंकर गदा युद्ध छिड़ गया, भीम के पीछे पीछे आ रहे द्रोपदी पुत्र द्रोण पर टूट पड़े, भीम के उन्माद के सामने अश्वथामा लगभग

# श्रीजान्तक व्यूह

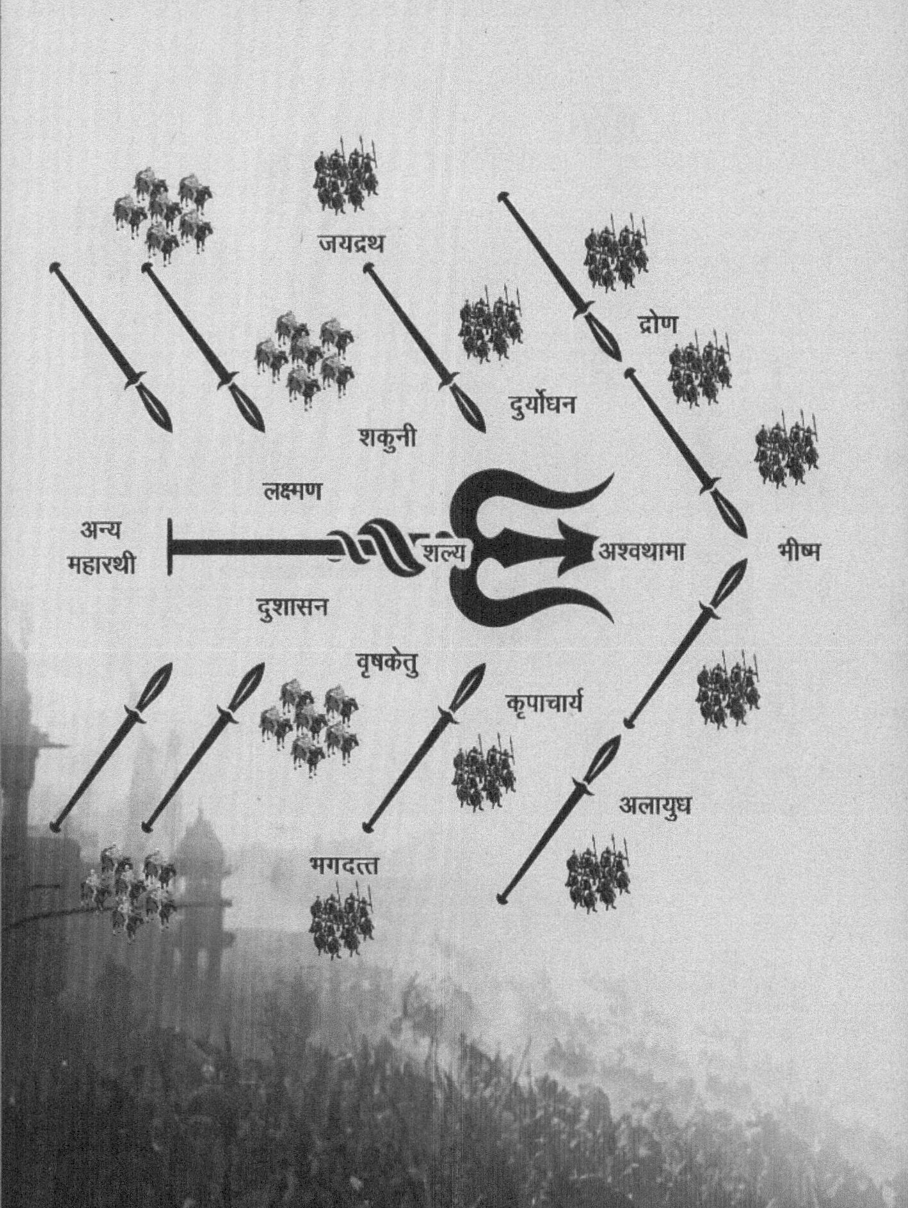
जयद्रथ
द्रोण
दुर्योधन
शकुनी
लक्ष्मण
अन्य
महारथी
शल्य
अश्वथामा
भीष्म
दुशासन
वृषकेतु
कृपाचार्य
अलायुध
भगदत्त

# सुपर्ण व्यूह

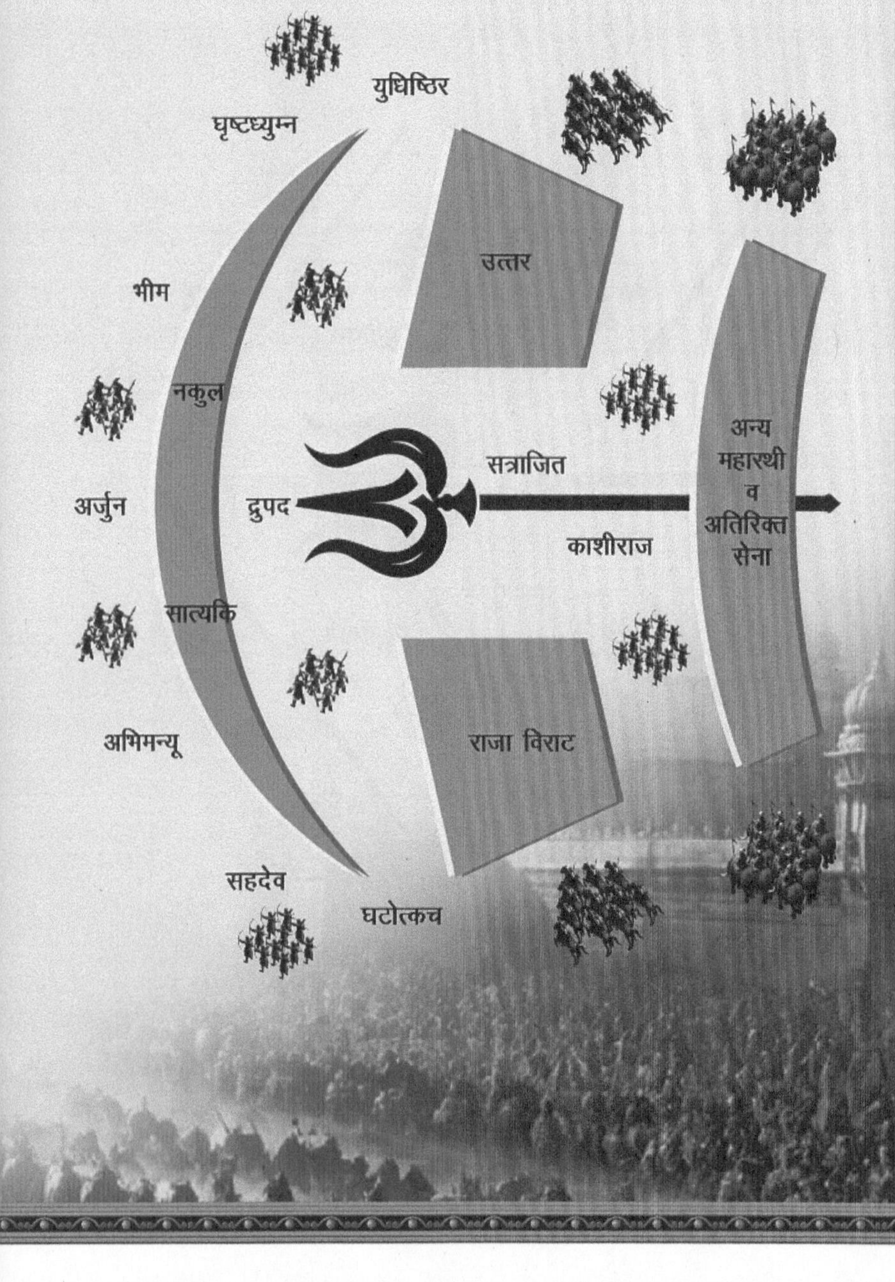
युधिष्ठिर
घृष्टद्युम्न
उत्तर
भीम
नकुल
अन्य महारथी व अतिरिक्त सेना
सत्राजित
अर्जुन
द्रुपद
काशीराज
सात्यकि
अभिमन्यू
राजा विराट
सहदेव
घटोत्कच

असहाय था और शीघ्र ही गुरूपुत्र भीम के एक भीषण गदा प्रहार से अचेत हो गया, द्रोण ने अपने दल को संकेत किया, अश्वथामा तत्काल सुरक्षा घेरे में था और भीम एक बार फिर कुरू भाइयों के दल में धंस गया श्रीजान्तक के मध्य में हाहाकार मच गया, इधर सुपर्ण में प्रवेश कर त्रिगर्त नरेश सीधे युधिष्ठिर से टकरा गये और त्रिगर्तों से युधिष्ठिर का दल भिड़ गया, मेरे सामने श्रतायुध आ गया, तलवार के निपुण योद्धा श्रतायुध ने मुझ पर अपने धनुष से बाण प्रक्षेपित करना शुरू कर दिया पर कुछ ही देर में उसका धनुष मेरे बाणों के प्रहार से टूट गया, श्रतायुध ने तुरंत तलवार खींच ली, मैंने भी अपनी रक्त की प्यासी सहचरी को म्यान से खींच लिया, श्रतायुध ने रणभूमि में युद्ध घेरा खींच दिया नियमानुसार इस गोल परिधि से बाहर होने का मतलब था हार। हम दोनों भिड़ गये श्रतायुध की तलवार चपलता से चल रही थी और मैं अपनी दुधारी से उसके वारों की तीव्रता को कम करते हुए अभी उसकी युद्ध शैली को समझने की कोशिश कर ही रहा था कि अचानक उसके बायें हाथ में एक और तलवार चमक उठी और वो दोनों हाथों को ऊर्ध्वाधर गति देते हुए मेरी तरफ मृत्यु की भांति अग्रसर हुआ, मैं रक्षात्मक युद्ध करता हुआ युद्ध घेरे की सीमा रेखा के बिल्कुल समीप आ गया था, मैंने अपने आपको आत्मकेन्द्रित किया और द्वंद्व में एकदम समीप आये श्रतायुध पर सर्पिल घुमाव लेते हुए मैंने तीव्र वेग से अपनी तलवार को अर्द्धचन्द्राकार घुमाया तत्काल श्रतायुध की दोनों लौह तलवारें मेरे प्रहार से अपनी मूठों से कट गयीं, मेरे इस पलटवार से श्रतायुध भौचक्का रह गया, इससे पहले के वो संभलता मेरे दूसरे वार ने उसके गले को बीच से भेद दिया, रक्त के फव्वारे छूटने लगे, तभी युद्ध करता सुदक्षिण वहां आ पहुँचा तब तक मेरा माथा क्रोध से दग्ध हो चुका था मैंने दूरी माप कर अपनी तलवार सुदक्षिण की ओर तीव्र वेग से फेंकी, आतंक से फटी आंखें लिये अपने उदर में धंसी मेरी तलवार के साथ सुदक्षिण पीठ के बल गिरा, मैंने आगे

बढ़कर अपनी तलवार उसके उदर से खींची और त्रिगर्त की ओर बढ़ गया जहाँ युधिष्ठिर उससे युद्ध कर रहा था, पर सुपर्ण व्यूह के केन्द्र में स्थित बेहद खराब थी, भीष्म को कैसे रोकें ये किसी को समझ ही नहीं आ रहा था उनके नाराच और अलम्बुश व अलायुध के असुरास्त्रों को रोकने की कोशिश अर्जुन, इरावन व अभिमन्यु प्राणपण से कर रहे थे पर इस युद्ध में इरावन की नाग सेना का काफी हिस्सा नष्ट हो चुका था, व्यूह के सभी द्वारों पर पांडवों की सेना कौरवों का बहादुरी से सामना कर रही थी पर हालात हमारे पक्ष में नहीं थे, इसी बीच भीम ने पंद्रह और कुरू पुत्रों को मार डाला लेकिन इस योद्धा की जरूरत केन्द्र में थी, हर दिन यही लगता था कि ये युद्ध भीम के लिये उसके व्यक्तिगत प्रतिशोध की तरह था उसका एक ही लक्ष्य होता था कुरू पुत्रों का सर फोड़ना। दुर्योधन का दल द्रौपदी पुत्रों और सत्राजित के साथ युद्धरत था, कृपाचार्य और घटोत्कच के युद्ध को देखकर तो लग रहा था जैसे कि युद्ध में एक सर्वोत्तम युद्ध की पाठशाला चल रही हो दोनों तन्मयता से युद्धरत थे, ज्ञात अज्ञात अस्त्र शस्त्रों के विस्फोटों से युद्धभूमि लगातार थर्रा रही थी और इसी बीच गंगापुत्र भीष्म ने अर्जुन, इरावन व अभिमन्यु तीनों को एक साथ थाम लिया पिता व पुत्रों के शरीर रक्त से लथपथ हो गये थे, घायल भीष्म भी थे पर वो तो लग रहा था जैसे घावों से अप्रभावित हों, भीष्म, भीष्म चारों ओर ये नाम मृत्यु की तरह गूँज रहा था, मैंने तत्काल केन्द्र की ओर जाने का निर्णय लिया मगर ज्ञात संघ के वंशज तभी अर्जुन और अभिमन्यु को संकट में देख वसुदेव कृष्ण का संचित क्रोध अचानक से फूट पड़ा और द्वारकाधीश अपनी प्रतिज्ञा भूल रथ से तीव्र छलांग लगा भूमि पर पड़े एक क्षतिग्रस्त रथ के पहिये को उठाकर भीष्म की ओर लपके, सावधान गंगापुत्र रणभूमि में केशव की चेतावनी गूँज उठी, ज्ञात संघ के वंशज मेरे प्रभु के हाथों में लहरा रहा लौह व काष्ठ से बना वो साधारण सा रथ का पहिया उस वक्त कदाचित् ब्रम्हास्त्र

से भी भयंकर अस्त्र था, इस दृश्य को देख भीष्म ने तत्काल धनुष रख दिया मेरे युद्ध को परम सम्मान देने का शुक्रिया योगेश्वर इस तुच्छ प्राणी के लिये आपने अपने वचन को तोड़ दिया, मेरी कीर्ति बढ़ाने के लिये आपका आभार वसुदेव कृष्ण आइये मुझे मृत्यु का सौभाग्य दीजिए भीष्म बोल पड़े, हम सब स्तब्ध खड़े थे तभी अर्जुन दौड़कर कृष्ण के चरणों में लेट गया, केशव मेरी कमजोरी की वजह से आप अपना वचन भंग मत कीजिए मैं आपको वचन देता हूँ मैं अपने बाणों से पितामह को सर्वश्रेष्ठ उत्तर दूंगा, वसुदेव कृष्ण ने आग्नेय नेत्रों से भीष्म को घूरते हुए रथ के पहिये को भूमि पर फेंक दिया और वापस रथ की वल्गा थाम ली, सावधान पितामह अर्जुन के गांडीव की टंकार गूँज उठी, अपनी चिंता करो वत्स भीष्म बोले और संग्राम दुबारा शुरू हो गया तभी गंगापुत्र के दाहिने युद्ध कर रहा अलायुध बेहद उग्र हो उठा उसने राक्षसों के सबसे भीषण मारक अस्त्र **पाषाण** का आह्वान किया, तत्काल पांडु सेना पर प्रचंड गति से पाषाण अस्त्रों का उल्कापात होने लगा, प्रतिरोध में इरावन ने भी अपने नागफनी अस्त्रों का पूरा भंडार ही खोल दिया। नागफनी, कालसर्पी इत्यादि नाग अस्त्र पाषाणों का प्रतिरोध करने लगे, इरावन के लौह बाण अलायुध के पाषाण बाणों से निरंतर टकरा रहे थे, तभी अलायुध ने अपनी समूची ऊर्जा पाषाण अस्त्र में झौंक दी, लगा जैसे स्वयं पर्वतराज हिमालय कुरूक्षेत्र में पाषाण वर्षा कर रहे हों, प्रत्युत्तर में इरावन के दल ने भी अपना संपूर्ण नाग शस्त्रागार अलायुध के दल पर प्रक्षेपित कर दिया, आसमान में विस्फोटों की अनवरत झड़ी लग गयी अचानक पूरा युद्धक्षेत्र अलायुध की मर्मान्तक चीख से गूँज उठा, इरावन के धनुष से छूटा नागाधिपति का प्रलयंकारी **वासुकी अस्त्र** उसके सीने के आर पार हो गया, विजयी भाव से इरावन ने चारों ओर देखा पर अर्जुन सहित हम सब विस्फारित नेत्रों से इरावन को ही देख रहे थे, अचानक इरावन को अपने सीने में तीव्र पीड़ा का अहसास हुआ उसने देखा अलायुध का

**काल पाषाण अस्त्र** उसके सीने में धंसा हुआ था, इरावन के हाथ से उसका नाग धनुष छूट गया पुत्र इरावन अर्जुन चीखा, उसके दोनों हाथ अर्जुन की तरफ जुड़ गये अंतिम प्रणाम पिताश्री, अर्जुन दुख और क्रोध में उन्मत हो भीष्म पर टूट पड़ा, इरावन की मृत्यु से व्यथित हम सब बेहद उद्धेलित थे, युद्ध और घनघोर हो उठा, लेकिन अर्जुन ने देर कर दी, संध्या होते होते भीष्म ने आज कम से कम दो अक्षौहिणी पांडव सेना का संहार कर डाला, सुपर्ण व्यूह छिन्न भिन्न हो गया था तभी गंगनाभ गूँजा, भास्कर जा चुके थे दोनों दल अपने अपने शिविर में लौट गये, पर पांडव शिविर में आज उदासी थी, इरावन अर्जुन पुत्र ही नहीं बल्कि हमारे दल का एक सर्वश्रेष्ठ महारथी था जिसके रिक्त स्थान को भरना असंभव था, हमारे शिविर में चारों तरफ एक ही नाम का उल्लेख हो रहा था भीष्म। खामोशी छा गयी योद्धा जा चुका था, मैं स्तब्ध भाव से कलम रख मुस्कुराहटों की धरती पर युद्ध की विभीषिका से संतप्त सो गया कल की रात के इंतजार में।

## बीसवीं रात

# अपनों के लिये अपने प्राणों का उत्सर्ग कर देना सिर्फ एक महान योद्धा के लिये ही संभव है।

बैंकाक विश्व के मानचित्र में मौजूद एक प्रमुख आकर्षक शहर जो हमेशा मुस्कुराता रहता है, मैं सुबह नीचे होटल के पोर्च में आया प्रोमसेन कार के साथ मौजूद था, मैंने उसे नाना स्टेशन होते हुए सीलोन विलेज चलने का अनुरोध किया, तकरीबन आधा घण्टे में हम सीलोन पहुँच गये, मैंने कार को माँ दुर्गा के प्राचीन मंदिर के समीप रूकवाया और माला व प्रसाद लेकर भव्य परिसर में श्रद्धा से माँ के विग्रह के सामने उनके चरणों में नतमस्तक हो गया, स्वर्ण आभा से दमकती माँ की दिव्य छवि से विहंगम ऊर्जा प्रस्फुटित हो वहां मौजूद जनसमूह को एक सकारात्मक संबल दे रही थी, दर्शन उपरांत मैंने कुछ जरूरी मीटिंग समाप्त की, बैंकाक में आकर भारत जैसा ही महसूस होता है, इस देश की उन्नति में भारतवंशियों का भी योगदान है, थाईलैंड के स्थानीय नागरिकों ने भी बड़े ही प्यार से इन्हें अंगीकार किया है और करते भी क्यों नहीं आखिरकार उनके आराध्य और भगवान विष्णु के दसवें अवतार भगवान बुद्ध का अवतरण भी तो भारत में ही हुआ था, इसीलिए थाईलैंड और भारत का

आध्यात्मिक जुड़ाव सदियों से है, शाम हो चली थी और स्थानीय रेस्टोरेंट में भोजन कर तकरीबन आठ बजे मैं वापस सुखुम्बित होटल पहुँच गया, सारा शहर रंगीन रोशनी और उल्लास में डूबा हुआ था, मैं अपने रूम में पहुँचा और मैंने एक काफी का आर्डर किया, जब तक मैंने कपड़े चेंज किये तब तक कॉफी आ चुकी थी मैं कॉफी मग उठाकर राइटिंग टेबल पर जम गया, बुद्ध की नगरी तुम्हें पसंद है ज्ञात संघ के वंशज सात्यकि फुसफुसाये, योद्धा आ चुका था ये शहर किसे पसंद नहीं होगा महान सात्यकि मैं बोला, सत्य है ज्ञात संघ के वंशज खुशी और उल्लास हर जीव को अच्छा लगता है, मैंने सहमति में सर हिलाया कलम मेरे हाथ में थी, वो मेरी उत्तेजना को समझ गये तो लिखो ज्ञात संघ के वंशज, आज युद्ध का आठवां दिन था हमारे शिविर में प्रातः काल से ही हलचल मची हुई थी, वसुदेव कृष्ण के निर्देश पर आज द्रुपद पुत्र शिखंडी को पांडव सेना का सेनापति बनाया गया, शिखण्डी योद्धा तो था लेकिन उसमें स्त्रैण गुण थे असल में वो एक किन्नर था और किन्नरों को आर्यावर्त में स्त्रियों के समतुल्य सम्मान प्राप्त था, जैसे ही उन्होंने आज शिखण्डी को अर्जुन के साथ एक ही रथ पर आरूढ़ किया मेरी समझ में कुछ कुछ आने लगा, केशव आज वट वृक्ष के मूल को ही नष्ट करने वाले थे। शिखंडी ने शंख व्यूह की रचना की, शंख के मुख पर शिखंडी और अर्जुन थे, अग्रभाग पर मैं, भीम, घटोत्कच, अभिमन्यु और शंख के दांये द्रुपद, उत्तर, विराट, काशीराज, सत्राजित एवं बायें धृष्टद्युम्न, चेकितान, द्रौपदी पुत्र और शंख के शीर्ष पर युधिष्ठिर, नकुल व सहदेव थे तथा पृष्ठ में अतिरिक्त सेना तैनात थी। देवव्रत भीष्म ने आज कुरू सेना को अश्व व्यूह में सजाया, अश्व के मुख पर स्वयं भीष्म, द्रोण व अश्वथामा, दांये दुर्योधन, अलम्बुश, शल्य, बायें दुःशासन, कलिंग, वृषकेतु, कृपाचार्य, व अश्व की पीठ पर शाल्व, शकुनि, जयद्रथ व पृष्ठ में अतिरिक्त सेना थी, महारथियों के शंख युद्धक्षेत्र में गूँजे और गगनभेदी जयघोष के साथ शंख व अश्व टकरा गये, भीष्म, द्रोणाचार्य व अश्वथामा को मैंने,

# अश्व व्यूह

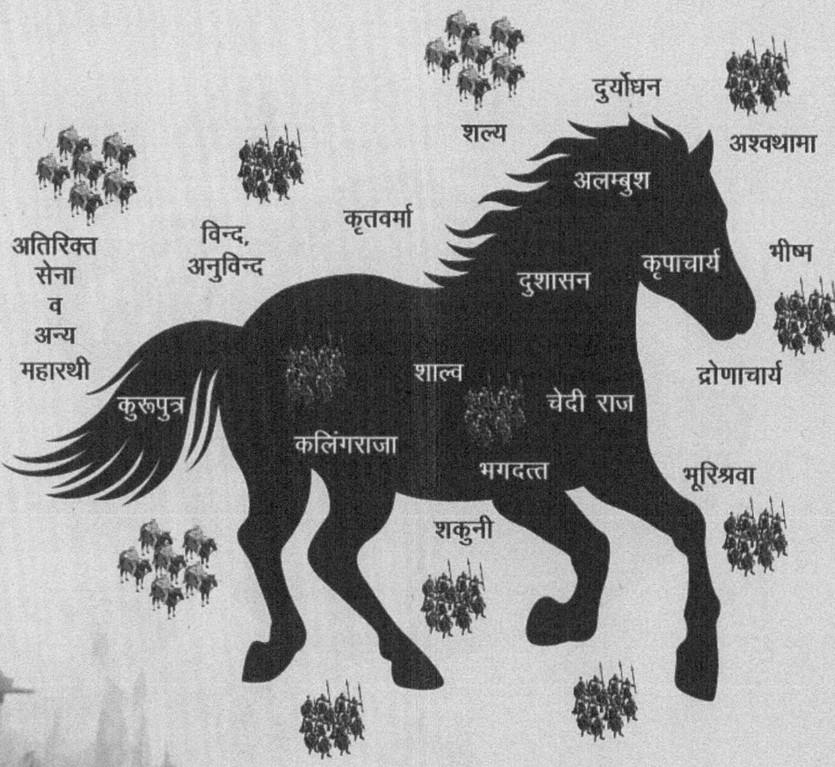
दुर्योधन
शल्य
अश्वथामा
अलम्बुश
अतिरिक्त
सेना
व
अन्य
महारथी
विन्द,
अनुविन्द
कृतवर्मा
दुशासन
कृपाचार्य
भीष्म
शाल्व
चेदी राज
द्रोणाचार्य
कुरूपुत्र
कलिंगराजा
भगदत्त
भूरिश्रवा
शकुनी

# शंख व्यूह

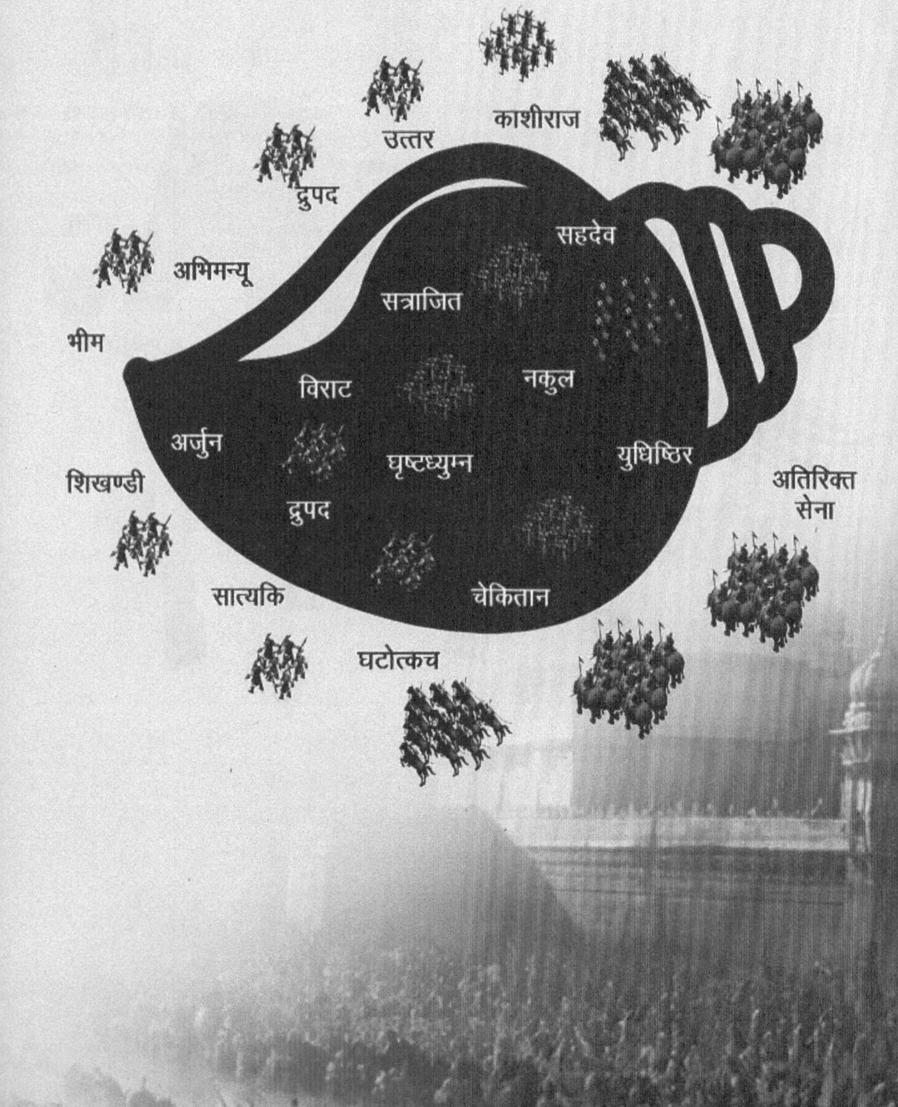

उत्तर
काशीराज
द्रुपद
सहदेव
अभिमन्यू
सत्राजित
भीम
विराट
नकुल
अर्जुन
धृष्टद्युम्न
युधिष्ठिर
अतिरिक्त सेना
शिखण्डी
द्रुपद
सात्यकि
चेकितान
घटोत्कच

घटोत्कच और भीम के साथ थाम लिया, भीम गदा लेकर अपने दल के साथ द्रोणाचार्य की ओर अग्रसर हुआ, घटोत्कच अश्वथामा से भिड़ गया, भीष्म ने मेरी ओर धूम्र अस्त्र प्रक्षेपित किया, मैंने तत्काल वायवास्त्र से उसका उत्तर दिया और मेरे नारायण धनुष से विनाशकारी बाण तीव्र गति से गंगापुत्र पर प्रक्षेपित होने लगे, हालांकि देवव्रत के पास उन सबका निदान था लेकिन उनका मार्ग तो अवरूद्ध हो ही गया, अभिमन्यु ने अपने बाणों से दुर्योधन को बुरी तरह घेर लिया लेकिन तत्काल अलम्बुश ने घूर्णन बाणों से उनका प्रत्युत्तर आरंभ कर दिया और दुर्योधन आगे बढ़ गया, अलम्बुश अब अभिमन्यु के हिस्से में था, अर्जुन अश्व के केन्द्र की ओर भयंकर बाण वर्षा कर रहा था कृपाचार्य और बाकी योद्धा उनका प्रतिकार करने की पूरी चेष्टा कर रहे थे पर वे अर्जुन के वेग के आगे कमजोर पड़ रहे थे, संकट देख अभिमन्यु को छोड़ अलम्बुश भी कृपाचार्य के साथ आ गया और दुर्योधन एक बार फिर से अभिमन्यु से जूझ पड़ा, लेकिन गांधारी पुत्र के लिये ये प्रतिद्वंद्वी बहुत मुश्किल था, शल्य अपने दल के साथ कलिंग की ओर तेजी से बढ़े पर द्रौपदी पुत्रों ने उनका मार्ग अवरूद्ध कर दिया, उसी वक्त पीछे पीछे जयद्रथ भी आ पहुँचा और ये देख नकुल का सैन्य दल भी युद्ध में उतर पड़ा, निःसंदेह अश्व की गति शंख पर भारी थी, युधिष्ठिर के संकेत पर संकेतक बाण छूटा और द्रोण पर प्रचंड मुगद्र प्रहार कर घटोत्कच केन्द्र की ओर लपका, द्रोण खाली थे, इधर अर्जुन हर दिशा से प्रक्षेपित हो रहे दिव्यास्त्रों को काट रहा था, इसी बीच भीम ने अश्वथामा पर भीषण प्रहार किया और अश्व व्यूह में अंदर धंस गया, इस भगदड़ के बीच भीष्म का रथ वायु वेग से केन्द्र की ओर बढ़ा, मैंने एक घातक बाण गंगापुत्र की ओर चलाया पर द्रोण आ चुके थे, मेरे बाण को द्रोणाचार्य के बाण ने रोक लिया, सावधान सात्यकि आचार्य ने मुझे चुनौती दी और द्रोण का अगला बाण मेरे कन्धे में धंस गया, मेरा धनुष द्रोण की ओर घूमा विक्षिप्त और पक्षपाती ब्राम्हण आज तेरा वध निश्चित है मैं गरजा, हमारे बीच फिर से भयानक युद्ध

छिड़ गया पर भीष्म शंख में घुस गये थे, युद्ध भूमि में धमाके होने लगे, द्रोण को मुझसे अत्यधिक नफरत हो गयी थी और यही मैं चाहता भी था कि उसका ध्यान मुझ पर ही केन्द्रित रहे, मैं वो अभेद्य दीवार था जो संपूर्ण कुरू दल के लिये कौतुहल का विषय था वसुदेव कृष्ण का ब्रम्हास्त्र था मैं, द्रोणाचार्य जहाँ प्रतिपल भयंकर होते जा रहे थे वहीं मैं भी युद्ध के उन्माद से भरता जा रहा था, चारों तरफ आसमान में सिर्फ और सिर्फ बाणों का ज्वालामुखी दहक रहा था, भीम ने अश्व के केन्द्र को लाशों से भर दिया था, इधर शंख में भी गंगापुत्र भीष्म का नरसंहार अपने चरम पर था, तीसरे प्रहर के आसपास भीषण युद्ध करते हुए गंगापुत्र और अर्जुन आमने सामने थे सावधान अर्जुन भीष्म ने धनुष पर चंद्रास्त्र रखा पर अचानक वे हतप्रभ रह गये अर्जुन के पृष्ठ से शिखंडी निकलकर सामने आ गया, सामने से हट जाओ शिखंडी भीष्म गरजे, युद्ध करो योद्धा शिखंडी जोर से चीखा, ज्ञात संघ के वंशज बुरी तरह क्रोधित भीष्म ने अपना अजेय धनुष अपने रथ में रख दिया मूर्ख हस्तिनापुर के योद्धा स्त्रियों से युद्ध नहीं करते, केशव इससे कहो ये मेरे सामने से हट जाये भीष्म बोले, पर पितामह योद्धा शिखंडी हमारे सेनापति हैं, और ज्ञात संघ के वंशज केशव को सुनते ही भीष्म सन्न रह गये तो केशव ये है आपकी योजना, वस्तुस्थिति भांप दुर्योधन गर्जा सभी अर्जुन के रथ पर आक्रमण करो, युद्ध क्षेत्र में संकेतक बाण आसमान में छूटने लगे, कौरवों की सेना वायुवेग से शंख के केन्द्र पर दौड़ी, पर तब तक अर्जुन के पृष्ठ से भी संकेतक बाण छूट चुके थे आज पांडवों के दल ने अपना संपूर्ण बल झौंक कौरवों की सेना को एक इंच भी आगे नहीं बढ़ने दिया, सारे कौरव महारथियों को हम प्राणपण से रोके हुए थे तभी शिखंडी ने भीष्म पर बाण बरसाने शुरू कर दिये, पर इस वज्र देह के महारथी पर उनका कुछ खास प्रभाव नहीं पड़ रहा था भीष्म शिखंडी के प्रहारों को अपने निहत्थे हाथों से ही रोक रहे थे। प्रहार करो अर्जुन कृष्ण फुसफसाये, पर केशव पितामह निहत्थे हैं अर्जुन हतप्रभ हो गया था, ये मौका फिर नहीं आयेगा

पार्थ वार करो, केशव मैं इस हालात में पितामह पर कैसे प्रहार करूँ अर्जुन बुरी तरह विचलित था, तो फिर तुम पांचों भाई रणभूमि में मरने के लिए तैयार रहो गंगापुत्र भीष्म के हाथों में जब तक उनका धनुष है तब तक वो महादेव को भी चुनौती देने का सामर्थ्य रखते हैं पार्थ प्रहार करो बुरी तरह झुंझलाये कृष्ण गरज पड़े, गंगापुत्र ने आश्चर्य से द्वारकाधीश को देखा पर कृष्ण अविचल थे, अर्जुन मरता क्या न करता शिखंडी की ओट से गांडीव की टंकार गूँजी और गंगापुत्र की तरफ तीव्र वेग से नाराच बाण प्रक्षेपित होने लगे, भीष्म की संपूर्ण देह अर्जुन के बाणों से बिंध गयी तब भी वो अविचल खड़े थे, ज्ञात संघ के वंशज ऐसा युद्ध दृष्य कदाचित् ब्रम्हांड ने भी अपनी स्मृति में दुबारा न देखा होगा, कृष्ण निमर्म हो उठे पैरों पर प्रहार करो अर्जुन, और आंखों में आंसुओं का सैलाब लिये विवश अर्जुन चिघाड़ा पितामह, दो घातक लौह बाण गंगापुत्र के दांये व बायें घुटनों में जा घुसे, बाणों के वेग से बुरी तरह घायल भीष्म अपने रथ में दो कदम पीछे की ओर लड़खड़ा कर धरा पर गिरे, पर वो धरा पर नहीं बाणों की शैया पर थे। पितामह दुर्योधन पागलों की तरह चीखता हुआ शस्त्र फेंककर भीष्म की ओर दौड़ा, वही नहीं दोनों पक्षों के सभी योद्धा अपने शस्त्र फेंककर भीष्म की ओर दौड़ पड़े, चारों ओर हाहाकार मच गया, आर्यावर्त का सबसे भंयकर योद्धा युद्ध भूमि में बाणों से विंधा पड़ा था, शायद पहली और अंतिम बार दोनों पक्षों में एक साथ भयंकर रूदन मच गया, हर कोई गंगापुत्र भीष्म के लिये रो रहा था। कृष्ण भी भावुक थे, मेरी भी आंखों में आँसू थे, आज भी अपार सैन्य संहार हुआ था पर सबकी जिव्हा पर एक ही नाम था, भीष्म, देवव्रत भीष्म, शांतनु पुत्र भीष्म, गंगापुत्र भीष्म, हस्तिनापुर के गौरव भीष्म, अपने वचन के लिये पूर्ण समर्पित भीष्म। आज दोनों शिविरों में ही दुख और खामोशी थी, पर एक जोड़ी आंखें ऐसी भी थी जो खामोश और अश्रुरहित थी, उन आंखों में दूर दूर तक कोई दुख नहीं था, वो थी द्रुपद पुत्री द्रौपदी। शायद पांचाल नरेश की पुत्री ने अपने चीरहरण के वक्त भीष्म की

खामोशी के लिये जीवन पर्यन्त उन्हें कभी क्षमा नहीं किया, उसका प्रतिशोध जारी था। सन्नाटा छा गया सात्यकि जा चुके थे उनके दुख और उनकी व्यक्तिगत पीड़ा को शायद मैं भी समझ रहा था, मैंने थककर अपनी कलम रख दी और सोने चला गया, मेरा मन भी भारी था, महायोद्धा भीष्म के लिये।

इक्कीसवीं रात

# जीवन में सदैव जीत ही मायने नहीं रखती महत्वपूर्ण यह है कि आपने उसे जीता कैसे।

आज मैं जल्दी तैयार हो गया, मेरा ड्राइवर कार लेकर आ गया और हम लोग चल दिये अयूथ्या की ओर, प्रभु श्री राम की नगरी सिर्फ अयोध्या जी ही नहीं हैं, थाईलैण्ड में भी प्रभु की नगरी है जिसे अयूथ्या कहते हैं। मान्यता है कि थाईलैण्ड प्रभु श्री राम का ननिहाल है और मर्यादा पुरूषोत्तम के प्रति यहां के निवासियों का समर्पण इस कदर है कि थाईलैंड के शासक अपने नाम के आगे आज भी फ्राम लगाते हैं, मतलब राम के लोग, प्रभु श्रीराम के सम्मान में पवित्र अयूथ्या को भी अयोध्या जी की सरयू नदी की भांति हाओ फरिया नदी छूकर निकलती है मानों जलदेवी प्रभु को प्रणाम कर रहीं हों, मैं सदियों से शानदार तरीके से संरक्षित सतयुग के इन अवशेषों को देखकर हैरान रह गया, तभी मेरे मोबाइल फोन की घंटी बज उठी दूसरी तरफ मेरे फादर इन ला थे, हिन्दी के बेहद विद्वान व प्रसिद्ध गजलकार व भारतीय न्यायिक सेवा के पूर्व वरिष्ठ न्यायाधीश, डैडी नमस्ते और मैंने उन्हें बताया कि मैं आजकल एक किताब लिख रहा हूँ महान सात्यकि के ऊपर तभी बातचीत के दौरान

यह जानकर मैं स्तब्ध रह गया कि उन्हें भी द्वापर के इस अतीव योद्धा के बारे में अन्य भारतीयों की तरह ज्यादा कुछ मालूम नहीं था, उन्होंने मुझे शुभकामनाएं देकर फोन रख दिया, मैं पुनः अयूथ्या के वैभव में डूब गया निःसंदेह अपने कालखण्ड में यह एक अद्भुत नगरी रही होगी, वहां स्थित मंदिरों में प्रभु विग्रहों के दर्शन कर मैं वापस होटल आ गया, कल सुबह मुझे मुम्बई की फ्लाइट पकड़नी थी मैंने अपने लिये एक ब्लैक कॉफी तैयार की और रीडिंग टेबल पर जम गया तभी मेरा मोबाइल फोन बाइब्रेट करने लगा, मैं रात को अपने मोबाइल का रिंगटोन कभी कभी ऑफ कर देता हूँ पर आज साइलेंट की जगह वाइब्रेशन मोड ऑन हो गया था, कैसे हो दुष्यंत मेरी मदर इन लॉ फोन पर थीं मैं ठीक हूँ मम्मी चरण स्पर्श, खुश रहो तभी फोन पर डैडी आ गये, कैसे हो दुष्यंत हमने काफी देखा और सर्च किया लेकिन सात्यकि के बारे में ज्यादा कुछ नहीं मिला, सिर्फ एक भूरिश्रवा का प्रसंग है जहाँ इन्होंने धोखे से उसे मारा था, जिस पर सब इनसे रूष्ट हो गये थे, मैं सन्न रह गया युगों युगों से लेखकों व इतिहासकारों ने इतिहास की किताबों में कुछ अपवादों को छोड़कर सिर्फ ताकतवर राजाओं व सत्ता केन्द्रित शख्सियतों की चाटुकारिता ही की है, और हमारी आने वाली पीढ़ियों ने अज्ञानता व पक्षपात से प्रेरित पुस्तकों व गलत इतिहास से प्रेरणा लेकर इसका प्रतिफल भुगता है, मेरा मन खिन्नता से भर उठा मैं कोशिश कर रहा हूँ डैडी मेरी जानकारी के मुताबिक भगवान वसुदेव कृष्ण ने उन्हें सत्य की रक्षा का भार सौंपा था, उन पर युधिष्ठिर की रक्षा करने की जिम्मेदारी थी, समूचे महासंग्राम में प्रतिदिन महारथियों के युधिष्ठिर पर प्रहार का प्रतिकार उन्होंने कैसे किया होगा, निश्चित रूप से उनका शक्ति श्रोत दैवीय ही होगा, न्यायाधीश चुप थे, फिर वो धीरे से बोले यार तुम कह तो ठीक रहे हो पर इसे बहुत सावधानी से लिखना, कभी कभी वो मुझे बेहद आत्मीय शब्दों से संबोधित करते हैं, जी मैं ख्याल रखूँगा और मैंने अभिवादन कर फोन रख दिया, अब मैं उन्हें कैसे बताता कि मैं तो निमित्त मात्र हूँ, सोचते हुए मैंने कॉफी

का घूंट भरा तभी मेरे अंतर्मन में लिली के फूलों की खुश्बू फैल गयी थाईलैंड का राष्ट्रीय फूल, मैं भी प्रभु को पुष्पाहार अर्पित कर आया ज्ञात संघ के वंशज सात्यकि फुसफुसाये, जय श्री राम उनकी कृपा तो सदैव आपके साथ है महान सात्यकि मैंने योद्धा को संबोधित किया, पर हमें प्रभु के प्रति कृतज्ञ भाव हमेशा रखना चाहिए ज्ञात संघ के वंशज, न्यायाधीश तो न्याय सिर्फ परिस्थिति और वर्तमान समय में मौजूद प्रमाणों के आधार पर करते हैं क्यूंकि वे न्याय संहिता से बंधे हुए हैं, विद्वान न्यायाधीश चन्द्रभाल भी यही कर रहे हैं, ज्ञात संघ के वंशज यही तो मेरी वेदना थी जिसे तुम खत्म कर रहे हो। लोग तो वही कहेंगे जो उन्हें पता चलेगा तुम्हारा ये सद्कार्य आने वाली पीढ़ियों के लिये एक ऐसा दस्तावेज होगा जिसकी सत्यता का निर्णय कोई न्याय व्यवस्था नहीं बल्कि आमजन का मन और उनकी भावना करेगी यही वसुदेव कृष्ण का वचन है, मैं खामोश था योद्धा को मेरे हर विचार का पता था, तो लिखो ज्ञात संघ के वंशज, आज भीष्म की अनुपस्थिति में कुरू सेना का नेतृत्व आचार्य द्रोण कर रहे थे, वसुदेव कृष्ण चिंतित थे सात्यकि युधिष्ठिर का ध्यान रखना, असल में ये ब्राम्हण योद्धा अपने स्वयं के यश का भूखा था और भीष्म के रहते वो इसे स्वतंत्र रूप से हासिल नहीं था, पर अब ये किसी भी नियंत्रण से बाहर था प्रतिशोध की आग से बुरी तरह लबरेज, साथ ही एक और भयानक संकट था सूर्य पुत्र कर्ण, मेरी पकड़ अपने धनुष पर सख्त हो गयी, आज द्रोण ने अर्धचन्द्राकार व्यूह की रचना की, अर्धचन्द्र से प्रेरित यह व्यूह बेहद मारक और रहस्यमयी समझा जाता था, शत्रु के व्यूह को यह संरचना अपनी दायीं व बांयी भुजा में समेट कर अपने केन्द्र में स्थित मुत्यु के अंधेरे में ले जाती थी, व्यूह के केन्द्र को आज द्रोण संभाल रहे थे और उनके साथ था सूर्य पुत्र कर्ण, दायां पक्ष कृपाचार्य, अश्वथामा और अलम्बुश व बायां पक्ष शल्य, दुर्योधन, दुःशासन व जयद्रथ के जिम्मे था, शकुनि, शाल्व, वृषकेतु त्रिगर्त, सुशर्मा आदि मध्य में थे। पांडव पक्ष ने आज त्रिशूल व्यूह की रचना की, केन्द्र में

अर्जुन बायें उत्तर, घटोत्कच, द्रुपद और दांये भाग पर अभिमन्यु, भीम, नकुल, सहदेव व द्रौपदी पुत्र एवं त्रिशूल की संधि पर धृष्टद्युम्न व सत्राजित तथा केन्द्र में युधिष्ठिर के साथ मैं मौजूद था, द्रोण का शंख गूँजा और युद्ध आह्वानों के साथ रणभेरी का बिगुल बज उठा, महारूद्र के मस्तक का आभूषण अर्धचन्द्र व दाहिने हाथ में मौजूद ब्रम्हांड संहारक त्रिशूल जैसे प्रतीत हो रहे दोनो व्यूह आपस में प्रचंड वेग से टकरा गये, द्रोणाचार्य और अर्जुन आपस में भिड़ गये, अंगराज कर्ण का रथ द्रुतगति से बढ़ा पर सामने सत्राजित था जिससे पार पाना आसान काम नहीं था, बाणों की झड़ी लग गयी, द्रोण व्यथित होते तो कर्ण और सत्राजित व्यथित होते तो अर्जुन, ज्ञात संघ के वंशज महारथी सत्राजित को भी कौरव पक्ष का कोई योद्धा अब तक पराजित नहीं कर पाया था, आखिर स्यमंतक मणि का स्वामी कोई साधारण आदमी नहीं हो सकता था स्यमंतक के तेज ने सत्राजित को अपूर्व शक्ति का स्वामी बना दिया था, इन चारों महायोद्धाओं के बाणों से पटा हुआ युद्धभूमि का आकाश एक शस्त्रागार जैसा प्रतीत हो रहा था। समूचे आकाश में जिधर भी नजर जाती उधर ही विस्फोट और धुआं दिखायी दे रहा था, कृपाचार्य फिर से घटोत्कच से टकरा गये घटोत्कच के धनुष से राक्षसी अस्त्र प्रक्षेपित होने लगे, अश्वथामा द्रुपद से और अलम्बुश के साथ द्रौपदी पुत्र भयंकर द्वंद्व में उलझ गये पर असल संग्राम तो कौरवों के बायें पक्ष में हो रहा था भीम और दुर्योधन एक दूसरे को देखते ही पागल सिंहों की भांति भिड़ गये, दोनों की गदांये आपस में टकराने लगी और इसी बीच शानदार हस्तलाघव का परिचय देते हुए अचानक दुर्योधन को भीम ने कौरव सैनिकों के मध्य उछाल दिया और गरजता हुआ भीम कौरवों के दल में धंस गया, अब दारोमदार मेरे भांजे अभिमन्यु पर था, शल्य और जयद्रथ, नकुल व सहदेव से युद्ध कर रहे थे, जैसे ही अभिमन्यु आगे बढ़ा दुर्योधन पुत्र लक्ष्मण उससे टकरा गया दोनों में संग्राम होने लगा, उधर दुर्योधन को घायल देख भूरिश्रवा अपनी गज सेना के साथ प्रचंड गति से बायें पक्ष की ओर लपका

# अर्धचन्द्राकार व्यूह

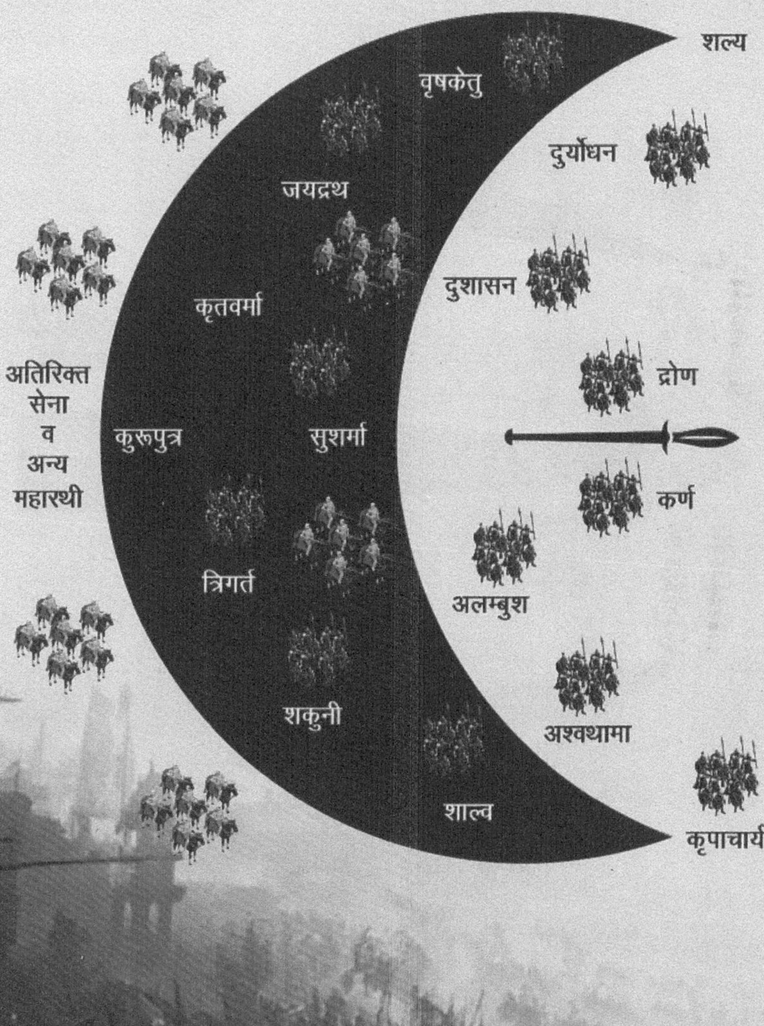

# त्रिशूल व्यूह

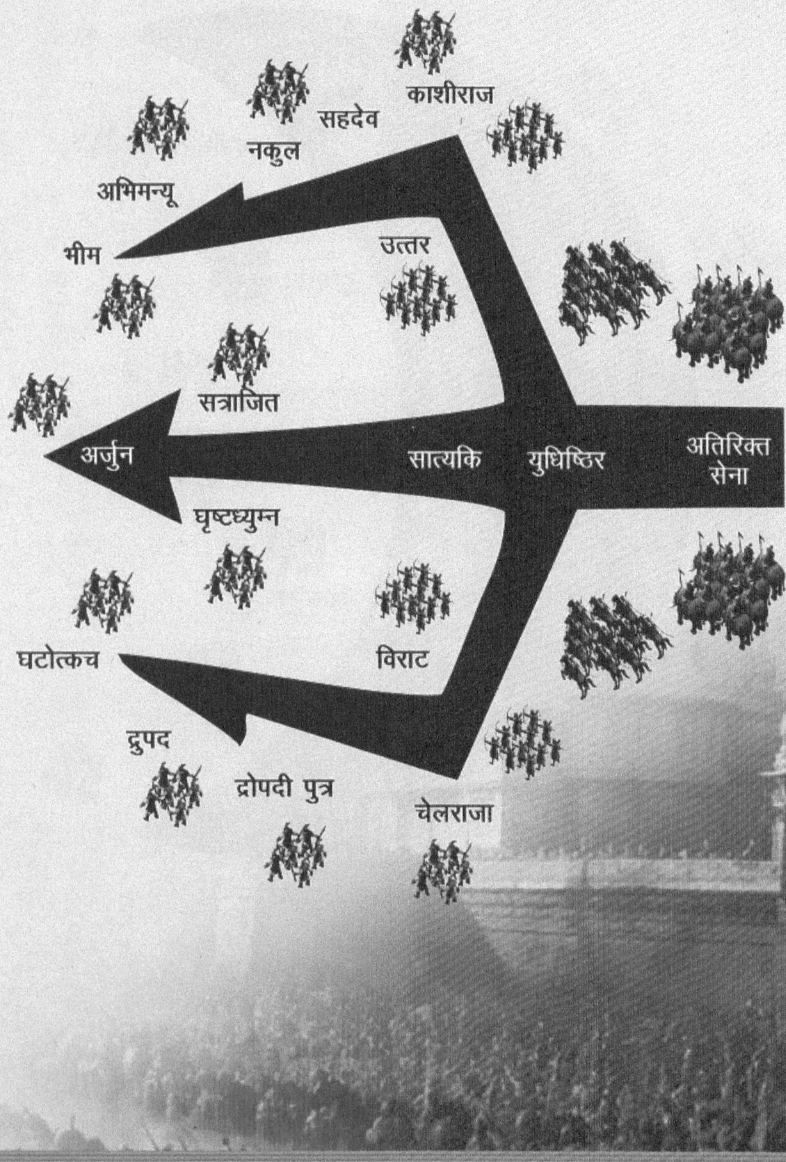
काशीराज
सहदेव
नकुल
अभिमन्यू
भीम
उत्तर
सत्राजित
अर्जुन
सात्यकि
युधिष्ठिर
अतिरिक्त सेना
घृष्टद्युम्न
घटोत्कच
विराट
द्रुपद
द्रोपदी पुत्र
चेलराजा

उसके साथ वृषकेतु भी था, तब तक लक्ष्मण को पराजित कर चुके अभिमन्यु का धनुष तत्काल गज सेना की तरफ घूमा पर कर्ण पुत्र बृषकेतु भी एक दुर्दम्य योद्धा था, विवश अभिमन्यु वृषकेतु पर टूट पड़ा लेकिन अभिमन्यु का पक्ष संकट में था, तत्काल चेकितान, उत्तर व शिखंडी एवं चोल राजा को युधिष्ठिर की सुरक्षा का भार सौंप एक सांकेतिक बाण प्रक्षेपित करता हुआ अभिमन्यु की तरफ बढ़ा जहाँ मेरा भांजा वृषकेतु के साथ-साथ भूरिश्रवा के श्रेष्ठ सेनापतियों को भी थामे हुए था, वृषकेतु के पृष्ठ से भयंकर गति से बाणों का तूफान अभिमन्यु के सैन्य दल की ओर प्रक्षेपित हुआ, पांडवों के इस भाग पर दबाव महसूस कर सत्राजित को उलझा अंगराज कर्ण ने भी बांये पक्ष पर बेहद तीव्र आक्रमण किया पर सामने अभिमन्यु था, प्रचंड तीव्रता के साथ सुभद्रा पुत्र ने अपने बाणों का दहाना पिता व पुत्र पर एक साथ खोल दिया लेकिन कर्ण तब तक निकट आ चुका था, सावधान योद्धा सूर्यपुत्र फुफकारा, पर अगले ही क्षणों में मेरे बाणों ने अंगराज के रथ को थाम लिया सावधान अंगराज गलत जगह आ गए हो मैंने अंगराज को चेताया, मुझे देखते ही अभिमन्यु के होठों पर मुस्कान आ गई, अंगराज और वृषकेतु के धनुष उठे और सूर्य देव के पुत्र व प्रपौत्र एवं वासुदेव कृष्ण के भांजे और युद्धाजित के प्रपौत्र के बीच संघर्ष छिड़ गया, युद्ध की तीव्रता से युद्ध भूमि में कंपन होने लगा, विद्युत ने मेरा संकेत समझ मेरे रथ के सारे चक्र खोल दिए और अभिमन्यु के रथ को लगभग मेरे रथ के साथ ही तीव्र चन्द्राकार व्यूह में अपने साथ ले लिया, बेहद तीव्र गति से परिचालन कर रहे दोनों रथों ने हमारे धनुषों से छूट रहे बाणों को अविश्वसनीय गति प्रदान कर दी थी, कर्ण और वृषकेतु बेहद चपलता से हमारे प्रहारों का उत्तर दे रहे थे लेकिन हम मामा भांजे का पलड़ा भारी होने लगा था, इसी बीच सूर्यपुत्र ने वायवास्त्र का प्रहार किया, तीव्र गति से तूफान उठा पर मेरे धनुष से तत्काल तड़ित अस्त्र छूटा कानफोड़ धमाके के साथ दोनों अस्त्र टकराये हमारे रथों की गति से उठ रहे रेत के चक्रवात ने इस विनाश में सम्मिलित हो युद्धक्षेत्र

में मृत्यु का तूफान उठा दिया, तभी वृषकेतु पर अभिमन्यु ने एक प्रचंड मुकदर प्रहार किया भीषण गति से अमोघ शस्त्र वृषकेतु के रथ की ओर अग्रसर हुआ पर वो भी वृषकेतु था, हाथ में परशु ले राधेय पुत्र ने वायुसिद्धि का प्रयोग कर एक भीषण उछाल सुभद्रा पुत्र की ओर ली, आसमान में काल की भांति आंधियों को चीरता हुआ वृषकेतु मृत्यु की तरह अभिमन्यु की ओर अग्रसर हुआ, प्रत्युत्तर में एक भीषण गर्जन ने सारे कुरुक्षेत्र को गुँजा दिया, हाथ में तलवार और ढाल लिए मेरे शेर दिल भांजे ने भी अपने रथ से भूमि सिद्धि की एक प्रचंड उछाल वृषकेतु की तरफ ली, और ज्ञात संघ के वंशज चक्रवातों को चीरते हुए ये दोनों महायोद्धा आसमान में प्रचंड गति से एक दूसरे से टकराये, वृषकेतु के परशु प्रहार को हवा में ही अपनी ढाल पर रोक सुभद्रा पुत्र ने एक भयंकर कृपाण प्रहार वृषकेतु पर किया, पर तब तक राधेय पुत्र की तलवार भी म्यान से बाहर आ चुकी थी, दोनों योद्धाओं ने भयानक गति से धरती को छुआ और एक भीषण कृपाण द्वंद्व में घिर गए, इधर मैं कर्ण से उलझा हुआ था, विद्युत मैं चिंघाड़ा और मेरे दक्ष सारथी ने मेरा संकेत समझ मेरे रथ को सीधा राधेय की ओर दौड़ा दिया, सुर्यपुत्र का रथ भी मेरी ओर वायु वेग से अग्रसर हुआ, हम दोनों तीव्रता से एक दूसरे के पास आए तभी सूर्यपुत्र ने भाले से एक प्रचंड प्रहार विद्युत पर किया, पर विद्युत कोई आम सारथी नहीं था तत्काल एक लौह ढाल भाले से टकराई और ज्ञात संघ के वंशज एक अविश्वसनीय दृश्य मेरे सामने था, हमारे रथ आपस में टकराने ही वाले थे कि तभी लगभग दस गज की दूरी से अचानक सूर्यपुत्र ने अपने रथ की लगाम खुद थाम तीव्र गति से अग्रिम अश्वों को आसमान में उठाया और द्वितीय पंक्ति के अश्वों की तीव्रता व रथ के पिछले भाग में राधेय के बाएं पैर के बलशाली प्रहार ने उसके रथ को हवा में उछाल दिया, बेहद तीव्रता से कर्ण का रथ मेरे रथ के ऊपर से गुजरा, पर मैं भी बलभद्र का शिष्य था भीषण वेग से मैंने एक गदा का प्रहार मेरे रथ के ऊपर से गुजरते राधेय के रथ के निचले हिस्से

पर किया, और तीव्र वेग से परिचालन कर रहा कर्ण का रथ मेरे इस प्रहार से अनियन्त्रित होकर धरती से टकराया, सूर्यपुत्र बुरी तरह धरती पर गिरा, तत्काल कर्ण के सुरक्षा दल ने उसे अपने घेरे में ले लिया, मैंने देखा अभिमन्यु ने वृषकेतु को बुरी तरह उलझा रखा था, मैंने तत्काल अपने रथ से एक युद्धक अश्व पर छलांग ली और भूरिश्रवा की गज सेना में धंस गया, मेरे पीछे पीछे मेरी अरिष्टनेमी अश्वसेना भी प्रचंड गति से भूरिश्रवा की गज सेना पर टूट पड़ी और अपनी लौह तलवारों से मेरी युद्धक टुकड़ी ने भूरिश्रवा के गजों को उदर से काट दिया मैं तीव्र गति से गजों को काट रहा था तभी भूरिश्रवा का युद्धक हाथी मेरे सामने आ गया, मैंने अपने युद्धक अश्व से एक लम्बी छलांग ली और मेरी दुधारी भूरिश्रवा के हाथी के मस्तक में धंस गयी, अपना संपूर्ण भार मैंने तलवार पर डाला और भूरिश्रवा का हाथी पल भर में मस्तिष्क से सूंड तक दो भागों में विभक्त हो गया, वहां मौजूद शत्रुदल के कलेजे उस दृश्य को देखकर हिल गये, पर इसी बीच भूरिश्रवा तलवार खींचकर धरती पर छलांग ले चुका था, अब हम एक दूसरे के सामने थे। बेहद निडर योद्धा था ये सोमदत्त पुत्र, हमारी तलवारें परस्पर टकराने लगीं, कृपाण युद्ध के लगभग हर दांव का प्रयोग भूरिश्रवा कर रहा था और मैं उसके प्रहारों का प्रत्युत्तर देता हुआ एकाग्र होकर उसकी युद्धगति के बीच के समय को मापने की कोशिश कर रहा था, तभी भूरिश्रवा मगरदांव में आबद्ध हो मेरी ओर लपका, उसकी तलवार खतरनाक मुद्रा में पीछे की ओर थी पर मुझे इस दांव की काट पता थी, मेरे समीप आते ही विद्युत गति से भूरिश्रवा की तलवार मेरी ओर लपकी पर मैं पहले ही सर्प की भांति सरसराकर उसके बायें से खिसका और मेरा भीषण मुष्ठि प्रहार भूरिश्रवा की गर्दन पर हुआ, अपनी झौंक में वो तीव्रता से धरती पर औंधे मुंह गिरा और तभी उसने अचानक मुठ्ठी भर रेत उठाकर मेरी आंखों में झौंक दी, मैं सन्न रह गया एकल द्वंद्व में इतनी गिरी हुई हरकत आर्यावर्त में किसी भी योद्धा ने नहीं की, रेत से बुरी तरह भरी बंद आंखों से मैंने

अंधों की भांति तलवार लहराई पर भूरिश्रवा ने चपलता से एक भीषण प्रहार मेरी तलवार पर किया, मेरी तलवार मेरे हाथों से छूट गयी मैं अपने आपको केन्द्रित करता हुआ अंदाजे से गिरी हुई तलवार की दिशा में भागा पर एक सैनिक के शव से टकराकर मैं जमीन पर गिरा, तभी भूरिश्रवा ने मेरे केश पकड़कर अपनी तलवार मेरी गर्दन पर रख दी, नीच, धोखेबाज मैं गरजा मेरी दोनों आंखें रेत से जल रही थीं। कौरवों के सबसे बड़े शत्रु ले मर भूरिश्रवा दहाड़ा, मैं समझ गया मेरा अंत आ गया है लेकिन इतनी घृणित मृत्यु मैंने कभी नहीं सोची थी, तभी अचानक भूरिश्रवा की मर्मान्तक चीख मेरे कानों में गूँज उठी और यही वह पल था जब मेरा सारथी विद्युत मेरे पास आ पहुँचा, उसने तत्काल अपनी कमर में बंधी चमड़े की थैली से जल मेरे हाथों में दिया, मैंने उसे अपनी आंखों पर डाला और देखा सामने भूरिश्रवा की कटी बांह पड़ी थी, कायर अर्जुन धोखे से वार करता है वो लगातार क्रोध में चिल्ला रहा था, हुआ यूँ कि केन्द्र से अर्जुन ने जब मुझे संकट में देखा तो मेरी ग्रीवा काटने को उठे भूरिश्रवा के हाथ को तत्क्षण गांडीव से छूटे अर्धचन्द्राकार बाण ने काट दिया, ये अन्याय है मैंने सात्यकि को पराजित किया था भूरिश्रवा जोर जोर से चिल्ला रहा था, ज्ञात संघ के वंशज मेरा क्रोध चरम पर पहुँच गया, धोखेबाज, कायर, छल से निम्न स्तर का वार करने वाले तू योद्धा के नाम पर सिर्फ एक कलंक है, मैंने अपनी तलवार उठायी और तीव्र गति से मेरा हाथ घूमा भूरिश्रवा का कटा मस्तक धरती पर गिर पड़ा, सात्यकि तभी अर्जुन का तीव्र स्वर गूँजा ये तुमने क्या किया ये हत्या है वो निहत्था था, मैंने तत्काल अर्जुन को उत्तर देना चाहा पर मेरे क्रोध और आत्मसम्मान ने मुझे अपना पक्ष रखने से रोक दिया, वैसे भी इस युद्ध में सबकी अपनी ढफली अपना राग जैसा हाल था, मेरी नजरें वसुदेव कृष्ण से मिली वो शांत थे और उनमें हमेशा की तरह मेरे लिये प्रशंसा थी, मुझे उनकी शिक्षा याद आ गयी आप सिर्फ अपने अंतर्मन को उत्तर दो यदि आप सही हैं तो कोई पश्चाताप नहीं, आंखों में मिट्टी झौंकने वाला कायर इसी लायक

था, मैं अपनी अश्व सेना ले वापस केन्द्र की ओर बढ़ गया इधर वृषकेतु से चल रहे युद्ध के बीच अभिमन्यु के सारथी को वापस युद्ध में आये लक्ष्मण ने मार डाला, ये देख अभिमन्यु क्रोध में बुरी तरह खौल उठा उसके बाण भयंकर गति पकड़ने लगे, भौचक्का वृषकेतु इससे पहले उन्हें संभालता तब तक अभिमन्यु का एक लौह बाण लक्ष्मण के कंठ के आर पार हो गया, उधर अर्धचन्द्राकार के मध्य में उन्मादी भीम ने पंद्रह और कुरू पुत्रों के सर कुचल डाले, द्रोणाचार्य और कर्ण ने भी त्रिशूल के मध्य में दन्तराजा, चोलराजा व मत्स्यराज को मृत्यु के घाट उतार दिया, इधर शंख के केन्द्र में मेरे पहुँचने तक महारथी शल्य ने शिखंडी को दबोच लिया और प्रचंड प्रहारों से भीष्म की मृत्यु के इस कारक की लगभग सभी हड्डियों को तोड़ डाला, शल्य मैं गरजा और हम दोनों की गदांये टकरा गयीं। भयानक मारकाट मची थी, सब उन्माद में थे कृपाचार्य और घटोत्कच खून से लथपथ थे शायद कृपाचार्य के जिम्मे इस युद्ध का सबसे बड़ा कार्य था घटोत्कच को रोकना, असंख्यों योद्धा आज रणभूमि में लेट गये थे, आज पहली बार कुरूक्षेत्र में योद्धाओं का अत्यधिक संहार हुआ था, तभी द्रोण का शंख बज उठा युद्ध विराम, दोनों पक्ष अपने अपने शिविरों की ओर लौट पड़े मैं भी अपने शिविर में पहुँचकर आने वाले कल की तैयारियों हेतु संनद्ध हो रहा था। सन्नाटा छा गया कुछ देर की खामोशी को देख मैंने चुपचाप कलम रख दी, नींद मुझसे कोसों दूर थी, कल मैं वापस भारत पहुँच रहा था। मेरे सामने कामों का पहाड़ था और इधर गाथा भी अपने चरम की ओर अग्रसर थी, सोचते सोचते मेरी आंखें थकान से मुंदने लगी एक और रात के इंतजार में।

बाइसवीं रात

# युद्ध की विभीषिका सिर्फ सर्वनाश लाती है और कभी कभी तो संपूर्ण सर्वनाश।

सुबह मैं जल्दी से उठकर अपना ब्रेकफास्ट खत्म कर लॉबी में आ गया और सुबह के ट्रैफिक से लड़ते हुए तकरीबन दस बजे स्वर्ण भूमि एअरपोर्ट पर बोर्डिंग व इमीग्रेशन की औपचारिकताएं खत्म कर थाई एअरलाइन्स के बोइंग 777 में बैठकर चल दिया अपने शहर मुम्बई की ओर, शाम लगभग छह बजे छत्रपति शिवाजी अंतर्राष्ट्रीय हवाई अड्डे पर इमीग्रेशन से निपट कर मैं बाहर आया तो मेरा ड्राइवर वहां मौजूद था, और करीब आठ बजे अंधेरी स्थित अपने फ्लैट पहुँचकर मैंने एक निश्चिंतता भरी सांस ली, आप कहीं भी हों पर आपको दिल से अच्छा सिर्फ वहां लगता है जहाँ आप स्थायी रूप से रहते हैं, सोसाइटी के पार्क में थोड़ा टहल कर मैंने अपने आपको व्यवस्थित किया व कल के शेड्यूल को मन ही मन दुहराकर अपनी पैन व डायरी लेकर ड्राइंगरूम में अपने वर्क स्टेशन पर जम गया, इसी जगह से तो शुरूआत हुई थी इस महागाथा की मैंने सोचा तभी वो अतीव सुगंध कुछ कुछ बारिश जैसी, मैं आ गया हूँ ज्ञात संघ के वंशज, प्रणाम महान सात्यकि, आयुष्मान ज्ञात संघ के वंशज योद्धा ने उत्तर दिया, आपका आशीर्वाद मेरे लिये अनमोल

है महान सात्यकि मैं फुसफुसाया, मैं तुम्हारी भावनाओं को समझता हूँ ज्ञात संघ के वंशज पर यह मेरा निजी मत है कि किसी को भी आपके द्वारा दिया गया आशीर्वाद सिर्फ एक मंगल कामना है, ये इसे प्राप्त करने वाले को सिर्फ एक सकारात्मक ऊर्जा देता है, ये धारणा तब और सशक्त हो जाती है ज्ञात संघ के वंशज जब आप उन्हें खोते हैं जिन्हें आपने हर पल आशीर्वाद दिया हो, दुर्भाग्य से मैं भी उनमें से एक हूँ, मैं उलझ गया था मैं कुछ समझा नहीं महान सात्यकि, समझ जाओगे ज्ञात संघ के वंशज सात्यकि बोले, पता नहीं क्यूं पर उनके स्वर में आज एक भीषण द्वंद्व सा था, मुझे कुछ अजीब सी अनुभूति हो रही थी कहीं कुछ बड़ी गड़बड़ थी, तभी योद्धा के स्वर मेरे कानों में गूँजे तो लिखो ज्ञात संघ के वंशज, युद्ध भूमि सज चुकी थी हमारे पक्ष की ओर से व्यूह रचना हो ही रही थी कि तभी त्रिगर्त नरेश अपनी सेना के साथ रणभूमि के मध्य में आ गया, हालांकि त्रिगर्त एक अच्छा योद्धा था पर हमें समझ ही नहीं आया कि इसे मरने की इतनी जल्दी क्यूं है, जरूर शकुनि की कुछ चाल है क्यूंकि त्रिगर्त शकुनी का अभिन्न मित्र था, केशव आज आश्चर्यजनक रूप से शांत थे तभी त्रिगर्त के द्वारा प्रक्षेपित किया गया सांकेतिक बाण अर्जुन के रथ के सामने धरती में धंस गया, अर्जुन मैं तुम्हें और तुम्हारी युद्धक टुकड़ी को सूर्य द्वंद्व की चुनौती देता हूँ त्रिगर्त का स्वर गूँजा, हम सब सन्न रह गये अगर अर्जुन द्वंद्व के लिये गया तो यहां मुख्य युद्ध में उसके रिक्त स्थान को कौन भरेगा, इस मच्छर को मैं कुछ ही समय में मसल दूंगा अर्जुन बोला, सच भी था त्रिगर्त का अर्जुन से भला क्या मुकाबला, तभी भीम बीच में कूद पड़ा अर्जुन तुम इस कीड़े को मसलकर शीघ्र वापस आओ तब तक इन कौरवों को हम संभाल लेगें, कोई और उपाय भी नहीं था निर्णायक अश्वारोही दल पांडवों और कौरवों की ध्वजा लिये चिन्हित स्थान की ओर दौड़ पड़े, अर्जुन का रथ भी चिन्हित युद्धक्षेत्र की ओर बढ़ा। वाकई त्रिगर्त नरेश ने आज बड़े साहस का परिचय दिया था, अभी धृष्टद्युम्न हमारे पक्ष के व्यूह को संनद्ध कर ही रहा था कि

प्रमुख गुप्तचर ने कर्णभेदी समाचार दिया, आचार्य द्रोण ने आज चक्रव्यूह की रचना की है, ओह तो ये उस कपटी ब्राम्हण की चाल थी हम सबको काटो तो खून नहीं, भगवान विष्णु के सुदर्शन चक्र से प्रेरित इस व्यूह को आर्यावर्त में सिर्फ गंगापुत्र भीष्म, वसुदेव कृष्ण, भैया बलराम, आचार्य द्रोण, सूर्यपुत्र कर्ण, धनुर्धर अर्जुन या भार्गवश्रेष्ठ परशुराम ही ध्वस्त कर सकते थे, मैं भी इसके प्रारम्भिक द्वारों को ही तोड़ने की क्षमता रखता था सैकड़ों चक्रों के घेरे की इस व्यूह रचना को सिर्फ अप्रितम बाण वर्षा और इसकी गति की सटीक गणना से ही काटा जा सकता था वो भी तब जब इसके प्रमुख सातों द्वारों को तोड़ने के साथ साथ बाहर निकलने के द्वारों का भी आपको भलीभांति ज्ञान हो। हम सब बुरी तरह विचलित थे, कौरव दल का शंखनाद लगातार गूँज रहा था, तभी अभिमन्यु बोला मामा चलिये आक्रमण करें, पर भांजे वो चक्रव्यूह है, मुझे चक्रव्यूह तोड़ना आता है मामा, अभिमन्यु को सुनते ही मैं हतप्रभ हो गया, ये तुमने सीखा पुत्र, इसी बीच मैंने देखा मूर्ख युधिष्ठिर की आंखे चमकने लगी थीं, पिताश्री एक दिन माँ से इसका वर्णन कर रहे थे तब मैंने भी इसे अक्षरशः याद कर लिया मामा परंतु, तब तक युधिष्ठिर उतावाला हो उठा था परंतु क्या पुत्र, मुझे इसके आखिरी द्वार से निकलने का मार्ग नहीं आता ज्येष्ठ पिताश्री, पूज्य माँ इस वर्णन के समय किसी आवश्यक कार्य से उठ गयीं थीं और ये खण्ड शेष रह गया, सातवें द्वार को तो मैं अपनी गदा से ही छिन्न भिन्न कर दूंगा पुत्र भीम बीच में कूद पड़ा, नहीं मित्र भीम इस व्यूह हर द्वारा अजेय है मैंने भीम को तत्काल सचेत किया, नहीं सात्यकि भीम ठीक कह रहा है युधिष्ठिर तब तक पूरी तरह अपने रंग में आ चुका था असल में जुआरी किसी भी अवसर को चूकते नहीं हैं ज्ञात संघ के वंशज भले ही उनका सर्वत्र लुट जाये और जो अपनी पत्नी को दांव पर लगा दे उसके लिए भला अपने भतीजे का क्या मोह, सारा बल अभिमन्यु के साथ होगा, जाओ पुत्र आज पांडवों की कीर्ति तुम्हारे हाथों में है युधिष्ठिर बोला, मैंने अपना माथा पीट लिया ये मत करो सम्राट युधिष्ठिर

# चक्र व्यूह

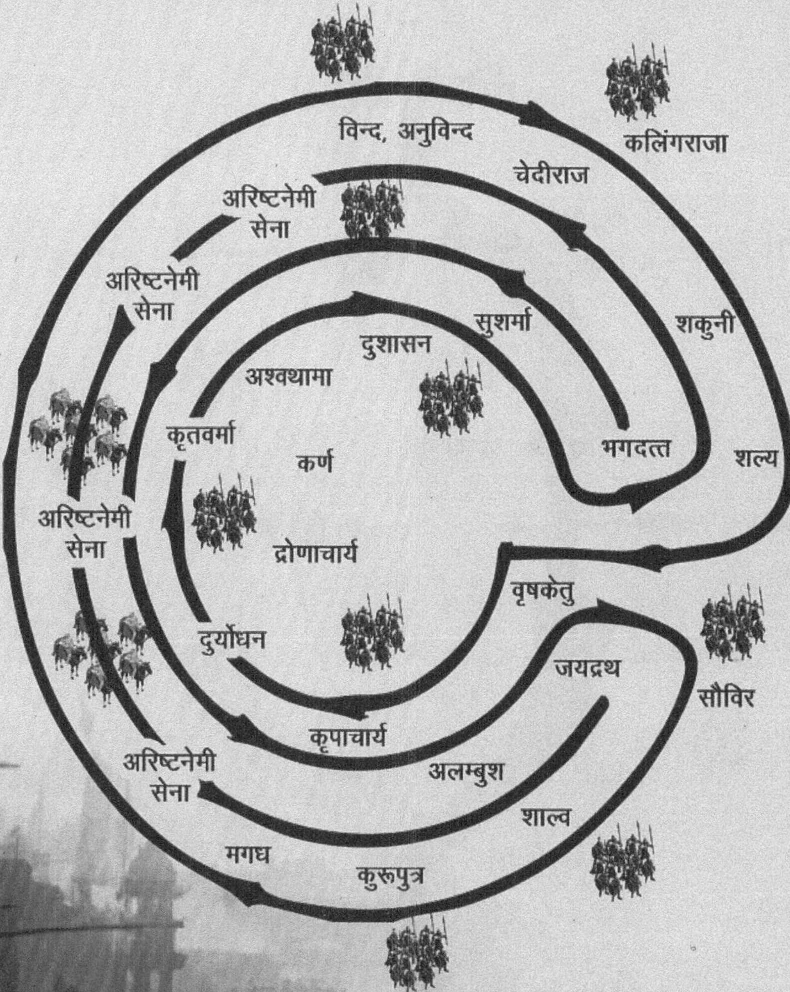
विन्द, अनुविन्द
कलिंगराजा
चेदीराज
अरिष्टनेमी सेना
अरिष्टनेमी सेना
सुशर्मा
शकुनी
दुशासन
अश्वथामा
कृतवर्मा
भगदत्त
शल्य
कर्ण
अरिष्टनेमी सेना
द्रोणाचार्य
वृषकेतु
दुर्योधन
जयद्रथ
सौविर
कृपाचार्य
अरिष्टनेमी सेना
अलम्बुश
शाल्व
मगध
कुरूपुत्र

# धनुष व्यूह

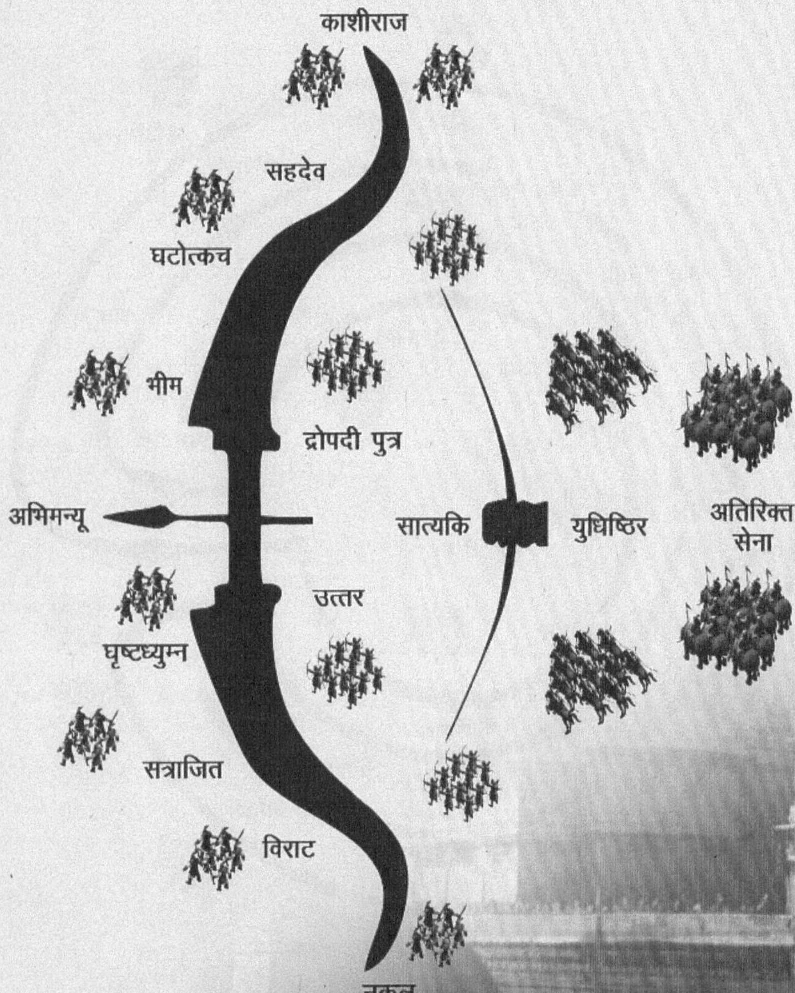
काशीराज
सहदेव
घटोत्कच
भीम
द्रोपदी पुत्र
अभिमन्यू
सात्यकि
युधिष्ठिर
अतिरिक्त सेना
उत्तर
धृष्टद्युम्न
सत्राजित
विराट
नकुल

मैंने एक बार फिर युधिष्ठिर को चेताया, तभी भीम फिर से कूदा आप चिंतित न हो सात्यकि विजय हमारी होगी, और भीम से संबल पा अभिमन्यु संनद्ध हो गया अपना ख्याल रखना पुत्र मैंने अभिमन्यु को चेताया, मैं आपको गौरवान्वित करूँगा मामा आयुष्मान भव, मेरे बच्चे विजयी भव मैंने अपने भांजे को विजय का आशीर्वाद दिया असल में अभिमन्यु एक भयहीन योद्धा था, और अभिमन्यु ने पांडव सेना को धनुष व्यूह में निबद्ध किया, धनुष के केन्द्र में अभिमन्यु व भीम और धृष्टद्युम्न, धनुष के दांये व बायें सत्राजित, विराट, नकुल, घटोत्कच, सहदेव, काशीराज व द्रौपदी पुत्र एवं धनुष की प्रत्यंचा पर युधिष्ठिर के साथ मैं मौजूद था, अभिमन्यु ने अपना सगर शंख फूंक दिया आक्रमण देवता कार्तिकेय भी भांति अभिमन्यु का युद्धघोष गूँजा, और धनुष व्यूह में पांडव सेना दल विकराल बाणों के समूह की भांति चक्रव्यूह पर प्रक्षेपित हुई, पहले द्वार पर शल्य, शकुनि, भगदत्त, सौविर, जयद्रथ, अलम्बुश व कुरू पुत्र मौजूद थे, सारे पांडव योद्धा उन पर बिजली की भांति टूट पड़े। ज्ञात संघ के वंशज बाणों का ऐसा तूफान कदाचित् कुरूक्षेत्र ने भी पहली बार देखा था, यहां तक कि चक्रव्यूह के केन्द्र से द्रोणाचार्य, कर्ण, कृपाचार्य इत्यादि योद्धा भी अभिमन्यु के बाणों का प्रतिकार करने लगे, मेरा नारायण धनुष भी चक्रव्यूह के केन्द्र की ओर बाण उगल रहा था, मुझे इस व्यूह की तीव्रता का अनुमान था। और तीव्रता से मैंने अपनी धनुर्धारी टुकड़ी को ललकारा बाणों का वेग और तीव्र हो गया, भीम के प्रचंड प्रहार से शल्य और शकुनि के रथों के टुकड़े हवा में लहराने लगे, अभिमन्यु के वायुवेग से किये प्रथम आक्रमण में ही सौविर मारा गया और पहले द्वार को तोड़ अभिमन्यु बिजली की तरह दूसरे द्वार पर लपका, सभी योद्धा आगे बढ़े लेकिन इसी बीच भीम की नजर युद्ध कर रहे कुरू पुत्रों पर पड़ी और ये पागल साण्ड पगला गया। कुरू पुत्रों के सर फूटने लगे, इधर अभिमन्यु का दल भयंकर युद्ध करते हुए दूसरे द्वार पर मौजूद जयद्रथ पर टूट पड़ा, अभिमन्यु के प्रहारों से जयद्रथ का धनुष दो भागों में विभक्त

हो गया और दूसरे द्वार को तोड़ अभिमन्यु तीर की भांति तीसरे द्वार पर पहुँचा, तभी चक्रव्यूह तेजी से घूमा और जयद्रथ ने शीघ्रता से संभल दूसरा द्वार फिर से अवरूद्ध कर दिया, धृष्टद्युम्न और सत्राजित देखते रह गये, दूसरे द्वार को तोड़ने हेतु दोनों दलों में प्रचंड युद्ध छिड़ गया, कौरवों के योद्धाओं ने आज सभी पांडव योद्धाओं को बुरी तरह उलझा लिया, भीम ने इसी मध्य बीस और कुरू पुत्रों के सर कुचल डाले, तभी धुष्टद्युम्न के मदद हेतु फूंके शंख से वो सन्नाटे में आ गया, गलती हो चुकी थी भीम का सैन्य दल तत्काल तीव्र गति से प्रथम द्वार पर पहुँचा पर चक्रव्यूह के प्रथम द्वार पर अब कुरू सेना का प्रचंड ज्वार था, आज कुरू दल ने अपनी समूची सैन्य शक्ति पांडवों को रोकने में झौंक डाली थी, घटोत्कच को अलम्बुश ने प्राणपण से रोका हुआ था, पांडव पक्ष के सभी योद्धाओं ने अपना सारा बल झौंक दिया पर वो एक पग भी आगे नहीं बढ़ पाये, वाह रे द्रोण इस षडयंत्रकारी ब्राम्हण की युद्धनीति से चकित मैं अपने धनुर्धारी सैनिकों पर चिल्लाया और तीव्र आक्रमण करो शत्रु के सभी द्वारों पर प्रहार करो हालांकि वो पहले से ही पूर्ण प्रयास कर रहे थे, इसी बीच अभिमन्यु के दल पर प्रक्षेपित हो रहे शस्त्रों को मैं अपनी सामर्थ्य अनुसार तीव्रता से काट रहा था पर फासला निरंतर बढ़ता जा रहा था, कहाँ हो अर्जुन मैं बड़बड़ाया, उधर अभिमन्यु के सामने तीसरे द्वार पर भगदत्त, सुशर्मा और सोमदत्त थे तीनों ने अभिमन्यु पर संयुक्त आक्रमण किया, थोड़ी ही देर में भगदत्त अपनी छाती में लौह बाण खाकर बेहोश हो गया और सुशर्मा व सोमदत्त को अभिमन्यु के बाणों ने बुरी तरह भेदकर रख दिया, तीसरे द्वार पर अभिमन्यु के भीषण संग्राम से कोहराम मच गया, कीड़ों की भांति कुरू सेना को कुचलते हुए सुभद्रा पुत्र चौथे द्वार पर विन्द अनुविन्द से टकरा गया, बाणों के तूफान में विन्द अनुविन्द के शरीर थोड़ी ही देर में छलनी होकर गिर पड़े तभी कर्ण पुत्र वृषकेतु मेरे भांजे से भिड़ गया दोनों में भंयकर संग्राम होने लगा, दोनों ही प्रचंड योद्धा थे दोनों ही रक्त से लथपथ थे, इसी बीच अभिमन्यु का लगभग

आधा सैन्यदल नष्ट हो चुका था पर आज अभिमन्यु को रोकना असंभव था। कदाचित् सुभद्रापुत्र को भी आज के दिन की अहमियत का अंदाजा था भीषण युद्ध में वृषकेतु जैसा महारथी भी विचलित हो मार्ग से हट गया, अभिमन्यु प्रचंड गति से और अंदर धंस गया, चक्रव्यूह के पांचवे और छठवें द्वार तक आते आते अंदर मौजूद कौरव सेना सुभद्रा पुत्र के पराक्रम से त्राहिमाम कर उठी, गरजते हुए अभिमन्यु ने सातवें द्वार में प्रवेश किया, सावधान आचार्य द्रोण अब असल युद्ध तो यहाँ था, सामने द्रोणाचार्य, अश्वथामा, कृपाचार्य, दुर्योधन, कर्ण, दुःशासन, कृतवर्मा खड़े थे, चक्रव्यूह का सातवां व अभेद्य द्वार, अभिमन्यु का रथ वायुवेग से मध्य में आकर रूका उसके साथ उसका बचा खुचा सैन्य दल था। तत्काल चक्रव्यूह के केन्द्र से एक विस्फोटक बाण आसमान प्रक्षेपित हुआ संदेश अभिमन्यु सातवें द्वार पर है अंतिम आक्रमण हेतु सैन्य दल भेजो पर मदद कहाँ थी मूर्ख भीम सारे पांडव योद्धाओं के साथ ले पहले व दूसरे द्वार पर दो चक्की के पाटों की तरह फंसा हुआ था, सभी को जयद्रथ व शल्य के साथ कुरूसेना के योद्धाओं ने बुरी तरह घेर रखा था, समर्पण कर दो बालक हार स्वीकार करो दुःशासन गर्जा, तत्काल अभिमन्यु द्वारा छोड़े गये बाण से दुःशासन मुकुट उसके मस्तक से नीचे जा गिरा युद्ध करो काकाश्री अभिमन्यु गर्जा अगर आपको समर्पण करना है तो मैं स्वीकार करता हूँ, अपनी जुबान को लगाम दे ढीठ बालक कर्ण फुफकारा और अंगराज का धनुष हवा में उठ गया, सावधान अंगराज अभिमन्यु संनद्ध हुआ और दोनों के मध्य बाण वर्षा होने लगी, भीषण युद्ध के मध्य केन्द्र से घनघोर धूंआ उठने लगा, कहाँ हो अर्जुन मैं चिंतित हो उठा, उधर अर्जुन बुरी तरह त्रिगर्तों का संहार कर रहा था पर आज वे टिड्डी दलों की मानिन्द टूट पड़े थे, **वायुसिद्धी अस्त्र प्रकटम्** मंत्रोच्चार के साथ मैंने वायवास्त्र का संधान चक्रव्यूह के केन्द्र पर किया तुरंत वहां से वैष्णव अस्त्र प्रक्षेपित कर दिया गया, दिव्यास्त्रों के महारथी वहां भी मौजूद थे। दुगुने वेग से चक्रव्यूह के सभी आन्तरिक द्वारों पर बाणों की वर्षा

करो मैंने अपने धनुर्धारी सैनिकों को ललकारा, जो आज्ञा श्रेष्ठी पसीने से लथपथ मेरे सेना नायक ने सैन्य टुकड़ी को इशारा किया बाण वर्षा और तेज हो गयी मेरी धनुर्धारी टुकड़ी के योद्धाओं के हाथ बाण प्रक्षेपित करते करते खून से लथपथ हो गये थे पर फिर भी वे पूरी तन्मयता से बाण चला रहे थे। मेरे भांजे की रक्षा करना सूर्यदेव सूर्य की ओर देखते हुए मैं बुदबुदाया, ज्ञात संघ के वंशज एकल युद्ध में अभिमन्यु को थामने की शक्ति इस महायुद्ध में किसी योद्धा में नहीं थी, यहां तक कि कर्ण जैसा दुर्दम्य योद्धा भी अपने धनुष की प्रत्यंचा कटवा बैठा और अभिमन्यु का बाण सूर्यपुत्र के कन्धे में धंस गया, कर्ण को क्लांत देख आचार्य द्रोण मैदान में आ गये, आर्यावर्त के सर्वश्रेष्ठ शिक्षक ने अपना पूरा सामर्थ्य झौंक दिया पर अभिमन्यु का पराक्रम देख द्रोण के माथे पर भी चिंता की लकीरें आ गयीं, अभिमन्यु के शस्त्रागार से प्रबल वेग से प्रक्षेपित हो रहे शरों का उत्तर देते देते आचार्य के हाथ भी थकने लगे पर अभिमन्यु की बाण वर्षा का प्रवाह अविरल और तीव्रता के उच्चतम शिखर को छू रहा था, जल्द ही द्रोण क्लांत हो उठे, और कृपाचार्य युद्ध में कूद पड़े भीषण द्वंद्व था ये कदाचित् युद्ध के मैदान का सर्वश्रेष्ठ द्वंद्व एक तरूण योद्धा और सामने महारथियों की फौज, हैरान कृपाचार्य ने अपने सर्वोत्तम शरों का लगभग संपूर्ण भंडार ही अभिमन्यु पर खोल दिया पर अभिमन्यु रक्त से लथपथ होने के बावजूद चक्रवात की भांति उसे निगलता जा रहा था, कृपाचार्य भी व्यथित हो गये, फिर अभिमन्यु को रोकने में अश्वथामा, दुर्योधन, दुःशासन, कृतवर्मा सहित सारे महारथियों के छक्के छूट गये, हालांकि अभिमन्यु का सैन्य दल भी लगभग समाप्ति की ओर था पर वो अकेला ही महाकाल के दावानल की तरह सभी महारथियों पर भारी पड़ रहा था, सब अवाक् थे कि दुर्योधन गर्जा सामूहिक आक्रमण करो, वध कर दो इस नीच का, कर्ण स्तब्ध रह गया क्या कह रहे हो मित्र, वही जो तुमने सुना कर्ण सब मिलकर आक्रमण करो नहीं तो हम सबकी मृत्यु आज ही निश्चित है इस युद्ध का अंत आज ही हो जायेगा, ये क्या बोल

रहे हैं काकाश्री अभिमन्यु की आंखें भी विस्मय से फैल गयी, आक्रमण दुर्योधन गर्जा केन्द्र से एक साथ शस्त्रों के प्रक्षेपण की भयानक ध्वनि गूँजने लगी, मैं समझ गया युद्धविराम में अभी एक प्रहर बाकी था, विद्युत तुम महाराज युधिष्ठिर को देखना, तत्काल मेरे रथ से अश्व ध्वज उठा और मैंने एक तीव्र छलांग अपने युद्धाश्व पर लगाई और अपनी अश्व सेना को ललकारा, साथियों केन्द्र में अभिमन्यु को हमारी मदद की तत्काल जरूरत है चलो मेरे साथ और चक्रव्यूह के अंतिम द्वार तक कौरवों की सेना का सफाया कर दो, वसुदेव कृष्ण की जय और मैंने अपनी तलवार खींच ली, कौरवों के चक्रव्यूह की ओर मेरी अरिष्टनेमी सेना वायुवेग से उमड़ पड़ी, बस थोड़ी देर और मेरे भांजे मैं मन ही मन बड़बड़ाया, उधर अभिमन्यु का धनुष तूफान की भांति बाण उगल रहा था, सभी महारथियों को इस अकेले योद्धा ने थाम रखा था और तभी चक्रव्यूह के पहले द्वार पर मेरी सेना समुद्र की प्रचंड लहरों की भांति कौरवों पर टूट पड़ी, कटे सर हवा में उछलने लगे, मेरे सामने एक ही लक्ष्य था अभिमन्यु, मैं आ रहा हूँ पुत्र मेरे कण्ठ से निकले शब्दों को सबने सुना और सब भयंकर हो उठे, चक्रव्यूह के द्वार टूटने लगे पर मंजिल दूर थी, इसके धनुष को तोड़ डालो प्रचंड युद्ध कर रहे अभिमन्यु को देख दुर्योधन भयमिश्रित अवाज में चीखा, कर्ण के अर्धचन्द्राकार बाण ने रास्ता बनाया और अभिमन्यु का धनुष टूट गया इसी बीच इन सभी महारथियों के संयुक्त बाणों की वर्षा ने अभिमन्यु के बचे खुचे दल को भी खत्म कर दिया, सुभद्रा पुत्र तलवार खींच अंडज व्यूह में आबद्ध हो निरंतर बरस रहे बाणों को काटता हुआ रथ से जमीन पर कूद पड़ा, आठ महारथी और अकेला योद्धा संपूर्ण देह घायल थी जगह जगह बाण धंसे हुए थे और इस हाल में भी अभिमन्यु तलवार लेकर शत्रुओं पर टूट पड़ा, लग रहा था जैसे आकाशीय बिजली नृत्य कर रही हो, पर विद्युत प्रवाह की भी एक सीमा होती है। कर्ण, कृपाचार्य और द्रोण से एक साथ कृपाण

द्वंद्व कर रहे अभिमन्यु पर अचानक पीछे से दुर्योधन ने भीषण गदा प्रहार किया, बुरी तरह घिरे अभिमन्यु की तलवार उसके हाथ से छूट गयी और वो धरती पर गिर गया, इधर चौथा द्वार ध्वस्त हो चुका था मैं और बाकी योद्धा मदांध हो चले थे, बुरी तरह घायल व निःशस्त्र अभिमन्यु ने समीप ही पड़े टूटे रथ के पहिये को ही हाथों में उठा लिया और उसे तीव्र घुमाव देते हुए संपूर्ण शक्ति जुटाकर एक दुर्दम्य छलांग लगा उसने दुर्योधन, दुःशासन व कृतवर्मा को एक साथ दबोच लिया, आ आ आ दुर्योधन पीड़ा से चिल्लाया, तभी कायर द्रोण ने पीछे से अपनी तलवार अभिमन्यु की पीठ में घोंप दी, पीड़ा से संतप्त अभिमन्यु तीव्रता से पलटा रथ का पहिया अभी भी उसके हाथ में था, उसे देख द्रोण की आंखें भय और आतंक से फैल गयी आचार्य के हाथ बचाव में उठे तभी अभिमन्यु पर पीछे से दुर्योधन ने एक और भीषण गदा प्रहार किया, अभिमन्यु रक्त वमन करता हुआ पृथ्वी पर गिरा, इधर छठे द्वार को तोड़ मैं, भीम, सत्राजित, धृष्टद्युम्न, घटोत्कच आंधी की भांति बढ़े चले आ रहे थे पर बहुत देर हो चुकी थी, अपनी पूरी ऊर्जा संचित कर रक्त से लथपथ अभिमन्यु एक बार फिर से उठा उसके होठों से अस्पष्ट शब्द फूटे मैं मल्ल युद्ध की चुनौती और इससे पहले कि उसके शब्द पूरे होते कायर द्रोण, कृपाचार्य, दुःशासन, दुर्योधन, अश्वथामा ने एक साथ अपनी तलवारें उसके सीने में घोंप दी, अभिमन्यु स्तब्ध खड़ा था उसकी श्वास के साथ उसके मुख से रक्त गिरने लगा, चुपचाप खड़ा कर्ण आगे आया उसने अभिमन्यु को छाती से लगा लिया, पीड़ा हो रही है पुत्र कर्ण ने भावुक हो सुभद्रा पुत्र को संबोधित किया, नहीं अंगराज अभिमन्यु फुसफुसाया अकस्मात मिले इस प्रेम आलिंगन से उसकी आंखे भर आयी थीं आखिर था तो वो बच्चा ही, बस पिताश्री और माँ से नहीं मिल पाऊँगा आह ह अभिमन्यु बेहद पीड़ा में था, इसी बीच भावुक हो उठे अंगराज का गला लगभग अवरूद्ध हो चला था मैं तुम्हारा ज्येष्ठ पिता हूँ पुत्र हो सके तो

इस कृत्य के लिए मुझे माफ कर देना, अभिमन्यु आंखों में कुछ पल के लिए आश्चर्य के भाव उभरे और फिर अभिमन्यु का अंतिम गर्जन युद्धक्षेत्र में गूँज उठा पिताश्री, यही वो पल था ज्ञात संघ के वंशज जब छठा द्वार तोड़कर मैं केन्द्र में पहुँचा, अभिमन्यु मैं बुरी तरह चीखा, वो दृश्य देखकर मैं क्रोध और दुख से कांपने लगा, मेरे भांजे की रक्त से लथपथ देह में बाण और तलवारें घुसी हुई थी पर तब भी युद्ध क्षेत्र में वो अविचल खड़ा था, मामा मुझे देखकर अभिमन्यु के मुख से निकला और उसके धैर्य व सब्र का बांध टूट गया वो लड़खड़ाते हुए मेरी तरफ घूमा और चकराकर गिरा, पुत्र अभिमन्यु चीखता हुआ मैं अपनी पूरी शक्ति से भागा और धरा पर गिरने से पहले ही मैंने अपने भांजे को अपनी बाहों में थाम लिया, ठीक वैसे ही जैसे उसके बचपन में उसे थाम लेता था, मामा पिताश्री को मेरा प्रणाम कहना, नहीं पुत्र शिविर में सर्वश्रेष्ठ वैद्य मौजूद हैं कुछ नहीं होगा तुम्हें देखना कल एक बार फिर हम दोनों साथ में युद्ध करेंगे, लेकिन सब व्यर्थ था मेरी गोद में मेरा प्यारा भांजा हमेशा के लिये सो गया, अभिमन्यु मेरी चीख के शोर ने सारे युद्धक्षेत्र को गुंजा दिया अकेले बालक को घेर कर छल से मारा बस इतना ही सामर्थ्य है तुम सबमें, द्रोण, कर्ण इत्यादि सब खामोश खड़े थे, तभी द्रोण ने अपना शंख फूंक दिया युद्धविराम, उसी वक्त धड़धड़ाता हुआ अर्जुन का रथ मध्य में रूका, अभिमन्यु की देह अभी भी मेरी गोद में थी, यह दृश्य देख बुरी तरह स्तब्ध हुए अर्जुन के हाथ से उसका गांडीव छूट गया वो बदहवास मेरे पास आया और अभिमन्यु के देह को उसने अपनी बाहों में भर लिया, तुम्हारे रहते ये कैसे हो गया धर्नुधर अर्जुन बुरी तरह बिलखने लगा पुत्र मुझे माफ कर दे उसके सब्र का बांध टूट चुका था, मैं स्तब्ध और खामोश बैठा था, केशव मेरे पास आये और उन्होंने मेरे कंधे पर अपना हाथ रख दिया, मैंने प्रभु की ओर देखा उनकी आंखें भी भर आयी थीं, और ज्ञात संघ के वंशज मेरे आंसुओं का सैलाब फूट पड़ा, बुरी तरह रोता हुआ मैं

वसुदेव के चरणों में गिर पड़ा मुझे माफ कर दो केशव मैं अभिमन्यु को नहीं बचा सका, काश आपने मुझे युधिष्ठिर को बचाने का कार्य न सौंपा होता, केशव की आंखों से भी आँसू बह रहे थे पर वह शांत थे, शायद प्रलय से पहले की खामोशी उन्होंने मुझे उठाया और भीम से अर्जुन को संभालने का संकेत कर हम सभी को ले शिविर की ओर चल पड़े आज पांडवों का सूर्य उदय होने से पहले ही अस्त हो गया था सात्यकि की आवाज भी अब रूंधने लगी थी। मैं भी रोने लगा वातावरण खामोश था सत्य के रक्षक जा चुके थे या मेरे पास ही कहीं चुपचाप अपने प्रिय भांजे की याद में खामोश बैठे थे, तकरीबन एक घंटा रोने के पश्चात मैंने बाथरूम में जाकर शीतल जल से अपनी आंखों की जलन को राहत पहुँचाने की नाकाम कोशिश की और स्तब्ध भाव से बिस्तर पर लेट गया, आज की रात दुख की रात थी, मैं चुपचाप एकटक शून्य में देख रहा था।

तेइसवीं रात

# प्रतिशोध हिंसा का ही दूसरा स्वरूप है पर कभी कभी प्रतिशोध भी न्याय स्तंभ का प्रतिनिधित्व करता है।

मुम्बई में मेरे कामकाजी दिन की शुरूआत हो चुकी थी, सायं चार बजे मैंने अपनी कार उठायी और यूं ही निरूद्देश्य जूहू सर्कल की ओर निकल पड़ा, ड्राइव करते करते मैं जूहू गली के इस्कान मंदिर के सामने स्थित प्राचीन शिव मंदिर पहँच गया, मंदिर में स्थित शिवलिंग पर मैंने दुग्ध अभिषेक किया व प्रभु के विग्रहों को पुष्प अर्पित कर हनुमान जी, विघ्नहर्ता गणेश, श्री विष्णु व नवग्रहों के समक्ष दीप प्रज्वलित कर मैंने मन ही मन प्रार्थना की, मुझे थोड़ा संबल मिला फिर मैं जूहू तारा रोड से कार्टर रोड होता हुआ बैण्ड स्टैण्ड पहुँचा, मेरे संघर्ष के दिनों की यादें उस वक्त यहां होटल सी रॉक हुआ करता था अब वो जगह ग्राउंड जीरो है उसके सामने अब नई भव्य इमारत ताज लैंड्स इन्ड सीना ताने खड़ा है, बदलाव प्रकृति का शाश्वत नियम है बैंड स्टैण्ड फोर्ट भी अब बदल गया है हालांकि ये सारा स्थान आज भी रहस्यमय ही दिखता है, किंतु अब यहां से वर्ली सी लिंक का नजारा आंखों को खुश कर देता है अत्यंत मजबूत व विशाल संरचना, मैं इन सब नजारों को देखते हुए सोचने लगा

कि ये शहर कितना अद्‌भुत है जो अपने अंदर हर उस शख्स को आत्मसात कर लेता है जो यहां सतरंगी सपने लेकर आता है, शायद इसीलिये इसे माया नगरी भी कहते हैं, एस.वी. रोड से लम्बा चक्कर काटते हुए करीब आठ बजे मैं लोखण्डवाला बैक रोड पहुँचा और रोड साइड पार्क में टहलने लगा, करीब एक घंटा पसीना बहाकर मैंने वापस घर पहुँचकर स्नान किया व एक ग्लास गर्म दूध को गुड़ के साथ उदरस्थ कर अपने वर्क स्टेशन पर जम गया, मेरा मन अभी भी थोड़ा व्यथित सा ही था, क्या हुआ होगा आगे मैंने सोचा तभी सात्यकि की गंभीर आवाज मेरे कानों में गूँजी, लिखो ज्ञात संघ के वंशज, जी मैंने उत्तर दिया और मेरी कलम कागज पर दौड़ने लगी। हमारे शिविर में खामोशी थी, अर्जुन लगातार पूछ रहा था आप सबके रहते मेरा पुत्र अकेला कैसे पड़ गया, जयद्रथ ने छल कर हमें घेर लिया और हम पहले और दूसरे द्वार के बीच में फंस गये भीम ने आधा सच और आधा झूठ प्रस्तुत किया, झूठे तो ये सब ही थे असल में ये मदांध साण्ड हर पल द्रौपदी का अतिरिक्त प्यार पाने को बेताब रहता था प्रत्येक दिन के युद्ध के पश्चात ये द्रुपद पुत्री को कुरू पुत्रों की लाशों की संख्या बताता था और द्रौपदी इस पर बलिहारी हो जाती थी, मैंने अपने जबड़े भींच लिये केशव ने मुझे शांति से देखा मैं खामोश था, पुत्र वियोग में अर्जुन बुरी तरह चीखा केशव मैं प्रतिज्ञा करता हूँ कि कल रणभूमि में या तो जयद्रथ रहेगा या मैं, पर अभिमन्यु का वध तो मैंने मन ही मन सोचा पर मैंने अपनी सोच को झटक दिया, क्यूंकि मेरा भांजा तो जा चुका था अब इस चर्चा से कोई फायदा नहीं। अगले दिन दोनों सेनायें सज गयीं हालांकि दोनों पक्षों की आधी से ज्यादा सेना मृत्यु को प्राप्त हो चुकी थी लेकिन दोनों ही पक्षों के मरने के उत्साह में कोई कमी नहीं थी, द्रोणाचार्य ने आज लौह व्यूह की रचना की, वहीं धृष्टद्युम्न ने शकठ व्यूह रचा, दोनों ही सर्वोत्तम व्यूह थे। लौह व्यूह जहाँ ढालों, त्रिशूल व भाला धारी अरिष्टनेमी सेना की अभेद्य दीवारों के घेरे में था, वहीं शकठ व्यूह एक त्रिभुजाकार विध्वंसकारी व्यूह था, लौह के मुख्य द्वार पर द्रोण, कर्ण,

# लौह व्यूह

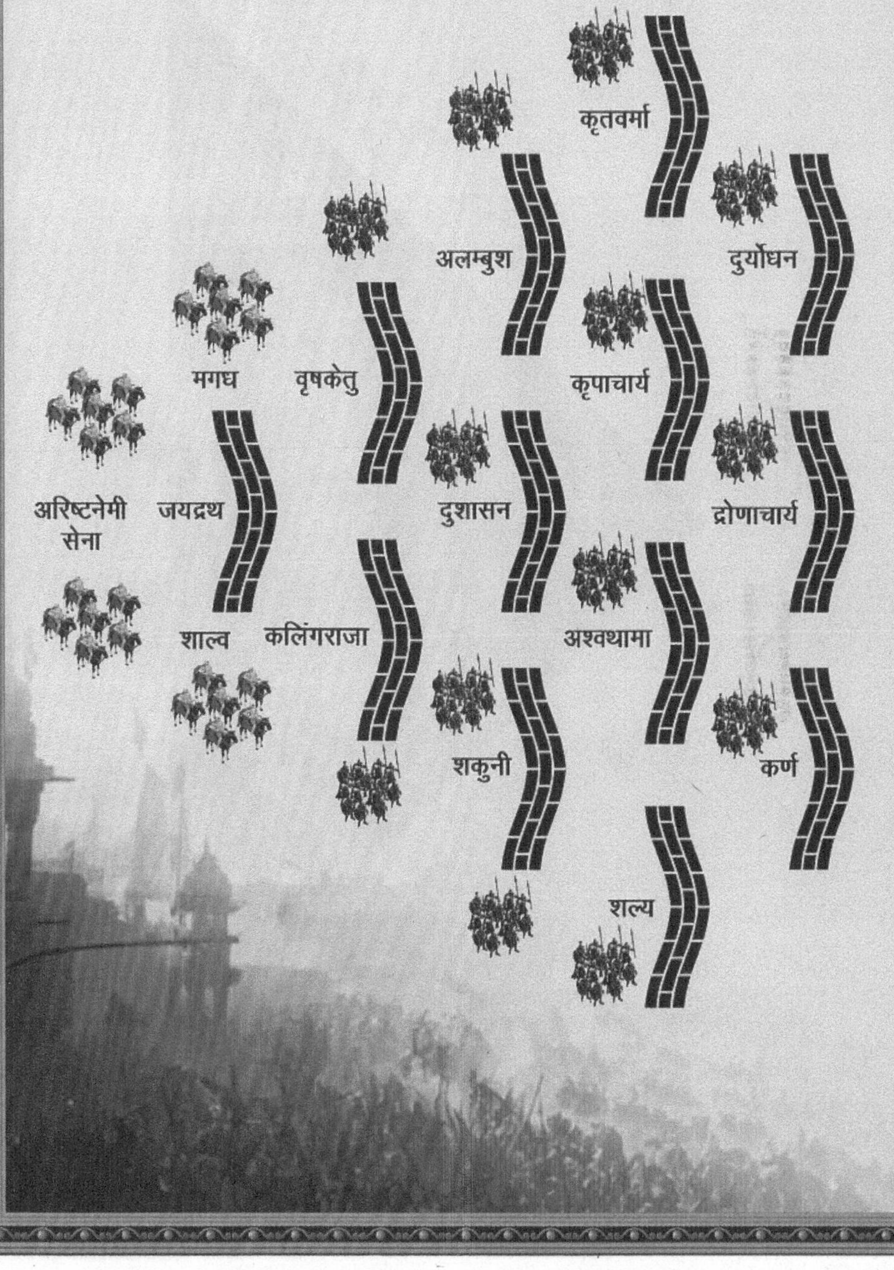

कृतवर्मा
अलम्बुश
दुर्योधन
मगध
वृषकेतु
कृपाचार्य
अरिष्टनेमी सेना
जयद्रथ
दुशासन
द्रोणाचार्य
शाल्व
कलिंगराजा
अश्वथामा
शकुनी
कर्ण
शल्य

# शकठ व्यूह

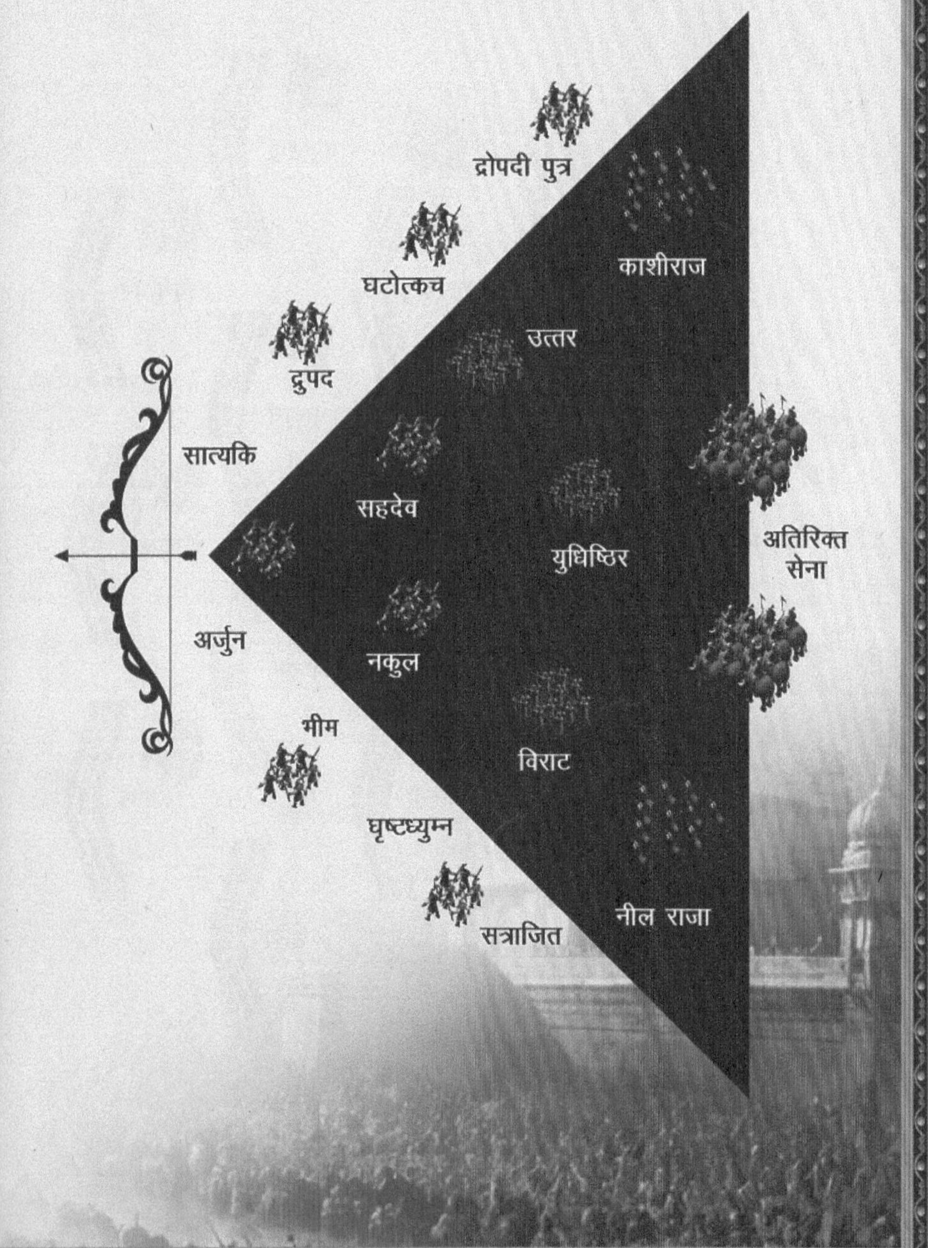
द्रोपदी पुत्र
काशीराज
घटोत्कच
उत्तर
द्रुपद
सात्यकि
सहदेव
युधिष्ठिर
अतिरिक्त सेना
अर्जुन
नकुल
भीम
विराट
धृष्टद्युम्न
सत्राजित
नील राजा

दुर्योधन व अश्वथामा थे वहीं मध्य व केन्द्र में कृपाचार्य, कृतवर्मा, शल्य, अलम्बुश, दु:शासन व शकुनि व पृष्ठ में वृषकेतु, कलिंग, मगध व शाल्व के सुरक्षा घेरे में जयद्रथ था। शकठ के मुख्य द्वार पर अर्जुन के साथ मैं था, दांये घटोत्कच, द्रुपद, द्रौपदी पुत्र व बायें भीम, धृष्टद्युम्न, सत्राजित, विराट व उत्तर थे, युधिष्ठिर के साथ केन्द्र में नकुल, सहदेव, कुंतिभोज, नील व काशीराज थे बिना विलंब अर्जुन ने देवदत्त फूंक दिया, केशव का पांचजन्य भी कुरूक्षेत्र में गूँज उठा, मैं तलवार खींचकर गरजा आक्रमण अर्जुन और मैं शकठ का नेतृत्व करते हुए आज द्रोण और कर्ण पर टूट पड़े, भीम दुर्योधन से भिड़ गया, अश्वथामा और धृष्टद्युम्न आपस में जूझ गये, घटोत्कच, कृपाचार्य से उलझ गया, सत्राजित और शल्य आमने सामने आ गये सारे योद्धा भीषण द्वंद्व कर रहे थे, आज का युद्ध पांडवों के लिये करो या मरो का था, चारों ओर रथों, घोड़ों व पैदल सैनिकों का कोलाहल गूँज रहा था, घोड़े, हाथी घावों की पीड़ा से विचलित हो रहे थे, अर्जुन और द्रोण के बीच भीषण युद्ध चल रहा था विभिन्न मंत्रोच्चारों व दिव्यास्त्र प्रक्षेपणों के बीच दोनों के धनुष अपनी श्रेष्ठता सिद्ध करने को अप्रितम बाण वर्षा कर रहे थे, इधर अंगराज कर्ण ने मुझ पर विस्फोटक बाणों की झड़ी लगा दी और मैं भी निरंतर अवरोधक बाणों से उनका प्रतिकार कर रहा था, युद्ध प्रतिपल उग्र होता जा रहा था, मेरे नारायण धनुष से निकले तीरों को राधेय सूखे रेत की भांति सोख रहा था और उसने सप्तसंतक अस्त्र का आह्वान किया लगा जैसे बाणों का पूरा नगर मेरी ओर प्रक्षेपित हो गया हो, अभिमन्यु के अवसान से धधक रहे भीषण क्रोध के साथ मैंने भी सर्वसंहारक से उसका प्रत्युत्तर दिया, पूरे कुरूक्षेत्र का आकाश बाणों से धधकते दावानल में तब्दील हो गया, प्रचंड वाण वर्षा के बीच अंगराज के धनुष की प्रत्यंचा को मेरे सर्पिल बाण ने काट दिया जब तक कर्ण संभलता मैंने शस्त्रागार से एक लौह गदा उठायी और उसका भीषण प्रहार अंगराज के रथ की ओर किया, लौह गदा प्रचंड वेग से टकरायी और अंगराज का रथ टुकड़ों में बंट गया, पर कर्ण पहले ही रथ से छलांग ले

चुका था, सूर्य पुत्र ने अपनी तलवार खींच ली, मैं भी अपनी दुधारी खींच कर रथ से कूद पड़ा, परशुराम शिष्य व कृष्ण और बलराम के शिष्य के मध्य द्वंद्व छिड़ गया, मैं बेहद चौकन्ना था मुझे पता था कि अगर इस योद्धा को जरा भी समय मिला तो इसे पराजित करना नामुमकिन है, मैंने अपनी पूरी ऊर्जा संचित कर सूर्यपुत्र को कृपाण युद्ध में बुरी तरह घेर लिया, उधर भीम ने दुर्योधन को बुरी तरह क्लांत कर दिया और एक बार फिर कुरू पुत्रों में आतंक मच गया, कृपाचार्य भी घटोत्कच के विस्फोटक आयुधों से घायल हो गये उनकी सहायता हेतु पहुँचा कृतवर्मा तत्काल घटोत्कच से भिड़ गया, अश्वथामा और धृष्टद्युम्न में गदा युद्ध छिड़ा हुआ था धृष्टद्युम्न उसे कड़ी टक्कर दे रहा था। आज आसमान में घने बादल छाये हुए थे और पांडवों पर जयद्रथ का वध करने और कौरवों पर उसको बचाने का तनाव स्पष्ट देखा जा सकता था। लाशें गिरती जा रही थीं, कर्ण अपना पूरा प्रयास कर रहा था कि वो द्रोण के पास पहुँचे पर मेरी तलवार ने उसका मार्ग अवरूद्ध कर रखा था, तुम मुझे नहीं रोक पाओगे सात्यकि कर्ण क्रोध में बोला, क्यूं अपने आपको प्रतिपल अपने अभिमान से सिंचित करते रहते हो कर्ण तुम्हें तो मेरे भांजे ने ही रोक लिया था, छल से युद्ध करने वाले कायर योद्धा वास्तविकता को स्वीकार करो मैंने तुम्हें रोका हुआ है मैंने प्रत्युत्तर दिया, भार्गव शिष्य के लिए तुम कोई चुनौती नहीं हो सात्यक पुत्र क्रोधित कर्ण फुफकारा, हम दोनों ही घायल थे कर्ण का कवच मेरे प्रहारों से कई जगह से कट गया था और मेरा कवच भी राधेय के प्रहारों से कटकर लगभग झूलने लगा, मैंने कर्ण के एक आत्मघाती वार को अपनी तलवार पर रोका और बायें हाथ से मेरी गति को बाधित कर रहे अपने झूलते कवच को नोंचकर फेंक दिया, कर्ण का ध्यान एक पल को भटका और तभी मैंने कर्ण के बायें पैर को अपने दांये पैर में फंसाकर कर्ण पर तीव्र मुष्ठि प्रहार किया सूर्यपुत्र भीषण वेग से जमीन पर गिरा, ये भैया बलराम का सिखाया चरक दांव था, कर्ण एक छलावे की तरह उछला और हम फिर से भिड़ गये, उधर अर्जुन काल की भांति कुरू सेना पर

टूट पड़ा था, उसकी धनुर्धारी टुकड़ी अनवरत बाण वर्षा कर रही थी आचार्य द्रोण उसे रोकने की निरंतर कोशिश कर रहे थे तभी द्रोणाचार्य के रथ का पहिया एक गड्ढे में धंसा और द्रोण का रथ उलट गया, केशव ने तीव्र गति से रथ आगे दौड़ा दिया, द्रोण तत्काल संभले लेकिन तब तक द्रौपदी पुत्रों ने उनका मार्ग अवरूद्ध कर दिया, अर्जुन आंधी की तरह कौरवों के सैन्य दल का संहार करता हुआ व्यूह के पृष्ठ में पहुँच गया, लौह व्यूह में बुरी तरह अफरातफरी मच गयी और अर्जुन के सामने जयद्रथ था, मृत्यु की भांति प्रतीत हो रहे अर्जुन को देखते ही उसका मुख पीला पड़ गया उसने कातर नेत्रों से सहायता हेतु आसपास देखा पर अर्जुन के कहर से भागती कुरू सेना में उसके निजी सहायक भी इधर उधर हो गये थे, विवश जयद्रथ ने अर्जुन पर बाण वर्षा शुरू कर दी, थोड़ी ही देर में ही थक कर जयद्रथ पीछे हटने लगा, तभी अचानक युद्धविराम का बिगुल बज उठा अंधकार छाने लगा, हम सब सन्न रह गये खून से लथपथ सभी योद्धा अवाक् थे, अंगराज कर्ण ने अपने माथे पर आये स्वेद को पोंछते हुए मुझे क्रोध में घूरा, इससे पहले कि मैं कुछ बोलता वायु के प्रचंड प्रवाह के बीच आसमान में तीव्रता से बादल भ्रमण करने लगे और युद्ध भूमि में केसरिया प्रकाश फैल गया, अभी कुछ समय शेष था, सूर्य बस कुछ ही समय में अस्त होने वाले थे असल में ये तो आसमान में छाये घने बादलों का प्रकोप था जिसे सूर्यास्त समझकर मूर्ख शल्य ने जल्दबाजी में शंख फूंक दिया, प्रहार करो अर्जुन वसुदेव कृष्ण गरज पड़े, कर्ण तेजी से अपनी तलवार पर झपटा मैंने भी अपनी तलवार उठा राधेय का मार्ग तत्काल अवरूद्ध कर दिया, आज नहीं कर्ण और सूर्य पुत्र को मैंने फिर से घेर लिया, पांडव महारथियों से भीषण युद्ध में घिरे द्रोण असहाय नजरों से पृष्ठ की ओर देख रहे थे, गांडीव गरज उठा जयद्रथ को चीखने का भी अवसर नहीं मिला अर्जुन के अर्धचन्द्राकार बाण ने पल भर में उसके सर को धड़ से अलग कर दिया, भास्कर अस्त हो चुके थे कृष्ण के पांच्चजन्य ने युद्धविराम की घोषणा की, आज के इस युद्ध में कौरव पक्ष से जयद्रथ के

साथ दस कुरूपुत्र, यवन एवं सौविर और पांडव पक्ष से नील व शैव्यराज मृत्यु को प्राप्त हुए। सात्यकि खामोश हो गये, शायद आज के युद्ध में हुए भीषण रक्तपात के महाभिषेक ने अभिमन्यु वध से व्यथित व घायल उनके हृदय पर शीतलता के मरहम का कार्य किया होगा, मैं भी थक गया था मैंने अपना सर कम्प्यूटर के की बोर्ड से टिकाया और कुछ देर उसी अवस्था में बैठने के बाद सोने चला गया, कल के इंतजार में।

चौबीसवीं रात

# जीवन सदैव एक लक्ष्य प्राप्ति के उद्देश्य से शुरू होता है चाहे फिर वो प्राप्त हो या न हो।

सुबह मेरा उठने का मन नहीं था निरंतर सफर के कारण मैं थोड़ी थकान महसूस कर रहा था कल मुझे हैदराबाद भी निकलना था, मैंने कुछ जरूरी मेल चैक किये व अपने सोशल मीडिया अकाउंट्स पर कुछ अधिकारिक पोस्ट करने के बाद बाकी काम निपटा तकरीबन सात बजे मैं अपनी सोसायटी के पार्क में टहलने लगा, वापस आकर मैंने एक ग्लास पानी पिया और कलम व डायरी लेकर अपनी कम्प्यूटर टेबल पर जम गया, प्रणाम महान सात्यकि मैंने द्वापर के योद्धा को मन ही मन प्रणाम किया, चिरंजीवी रहो ज्ञात संघ के वंशज फुसफुसाहट गूँजी, मैं तैयार हूँ मैंने बोला, तो लिखो ज्ञात संघ के वंशज, आज धृष्टद्युम्न ने पांडव सेना को अण्डज व्यूह में निबद्ध किया, बेहद रहस्यमयी था यह व्यूह इसे जिधर से देखो वहीं से कुछ अलग नजर आता था, अंडज के अग्रभाग में भीम, मैं, धृष्टद्युम्न और सत्राजित थे, अण्डज के दांये भाग में अर्जुन, घटोत्कच व द्रौपदी पुत्र, अण्डज के बायें, द्रुपद, विराट, नकुल, सहदेव व उत्तर थे, केन्द्र में युधिष्ठिर था। द्रोण ने आज गज व्यूह की रचना की, गज

के केन्द्र में अश्वथामा, दुर्योधन, दुःशासन व कृपाचार्य थे, गज के बायें कर्ण, वृषसेन, शल्य और दांये शकुनि, भगदत्त, कलिंग व कृतवर्मा थे पृष्ठ से अलम्बुश व अतिरिक्त सेना और कुरू पुत्र व्यूह को कस रहे थे, सेनाओं व योद्धाओं की अपार जनहानि के बावजूद दोनों पक्षों में उत्साह की कोई कमी नहीं थी, प्रत्येक दिन लगता था जैसे ये सब अपने जीतने का नहीं बल्कि मरने का उत्सव मनाने आये हैं, द्रोणाचार्य का शंख गूँजा साथ में अन्य महारथियों के शंख भी गूँजने लगे और महाकाल को रक्त भोज का आमंत्रण देती दोनों सेनायें टकरा गयीं, द्रोण आज स्वतंत्र परिचालन कर रहे थे, कर्ण और अर्जुन के मध्य प्रलयंकारी द्वंद्व छिड़ गया दोनों के बाण एक दूसरे के हस्तलाघव की कड़ी परीक्षा ले रहे थे, वृषकेतु ने भीषण युद्ध में घटोत्कच को थाम लिया, जिसके सामने जो आया वो उसी से भिड़ गया, दोनों सेनाओं की ओर से घातक अस्त्र शस्त्र प्रक्षेपित होने लगे लेकिन कर्ण आज ऊर्जा के आवेग से धधक रहा था, इधर भीम और दुर्योधन के युद्ध के मध्य गांधारी पुत्र अपनी पूरी क्षमता से भीम के दल को प्रत्युत्तर दे रहा था पर दुर्योधन के सैन्यदल का पक्ष कमजोर पड़ रहा था, दुर्योधन को संकट में देखकर कर्ण के शस्त्रागार से संकेतक बाण छूटा तत्काल अलम्बुश को घटोत्कच से भिड़ा वृषकेतु भीम पर टूट पड़ा, बहुत चपल योद्धा था कर्ण का ये पुत्र, इधर धृष्टद्युम्न और अश्वथामा के बीच तलवारों से द्वंद्व चल रहा था धृष्टद्युम्न पूरे वेग से अश्वथामा को निरंतर पीछे धकेल रहा था, कृपाचार्य आज सत्राजित के हिस्से में थे कदाचित् इस महायुद्ध के दो सबसे गंभीर और एकाग्र योद्धा आज परस्पर युद्धरत थे, तभी द्रोण मेरे सामने आ गये मुझे देखते ही इस प्रतिशोध से भरे ब्राम्हण का खून इसकी रंगों में ठांठे मारने लगा और द्रोण ने मुझ पर तणित अस्त्र प्रक्षेपित कर दिया तत्काल मेरे नारायण धनुष से दुर्गा अस्त्र छूटा और भयंकर गड़गड़ागट से दोनों अस्त्र आपस में टकराकर विंदीर्ण हो गये और मैं आचार्य द्रोण के साथ एक बार फिर से अनंत द्वंद्व में घिर गया, आचार्य द्रोण को पराजित करना लगभग असंभव था

# गज व्यूह

भगदत्त
मगध
दुशासन
वृषकेतु
कृपाचार्य
कृतवर्मा
अरिष्टनेमी सेना
दुर्योधन
कर्ण
शाल्व
अश्वथामा
द्रोणाचार्य
अलम्बुश
शल्य
शकुनी

# अण्डज व्यूह

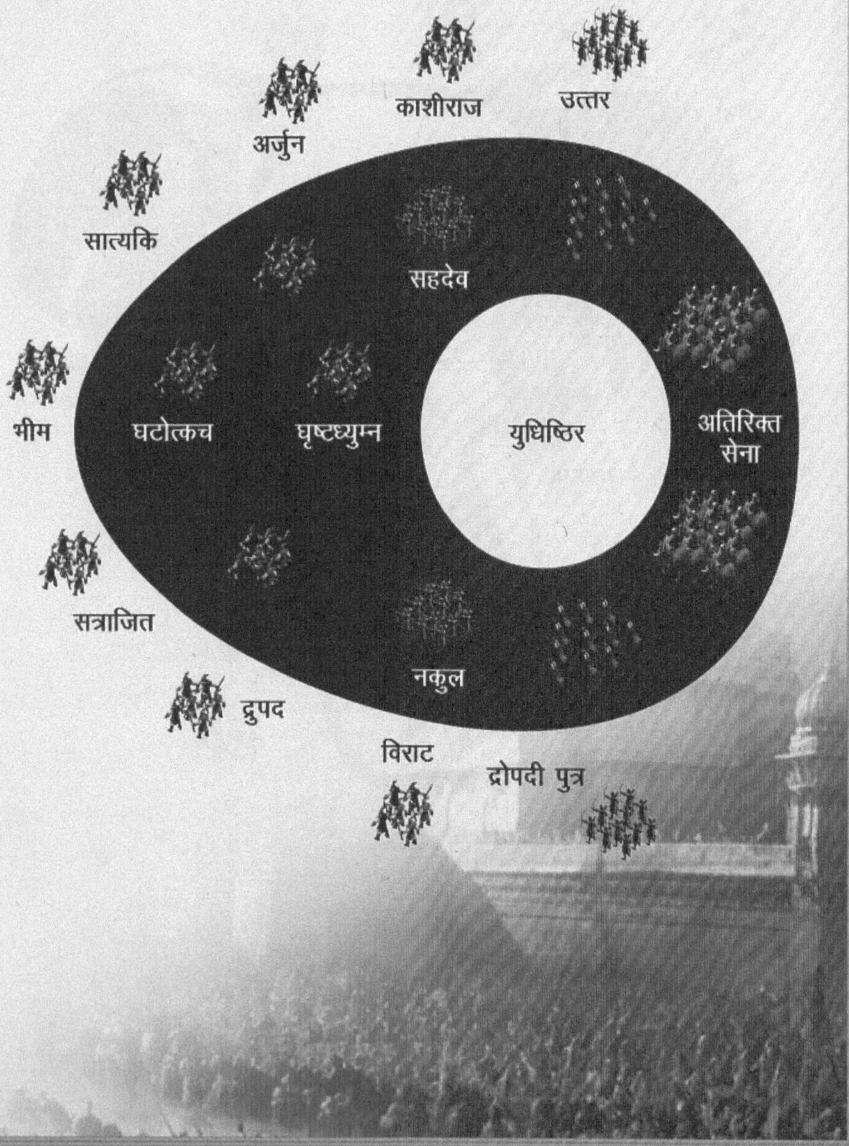

उत्तर
काशीराज
अर्जुन
सात्यकि
सहदेव
भीम
घटोत्कच
धृष्टद्युम्न
युधिष्ठिर
अतिरिक्त सेना
सत्राजित
नकुल
द्रुपद
विराट
द्रोपदी पुत्र

और मेरे शब्दकोष में पराजय थी ही नहीं। रणक्षेत्र प्रतिपल भयंकर रूप से विकृत होता जा रहा था नकुल और सहदेव बहादुरी से कलिंग व मगध के ज्वार को रोके हुए थे, ज्ञात संघ के वंशज ये दोनों माद्री पुत्र जब समूह में युद्ध करते तो इनकी तलवारों के सामने बड़े बड़े योद्धा नतमस्तक हो जाते थे, तभी दाहिने पक्ष में एक मर्मान्तक चीख गूँजी और मेरे चेहरे पर राहत प्रकट हो गयी वीर घटोत्कच के भीषण मुगद्र प्रहार ने अलम्बुश की छाती को बुरी तरह फाड़ डाला था असुरों के दल में हाहाकार मच गया, गरजता हुआ दानवराज घटोत्कच अपने दल के साथ और अंदर धंस गया, द्रोण ने तत्काल एक संकेतक बाण प्रक्षेपित किया वर्र र रूम की तेज ध्वनि के साथ आसमान में हरा विस्फोट हुआ, मैं समझ गया कि इस षडयंत्रकारी ब्राम्हण के मन में कोई योजना है, मैंने तत्काल मंत्रोच्चार आरंभ किया **ऊँ गरूण अस्त्र प्रक्षेपम** मेरे धनुष से गरूणास्त्र छूटा तत्काल द्रोण ने रौद्रास्त्र दाग दिया, मैं द्रोण को दृढ़ता से रोके हुए था कि तभी द्रोण का रथ धीरे धीरे पीछे हटने लगा, मुझे महसूस हो रहा था कि कुछ गड़बड़ है, अचानक तुरहियाँ और नगाड़े बजने लगे और गजव्यूह के पृष्ठ से भगदत्त की समूची गज सेना तीव्र वेग से सामने आ गयी, गज व्यूह का प्रमुख आक्रमण आरंभ हो गया था, लेकिन हमारे पक्ष में एक शक्ति थी जो इस आक्रमण को रोक सकती थी भीम, मेरे सैन्यदल ने चेतावनी शंख फूंक दिये और संकेतक बाण अण्डज के केन्द्र से प्रक्षेपित होने लगे, संकेत समझ भीम ने एक प्रचंड गदा वृषकेतु पर फेंक कर मारी कर्णपुत्र का रथ बुरी तरह क्षतिग्रस्त हो गया वृषकेतु घायल हो गया इसी बीच अर्जुन ने संपूर्ण ऊर्जा संचित कर एक प्रचंड लौह बाण कर्ण के सीने में दे मारा, प्रहार इतना भीषण था कि राधेय का रथ कई हाथ पीछे चला गया और इस मर्मान्तक प्रहार से कर्ण कुछ समय के लिए अचेत हो गया, घटोत्कच व्यूह संभालना कृष्ण गर्जे घटोत्कच का सिर सहमति में हिला और वसुदेव कृष्ण ने अपना वज्र रथ गज सेना की और दौड़ा दिया, मैं तब तक भगदत्त से भिड़ गया था, भीम का दल भी

गजों के झुण्ड पर टूट पड़ा, द्रोण के सामने द्रुपद आ गये आचार्य का मार्ग भी अवरूद्ध हो गया, अर्जुन ने अपना समूचा शस्त्रागार गज सेना पर खोल दिया, तभी भगदत्त का सेनापति अबाहु उसके मुख्य गज को लेकर प्रकट हुआ सभी इस भीमकाय गज को पहचानते थे ये प्रशिक्षित पशु अपने आप में एक योद्वा ही था, इस युद्धक पशु का नाम था अश्वथामा, भीम इस मुख्य गज का वध कर दो प्रहार करो कृष्ण गरजे, एक पल को भीम के साथ मैं भी चकरा गया कि केशव क्या कर रहे हैं पर ये सोचने का समय नहीं था मैं फिर से युद्ध में मग्न हो गया मेरा प्रतिद्वंदी भगदत्त बेहद क्रूर एवं साहसी था। अचानक तीन काम एक साथ हुए मैंने एक तीव्र फल का बर्छा उठाकर पूरे बल से भगदत्त के हाथी के सर में दे मारा, मेरे प्रहार की तीव्रता से भगदत्त का हाथी अपने स्थान पर ही खड़ा रह गया, भीषण वेग से प्रक्षेपित आधे से ज्यादा बरछा हाथी के मस्तिष्क में धंस गया, ठीक उसी समय अबाहु के गज के सामने भीम आ गया, शत्रु को सामने देख क्रोध से चिंघाड़ते हुए ये भयानक पशु अपने दो पैरों पर खड़ा हो गया और भीम को अपने पैरों तले कुचलने तीव्र गति से नीचे आया, ज्ञात संघ के वंशज मैंने उस दिन कुंती पुत्र भीम के वेग को महसूस किया, बिना एक भी पग पीछे हटाये इस हिंसक योद्धा ने एक भीषण गदा प्रहार उस विशाल गज के दांये पैर के तलवे पर किया और वो विशाल गज वापस दुगुने वेग से पीठ के बल जमीन पर गिर कर निस्पंद हो गया, शायद उसके मस्तिष्क की सभी शिरायें उस भीषण प्रहार से फट गयीं थीं, इसी पल भगदत्त ने तलवार खींच कर अपने स्तब्ध खड़े हाथी से एक सीधी उछाल मुझ पर ली, कदाचित् वो मेरा सर काटना चाहता था तत्काल मेरे धनुष से छूटे अर्धचन्द्राकार बाण ने उसका सर बीच मार्ग में ही हवा में उछाल दिया और हाथ में तलवार लिये उसका धड़ धप्प से मेरे पैरों में गिरा, उधर द्रोणाचार्य ने भीषण युद्ध में महराज द्रुपद और राजा विराट को निमर्मता से मार गिराया, अब द्रोण के सामने मैदान खाली था सावधान युधिष्ठिर द्रोण गरजे, इसी पल कृष्ण के संकेत पर भीम जोरों से चिल्लाया अश्वथामा मारा गया। और प्रभु के

निर्देश पर हम सबने अपने विजय शंख फूंक दिये, हालांकि द्रोण पुत्र अश्वथामा तो उस वक्त थोड़ी दूरी पर द्रौपदी पुत्रों से भीषण युद्ध में उलझा हुआ था, पुत्र वध का उद्घोष सुनते ही द्रोण दुःख से कांपने लगे, हकबकाये द्रोण समझ ही नहीं पाये कि हम उनके पुत्र नहीं बल्कि अश्वथामा हाथी की मृत्यु का उत्सव मना रहे हैं, उनके हाथ से उनका धनुष छूट गया, तत्काल कृष्ण ने निर्देश दिया आक्रमण करो अर्जुन और पार्थ एक बार फिर से अचकचा गया, कृष्ण भड़क उठे तुम्हारी इसी कायरता से पुत्र अभिमन्यु मारा गया सोच क्या रहे हो वध करो इस हत्यारे का, और अर्जुन के गांडीव से छूटे तीर द्रोण के शरीर में धंसने लगे कौरवों की सेना का एक और भीषण योद्धा जमीन पर घुटनों के बल बैठ गया, पुत्र अश्वथामा घायल द्रोण का मर्मांतक स्वर समूचे युद्धक्षेत्र में गूँजा, तभी द्रोण के पास पिता की हत्या से व्यथित धृष्टद्युम्न तूफान की भांति पहुँचा और अपनी तलवार खींच द्रोण की तरफ लपका धृष्टद्युम्न की तलवार उठी, यही वो पल था जब द्रोण के कानों में अश्वथामा की गर्जना पड़ी पिताश्री, सुनते ही द्रोण की आंखों में स्तब्धकारी भाव प्रकट हुए पर तब तक देर हो चुकी थी, विद्युत गति से लहरायी धृष्टद्युम्न की तलवार के भरपूर वार ने द्रोण का सर उनके धड़ से अलग कर दिया, और कृष्ण ने पांच्चजन्य फूंक दिया भास्कर अस्त हो चुके थे, भीम ने आज दस और कुरू पुत्रों के सर कुचल डाले यकीनन आज का युद्ध भीम की गदा की विजय थी, हम सब शिविर की ओर बढ़ गये, कभी कभी एक नाम ही सब कुछ नष्ट कर देता है ज्ञात संघ के वंशज यही उस दुर्भाग्यशाली गज के नाम ने किया, समूचा युद्ध क्षेत्र लाशों के अम्बार से भरा पड़ा था, चितायें धधक रहीं थी, अग्निदेव पंचतत्वों से बने शरीरों से अपना हिस्सा वापस ले रहे थे पर इस दृश्य से ज्यादा अग्नि अब भी दोनों शिविरों के बचे हुए महारथियों के सीने में धधक रही थी, अगले दिन के रक्तपात के इंतजार में। वही निःशब्द खामोशी मैंने थोड़ी प्रतीक्षा की पर योद्धा जा चुका था, श्रद्धा से अपने लिखे को प्रणाम कर मैं एक बार फिर सोने चला गया, कल के इंतजार में।

पच्चीसवीं रात

# जीवन एक युद्ध है जिसमें हर पल जीत की चाह रहती है वो युद्ध शारीरिक हो या मानसिक।

सात बजे अलार्म की आवाज के साथ मेरी नींद खुली, फटाफट तैयार होकर मैं डोमेस्टिक एअरपोर्ट की ओर चल दिया, स्पाइस जैट की उड़ान से तकरीबन बारह बजकर चालीस मिनट पर मैं हैदराबाद पहुँचा एअरपोर्ट पर मुझे लेने मेरे अभिनेता मित्र शावर अली ने अपनी कार भेजी हुई थी, नमस्ते सर ड्राइवर ने मेरा अभिवादन करते हुए मेरा सूटकेस व हैण्डवेग पकड़ लिया और हम चल दिये, करीब दो बजे के आसपास मैं होटल पहुँच गया, थोड़ा विश्राम कर मैं शावर अली से मिलने इलेक्ट्रानिक सिटी के पास स्थित उनके शूटिंग स्थल पर चला गया वहां मौजूद यूनिट ने मेरा स्वागत किया और ब्रेक के बीच हम वैनिटी में आ गये, अब हमारे साथ अभिनेता अमित तिवारी भी थे, स्वादिष्ट भोजन करते हुए हम डिस्कशन करने लगे, फिर मैं उनसे विंदा ले वापस होटल आ आकर पांचवे माले के डेक से शाम को हैदराबाद की रंगीन रोशनियों को निहारने लगा, तकरीबन नौ बजे एक रेस्त्रां में स्थानीय भोजन का आनंद ले वापस होटल आ कर तकरीबन दस बजे तक सब कुछ व्यवस्थित कर मैंने पैन

और डायरी उठा ली थोड़े से इंतजार के बाद फुसफुसाहट गूँजी, मैं आ गया हूँ ज्ञात संघ के वंशज, प्रणाम सात्यकि मैं तैयार हूँ, तुम्हारा उत्साह देखकर मैं भी उत्साह से भर उठता हूँ ज्ञात संघ के वंशज, ये उत्साह भी आप ही से आता है द्वापर के योद्धा मैं तो सिर्फ कृतज्ञ हूँ आपके द्वारा दिये गये इस सम्मान और कार्य के लिये मैंने उत्तर दिया, तो लिखो ज्ञात संघ के वंशज, दोनों ओर की सेनायें कुरूक्षेत्र में सज गयी, आज इस युद्ध का तेरहवां दिन था पांडव सेना का नेतृत्व अर्जुन कर रहा था और कौरव सेना का नेतृत्व आज सूर्यपुत्र कर्ण के कन्धों पर था। असली युद्ध तो आज था, एक तरफ देवराज इन्द्र का मानस पुत्र अर्जुन और दूसरी तरफ सूर्यदेव का मानस पुत्र कर्ण, दोनों भीषण प्रतिद्वंद्वी आज अपनी अपनी व्यूह रचना के साथ आमने सामने थे, एक आंधी तो दूसरा तूफान, एक सागर तो दूसरा अनंत पहाड़, एक ज्वालामुखी तो दूसरा अनंत अंधकार। अर्जुन ने आज मयूर व्यूह रचा, मयूर के अग्रभाग पर अर्जुन दांये धृष्टद्युम्न और सत्राजित बायें भीम और घटोत्कच मध्य में द्रौपदी पुत्र और मयूर के पंखों पर मैं, युधिष्ठिर व अन्य योद्धा थे, उधर सूर्यपुत्र ने सिंह व्यूह में कुरू सेना को सजाया, सिंह के मुख पर कर्ण, अयाल पर दुर्योधन व अश्वथामा, दांये कृपाचार्य, कृतवर्मा बायें दु:शासन और शल्य व पृष्ठ पर शकुनि, वृषकेतु एवं अन्य योद्धा सन्नद्ध हो गये, राधेय का शंख गूँज उठा प्रत्युत्तर में देवदत्त और पांचजन्य की गूँज के साथ मयूर सिंह की ओर झपट पड़ा, राधेय का विजय धनुष सिंह गर्जना के साथ हवा में उठा आज सूर्यपुत्र वहां था जो उसकी असल जगह थी, जो अधिकार उसे बहुत पहले मिल जाना चाहिये था कुरू सेना का नेतृत्व, ज्ञात संघ के वंशज कर्ण ने हमारे सैन्य दल पर अपने शस्त्रागार से परशु, तोमर, भालों सहित भयंकर शस्त्रों की वर्षा कर दी, लग रहा था युद्धभूमि में कर्ण के रूप में स्वयं भार्गव श्रेष्ठ परशुराम संग्राम कर रहे हों, अर्जुन का गांडीव भी अपनी पूरी क्षमता से दिव्यास्त्र उगल रहा था पर आज युद्ध में कर्ण का पलड़ा भारी था, उधर दुर्योधन और अश्वथामा ने दांये

भाग पर प्रचंड प्रहार किया और धृष्टद्युम्न व सत्राजित को घेर लिया, द्रौपदी पुत्र, वृषकेतु के सैन्य दल से भिड़ गये, अस्त्र शस्त्र मानवीय जिस्मों में धंसने लगे, इसी बीच कौरवों का बायां द्वार संकट में घिर गया, भीम और घटोत्कच, कृपाचार्य व कृतवर्मा पर बुरी तरह टूट पड़े, पिता पुत्र की इस जोड़ी ने ऐसा भयानक युद्ध किया कि अधिकांश कौरव सेना उल्टे पांव दौड़ पड़ी, घटोत्कच के भीषण प्रहार से रक्त वमन करते कृपाचार्य को बचाव दल द्वारा तत्काल शिविर में ले जाया गया और भीम के हत्थे एक बार फिर कुरू पुत्रों का दल चढ़ गया कुरूपुत्रों के सर फूटने लगे, इधर मद्र नरेश शल्य, कर्ण के साथ आ गया और कर्ण, शल्य व मगधराज अर्जुन के सैन्य दल पर हावी हो गये, तभी संकट देख दुर्योधन तीव्र गति से दांये पक्ष पर पहुँचा जहाँ भीम उन्माद में भरा तीव्र वेग से कुरू पुत्रों का संहार कर रहा था, ज्ञात संघ के वंशज युद्ध का हर नियम इसको पांडु पुत्र के पांव के तलवे में था इसका एक ही नियम था जो दिखे उसे मसल दो, दुर्योधन इससे पहले कि भीम तक पहुँचता उसे घटोत्कच ने रोक लिया, तभी शल्य को अर्जुन से उलझाकर कर्ण तीव्र गति से दांये द्वार पर भीम के पास पहुँच गया, कर्ण के सारथी ने तीव्र वेग से अपना रथ भीम के रथ से भिड़ा दिया, बुरी तरह क्षतिग्रस्त रथों से दोनों महारथी अपनी अपनी गदा लेकर आपस में भिड़ गये, भीम ने कर्ण पर तीव्र वेग से हमला किया पर कर्ण कोई साधारण प्रतिद्वंद्वी नहीं था। ज्ञात संघ के वंशज कोई भी महारथी इस युद्ध में ये दावा नहीं कर सकता था कि वो सूर्यपुत्र को पराजित कर सकता हो, भीम के प्रचंड आवेग को कर्ण ने न सिर्फ चपलता से झुक कर बचाया बल्कि कर्ण के सर्प दांव में बुरी तरह उलझे भीम की पीठ पर कर्ण ने एक घातक प्रहार किया और भीम सीधा धरती पर गिरा, क्रोध में उन्मत सिंह की तरह भीम गरजा और कर्ण की ओर दौड़ पड़ा और ज्ञात संघ के वंशज फिर कर्ण के प्रचंड प्रहारों ने इस मदांध साण्ड का युद्ध का नशा ही उतार दिया, बुरी तरह घायल भीम कर्ण के दांव में फंसकर क्लांत हो उठा तभी

# सिंह व्यूह

वृषकेतु
कृतवर्मा
कृपाचार्य
अरिष्टनेमी सेना
शल्य
कर्ण
दुशासन
दुर्योधन
अश्वथामा
शकुनी
भगदत्त

# मयूर व्यूह

अर्जुन
घृष्टद्युम्न
सत्राजित
भीम
उत्तर
सात्यकि
घटोत्कच
नकुल
युधिष्ठिर
द्रोपदी पुत्र
सहदेव
अतिरिक्त
सेना

दुर्योधन के दल ने मदद हेतु संदेश बाण प्रक्षेपित कर दिया, घटोत्कच के प्रहारों ने दुर्योधन को बेदम कर दिया था, हालात तो यह थे ज्ञात संघ के वंशज लग रहा था कि कहीं घटोत्कच आज दुर्योधन के प्राण ही न ले ले, कर्ण ने आसपास देखा सारे योद्धा बुरी तरह व्यस्त थे, तभी कर्ण का सारथी नया रथ ले आया बुरी तरह घायल भीम को छोड़ कर्ण उस पर आरूढ़ हो घटोत्कच पर चढ़ दौड़ा, कर्ण के बाण घटोत्कच पर बरसने लगे पर घटोत्कच के राक्षसी कवच ने उसके बाणों को निष्फल कर दिया, बुरी तरह घायल व रक्त से सना दुर्योधन बोला कुछ करो मित्र नहीं तो आज हम ये युद्ध हार जायेंगे, राधेय के जबड़े कस गये **ॐ इंद्राय नमः** सूर्यपुत्र का स्वर उच्च होता जा रहा था सारे युद्ध क्षेत्र में अचानक भीषण नीली विद्युत तरंगे प्रयाण करने लगीं और कर्ण के हाथ में प्रकट हुआ संपूर्ण देवलोक का ऊर्जा भंडार इन्द्र का वरदान महाविनाशिनी **वासावी**, पर मित्र ये तो अर्जुन के लिये हैं दुर्योधन बोला, तुम्हारी मित्रता पर सब कुछ न्यौछावर है मेरे मित्र राधेय ने उत्तर दिया, सावधान राक्षस अंगराज गर्जा **इंद्रशक्ति प्रक्षेपम्** कर्ण ने अंतिम मंत्रोच्चार किया और सूर्यपुत्र के धनुष से प्रक्षेपित हो वासावी घटोत्कच की ओर तीव्र वेग से लपकी, महाशक्ति के प्रतिरोध हेतु तत्काल ही अर्जुन के गांडीव से इंद्रास्त्र और मेरे नारायण धनुष से महेंद्रास्त्र एक साथ छूटे पर वासावी के तेज ने सबको सोख लिया, घटोत्कच ने भी असुरास्त्रों से महाशक्ति का प्रतिरोध किया, यहाँ तक कि सत्राजित ने भी तत्काल अमोघ स्यमंतक अस्त्र का प्रहार वासावी पर किया, पर कोई परिणाम नहीं, बादलों की गड़गड़ाहट जैसी प्रचंड ध्वनि से घटोत्कच के अभेद्य असुर कवच को छिन्न भिन्न करती हुई ये अमोघ शक्ति घटोत्कच के सीने में समा गयी आ आ आ भीम पुत्र के पीड़ा भरे गर्जन से समूचा कुरूक्षेत्र गूँज उठा, घटोत्कच की पूरी देह नीली रोशनी में घिर गयी और अचानक प्रचंड विस्फोट हुआ लगा जैसे कुरूक्षेत्र पंचतत्वों का चक्रवात आ गया हो, देखते ही देखते घटोत्कच का विशाल शरीर धुएं में विलीन हो गया, प्रफुल्लित दुर्योधन ने

अंगराज को गले लगा लिया तुम्हारी मित्रता और त्याग का मूल्य मैं अनेकों जन्म तक नहीं चुका सकूंगा मित्र भावुक दुर्योधन फुसफुसाया, तभी घटोत्कच की हत्या से व्यथित धृष्टद्युम्न गरजा चीरकर रख दो इन कौरवों को और भीषण जयघोष के साथ युद्ध फिर से शुरू हो गया, अर्जुन और कर्ण प्राणपण से भिड़ गये और इधर अवसर पा सैन्य दल का संहार करता हुआ शल्य मयूर के पंखों तक आ पहुँचा, सावधान युधिष्ठिर शल्य ने चेतावनी देते हुए युधिष्ठिर के रथ की ओर एक लौह गदा तीव्र गति से फेंकी, प्रत्युत्तर में मैंने भी एक लौह गदा से उसके प्रहार का प्रतिकार किया, क्रोध में शल्य अपनी गदा उठाकर रथ से कूद पड़ा, मैंने भी अपनी गदा थाम ली, शल्य दांत पीसकर बड़बड़ाया तू मरकर ही मानेगा सात्यकि, ये काम तेरे बस का नहीं है मूषक मैं भी गरज पड़ा और हम दोनों एक दूसरे से भिड़ गये, कुछ भी हो ज्ञात संघ के वंशज पर शल्य एक श्रेष्ठ योद्धा था, जो अपने शिकार को बिल बनाकर खोज ही लेता था पर ये इसका दुर्भाग्य था कि जब भी मूषक बिल से बाहर आता मैं एक नेवले की तरह उसके सामने खड़ा होता था। शल्य के प्रहार तीव्र होते जा रहे थे और मैं भी अपनी लय में था मेरे एक भीषण प्रहार को शल्य ने अपनी गदा पर चपलता से रोककर मेरी गदा को लगभग अवरूद्ध कर दिया, अब हम दोनों में शारीरिक जोर आजमाइश होने लगी, हम दोनों ही एक दूसरे के गोह दांव में बुरी तरह उलझ गये, जिसकी भी गदा झुकती वही प्रतिद्वंद्वी के प्रचंड मुष्ठि प्रहार का शिकार हो जाता और शल्य तो शारीरिक बल में स्वयं एक चलता फिरता पर्वत था, थोड़ी देर तक चली इस अनिर्णय भरी जोर आजमाइश से मेरा माथा गर्म हो उठा आखिर मैं सर्वश्रेष्ठ मल्ल योद्धा बलभद्र का शिष्य था, अपना संपूर्ण शारीरिक बल एकत्र कर मैंने शल्य को चकित करते हुए अपनी गदा को एक वक्राकार चक्र में घुमाते हुए आकाश की ओर स्वतंत्र छोड़ दिया, अगले ही क्षण एक दूसरे से उलझी दोनों गदांये आसमान में थी शल्य भौचक्का रह गया, इसी पल मेरे भीषण मुष्ठि प्रहार ने मद्र नरेश को रक्त वमन करा दिया

क्रोध में शल्य पलटकर मुझ पर झपटा और हम दोनों में मल्ल युद्ध छिड़ गया, इधर कर्ण लगातार अर्जुन पर भारी पड़ रहा था, दुर्योधन और सत्राजित बुरी तरह भिड़े हुए थे, तभी वसुदेव कृष्ण का पांच्चजन्य गूँज उठा, आज प्रचुर मात्रा में सैन्य संहार हुआ था, योद्धाओं व युद्धक पशुओं के मृत शरीरों से कुरूक्षेत्र भरा पड़ा था, शल्य और मेरा मल्ल युद्ध भी रूक गया हम दोनों के कवच धूल धूसरित और रक्त से सने हुए थे, मयूर व्यूह आज बुरी तरह हिल गया था, घटोत्कच के अवसान ने हमारे पक्ष को एक भीषण क्षति पहुँचायी थी पर अर्जुन अब सुरक्षित था, उसके आसपास निर्मित कृष्ण व्यूह अभी तक अजेय था, हम अपने शिविर की ओर लौट पड़े। सात्यकि खामोश हो गये, मेरे रूम में ए.सी. चल रहा था चारों ओर सन्नाटा था, इस युद्ध की विभीषिका के वर्णन से मैं लगभग जड़ था, मुझे तो आजकल सपने भी युद्ध के ही आने लगे थे, मैंने चुपचाप कलम, डायरी रख प्रभु वसुदेव व योद्धा को मन ही मन उनकी कृपा के लिए प्रणाम किया और अपने आपको शांत करने का प्रयास करते हुए निंद्रा देवी की गोद में सो गया, इस स्मृति के साथ कि कल योद्धा फिर आयेगा।

छब्बीसवीं रात

# युद्ध व विवाद में हमारे अपनों का अवसान हमारे प्रतिशोध को और प्रबल करता है।

सुबह मैं रामोजी फिल्मसिटी की ओर निकल पड़ा सैकड़ों स्टूडियो, सैट्स व प्राकृतिक एवं कृत्रिम लोकेशन से सज्जित यह फिल्म सिटी राव परिवार का वह सपना थी, जिसे अंततः दूरदर्शी सोच और जोखिम लेने में सिद्धहस्त रामोजी राव की जिद ने सच कर दिखाया। फिल्म निर्माण की हर तकनीक व देश विंदेश के सर्वश्रेष्ठ कला निर्देशकों के द्वारा निर्मित शानदार सैट्स, निःसंदेह रामोजी एक सफल उद्यमी के साथ साथ कला के भी पारखी थे। निर्जन पहाड़ों में बेहद खूबसूरत नगर यहां की कलात्मक ऊर्जा आपको लगभग सम्मोहित कर देती है, स्टूडियो के स्टाफ ने मुझे सारे सैट्स व लोकेशन का ब्यौरा प्रस्तुत किया, उनके भोजन अनुरोध को विनम्रता से मना कर मैं वापस लौट पड़ा मेरे ड्राइवर ने कार रास्ते में एक स्थानीय रेस्टोरेंट पर कार रोकी और बोला सर रजनी सर भी यहाँ खाना खाने आते हैं, वो सुपर स्टार रजनीकांत की बात कर रहा था, भारतीय सिनेमा की किताब के एक जीवन्त अध्याय मैं अंदर पहुँचा और टेबल पर जम गया स्थानीय व्यंजनों से भरी थाली मेरे सामने थी,

दक्षिण भारतीय सब्जियों व दालों से भरे पात्र मेरी टेबल पर रख दिये गये, जितना चाहो खा सकते हो, मैंने भरपेट भोजन किया व कुछ और स्थानीय लोगों से मिलकर मैं रात आठ बजे होटल पहुँचा, मैंने शॉवर लेकर अपने लिये इलैक्ट्रिक कैटल में एक ब्लैक कॉफी तैयार की और उसके गर्म घूंट लेता हुआ राइटिंग टेबल पर जम गया, तभी फुसफुसाहट गूँजी तैयार हो ज्ञात संघ के वंशज, प्रणाम महान सात्यकि मैं तैयार हूँ, तो लिखो ज्ञात संघ के वंशज, आज कर्ण ने पाताल व्यूह की रचना की, बाण की नोक के समान तीक्ष्ण यह व्यूह अपना हर द्वार टूटने पर और भी भयंकर हो उठता है, सात द्वारों से सज्जित इस व्यूह की त्रिभुजाकार संरचना की नोंक पर कर्ण, फिर अश्वथामा, दुर्योधन, कृपाचार्य, फिर कृतवर्मा, दु:शासन, शल्य, वृषकेतु एवं दांये और बायें पक्ष में कलिंग, मगध, शकुनि व अन्य कुरू पुत्र थे। अर्जुन ने आज यमपाश व्यूह की रचना की, यमपाश के अग्र पर अर्जुन व यमराज के भैंसे सदृश भीम व अन्य भागों पर धृष्टद्युम्न, सत्राजित, नकुल, सहदेव, द्रौपदी पुत्र व उत्तर थे, युधिष्ठिर यमपाश के केन्द्र में मेरी अश्वसेना के घेरे में था, अर्जुन ने देवदत्त व केशव ने पांच्चजन्य फूंक दिया, तीव्र वेग से यमपाश पाताल की ओर प्रक्षेपित हुआ पाताल के प्रथम द्वार पर कर्ण के बाणों की लौह दीवार को भीम के सैन्यदल की गदा के प्रहारों ने बिखेर दिया, अर्जुन ने कर्ण पर प्रचंड गति से आक्रमण किया, पाताल के विभिन्न द्वारों पर यमपाश से अस्त्र शस्त्र प्रक्षेपित होने लगे, यमपाश कुरू सेना पर अपना दबाव बढ़ाने लगा था और कर्ण ताव खा गया, लेकिन सूर्यपुत्र को पृष्ठ से संबल चाहिए था, भीषण युद्ध करते हुए कर्ण का रथ थोड़ा पीछे हटा और दुर्योधन से आ मिला लेकिन दुर्योधन के सामने भीम आ गया दोनों उलझ पड़े, इसी बीच सत्राजित ने भी धावा बोल दिया और कुरू सेना का संहार होने लगा, पाताल व्यूह चरमराने लगा, कर्ण और दुर्योधन व्यूह में पीछे हटे और अश्वथामा ने यमपाश के अग्रभाग पर तीव्र आक्रमण किया, मैं यमपाश का द्वार खोल अश्वथामा पर टूट पड़ा, अश्वथामा के बाणों की तीव्रता

को मैंने अपने बाणों से अवरूद्ध कर दिया, इधर अर्जुन लगातार कर्ण पर आक्रामक प्रहार कर रहा था, कर्ण भी एकाग्रता से उसका उत्तर दे रहा था, प्रचंड विस्फोट हो रहे थे दोनों व्यूहों के केन्द्र और पृष्ठ से अस्त्र शस्त्र दागे जा रहे थे जिससे मध्य की नियमित सेनाओं के आगे बढ़ने का मार्ग लगभग अवरूद्ध था, चारों ओर युद्धघोष गूँज रहे थे, इसी बीच भीम ने दुर्योधन को एक भीषण गदा प्रहार से अचेत कर दिया, कर्ण के रथ से संदेश बाण प्रक्षेपित हुआ, आसमान में एक गहरा केसरिया विस्फोट हुआ और धड़धड़ाते हुए पाताल व्यूह का चौथा द्वार खोल कृपाचार्य मैदान में आ गये, पांडव पक्ष से धृष्टद्युम्न ने आगे आकर कृपाचार्य पर हमला कर दिया और इसी भगदड़ के बीच भीम को अंदर धंसने का अवसर मिल गया, भीम ने दु:शासन को थाम लिया दोनों की गदांये टकराने लगी, दु:शासन एक अच्छा और निडर योद्धा था पर भीम तो आर्यावर्त का आतंक था, दु:शासन ने द्वंद्व के बीच कुछ सफल प्रहार भीम पर किये भी लेकिन प्रतिशोध में खौलते भीम ने अपनी गदा फेंक कर दु:शासन पर सीधे आक्रमण कर दिया अब दु:शासन भीम के साथ मल्ल युद्ध में बुरी तरह घिर गया, थोड़ी ही देर में भीम के प्रचंड मुक्कों से वो रक्त वमन करने लगा शायद उसकी पसलियाँ भी बुरी तरह क्षतिग्रस्त हो गयीं थीं पर भीम के रक्त की प्यास तो बढ़ती जा रही थी, कुंती पुत्र ने दु:शासन को बुरी तरह पकड़ कर जमीन पर दे मारा, पीड़ा से चीख रहे दु:शासन को क्रोध में उन्मत इस मदान्ध साण्ड ने अपने मुष्ठि प्रहारों से धरती में बुरी तरह धंसा दिया, प्रचंड प्रहारों से दु:शासन की लगभग सभी अस्थियाँ चूर चूर हो गयीं और इस युद्धक पिशाच ने दु:शासन की छाती चीर डाली, खून से सने हाथ लिये भीम के पैशाचिक अट्टाहस से सारा कुरूक्षेत्र थर्रा उठा, इस दृश्य को देखते ही वहां मौजूद कौरव दल आतंकित हो भागने लगा और कुछ और कुरू पुत्रों के सर भीम के आवेग की भेंट चढ़ गये, इधर अर्जुन के साथ भीषण युद्ध के बीच कर्ण का रथ पाताल व्यूह के पांचवे द्वार से सट गया, कृतवर्मा भी कलिंग और

# पाताल व्यूह

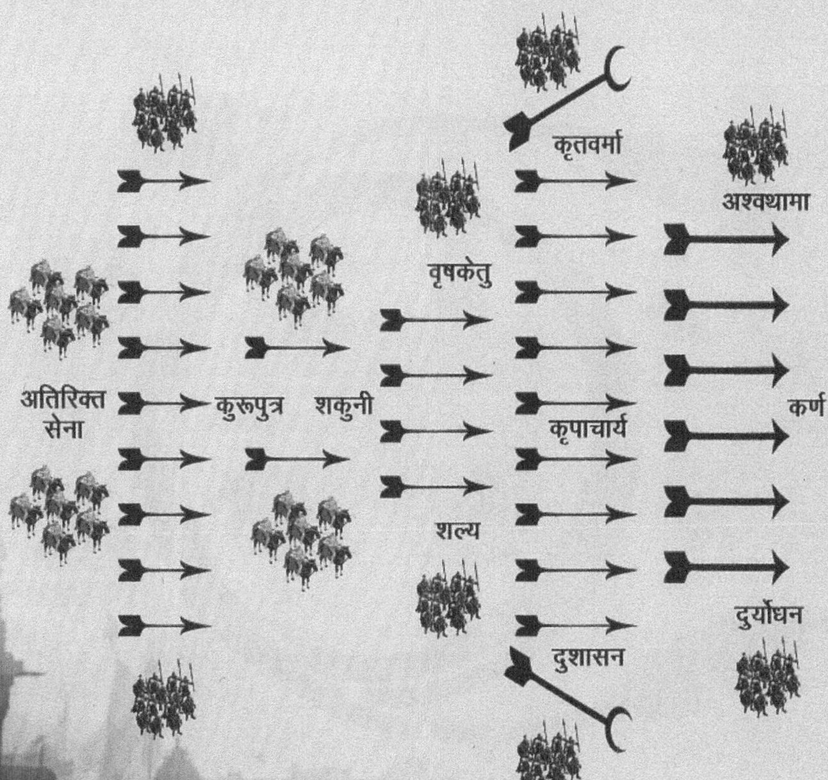

# यम पाश व्यूह

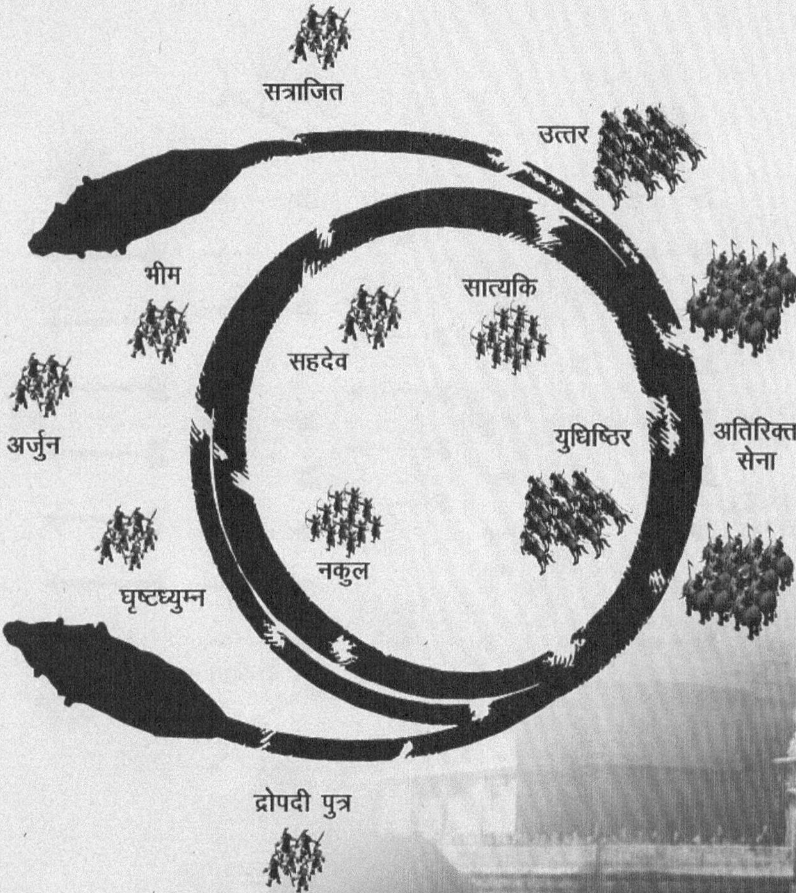
सत्राजित
उत्तर
भीम
सात्यकि
सहदेव
अर्जुन
युधिष्ठिर
अतिरिक्त सेना
नकुल
धृष्टद्युम्न
द्रोपदी पुत्र

मगध के साथ युद्ध में कूद पड़ा, तभी चेकितान वहाँ आ पहुँचा, कर्ण के पक्ष की ओर का पाताल व्यूह अभी सुरक्षित था उसके पुत्र वृषकेतु ने घायल होते हुए भी अपना भाग संभाला हुआ था, लेकिन पाताल के बाकी भाग संकट में थे, कर्ण के हर दिव्यास्त्र को अर्जुन काट रहा था, संकट देख कर्ण के बाण गति पकड़ने लगे, सूर्यपुत्र ने त्रिनाग अस्त्र का आह्वान किया दुर्भाग्य से इसकी काट किसी के पास नहीं थी सर्पराज का विष अचूक था, पर वाह केशव सर्वश्रेष्ठ हस्तलाघव का परिचय देते हुए उन्होंने तत्काल वज्र रथ के पहियों का प्रथम आवरण खोल दिया पल के सौंवे हिस्से में अर्जुन का रथ धरा के और समीप आ पहुँचा, और त्रिनाग अर्जुन के मस्तिष्क की जगह उसके मुकुट को साथ ले रथ के पृष्ठ में धंस गया। वज्र रथ का वह स्थान तुरंत विष से गल गया, अर्जुन आज मरते मरते बचा, कुंती पुत्र क्रोध से लाल हो गया और दुगुनी गति से कर्ण के बाणों का प्रतिकार करने लगा इसी मध्य भीषण युद्ध में धृष्टद्युम्न ने कलिंग और भीम ने मगध राज का वध कर दिया, कृपाचार्य ने भी कुंतिभोज और कृतवर्मा ने राजकुमार उत्तर को मार डाला, कर्ण पीछे हटते हुए छठवें द्वार पर आ गया, अब पाताल व्यूह को समेटने का समय आ गया था पर अफसोस कौरव पक्ष के सभी योद्धा घिरे हुए थे। अश्वथामा को पाताल व्यूह का मुख्य आक्रमण संभालना था पर वो मेरे साथ एक भीषण युद्ध में उलझा था, मेरे बाणों ने शिरांन मणिधारक गुरूपुत्र को हिलने का भी अवसर नहीं दिया, कर्ण ने अपना माथा पीट लिया और त्वरित गति से सातवें द्वार पर पहुँचने का प्रयत्न करने लगा, पीछे हट रहा है कायर अर्जुन चीखा, अपनी जुबान को लगाम दे बद्ज़ुबान राधेय का धनुष अभी उसके हाथ में है कर्ण फुफकारा, दोनों लगातार जूझ रहे थे, तभी शल्य कर्ण के बायें भाग में पहुँचने का प्रयत्न करने लगा पर उसके सामने भीम था दोनों योद्धा जम गये, चारों ओर चीखें गूँज रही थी यमपाश ने पाताल को बुरी तरह कस लिया था, लेकिन कर्ण के शस्त्रागार से निरंतर बाण वर्षा जारी थी उसने अर्जुन को अपनी

अरिष्टनेमी टुकड़ी के चक्र में बांधने का प्रयास किया, ये राधेय की अतिरिक्त योजना थी, पर काल आज सूर्यपुत्र पर अपनी दृष्टि जमा चुका था, पीछे हटते हुए अचानक कर्ण के रथ का पहिया एक लाशों के समूह के बीच अवरूद्ध हो गया, रथ के दोनों पहिये बुरी तरह फंस गये, बाण वर्षा रोक कर्ण तत्काल रथ से कूदा और उसने रथ के पहिये को पकड़कर अपना संपूर्ण बल लगा आगे की ओर धकेला, आक्रमण करो अर्जुन वसुदेव कृष्ण बोले, कर्ण की आंखें विस्मय से फैल गयीं, अर्जुन भी सकपका कर बोला, केशव वो रथ का पहिया निकाल रहा है अभिमन्यु भी निहत्था ही था आक्रमण करो कृष्ण आदेशात्मक स्वर में बोले, कृष्ण सम्मोहन में अर्जुन का गांडीव उठा, स्थिति भांप कर्ण ने थकी आंखों से आसपास देखा पाताल व्यूह के एक पक्ष में उसका पुत्र वृषकेतु, नकुल और सहदेव के दल से प्रचंड युद्ध कर रहा था, उसके नेत्र अर्जुन की तरफ उठे सूर्यपुत्र के नेत्रों में कोई शिकायत नहीं थी, शायद अभिमन्यु की मृत्यु के लिए कर्ण ने अपने आपको कभी माफ नहीं किया, तभी गांडीव से छूटे सैकड़ों तीर कर्ण के शरीर में पैबस्त हो गये और कुरूक्षेत्र का सूर्य धरती पर गिर गया। अर्जुन रथ में खामोश खड़ा था कृष्ण तत्काल रथ से उतरकर कर्ण की ओर दौड़े उन्होंने घायल कर्ण को अपनी भुजाओं में भर लिया, सूर्यपुत्र तुम इस महायुद्ध के सर्वश्रेष्ठ योद्धा हो कृष्ण फुसफसाये, कर्ण के गिरते ही भयभीत कौरव सेना भाग खड़ी हुई, तभी अर्जुन ने देवदत्त फूंक दिया युद्ध विराम, इसी बीच बदहवास वृषकेतु भी वहाँ पहुँच गया पिताश्री कर्ण पुत्र की आंखों से आंसुओं का सैलाब फूट पड़ा कर्ण के मुख से अंतिम शब्द निकले मेरे पुत्र का ख्याल रखना केशव और ज्ञात संघ के वंशज सूर्य पुत्र ने कांपते हाथों से वृषकेतु का हाथ द्वारकाधीश के हाथों में सौंप दिया तभी सूर्यदेव अचानक लुप्त हो गये शायद वह भी अपने पुत्र की नृशंस हत्या से व्यथित थे। हम सब चुपचाप खड़े थे, सात्यकि कृष्ण बोले, आज्ञा प्रभु मैं तत्काल प्रस्तुत हुआ, श्रेष्ठ काष्ठों की चिता तैयार करवाओ, जो आज्ञा मैं तत्काल प्रबंध में लग गया

और ज्ञात संघ के वंशज सूर्यपुत्र को स्वयं त्रिलोकीनाथ ने अपने हाथों से मुखाग्नि दी, कर्ण के सम्मान में कृष्ण के दोनों हाथ जुड़ गये, स्वमेव वहां मौजूद सभी योद्धाओं के हाथ भी कर्ण के सम्मान में कृष्ण का अनुसरण करने लगे, लेकिन कुंती, भीष्म, केशव और मेरे सिवा किसी को नहीं मालूम था कि वे सूतपुत्र नहीं बल्कि कौन्तेय कर्ण की चिता को मुखाग्नि दे रहे हैं, असल में कर्ण इस सम्मान का वास्तविक अधिकारी था क्यूंकि वो सूर्यपुत्र था, क्यूंकि वो भार्गव शिष्य था, क्यूंकि वो एक सच्चा मित्र था, क्यूंकि वो सर्वश्रेष्ठ दानवीर था, क्यूंकि वो सभी कुंती पुत्रों में सबसे ज्येष्ठ था, कुंती पुत्र कर्ण। हम सब शांत और निशब्द अपने शिविर में आ गये। कुछ देर की खामोशी, मैं समझ गया कि सात्यकि अब बात नहीं करेंगे, मैंने भी शांत मन से कलम रख दी और सूर्य पुत्र को मन ही मन प्रणाम कर सोने चल दिया, कल की रात के इंतजार में।

सत्ताइसवीं रात

# प्रतिशोध और घृणा मानव की अंतिम सांस तक उसके हृदय में जीवित रहते है।

सुबह फोन की घंटी के साथ मेरी नींद खुली, अभी तक सो रहे हो क्या रितु बोली, अधखुली आंखों से मैंने वाल क्लॉक में टाइम देखा सुबह के दस बज चुके थे, हाँ बस अभी उठा हूँ तुम्हारी कॉल से, रात बहुत देर से सोया था, सोच रहा हूँ कि आज नोएडा आ जाऊँ मैं बोला, एक काम करो सीधे वाराणसी चले जाओ वहाँ पापा मम्मी से मुलाकात हो जायेगी और विश्वनाथ जी और संकटमोचन हनुमान जी के दर्शन भी कर लेना रितु बोलीं, ठीक है मैं तैयारी करता हूँ मैंने कहा मेरा भी काफी दिनों से मन था काशी जाने का मेरी फ्लाइट शाम को चार बजे की थी मैंने एक बजे होटल से चैकआउट किया और एअरपोर्ट की ओर चल दिया, दिल्ली हाल्ट लेते हुए रात तकरीबन आठ बजे मैं वाराणसी के बाबतपुर एअरपोर्ट से बाहर आकर नौ बजे के आसपास घर पहुँच गया, और फिर चाय के साथ हमारी बातें शुरू हो गयी, मैं थोड़ा थका हुआ था इसलिये मैंने जल्दी खाना खाया और बेडरूम में आ गया, करीब आधा घण्टा आराम करने के बाद तकरीबन साढ़े दस बजे मैंने कलम और डायरी उठा ली, मोक्ष की

नगरी काशी में स्वागत है ज्ञात संघ के वंशज खुश्बू फैल गयी थी, जय काशी विश्वनाथ महान सात्यकि, जय काशी विश्वनाथ सात्यकि बोले, मैं लिखने को तत्पर हो गया, तो लिखो ज्ञात संघ के वंशज वैसे तो युद्ध का निर्णय लगभग स्पष्ट हो चुका था या कहूँ तो ये पहले से ही तय था, लेकिन कालचक्र का पहिया कब किसकी तरफ घूम जाये ये कहना बहुत मुश्किल होता है यहाँ तक कि देवराज इन्द्र को भी अल्कापुरी से प्रस्थान करना पड़ा था, आज दुर्योधन ने कौरव सैन्य दल का सेनापति मद्र नरेश शल्य को बनाया, ये सत्य था कि मद्र नरेश को सूर्यपुत्र कर्ण के सिवा आज तक किसी ने भी पूर्ण पराजित नहीं किया था या दूसरे शब्दों में कहें तो शल्य के नेतृत्व में मद्रदेश को कर्ण के सिवा कोई भी जीत नहीं पाया था, इसलिये हम सब सतर्क थे लेकिन ज्ञात संघ के वंशज सूर्यपुत्र कर्ण की मृत्यु से दुर्योधन बुरी तरह टूट गया था। कभी कभी मुझे लगता है कि इस गांधारी पुत्र ने अपने जीवन में सबसे अधिक विश्वास और प्रेम सूर्यपुत्र से ही किया था, धनुर्धारी कर्ण उसके विश्वास का आधार था उसके लिए कर्ण सबसे बढ़कर था जब तक कर्ण जीवित था तब तक गांधारी पुत्र ने अपनी हार के विषय में एक पल भी नहीं सोचा, आज कर्ण की अनुपस्थिति में दुर्योधन का चेहरा थोड़ा बुझा हुआ था असल में दुर्योधन के अहंकार और पांडवों के प्रति उसकी घृणा ने उसे मानसिक रूप से विकृत कर दिया था उसका एक ही लक्ष्य था पांडु पुत्रों का संपूर्ण विनाश, मद्र नरेश शल्य ने आज घूर्णन व्यूह बनाया युद्धक रथों से निर्मित एक चपल व्यूह रचना, कौरव पक्ष की अधिकांश सेना नष्ट हो गयी थी पर बचे हुए सभी लोग अभी भी मरने को डटे हुए थे, मुख्य रथ पर शल्य और बायें दुर्योधन व कृपाचार्य दांये कृतवर्मा और शकुनि एवं पृष्ठ में अश्वथामा और बचे हुए कुरू पुत्र संनद्ध हो गये। अर्जुन ने आज विनाशक व्यूह रचा, सामने वाले व्यूह की गति भांपकर त्वरित आक्रमण करने की क्षमता से परिपूर्ण इस व्यूह में विभिन्न अरिष्टनेमी गुल्म थे जो इस व्यूह की मुख्य विशेषता थी, हम सब योद्धा एक एक अरिष्टनेमि

सैन्यदल का नेतृत्व कर रहे थे, शल्य ने शंख फूंक दिया और गुल्म के मुख्य द्वार पर स्थित अर्जुन से टकरा गया, मेरी भिड़ंत दुर्योधन से हो गयी और गांधारी पुत्र व मेरे बीच गदायुद्ध छिड़ गया, धुष्टद्युम्न, कृपाचार्य से और द्रौपदी पुत्र, कृतवर्मा व वृहदल से और नकुल, शकुनि से भिड़ गया, भीम ने सीधे अश्वथामा के दल पर आक्रमण किया, चारों ओर शस्त्रों की खनखनाहट व घायल होते योद्धाओं की चीख पुकार गूँज उठी, इसी बीच अर्जुन से युद्ध करते हुए शल्य को जल्द ही ये अहसास हो गया कि उसने कुछ ज्यादा ही ऊँची छलांग लगा ली, अर्जुन के बाण मद्र नरेश पर बुरी तरह कहर बरपा रहे थे और शल्य के पास उनका कोई जवाब नहीं था, उसे खतरे में देख कृपाचार्य ने रौद्रास्त्र का आह्वान कर तत्काल उसे धृष्टद्युम्न पर दे मारा, धृष्टद्युम्न मूर्छित हो गया चेकितान का दल तुरंत धृष्टद्युम्न की तरफ लपका और कृपाचार्य तेजी से अर्जुन के साथ बुरी तरह फंसे शल्य के साथ आ गये और अवसर पा शल्य गुल्म में आगे बढ़ गया, इधर मेरे और दुर्योधन के बीच भीषण गदा युद्ध चल रहा था, हम दोनों की गदांये प्रचंड मेघों की भांति आपस में टकरा रही थीं, भीम ने इस मौके का पूरा फायदा उठा बचे खुचे कुरू पुत्रों को कुचलना शुरू कर दिया, सावधान युधिष्ठिर शल्य ने तीव्र गति से केन्द्र में पहुँचकर युधिष्ठिर को ललकारा, आओ मामाश्री और ज्येष्ठ कुंती पुत्र अपना वज्र भाला थामे शल्य के सामने कूद गया, दोनों ही भाला युद्ध के सिद्धहस्त योद्धा थे, इसी बीच शकुनि के साथ युद्ध कर रहे नकुल ने अपनी तलवार का एक भीषण प्रहार शकुनि पर किया और शकुनि की तलवार उसके हाथ से छूट गयी तत्काल नकुल की तलवार ने शकुनि की छाती को चीर दिया, आर्यावर्त का सबसे बड़ा जुआरी युद्ध क्षेत्र में मृत्यु को प्राप्त हुआ और नकुल सहदेव के साथ तीव्रता से कुरू सेना के बचे खुचे दल पर मृत्यु की तरह टूट पड़ा, उधर कौरवों के पृष्ठ में चल रहे भीषण द्वंद्व में भीम ने बचे हुए सभी कुरू पुत्रों का नृशंसता से वध कर दिया, कुंतीपुत्र की गदा कुरूपुत्रों के रक्त से लथपथ थी, इसी बीच अश्वथामा

# घूर्णन व्यूह

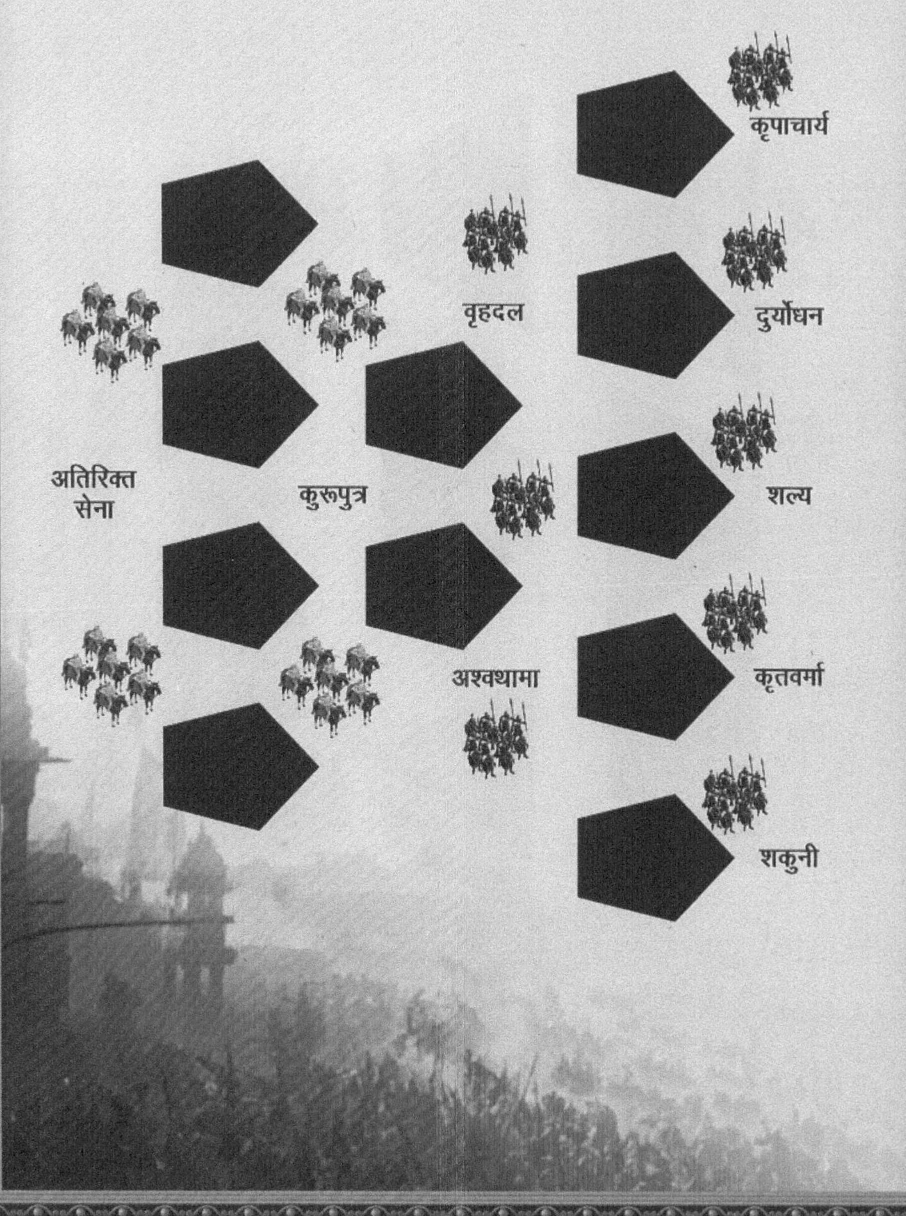

# विनाशक व्यूह

नकुल
सात्यकि
चेकितान
अर्जुन
सत्राजित
द्रोपदी पुत्र
युधिष्ठिर
अतिरिक्त सेना
सहदेव
भीम
धृष्टद्युम्न

के बाणों ने भी चेकितान को मृत्युलोक पहुँचा दिया और अब अश्वथामा और सत्राजित के बीच में संघर्ष छिड़ा हुआ था, दोनों के मध्य बाण वर्षा हो रही थी, इधर शल्य और युधिष्ठिर एक श्रेष्ठ युद्ध कर रहे थे, दोनों के लौह भाले एक दूसरे पर रह रहकर प्रहार कर रहे थे इसी बीच युधिष्ठिर ने शल्य के वार को अपने भाले के अग्रभाग पर रोका और अपने भाले की मूठ से भरपूर प्रहार शल्य के शरीर के बायें हिस्से पर किया, शल्य हड़बड़ाकर अपने दांये गिरा, भीषण क्रोध में झुंझलाकर जैसे ही मद्रनरेश आगे आया उसी पल युधिष्ठिर का वज्र भाला उसकी गर्दन के आर पार हो गया और युधिष्ठिर ने विजय शंख फूंक दिया, कौरवों की अधिकांश सेना मारी जा चुकी थी और अब अपने प्रधान सेनापति की मृत्यु का समाचार सुनते ही बचे खुचे सैनिकों में भगदड़ मच गयी, जिसे जिधर रास्ता मिला वो उधर ही भाग खड़ा हुआ, वैसे भी कुरू पक्ष के अधिकांश योद्धा मारे जा चुके थे, सिर्फ दुर्योधन, कृपाचार्य, कृतवर्मा व अश्वथामा और उनका छोटा सा सैन्यदल ही बचा था, हम सब अपने शिविर में लौट आये, ज्ञात संघ के वंशज युधिष्ठिर आज एकदम फूला हुआ बैठा था, लग रहा था जैसे सारा युद्ध इसी द्यूत प्रेमी ने जीता हो, बार बार वो द्रौपदी के सामने शल्य से युद्ध के दौरान हुई घटना का वर्णन कर रहा था, इधर द्रौपदी भी कम नहीं थी वो लगातार भीम और अर्जुन को उकसा रही थी कि कल दुर्योधन के दल का संपूर्ण सर्वनाश कर दो, इस वक्त इन सभी के चेहरों पर पिता, भाई, पुत्र किसी के मरने का दुख नजर नहीं आ रहा था, नजर आ रहा था तो सिर्फ और सिर्फ प्रतिशोध, खैर मैं उन सबसे विंदा ले अपने खेमे में आ गया क्यूंकि कल की तैयारी करनी थी, महाभारत अभी शेष था। थोड़ी देर के मौन से मैं समझ गया कि सात्यकि जा चुके थे, मैं भी संकट मोचन हनुमान जी को प्रणाम कर सो गया, कल फिर से उनके दिव्य दर्शन की अभिलाषा में।

अठ्ठाइसवीं रात

# संपूर्ण जीत या संपूर्ण विनाश, दोनों ही एक दूसरे के पूरक हैं।

वाराणसी में एक आध्यात्मिक सुबह, मैं पहले से तय कार्यक्रम के अनुसार सीधे विश्व प्रसिद्ध संकटमोचन मन्दिर पहुँच गया, रूद्रावतार का एक जागृत स्थान, मूर्धन्य संत व आध्यात्मिक लेखक बाबा तुलसीदास को भी अपने आराध्य देव हनुमान के प्रथम दर्शन यहीं प्राप्त हुए थे, यह मन्दिर वाराणसी शहर के नागरिकों के दिलों में धड़कन की तरह बसा हुआ है यहां हर पल, जय श्रीराम, जय हनुमान व हर हर महादेव के उद्घोष गूँजते रहते हैं, मैंने मंदिर प्रांगण में स्थित प्रसादशाला से बेसन के लड्डू व चने का प्रसाद व तुलसी और गुलाब की मालायें ली और दर्शनार्थियों के साथ कतारबद्ध हो गया, जरा सी देर में मैं रूद्रांश के सन्मुख था अंजनी पुत्र के सम्मान में झुक मैंने मन ही मन प्रार्थना की मुझ पर कृपा दृष्टि बनाये रखना प्रभु फिर केसरीनंदन के ईष्ट प्रभु महाविष्णु के सातवें अवतार प्रभु श्री राम, माँ सीता व शेषावतार लक्ष्मण जी के विग्रहों जो हर पल उनके नेत्रों के सामने रहते हैं के सन्मुख प्रार्थना कर मैं बाहर आया, समस्त प्रांगण दिव्य आध्यात्मिक ऊर्जा से लबरेज था मंदिर प्रांगण में थोड़ी देर रूकने के बाद कुछ अन्य ऐतिहासिक स्थलों के दर्शन कर मैं वाराणसी के विश्व प्रसिद्ध अस्सीघाट पर पहुँच कर श्रद्धा भाव से माँ

गंगा के अप्रितम सौन्दर्य व प्रवाह का आनंद लेने लगा, स्वादिष्ट टमाटर चाट का दौना मेरे हाथ में था, यूँ ही काफी समय व्यतीत हो गया और शहर में धीरे धीरे रोशनी होने लगी और शीघ्र ही सारा शहर रंग बिरंगी रोशनियों से चमचमाने लगा, मैंने देखा कि घाट पर बहुत कम लोग बचे थे शायद दो या तीन, तभी मेरे कानों में हर हर महादेव की ध्वनि गूँजी मैं पलटा और देखा कि भस्म श्रृंगार किये एक नागा साधु मेरे पीछे खड़े थे, काशी में ये दृश्य आम है हर हर महादेव महाराज जी मैंने भी सामान्य सा उत्तर दिया और मन में सोचने लगा कि शायद ये कुछ मांगेगें, औघड़ किसी से मांगता नहीं औघड़ को देने की क्षमता एकमात्र महादेव शिव में है, औघड़ के शब्द मेरे कानों में पड़ते ही मैं चौंक पड़ा, मेरे मुंह से स्वयमेव निकला आदेश करें महाराज जी, आदेश नहीं निर्देश है अपना दायां हाथ आगे कर उनका अधिकार पूर्ण स्वर मेरे कानों में पड़ा, मैंने अनमने मन से अपना दायां हाथ आगे किया, औघड़ का खाली हाथ तत्काल आसमान की ओर उठा वो गरजा ला दे और आसमान की ओर उठे उनके दांये हाथ की हथेली बंद हुई जिसे उन्होंने नीचे ला मेरे दांये हाथ के ऊपर खोल दिया, मेरी हथेली में कुछ कौड़ियाँ गिरीं मैंने उन्हें देखा कुछ अजीब सी थीं, सभी का आकार व रंग अलग अलग था, इन्हें संभालकर रखना भविष्य में यही तेरे काम आयेंगी औघड़ बोले, पर इनका क्या उपयोग है महाराज मुझे पता ही नहीं मैंने अपनी जिज्ञासा प्रकट की, समय और परिस्थिति तुझे मार्ग दिखायेंगी तेरे अंदर का देवत्व तुझे निर्देशित करेगा और जो तेरे साथ है वो तेरा मार्गदर्शन करेगा इन्हैं संभालकर रखना नहीं तो तू घनघोर संकट का सामना करेगा ज्ञात संघ के वंशज, सुनते ही मुझे काटो तो खून नहीं, मेरे अंतर्मन में धमाके हो रहे थे, मैंने कौड़ियों को भय से अपनी मुठ्ठी में जकड़ लिया और नागा औघड़ के सम्मान में मेरे दोनों हाथ जुड़ गये, मेरे नेत्र उनकी प्रार्थना करते हुए बंद हो गये जो आज्ञा महाराज मैं धीरे से फुसफुसाया, विंदा ज्ञात संघ के वंशज जय काशी विश्वनाथ, जय काशी विश्वनाथ मैंने बुदबुदाते हुए तत्काल आंखे खोलीं पर वहां कोई नहीं था, सिवाय एक दो स्थानीय लोगों को छोड़कर

और वो सभी लोग मुझे अजीब सी नजरों से घूर रहे थे, अंधेरा गहरा होने लगा था मैं तत्काल घर की ओर लौट पड़ा तकरीबन साढ़े आठ बजे मैं घर पहुँचा और फ्रैश होकर खाना खाते खाते मैं डैडी को सात्यकि गाथा का वृतांत सुनाने लगा, वो भी बहुत खुश थे ये सब प्रभु कृपा है, जी मैंने उत्तर दिया और भोजन समाप्त कर मैं अपने कमरे में आ गया मैंने डायरी और पैन हाथ में उठाये ही थे कि तभी खुश्बू फैलने लगी प्रणाम महान सात्यकि मैंने योद्धा का अभिवादन किया, आयुष्मान ज्ञात संघ के वंशज औघड़ का प्रसाद संभालकर रखना, ये नागा साधु महादेव के पुजारी ही नहीं बल्कि उनके अनुयायी भी हैं, अगर ये प्रसन्न हैं तो सारी दुनिया कदमों में होगी, इनका कहा सत्य व अकाट्य होता है, क्या होने वाला है महान सात्यकि मैंने पूछा, भविष्य के पाठ मेरी निगाहों से भी ओझल है ज्ञात संघ के वंशज मैं सिर्फ उतना ही पढ़ता हूँ जितने की अनुमति मुझे वसुदेव कृष्ण ने दी है संपूर्ण पाठ तो सिर्फ त्रिमूर्ति ही पढ़ सकते हैं, पर वे पढ़ते नहीं हैं वे भी समय को अपने प्रवाह में बहने देते हैं, तुम भी चेष्टा मत करो ज्ञात संघ के वंशज तुम्हारी जिज्ञासा व संघर्ष भरी यात्रा धीरे धीरे सारे पड़ाव स्वयं पार कर लेगी, मैं समझ गया था, तो लिखो ज्ञात संघ के वंशज आज संपूर्ण बची खुची कौरव सेना युद्धक्षेत्र में थी और नेतृत्व कृपाचार्य कर रहे थे, उन्होंने आज त्रिशक्ति व्यूह बनाया, त्रिशक्ति के मध्य में कृपाचार्य दांये अश्वथामा व बायें कृतवर्मा और पृष्ठ में दुर्योधन के साथ मात्र दो टुकड़ी धनुर्धारी, एक टुकड़ी गदा वाहिनी, एक टुकड़ी पैदल सैनिक व एक टुकड़ी नेजाधारी दल, बस कौरवों के दल में यही बचा था, हालांकि स्थिति हमारी भी कुछ खास नहीं थी पर हमारे पक्ष में कौरव दल से लगभग चार गुनी ज्यादा सेना थी, अर्जुन ने आज वायव्य व्यूह बनाया, देवदत्त और पांचजन्य की गूँज के साथ वसुदेव कृष्ण का जयघोष हुआ और प्रथम आक्रमण आरंभ हो गया, दोनों पक्षों के लिए यह अंतिम अवसर था अभी नहीं तो कभी नहीं, कृपाचार्य, अश्वथामा और कृतवर्मा तीनों ने संयुक्त हो बाणों की वर्षा कर दी, आज उन्होंने अपने समूचे शस्त्रागार हम पर झौंक दिये, अर्जुन के गांडीव, मेरे

# त्रिशक्ति व्यूह

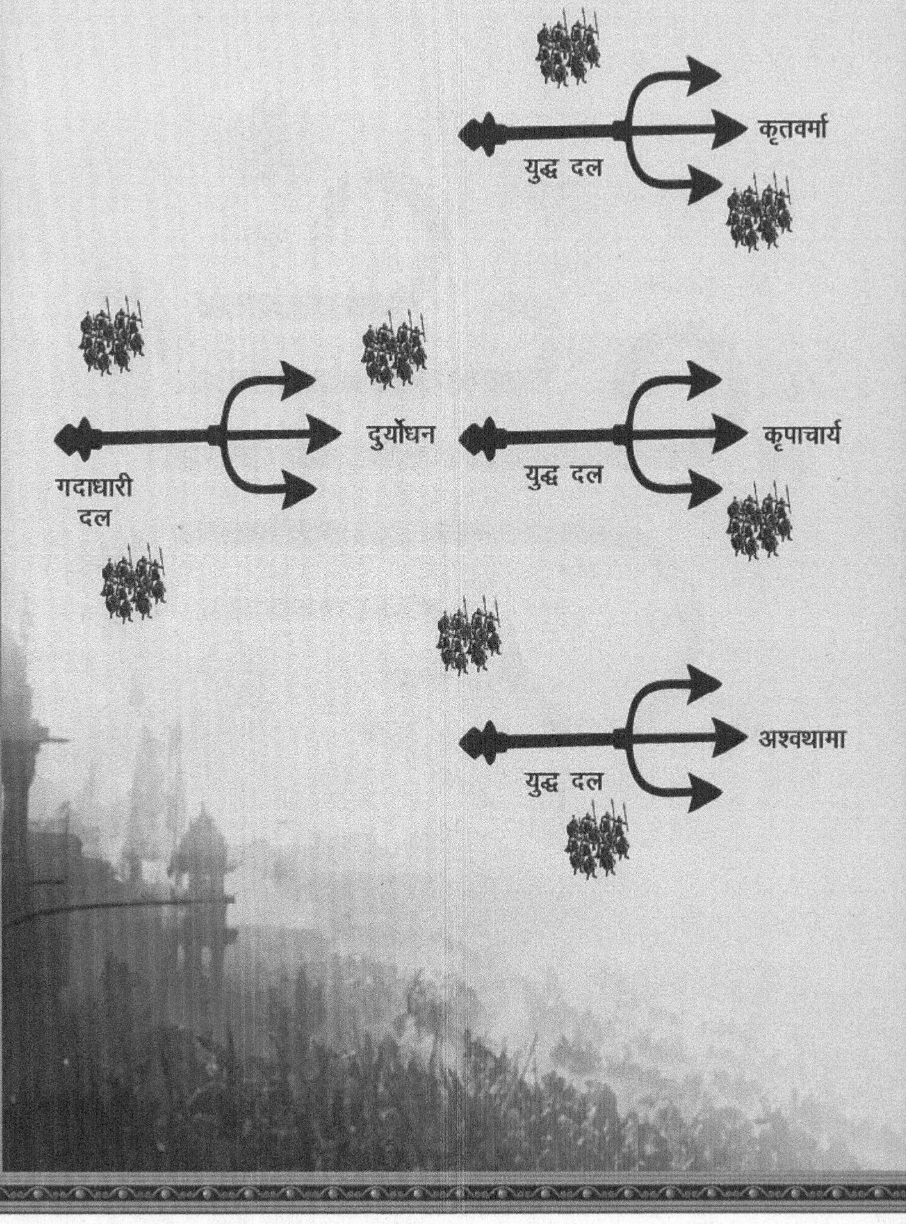

# वायव्य व्यूह

नारायण व धृष्टद्युम्न के धनुष से अवरोधक बाण प्रक्षेपित होने लगे घमासान छिड़ गया, भीम अपनी गदाधारी टुकड़ी लेकर त्रिशक्ति के मध्य में दुर्योधन पर टूट पड़ा दोनों के गदाधारी दल प्राणपण से भिड़ गये, कृपाचार्य ने आदित्य अस्त्र संधान किया प्रतिरोध स्वरूप अर्जुन के धनुष से नारायण अस्त्र छूटा, अश्वथामा आज मेरे हिस्से में था मैंने विद्युत अस्त्र प्रक्षेपित किया तत्काल अश्वथामा ने इंद्रास्त्र छोड़ दिया आज दोनों पक्षों के योद्धा दिव्यास्त्रों का स्वछंद प्रयोग कर रहे थे, यह युद्ध कम प्रतिशोध ज्यादा नजर आ रहा था बस एक ही दिव्यास्त्र बचा था ब्रम्हास्त्र, पर उसे चलाने का साहस किसी में भी नहीं था, ब्रम्हास्त्र प्रक्षेपण का प्रतिफल था समूलनाश, सृष्टि की उत्पत्ति के कारक का अपनी ही सृष्टि पर प्रहार, उसी तरह जैसे कोई बालक जीवन रूपी नदी के किनारे मेहनत से बनाया हुआ अपना रेत का घर अपने ही पद प्रहार से तोड़ दे, साथ ही इस दिव्यास्त्र के प्रक्षेपण हेतु उचित कारण व समय भी चाहिये था जो अब दुर्योधन के पास नहीं बचा था, भीम और दुर्योधन का संघर्ष अनवरत जारी था दोनों खून से लथपथ थे पर दोनों ही गदा के श्रेष्ठ योद्धा थे, अगर सच कहें तो आमने सामने संघर्ष में दुर्योधन भीम पर भारी ही था लेकिन शारीरिक बल में ये स्थित पलट जाती थी यहां भीम दुर्योधन पर इक्कीस था, करीब दो घड़ी तक ये रक्तपात जारी रहा और परिस्थिति पांडवों के पक्ष में देख अचानक केशव ने निर्देश दिया अर्जुन अंतिम आक्रमण करो, सात्यकि समूल नष्ट कर दो इन पापियों का, सत्राजित आप पृष्ठ संभालो, जो आज्ञा केशव हम सभी समवेत स्वर में बोले और ज्ञात संघ के वंशज मैं अपनी अश्वसेना ले प्रचंड समुद्री लहर की तरह बची खुची कुरू सेना पर टूट पड़ा, अर्जुन और सत्राजित के बाणों की प्रचंड लहर कौरवों की ओर प्रक्षेपित हुई, तभी कोई जोर से चिल्लाया भागो किसी तरह अभी तक युद्ध में डटी हुई कुरू सेना का धैर्य टूट गया बचे खुचे सैनिक उल्टे पैर दौड़ लिये, किसी को कुछ नहीं सूझ रहा था, इस भगदड़ के बीच कृपाचार्य, कृतवर्मा, अश्वथामा व दुर्योधन के सारथी भी उन्हें लेकर भाग खड़े हुए कौरवों के अधिकांश सैन्य दल को मेरी अश्वसेना ने चीरकर

रख दिया था पर इस सबके बीच आचार्य कृप, कृतवर्मा, अश्वथामा व दुर्योधन गायब थे, यहां तक कि हम उन्हें खोजते हुए उनके शिविर तक पहुँचे क्यूंकि बिना इन्हें बंदी बनाये या पराजित किये ये युद्ध समाप्त नहीं माना जायेगा, पर वहां तो सन्नाटा पसरा था, हम लोग गुप्तचरों को नियुक्त कर वापस अपने शिविर की ओर लौट पड़े और ज्ञात संघ के वंशज शिविर में पहुँचते ही मैं प्रसन्नता से खिल उठा अद्‌भुत दृश्य दाऊ भैया तीर्थ यात्रा से लौटकर सीधे हमारे पास आ गये थे, मैंने बलभद्र को साष्टांग प्रणाम किया, केशव भी दाऊ को देख भाव विह्‌ल हो उनके गले लग गये, दाऊ फुसफुसाये ठीक हो किशन, मैं ठीक हूँ दाऊ भला आपके रहते मुझे क्या कष्ट होगा केशव बोले और दोनों भाइयों ने एक दूसरे को बाहों में कस लिया, इसी भावुक पल के बीच अचानक दाऊ ने मुझे अपलक देखा और मेरे पास आकर बोले सात्यकि मैंने सुना कि मेरे भांजे अभिमन्यु ने सारी कौरव सेना और उसके योद्धाओं को अकेले ही थाम लिया था, आपने सत्य सुना दाऊ पर मैं अभिमन्यु को बचा नहीं सका और ज्ञात संघ के वंशज बोलते बोलते मैं एक बार फिर से रोने लगा माहौल एकाएक भारी हो गया, मुझे तुम पर गर्व है अनुज सात्यकि, शेषावतार का गला भी भर आया उन्होंने मुझे अपने आलिंगन में भर लिया, मुझे लगा जैसे मुझे इस युद्ध में सबसे बड़ा सम्मान प्राप्त हुआ हो कृतज्ञ भाव से मेरे रूंधे कण्ठ से स्वर निकले बलराम भैया की जय और सभी के समवेत स्वर गूँज उठे वसुदेव कृष्ण की जय, दाऊ भैया की जय, उस समय दोनों भाई शिविर में ऐसे दिख रहे थे जैसे क्षीरसागर में भगवान विष्णु व शेषनाग एक साथ खड़े हों, हम सब अपने हाथ जोड़कर खामोश खड़े थे। फिर क्या हुआ महान सात्यकि मैं भी भावुक हो उठा था पर सात्यकि तो जा चुके थे, मैंने भी कलम रख दी और प्रभु के सम्मान में उन्हें मन ही मन दण्डवत कर आंखे बन्द कर लीं, कल के इंतजार में।

उनत्तीसवीं रात

# विजय या पराजय किसी व्यक्ति विशेष की नहीं होती ये तो समय रथ पर सवार मानव जीवन के छोटे छोटे पड़ाव मात्र हैं

आज रविवार था, भैरव बाबा के दर्शन कर आओ डैडी ने कहा मैंने सहमति में सर हिलाया, बाबा भैरवनाथ काशी के कोतवाल हैं काशी की कानून एवं न्याय व्यवस्था के आध्यात्मिक देवता, शहर में आकर कोतवाल से न मिलना मतलब बिना कप्तान को सूचना दिये सिपाही का ड्यूटी देना है, काशी विश्व का केन्द्र है सारा विश्व कदाचित् शिव त्रिशूल के समान ही है, अध्यात्म जगत में काशी की भौगोलिक स्थिति विश्व पटल के उस त्रिशूल की अग्रिम नोंक पर है, त्रिशूल, त्रिदेव और काशी इस पर जितना भी लिखो वो कम ही है और इस मान्यता का सीधा अर्थ है कि भैरवनाथ काशी के ही नहीं बल्कि विश्व के भी कोतवाल हैं, मैं तैयार हो कर भैरवनाथ मन्दिर पहुँच गया अद्‌भुत नजारा राख से भरे यज्ञ कुंड और चारों तरफ भैरव के प्रिय वाहन श्वानों का झुण्ड, मेरा श्वान प्रेम अचानक जाग उठा, मैं दौड़कर उनके समीप गया अगले ही पल मुझे भैरव वाहनों ने घेर लिया और मुझ पर अपना प्रेम लुटाते हुए मेरे सारे कपड़ों पर अपने हाथ से मोहर लगा मुझे अपना

विजयी प्रत्याशी घोषित कर दिया, फिर मैं भगवान भैरवनाथ के विराट विग्रह के दर्शन कर उनकी भव्यता में खो गया, मंदिर का प्राचीन औघड़ स्वरूप व देव भैरवनाथ की जाग्रत मूर्ति का असीम तेज देखकर लग रहा था मानों भैरव अपने हर दर्शनार्थी को ये सांत्वना दे रहे हों कि तू निश्चिंत रह मैं तेरे साथ अन्याय नहीं होने दूंगा। जय हो काशी के कोतवाल, मैंने दिव्य ऊर्जा महसूस करते हुए भैरव देव को नमन किया, जय हो न्याय की नगरी काशी की, भैरवनाथ के भगवान विश्वनाथ की काशी, इस नगर में अगणित महान विभूतियों ने मोक्ष प्राप्त किया, पर ये सब इतना सरल नहीं था, इस प्रक्रिया में उन्होंने अतुलनीय कष्टों का सामना भी किया और मेरे अवचेतन में महान राजा हरिश्चन्द्र का स्मरण जीवंत हो उठा सत्य और कर्तव्य की प्रतिमूर्ति, अपने वचन के पालक, न्याय के स्तंभ स्वरूप, उनकी न्याय परीक्षा अत्यंत कठोर थी तभी मेरे मन में स्वतः प्रश्न उठा क्यूं उनसे नहीं पूछा गया कि क्या वे उन परीक्षाओं के लिये तैयार थे जो देवताओं ने उनसे ली, जो नरक तुल्य कष्ट उन्होंने परीक्षाओं के दौरान भोगे क्या वे उन कष्टों के लिए उचित पात्र थे, कदाचित् नहीं। लेकिन मानव से देव बनना इतना आसान नहीं, जितना बड़ा पद उतनी ही कठिन तपस्या। मेरे अंतर्मन मैं तत्काल उत्तर गूँजा, सत्य भी है परीक्षाओं के उपरांत ब्रम्हांड की दैवीय शक्तियों ने अपने वरदानों से उनकी झोली भर दी, कदाचित् सभी युगों में एकमात्र मानव जिनका नाम सत्य के साथ सदैव के लिये स्थायी रूप से जुड़ गया सत्यवादी देव हरिश्चंद्र, सोचते सोचते मेरा शरीर और दिमाग बुरी तरह थक गये, मैं वापस घर पहुँचा और बाबा भैरवनाथ का प्रसाद मम्मी डैडी के सुपुर्द कर एक तगड़ी नींद लेने बिस्तर पर चला गया, सायं करीब सात बजे मेरी नींद खुली मैंने एक प्याला सूप लिया और बात करते करते हम लोगों को रात के दस बज गये, खाना खाकर मैं अपने बेडरूम में आ गया और मैंने डायरी पैन उठा ली हर हर महादेव महान सात्यकि मैंने मन ही मन सम्बोधन किया और दिव्य सुगंध फैल गयी

योद्धा आ गये थे, भगवान रूद्र की जय ज्ञात संघ के वंशज, आपकी भी जय महान सात्यकि मैं आज प्रफुल्लित था, जय मेरे प्रभु वसुदेव कृष्ण की, उनकी जय में ही मेरी महाविजय है सात्यकि बोले, मैंने श्रद्धा भाव से अपने दोनों हाथ जोड़ लिये, तो लिखो ज्ञात संघ के वंशज सुबह हमारा सैन्य दल सज्जित हो रणभूमि में आ गया, आज हमारी सेना का नेतृत्व भीम कर रहा था, इस मदांध साण्ड ने आज नन्दी व्यूह बनाया पर हमारे सामने सारा युद्धक्षेत्र खाली था, कौरवों की बची खुची सेना भाग चुकी थी, कृपाचार्य, कृतवर्मा और अश्वथामा गायब थे और दुर्योधन की भी कोई खबर नहीं थी तकरीबन एक प्रहर बीत गया सूर्यदेव भी सर पर आ गये थे, हमने उनकी खोज में गुप्तचर दौड़ा दिये और फिर खबर मिली कि दुर्योधन पास ही स्थित एक सरोवर में छिपा हुआ है, दुर्योधन ने अपने मित्र राक्षस अलम्बुश से आसुरी जल स्तंभन विद्या सीखी हुई थी जिससे वो गहरे जल में भी रह सकता था शायद गांधारी पुत्र भी अब भीषण युद्ध से पुष्ट हुए उसके क्रोध, घृणा और अभिमान को जीवन के सबसे पवित्र श्रोत जल से शांत कर रहा था, हम लोग तत्काल सरोवर पर पहुँच गये और संपूर्ण इलाके को घेर लिया। नजर रखना सात्यकि अगर आज दुर्योधन बच निकला तो सुदूर दक्षिण जाकर ये पुनः हम सभी के लिये परेशानी खड़ी कर देगा इसके संपर्क बहुत विस्तृत है केशव ने मुझे सावधान किया, और वे भीम को कुछ निर्देश देने लगे सहमति में सर हिलाता भीम सरोवर के निकट जा तीव्र स्वर में चिल्लाने लगा कायर दुर्योधन सामने आ भीम तुझे ललकार रहा है, और फिर इस मदांध साण्ड ने जो अपशब्द बकना शुरू किया तो बस यूं समझ लो ज्ञात संघ के वंशज एकबारगी तो मेरा मन किया या तो मैं अपने कान फोड़ लूँ या इस कुंती पुत्र की ही कनपटी फोड़ डालूँ और जब हम श्रोताओं का ये हाल हो रहा था तो सोचों उसका क्या होगा जिसके लिये भीम ये अनाप शनाप बक रहा था, वो भी दुर्योधन के लिए जो अपने आप में क्रोध का पहाड़ था और वही हुआ अपमान से

# नंदी व्यूह

दग्ध दुर्योधन सरोवर की सतह पर प्रकट हुआ, जल स्तंभन ने उसे लगभग तरोताजा कर दिया था, उसने सीधे भीम पर शब्द आक्रमण किया कौन डरता है तुझसे मूर्ख बैल, तू अपनी तो छोड़ अगर तुम सब ईमानदारी से युद्ध करो तो पांचों भाई एक साथ ही आ जाओ, मैं तुम सबको गदायुद्ध की चुनौती देता हूँ, आज निर्णय हो ही जायेगा कि कौन कायर है। युधिष्ठिर का चेहरा देखने लायक था, तुम युद्ध से भागो मत दुर्योधन कृष्ण बोले, भागता कौन है किशन दुर्योधन ने तत्काल उत्तर दिया बस तुम एक बार बीच से हट जाओ मैं एक पल में ही अपनी गदा से इस युद्ध का निर्णय कर दूँगा और केशव कुछ प्रत्युत्तर देते कि उससे पहले ही आफत आ गयी, शिविर में विश्राम कर रहे दाऊ भैया सरोवर पर आ धमके उन्हें देखते ही हम सबने अपना सर पीट लिया प्रचंड संकट में दुर्योधन के लिए दाऊ का आगमन एक वरदान की तरह था, दुर्योधन उनके चरणों में गिर पड़ा प्रणाम गुरूदेव इन अधर्मियों ने छल से हस्तिनापुर के सभी महारथियों की हत्या कर दी गुरू को देख भावुकता से गांधारी पुत्र का गला रूंध गया, दाऊ शांत थे उन्होंने एक भरपूर नजर केशव को देखा और दुर्योधन को उठाया, आज मेरे सामने यहां कोई छल नहीं होगा दुर्योधन यहां कोई सेना या व्यूह रचना नहीं है अतएव अब इस युद्ध का फैसला एकल युद्ध से होगा तुम्हारे साथ एक ही योद्धा करेगा, तभी मूर्ख द्यूत सम्राट युधिष्ठिर बीच में कूद पड़ा असल में अपने आपको श्रेष्ठ दिखाने के चक्कर में ये मूर्ख ज्यादा देर तक अपनी जिव्हा को रोक ही नहीं पाता था, ज्ञात संघ के वंशज जब जब इस मूर्ख ने अपना मुंह खोला तब तब अनर्थ ही हुआ, युद्ध हेतु तुम हम पांचों में से किसी का भी चुनाव कर लो भ्राता दुर्योधन हम सब अवाक् रह गये लो हो गया निर्णय कृष्ण भी सन्न थे, दाऊ ने कृष्ण को उपहास भरी नजर से देखा जैसे कह रहे हो कि कैसे कैसे मूर्खों के साथ रहते हो, ज्ञात संघ के वंशज अगर उस समय मेरा बस चलता तो मैं युधिष्ठिर का गला ही दबा देता एक पल में ही इस जीते हुए युद्ध को हारने का

पूरा प्रबंध इस द्यूत सम्राट ने कर दिया था, सभी पांडवों की हालत देख व्यंगात्मक मुस्कान लिये दुर्योधन बोला तुम चारों भाई तो एकल द्वंद्व में मेरे सामने पहले ही शव के समान हो कायरो, हाँ ये मूर्ख भीम जरूर मुझे कुछ देर रोक सकता है इसलिए मैं इसी से युद्ध करूँगा, चारों भाईयों के चेहरे अपमान से काले पड़ गये, पर सच तो सच था मैं मन ही मन गांधारी पुत्र के साहस की प्रशंसा कर उठा, बहुत अच्छे दुर्योधन बोलते हुए बलभद्र ने व्यंगात्मक दृष्टि से फिर वसुदेव कृष्ण को देखा पर छलिया बेपरवाह निरंतर मुस्कुरा रहे थे, दोनों योद्धाओं ने बलभद्र के चरण स्पर्श कर युद्ध शुरू कर दिया, सन, टन्न टन्न गदाओं के टकराने की प्रचंड ध्वनि से सागर का जल भी तरंगित होने लगा था, दोनों गदावीर थे दुर्योधन का वेग असीमित था और भीम बल का पहाड़ था पर गदायुद्ध के अभ्यास में दुर्योधन भीम से आगे था जबरदस्त द्वंद्व में कभी युद्ध का पलड़ा दुर्योधन तो कभी भीम के पक्ष में झुकता नजर आ रहा था, फिर अचानक दुर्योधन ने गति पकड़ ली दाऊ भैया के द्वारा सिखाये गये एकल हस्तलाघव युद्ध प्रशिक्षण का शानदार प्रदर्शन करते हुऐ दांये हाथ से भारी लौह गदा को घुमाते हुए दुर्योधन के बायें हाथ के प्रचंड मुष्ठि प्रहारों ने भीम को विचलित कर दिया, हालांकि भीम भी पूरी शक्ति से उसके प्रहारों का जवाब दे रहा था लेकिन आज दुर्योधन के मष्तिष्क पर कदाचित् उसके भाइयों की मृत्यु का प्रतिशोध व भीम के लिये उसकी घृणा का आवेग अत्यंत उच्च स्तर पर था और दाऊ की उपस्थिति ने तो उसे जबरदस्त आत्म विश्वास से भर दिया था, इसी बीच भीम ने एक प्रचंड प्रहार दुर्योधन की पीठ पर किया, मगर दुर्योधन तो लगा जैसे वो जीवित ही नहीं था उसके शरीर ने जैसे हर घातक प्रहार से होने वाली पीड़ा को स्वीकार करना ही बन्द कर दिया था, दाऊ अपने श्रेष्ठ शिष्य की चपलता से आह्लादित थे देखो सात्यकि क्या शानदार योद्धा है दुर्योधन दाऊ मुझसे बोले, मैंने मरे से भाव में सहमति में सर हिलाया इसके अलावा उपाय भी क्या था, इसी बीच

घायल भीम ताव खा गया उसने भू दांव में दुर्योधन को घेर लिया, शक्तिशाली पैरों के परिचालन के साथ इस दांव में शत्रु के पैरों की गति को अवरूद्ध कर प्रहार किया जाता है, द्वंद्व अत्यधिक तीव्र हो गया था, इन दोनों के आवेग को देखकर सभी हतप्रभ थे, निरंतर टकरा कर इनकी गदांये भी कुन्द हो चली थी, भीम थोड़ा थकने लगा था लेकिन अविश्वसनीय रूप से दुर्योधन हर पल विक्षिप्तता की सीमा पार करता जा रहा था, उसका हर वार गति पकड़ता जा रहा था और तभी केशव कूद पड़े वाह भीम वाह, भीम ने कृष्ण को देखा वो अपनी जंघा पर हाथ मार कर भीम को प्रोत्साहित कर रहे थे, वाह क्या वार है भीम केशव ने नाम पर जोर दिया, चुप रहो किशन कौन सा दांव ये तो बुरी तरह पिट रहा है दाऊ खीझकर बोले, मैं तत्काल समझ गया लेकिन दुर्बुद्धि भीम को समझ में ही नहीं आ रहा था, तभी दुर्योधन के भीषण प्रहार से भीम सीधा कृष्ण की तरफ गिरा, इसकी जंघा तोड़ दो भीम कृष्ण फुसफुसाये, अब भीम की समझ में बात आयी इधर दुर्योधन चिंघाड़ता हुआ भीम पर झपटा और समय अंतराल भांप भीम ने जैसे ही दुर्योधन उसके नजदीक आया फुर्ती से घुटनों के बल बैठ कर गदा का प्रचंड प्रहार उसकी जांघ पर किया मरो या मारो। संपूर्ण शक्ति से भीम की लौह गदा दुर्योधन के शरीर के निचले हिस्से से टकरायी और दुर्योधन कटे वृक्ष की तरह धरती पर गिरा, उसने तत्काल उठने की चेष्टा की पर कमर की सन्धि अस्थियां बुरी तरह क्षतिग्रस्त हो गयीं थीं, भीम ताबड़तोड़ प्रहार करते हुए दुर्योधन पर टूट पड़ा, ये अमानवीय दृष्य देख अवाक् बलराम गरज पड़े भीम धोखे से वार करता है कायर मैं अभी तुझे समाप्त कर देता हूँ, भयानक क्रोध में दाऊ भीम पर लपके, भीम ने कांपते हुए अपनी गदा रखकर दाऊ के सम्मान में अपने दोनों हाथ जोड़ लिये, तब तक वसुदेव कृष्ण बीच में आ गये थे रूकिये दाऊ, हट जाओ किशन आज मैं तुम्हारी नहीं सुनूंगा इसने मेरे सामने ही छल से दुर्योधन को मारा है गदायुद्ध में कमर पर प्रहार वर्जित है, हाँ दाऊ लेकिन

तभी तक जब तक आप किसी दूसरे की पत्नी को निर्वस्त्र कर उसे जंघा पर न बिठाओ, और जो ऐसा कृत्य करेगा उसकी जंघा को तो टूटना ही पड़ेगा केशव का शब्द शस्त्र भंडार खुल चुका था, अभिमन्यु जैसे बालक को घेरकर उसकी नृशंस हत्या करने वाले आपके ऐसे शिष्य को यही युद्धनीति शोभा देती है जैसा करोगे वैसा ही भरोगे। दाऊ निःशब्द हो गये तुम क्या चाहते हो किशन ये मैं कभी नहीं समझ पाया, सिर्फ अपने बड़े भैया का प्यार और आशीर्वाद कृष्ण मुस्कुराकर बोले, दाऊ उनके व्यूह में फंस गये थे और इस व्यूह की काट शेषावतार के पास भी नहीं थी, तुम कुछ भी कहो किशन पर संसार यही कहेगा कि दाऊ के रहते उनके शिष्य दुर्योधन की इन पांडवों ने धोखे से हत्या कर दी भीम को क्रोध में घूरते हुए दाऊ ने केशव को अंतिम उत्तर दिया और तत्काल वहीं से द्वारका लौट गये। दुर्योधन को मरणासन्न छोड़ हम लोग भी अपने शिविर की ओर लौट गये, युद्ध समाप्त हो चुका था या शायद अभी नहीं। ब्रम्हमूहूर्त के कुछ समय पहले अचानक मेरी नींद तीव्र कोलाहल से खुल गयी मैं तत्काल अपने खेमे से बाहर आया और सामने का दृश्य देखकर सन्न रह गया चारों ओर से अग्नि का रूप ले मृत्यु ने पांडव शिविर पर धावा बोल दिया था, हुआ ये कि हमारे जाने के पश्चात मरणासन्न दुर्योधन के पास कृपाचार्य, कृतवर्मा और अश्वथामा पहुँचे, द्रोण पुत्र अश्वथामा ने दुर्योधन को वचन दिया कि वो उसकी मृत्यु का प्रतिशोध लेगा और पांडवों का वध करके ही विश्राम करेगा मरते मरते भी दुर्योधन ने अपनी विजय के सपने को एक और बार जी लिया युद्धक्षेत्र में धूल धूसरित गांधारी पुत्र की आंखें सदा के लिए बंद हो गयी। कृपाचार्य, अश्वथामा और कृतवर्मा तीनों ने रात्रि में ही तीन तरफ से पांडव शिविर को घेर लिया और ज्ञात संघ के वंशज आचार्य द्रोण के इस पराक्रमी पुत्र ने सप्तऋषियों की क्रोधाग्नि से प्रज्वलित सप्तसंतक बाणों का दहाना शांत निद्रा में डूबी पांडव सेना के शिविर पर खोल दिया, कृपाचार्य और कृतवर्मा के अग्नि अस्त्र भी उनके शस्त्रागार से

छूट पड़े, न कोई प्रतिरोध और न ही कोई बच निकलने का मार्ग धृष्टद्युम्न व द्रौपदी पुत्रों सहित सारी सेना अग्नि की प्रचंड लहरों में भुनगे की तरह भुन गयी, हाहाकार मच गया मेरा ह्रदय कांप उठा इतना नृशंस नरसंहार, सुबह बिना कुछ ग्रहण किये क्रोध में सुलगते हम सब इन तीनों की तलाश में निकल पड़े और थोड़ी दूर स्थित पहाड़ों की तलहटी में हमने इन तीनों को खोज लिया, कृपाचार्य व कृतवर्मा ने तत्काल समर्पण कर दिया पर अश्वथामा ने क्रोध में सुलगते हुए पांडवों पर ब्रम्हास्त्र प्रक्षेपित कर दिया गुरूपुत्र का अंतिम प्रयास, अनर्थ हो चुका था **ॐ ब्रम्हणे नमः बृम्हास्त्र आह्वाहनम्** अर्जुन बुदबुदाया और प्रतिरोध स्वरूप अर्जुन के गांडीव से एक और ब्रम्हास्त्र अश्वथामा के ब्रम्हास्त्र की ओर प्रक्षेपित हुआ, संपूर्ण सर्वनाश मेरे जेहन में कौंधा मैं भी मंत्र पढ़ने लगा **ॐ आकाश गंगा अस्त्र आह्वाहनम्** मैंने सोचा शायद आकाश गंगा इन ब्रम्हास्त्रों को अपने आंचल में समेट लें, बस कुछ ही पल शेष थे कि वायुमंडल में **ॐ ब्रम्हणे नमः** के तीव्र मंत्र गूँजने लगे वायुमंडल में महर्षि वेद व्यास अपने मानस स्वरूप में प्रकट हुए प्रबल वेग से एक दूसरे की ओर बढ़ रहे दोनों ब्रम्हास्त्र तत्काल उनकी प्रदक्षिणा करने लगे मेरा मंत्रोचार रूक गया। अर्जुन, अश्वथामा इन्हें तत्काल वापस लो महर्षि का आदेश अकाट्य था, अर्जुन ने तत्काल मंत्र पढ़ा **ॐ ब्रम्हास्त्र आलोपम्** और अर्जुन का ब्रम्हास्त्र शांत हो गया पर अश्वथामा का ब्रम्हास्त्र अभी भी प्रज्वलित था, इसे तत्काल रोको अश्वथामा मेरे पास समय नहीं है महर्षि गर्जे, मुझे इसे रोकने का मंत्र नहीं आता महर्षि अश्वथामा हाथ जोड़कर बोला, गुरू पुत्र भी अब थक चुका था और ज्ञात संघ के वंशज तभी हम सबने देखा वसुदेव कृष्ण विशाल हो उठे **ॐ ब्रम्हणे नमः** ब्रम्हदेव अपने शस्त्र को धारण करें ब्रम्हदेव को नमन करते हुए जगदीश्वर के तेज ने ब्रम्हास्त्र को व्योम की ओर प्रक्षेपित कर दिया, अश्वथामा का ब्रम्हास्त्र देखते ही देखते आकाश में विलीन हो गया, भीम ने तत्काल अश्वथामा को दबोच लिया पर उसे मारा नहीं क्यूंकि समर्पण

कर चुके ब्राम्हण का वध निषेध है और अश्वथामा तो गुरूपुत्र भी था, प्रणाम जगदीश्वर ये सृष्टि सदैव आपकी ऋणी रहेगी, महर्षि का मानस स्वरूप कृष्ण का वंदन करते हुए आलोप हो गया, कृष्ण के आदेश पर भीम ने अश्वथामा के माथे की दिव्य मणि जो उसे स्फूर्ति और ताकत देती थी उसे तत्काल नोंच कर अलग कर दिया, मणि अलग होते ही द्रोण पुत्र के माथे से भीषण रक्त स्राव होने लगा और अश्वथामा पीड़ा से चीख उठा, देवकीनंदन का गंभीर स्वर गूँजा, मैं वसुदेव कृष्ण तुझे श्राप देता हूँ अश्वथामा तू इस पीड़ा को सहते हुए युगों युगों तक रक्त से भरे इस घाव को लेकर भटकता रहेगा, अश्वथामा आंखों में आँसू लिये हाथ जोड़कर धरती पर घुटनों के बल गिर पड़ा मुझे माफ कर दीजिए वसुदेव पर कृष्ण आज अविचल थे उसे उसी स्थिति में छोड़ हम लोग वापस शिविर स्थल पहुँचे। तभी हस्तिनापुर से धृतराष्ट्र और गांधारी भी वहां पहुँच गये और वसुदेव कृष्ण को सामने देख गांधारी का क्रोध फूट पड़ा, ये सब तुम्हारा किया धरा है कृष्ण मैं तुम्हें श्राप देती हूँ कि मेरे पुत्रों की तरह तुम्हारे वंश का भी समूल नाश हो जायेगा, सृजन और विनाश प्रकृति का नियम है बुआ मैं आपके इस श्राप को स्वीकार करता हूँ कहते हुए कृष्ण के दोनों हाथ जुड़ गये। मेरा मन घृणा और वितृष्णा से भर उठा कितने गिरे हुए लोग थे ये सब, कितना गंदा मन था इन सबका, अभी कुछ दिन पहले ही इन दोनों पति पत्नी ने हस्तिनापुर के सैन्य बल को हम सबका समूल नाश करने हेतु विजयी भव का आशीर्वाद देकर भेजा था, अधर्म, पाप, द्वेष, लालच से भरे इनके पुत्र, भाई, संबंधी व इनके मित्रों के सारे दोष इनकी तरफ से स्वमेव आरंभ से ही माफ थे, जीत गये तो आशीर्वाद और हार गये तो श्राप, क्या सोच है सोचते हुए मैं अपने अस्थायी खेमे की ओर चल दिया। रात्रि में केशव मेरे खेमे में पहुँचे, प्रणाम प्रभु मैंने द्वारकाधीश का अभिवादन किया, चलो मित्र सुबह वापस द्वारका चलते हैं केशव बोले, जो आज्ञा प्रभु मैं भी थक गया हूँ अब एक लम्बी नींद लूंगा मैंने उत्तर

दिया और ज्ञात संघ के वंशज वसुदेव ने मुझे गले से लगा लिया, मैंने भी अपने स्वामी के कंधे पर सर रखकर अपने नेत्र बंद कर लिये, तुमने मुझे गौरवान्वित किया सात्यकि सत्य तो यह है मित्र अगर तुम न होते तो कदाचित् पांडव ये युद्ध शुरू में ही हार गये होते, मैं आपका ब्रम्हास्त्र हूँ प्रभु मैंने गर्व से उत्तर दिया। थोड़ी देर वही चिरपरिचित खामोशी में सन्नाटे में था सिर्फ एअरकंडीशन और सीलिंग फैन की ही आवाज आ रही थी सात्यकि जा चुके थे, मैंने भी इस महायुद्ध को अपने अवचेतन में खत्म होते देखा, मेरी इच्छा अभी पांडवों को देखने की थी पर उसका माध्यम तो सिर्फ सात्यकि थे, थककर मैंने अगली रात्रि के इंतजार में अपनी कलम रख दी।

तीसवीं रात

# युद्ध करते हुए जीवन व्यतीत हो जाना ही एक योद्धा की नियति है।

आज मुझे लखनऊ जाना था, दोपहर करीब साढ़े ग्यारह बजे मैं स्पाइस जैट के बौम्बारडियर से लखनऊ के अमौसी हवाई अड्डे पर उतरा। एअरपोर्ट से बाहर आकर मैं जाटों के सर्वमान्य नेता व भारत के पूर्व प्रधानमंत्री स्व० चौधरी चरण सिंह के आदमकद बुत को निहारने लगा अचानक मेरे मन में विचार आया कि क्या पूर्व प्रधानमंत्री को पता होगा कि वे भी ज्ञात संघ से संबन्ध रखते थे, निःसंदेह हाँ मैंने स्वयं को उत्तर दिया आखिरकार वे एक समय देश के प्रधानमंत्री थे, उनकी नजर से शायद ही कोई सूचना छिपी होगी खैर टैक्सी लेकर मैं होटल पहुँच गया, मुझे यहाँ एक प्रेस वार्ता को संबोधित करना था, लखनऊ उत्तरी भारत के पूर्वांचल में मीडिया का केन्द्र माना जाता है, इस शहर ने हमेशा ही मेरा दिल खोलकर स्वागत किया है, रूम में आकर कपड़े बदल मैं अपनी पैन डायरी लेकर बैठा ही था कि फुसफुसाहट आयी, माँ गोमती के नगर में स्वागत है ज्ञात संघ के वंशज, प्रणाम सात्यकि मैंने मन ही मन उत्तर दिया पर मैं कुछ अन्य शब्दों की अपेक्षा लखनऊ के लिये द्वापर के योद्धा से कर रहा था, और सात्यकि बोले नवाब, राजा, महाराजा इन शब्दों का

न कोई अर्थ है न कोई वजूद अगर शाश्वत है तो सिर्फ मेरे प्रभु कृष्ण, दैवीय शक्तियाँ व प्राकृतिक ऊर्जा श्रोत द्वापर के योद्धा तत्काल मेरा मन पढ़ लेते थे, मैं खुद पर शर्म से लानत भेजने लगा इतने दिनों से द्वापर की सर्वोत्तम गाथा के श्रवण व लेखन के बावजूद मैं नवाबों के शहर जैसे स्तरहीन शब्दों की अपेक्षा सात्यकि से कर रहा था, कोई बात नहीं ज्ञात संघ के वंशज अक्सर हम नित्यप्रति एक सी शब्दावली के प्रयोग से उसके आदी हो जाते हैं, परंतु हमारे आत्मिक ज्ञान के लिये बेहतर है कि हम प्रभु के नाम का उच्चारण व उनके प्रति सदैव धन्यवाद ज्ञापित करने का भाव अपने मन में रखें वसुदेव कृष्ण की जय, प्रभु श्रीराम चन्द्र की जय, भगवान रूद्र की जय, मैं भावुक हो उठा जी मैं इतना ही बोल पाया, तो लिखो ज्ञात संघ के वंशज, युद्ध खत्म हो चुका था हम द्वारका आ गये और बची खुची सेना के साथ नगर के नियमित कार्यों में व्यस्त हो गये पर अब वो उत्साह नहीं था, बस रोजाना एक सा कार्य, हस्तिनापुर के भी समाचार बीच में मिलते रहते थे इसी बीच केशव पुत्र प्रद्युम्न की पत्नी माया ने एक तेजस्वी बालक को जन्म दिया और उसका नाम अनिरूद्ध रखा अपने पिता की भांति अनिरूद्ध भी तेज था, समय गुजरता जा रहा था हम लोगों का शस्त्र अभ्यास भी निरंतर जारी था पर वो अब एक तरह से व्यायामशाला का ही एक भाग हो गया था, वसुदेव कृष्ण ने नूतन शस्त्रों के अनुसंधान को सारे आर्यावर्त में निषेध कर दिया था, धन एवं प्राकृतिक संसाधनों व मानव श्रम का उपयोग अब प्रजा व राज्य के विकास में होने लगा, इन सब नियमित कार्यों में कब पंद्रह वर्ष बीत गये पता ही नहीं चला और एक दिन विंदर्भ के राजा रूक्मी ने अपनी नातिन रोचना का विवाह अनिरूद्ध से करने का न्यौता द्वारका भेजा, रूक्मिणी भाभी ने तत्काल अपनी सहमति प्रदान कर दी, दाऊ भैया भी सहमत हो गये आनन फानन में विवाह की तिथि तय हो गयी और बात की बात में गाजे बाजे के साथ बारात विंदर्भ पहुँच गयी। बहुत दिनों बाद द्वारका को उत्सव मनाने का सौभाग्य प्राप्त हुआ था अतः सब उत्साहित थे, विंदर्भ

में विभिन्न रस्मों और उत्सवों का आयोजन आरंभ हो गया, रूक्मी थोड़ा बदला बदला सा लग रहा था उसने साधारण शिष्टाचार से कृष्ण, दाऊ भैया और हम सबका स्वागत किया, मुख्य रूप से तो वो अनिरूद्ध का ही ख्याल रख रहा था, पर हमें क्या दाऊ खुश तो हम भी खुश लेकिन ज्ञात संघ के वंशज अनहोनी कभी टलती नहीं और सर्प कभी अपना व्यवहार नहीं बदल सकता पर दुर्भाग्य से इस बार सर्प के सामने शिकारी नेवलों का दल था। विभिन्न उत्सवों के बीच रूक्मी ने दाऊ भैया को द्यूत हेतु आमंत्रण दिया, बारातियों के मनोरंजन हेतु यह एक सामान्य सी बात थी और बलभद्र को द्युत पसन्द भी था फिर ये तो उनके पोते का विवाह समारोह था मना करने का प्रश्न ही नहीं था, शीघ्र ही बिसात बिछ गयी मदिरा के पात्र खाली करते हुए बाजियाँ चली जाने लगी दाऊ कुछ शुरूआती दांव हार गये तभी रूक्मी नशे में बहकने लगा, अरे ग्वाले तेरे पास दांव पर लगाने को कुछ बचा भी है वो बड़बड़ाया, उसके शब्द सुनकर हम सब लोग सन्न रह गये ये क्या बक रहा रूक्मी अभी हम स्तब्ध ही थे कि तभी उसके बगल में बैठा कलिंग राजकुमार भी तरंग में आ गया, तेरे पास कुछ न बचा हो तो मैं कुछ मुद्रा उधार दे दूँ, दाऊ का अपमान देख मेरा चेहरा क्रोध से काला पड़ गया पर आश्चर्यजनक रूप से दाऊ चुप थे शायद यह सोचकर कि अनिरूद्ध की शादी में कुछ विघ्न न हो, नशे में डूबा रूक्मी उनकी इस चुप्पी से और उच्चश्रृंखल हो बार बार व्यंग कसने लगा और पराकाष्ठा तब हुई जब द्यूत का अंतिम दांव दाऊ भैया जीत गये, तभी रूक्मी ने उड़ता तीर ले लिया वो चीखने लगा कि वो जीता है और दाऊ ने बेईमानी की है, तेजी से चिल्लाते हुए रूक्मी बोला अरे ग्वाले तुझे धन चाहिए वो तो मैं दहेज में अपनी पोती के साथ तुझे वैसे ही दे रहा हूँ फिर इस बेईमानी की क्या जरूरत है, अचानक लगा जैसे सारा कक्ष हिल गया हो बलराम की गदा और मेरी तलवार एक साथ उठी, दाऊ के भीषण प्रहार से रूक्मी हवा में उछला और छत से टकराकर सीधा धप्प से जमीन पर गिरा, कोई हरकत नहीं

रूक्मी के प्राण उसका साथ छोड़ चुके थे, कोलाहल मच गया विंदर्भ के सैनिकों ने तलवारें खींच लीं, खामोश मैं गरज पड़ा और ज्ञात संघ के वंशज जो दृश्य सामने था उसे देखकर सबके कलेजे कांप गये कई तो भय से वहीं चकराकर गिर पड़े, कलिंग राजकुमार के कंठ के आर पार मेरी तलवार पर उसका शव हवा में लटका हुआ था और राजकुमार के शव से बहता हुआ रक्त मेरे सर पर गिर रहा था। बलभद्र की मौजूदगी में ये कोई मुकाबला था ही नहीं चूहों और किन्नरों के इस देश में कोई है जो सामना करेगा अपनी मृत्यु का, मेरे शब्दों से चारों ओर सन्नाटा छा गया दाऊ मेरे पास आये, बलभद्र को देख मेरा हाथ स्वयमेव नीचे आया और कलिंग राजकुमार की निर्जीव देह मेरी तलवार से फिसलकर नीचे गिरी, आओ सात्यकि चलें दाऊ बोले और सादगी से रूक्मी की बलि के साथ अनिरूद्ध का विवाह जैसे तैसे संपन्न हुआ, विंदा के वक्त विंदर्भ के उपहारों को दाऊ ने सख्ती से वापस कर दिया, दुल्हन के दादाश्री की लाश गिराकर हम सभी बाराती द्वारका लौट आये। इस हादसे के बाद फिर कभी भी रूक्मिणी भाभी और दाऊ में संवाद नहीं हुआ परंतु केशव इस सबसे बेपरवाह थे दाऊ के लिये कृष्ण और कृष्ण के लिये दाऊ ही सब कुछ थे। एक बार फिर सात्यकि खामोश हो गये मैंने भी प्रतिदिन की भांति अपनी कलम रख दी और सोने की कोशिश करने लगा पर नींद गायब थी महागाथा अपने पूर्ण की ओर अग्रसर थी पर असल में तो सात्यकि ही जानते थे कि विराम कब लगेगा, मैं तो मात्र आदेश का पालक था।

इकत्तीसवीं रात

# अंत सिर्फ़ एक और आरंभ है, आत्मा अजर और अमर है।

आज सुबह मैं थोड़ा जल्दी उठकर तैयार हुआ और निकल पड़ा हनुमान सेतु मंदिर। श्रीराम भक्त हनुमान जी के अनन्य सेवक श्री नीम करौरी बाबा द्वारा स्थापित यह एक प्रमुख मंदिर है, बाबा के कई अनुयायियों का ये मानना है कि मानस रूप में देव हनुमान का बाबा से संवाद होता था उनमें से में भी एक हूँ। हिन्दुस्तान के एकमात्र ऐसे संत जिनके देवत्व के सामने ब्रितानियां हुकूमत भी झुक गयी, पश्चिम ने भी उनका सम्मान किया, हनुमान सेतु मंदिर दर्शन का सौभाग्य मुझे अक्सर प्राप्त होता रहता है, बाबा की मूर्ति को दण्डवत प्रणाम कर मैं मुख्य मंदिर में हनुमान जी के विग्रह की भव्यता में खो गया, मुझ पर व मेरे परिवार पर कृपा रखना बजरंगबली मैंने प्रार्थना की व वीडियो कॉल पर रितु व बच्चों को हनुमान जी के दर्शन कराये फिर कांफ्रेंस स्थल पर पहुँच गया, सब तैयारी हो चुकी थी पत्रकार मित्र आने लगे थे, तकरीबन दो घंटे तक प्रेसवार्ता व व्यक्तिगत इंटरव्यू का दौर चला मैं बुरी तरह थक गया था, कभी कभी मानसिक श्रम भी आपसे अत्यधिक ऊर्जा खींच लेता है मैंने पत्रकार बंधुओं से भोजन का अनुरोध किया और आपस में औपचारिक बातें करते

करते शाम के पांच बज गये, मुझे सुबह पांच बजे दिल्ली की फ्लाइट भी पकड़नी थी, मैंने सभी से विंदा ली और कुछ जरूरी कार्य निपटाकर होटल आ गया, मैंने अपना लगेज व्यवस्थित किया फिर नीचे डाइनिंग हाल में डिनर कर मैं करीब दस बजे पैन और डायरी हाथ में लेकर अपनी रीडिंग डेस्क पर जम गया, प्रभु हनुमान का स्वरूप बहुत दिव्य है ज्ञात संघ के वंशज योद्धा फुसफुसाये, जी मैंने श्रद्धा से उत्तर दिया कलम मेरे हाथ में थी, तो लिखो ज्ञात संघ के वंशज, समय अपनी गति से दौड़ रहा था हम लोग भी द्वारका व मथुरा के बीच समन्वय बना राज्य व्यवस्था संभाल रहे थे, पर इस बीच द्वारकाधीश के वैभव और द्वारका के कोषागार के बल पर विशेष रूप से राज परिवार व राज्य अधिकारियों के परिवार से जुड़े अधिकांश सदस्य घमंड और आलस्य के अभ्यस्त हो गये। उदर पूर्ति हेतु व्यापार या किसी भी अन्य कार्य में उन्हें कोई रूचि नहीं थी, स्यमंतक मणि उसका एक मुख्य कारण थी। ये दिव्य मणि प्रतिदिन और तेजवान होती जा रही थी, केशव की नजरों यह सब छुपा नहीं था और उनके सब्र का बांध एक दिन टूट ही गया, वसुदेव कृष्ण ने एक कठोर निर्णय लिया उन्होंने स्यमंतक वापस सत्राजित को सौंप दी, सत्राजित ने मना किया पर केशव बोले अब इसकी आवश्यकता नहीं है द्वारकावासी अब सक्षम हैं धीरे धीरे अनावश्यक खर्चों पर रोक लगा दी गयी, इस व्यवस्था से द्वारका में धीरे धीरे असंतोष फैलने लगा और असहमत कामचोरों ने एक समूह बना लिया, एक दिन इन सभी के अनुरोध पर राजसभा में विशेष आयोजन किया गया, सभा की कार्यवाही शुरू होते ही तत्काल इन सबने धन की कमी का रोना शुरू कर दिया, दाऊ से क्षमादान प्राप्त कृतवर्मा, शतधन्वा, अक्रूर प्रलाप करने लगे इन सबका नेतृत्व जामवंती पुत्र साम्ब कर रहा था प्रद्युम्न इत्यादि सहित अन्य प्रमुख लोग भी चुपचाप इन सबका समर्थन कर रहे थे, केशव झुंझला उठे स्पष्ट कहो आप लोग क्या चाहते हो, पिताश्री आप सत्राजित से स्यमंतक वापस ले लीजिए सारी समस्यायें खत्म हो जायेंगी जब सब कुछ उपलब्ध है फालतू

काम की क्या जरूरत है साम्ब तुरंत बोला, खामोश कृष्ण क्रोधित हो उठे तुब सब असल में कामचोर हो पर द्वारका में अब सिर्फ एक ही व्यवस्था है मेहनत करो और खाओ आज से आप सबके न्यूनतम भत्ते भी खत्म किये जाते हैं, स्यमंतक वापस नहीं ली जायेगी सभा समाप्त द्वारकाधीश उठ गये, लुटे पिटे मुंह से सब षडयंत्रकारी लौट गये, सायंकाल केशव ने मुझे बुलाया और आदेश दिया सात्यकि कल सुबह एकांतवास हेतु हम वन प्रस्थान करेंगे और प्रातःकाल हम दोनों चुपचाप अज्ञात स्थान की ओर चल दिये, दो दिन तक हम लोग सबकुछ भूलकर ध्यान और चर्चा में डूब गये। मेरी जिज्ञासायें और वसुदेव कृष्ण के उत्तर मैं प्रभु के इस व्यवहार पर उनका कृतज्ञ था, पर अनहोनी तो हमारी सहधर्मिणी बन ही चुकी थी, एकांतवास समाप्ति के पश्चात जैसे ही हम दोनों द्वारका पहुँच चारों ओर सन्नाटा था सभी का अभिवादन भी मात्र औपचारिकता लग रहा था, संकट भांप मैंने अपने रथ को सीधा राजसभागार की तरफ दौड़ा दिया, सारे लोग वहां मौजूद थे पर एक अजीब सी खामोशी छायी हुई थी कहाँ थे किशन दाऊ ने पूछा, मैं सात्यकि को लेकर एकांतवास पर गया हुआ था हुआ क्या है केशव उलझन में थे, सत्राजित काका का वध कर दिया गया है जैसे ही आप गये सत्राजित उसके अगले दिवस अपने महल में मृत पाये गये साम्ब बोला, मैं अवाक् रह गया पर कृष्ण गंभीर थे स्यमंतक कहाँ है उन्होंने पूछा, ये प्रश्न तो आपसे है पिताश्री साम्ब दुबारा ढीठता से बोला, केशव ने दाऊ को देखा पर बलभद्र चुप थे, कृष्ण की भृकुटि पर बल पड़ गये उन्होंने मुझे चलने का इशारा किया और हम दोनों राजसभा से निकल गये, हमारे पीछे भीषण षडयंत्र पक चुका था, ज्ञात संघ के वंशज असल में ये कामचोरों और लालचियों का विंद्रोह था जिनके पास खोने के लिये कुछ नहीं था, अपमान और क्रोध से मेरा चेहरा दग्ध हो उठा सभी का सीधा आक्षेप द्वारकाधीश पर था, और पराकाष्ठा तो तब हुई जब सत्यभामा भाभी ने भी केशव को मिलने से ही मना कर दिया, पिता की मृत्यु से उनका दिल टूट गया वो एकांत में

थी, सात्यकि स्यमंतक का पता करो कृष्ण का स्वर गूँजा हमारे प्रस्थान से लेकर वापस लौटने तक सभी प्रमुख कर्मचारियों व सेनाधिकारियों की जाँच करो शत्रु हमारे बीच में ही है, जी प्रभु और मैंने अपने सर्वश्रेष्ठ गुप्तचर दौड़ा दिये यहां तक कि विद्युत भी दौड़ पड़ा और खोजबीन के दौरान पता लगा कि अक्रूर, कृतवर्मा और शतधन्वा हमारे जाने के बाद से ही द्वारका से गायब हैं, पूछने पर प्रद्युम्न ने सूचना दी कि वे स्यमंतक खोजने निकले हैं, लेकिन उन्हें भेजने हेतु कोई राजाज्ञा जारी ही नहीं हुई थी, और इन तीनों के सभी सहयोगी व गुप्तचर भी द्वारका में ही मौजूद थे यानि हमारे हाथ में रस्सी का सिरा आ ही गया, मैं तत्काल मथुरा दौड़ पड़ा क्यूंकि अक्रूर का महल मथुरा में ही था। ज्ञात संघ के वंशज युगों से एक कहावत प्रचलित है चूहा कहीं भी हो लौटकर अपने बिल में ही आता है, मेरे चुने हुए योद्धा निगरानी पर तैनात हो गये और रात के अंधेरे में एक दिन चूहे को बिल्ली ने दबोच ही लिया, बस फिर क्या था मैं क्रोध में अक्रूर की तरफ लपका और भला अक्रूर की मेरे सामने क्या चलती जरा सी देर में वो मरियल कुत्ते की तरह चीखने लगा, सच सामने था, मैंने तत्काल केशव को संदेश भेज दिया केशव मथुरा पहुँचे और अक्रूर को दबोचे हम दोनों तत्काल अरावली पहाड़ियों की गार में पहुँचे जहाँ बाकी दोनों हत्यारे छुपे बैठे थे, शतधन्वा ने द्वारकाधीश को देखते ही उन पर पहाड़ी की ऊँचाई से बर्छे से प्रहार किया, बेवकूफ मैं मन ही मन बड़बड़ाया मेरे बाण ने बर्छे को हवा में ही दो भागों में चीर दिया, अगले ही क्षण सुदर्शन ने शतधन्वा की गर्दन धड़ से अलग कर दी, उसका धड़ ऊँचाई से सीधा हमारे सामने गिरा, अक्रूर यह सब देख थर थर कांप रहा था सात्यकि लेकर आओ उस पापी को कृष्ण बोले, मैं फुर्ती से गार में प्रवेश कर गया और मेरे सामने था कृतवर्मा मुझे देखते ही उसने तलवार खींच मुझ पर छलांग लगा दी, पर खा खा कर मोटे हो रहे एक समय के इस प्रचंड योद्धा पर मैंने वक्राकर घूमकर एक भीषण पद प्रहार किया, कृतवर्मा अपने ही वेग में मेरे पद प्रहार से दुगुनी गति

ले सीधा गार की चट्टान से मुंह के बल टकराया, उसका जबड़ा बुरी तरह क्षतिग्रस्त हो गया मैंने उसे मुक्कों पर रख लिया और लहुलुहान कृतवर्मा को उसके केशों से पकड़कर घसीटते हुए मैंने केशव के चरणों में फेंक दिया, क्षमा द्वारकाधीश भय से कांपते हुए कृतवर्मा बोला, कृष्ण खामोश थे उन्होंने हाथ आगे बढ़ाया कृतवर्मा समझ गया उसने तत्काल वस्त्रों में छिपायी स्यमंतक केशव को सौंप दी, अक्रूर व कृतवर्मा को अपने रथों में बांधकर व शतधन्वा की लाश एक अलग रथ में लेकर हम बिना रूके सीधे द्वारका पहुँचे, अग्ररथ पर द्वारकाधीश के हाथों में स्यमंतक चमक रही थी, तब तक हल्ला हो चुका था सारा दरबार खचाखच भरा था, दाऊ ने भरी आंखों से कृष्ण को देखा और केशव उनके गले लग गये बड़ा उत्पाती है तू दाऊ फुसफुसाये, आपका अनुज जो हूँ केशव ने भी मुस्कुराकर धीरे से उत्तर दिया, कृतवर्मा और अक्रूर को उनकी सारी संपत्ति जब्त कर सदैव के लिये द्वारका से निष्कासित कर दिया, गया और द्वारकाधीश के द्वारा निष्कासित व्यक्तियों को समूचे आर्यावर्त में प्रश्रय का कोई प्रश्न ही नहीं था। अगले दिन सभा में साम्ब चापलूसी से बोला पिताश्री अब तो स्यमंतक यहीं रहेगी लेकिन वसुदेव कृष्ण ने उसकी बात पर ध्यान ही नहीं दिया, सात्यकि कृष्ण बोले, मैं आगे आया और द्वारकाधीश ने स्यमंतक मेरे हाथों में सौंप दी, ये मेरा और दाऊ भैया का सामूहिक निर्णय व आदेश है तुम इस दिव्य मणि को सदैव के लिये सुरक्षित कर दो, आज के बाद कोई भी इस मणि के पास न पहुँचने पाये, आज्ञा का पालन होगा द्वारकाधीश मैं तत्काल बोला, आज से राजकोष से सिर्फ राज्य व्यवस्था चलेगी व्यक्तिगत सुविधाओं हेतु राजकीय संसाधनों का उपयोग पूर्ण प्रतिबंधित किया जाता है कृष्ण बोले, हम ये प्रतिबंध नहीं मानेंगे हमें हमारा हिस्सा दे दिया जाये साम्ब गरज पड़ा, खामोश द्वारकाधीश क्रोधित हो उठे द्वारका व उसका राजकोष किसी की निजी संपत्ति नहीं ये सब कुछ प्रजा का है मैं चुप नहीं रहूँगा तब तक निर्लज्जता पर उतर आया साम्ब चीखकर आगे बढ़ा, मैंने अपनी

तलवार साम्ब के आगे लगा दी वापस लौटो साम्ब तुम अगर राजपुत्र न होते तो अब तक तुम्हारी जिव्हा कट गयी होती मैंने उसे चेतावनी दी, तुम्हें भी यदि पिताश्री का प्रश्रय न होता तो यहीं पर तुम्हारा वध कर देता सात्यकि क्रोधित साम्ब ने मुझे सीधे संबोधित किया, तो आ जाओ रोका किसने है मैं भी क्रोध में खौल उठा, साम्ब लगभग निरंकुश था पर उसकी हिम्मत अब आगे बढ़ने की नहीं थी, दाऊ यह सब देखकर चुपचाप उठ गये, भाई का अपमान देखना बलभद्र के लिए संभव नहीं था तभी जामवंती दौड़ी दौड़ी आई, इसे तत्काल ले जाओ यहां से कृष्ण बोले, लेकिन और इससे पहले जामवंती और कुछ बोलती अग्निवर्षा करती आंखों से केशव ने अपनी तर्जनी होठों पर रख उसे फिर से जाने का इशारा किया, क्रोधित जामवंती उन्हें घूरती हुई साम्ब को साथ ले गयी, सभा समाप्त कृष्ण के स्वर गूँजे सभी लोग चले गये। इस घटना के बाद केशव ने कभी जामवंती से बात नहीं की, इसी तरह सत्यभामा भी अपने व्यवहार से लज्जित हो प्रभु से क्षमा मांगने आई पर द्वारकाधीश ने उन्हें भी कभी माफ नहीं किया, केशव खामोशी से मेरे पास आये सात्यकि शायद अब समय पास ही है द्वारका का वैभव खत्म हो जायेगा, मैं कुछ समझ ही नहीं पाया ये आप क्या कह रहे हैं प्रभु हत्प्रभ हो मैंने पूछा, हाँ मित्र ये एक कड़वा पर शाश्वत सत्य है जाओ शीघ्र ही स्यमंतक को सुरक्षित करो। केशव के शब्दों की गंभीरता समझ मैं तुरंत एक अज्ञात दिशा को प्रस्थान कर गया हालांकि जाते समय मुझे एहसास हुआ कि कई ज्ञात और अज्ञात आंखें मुझे क्रोध और हिंसा से घूर रही थीं पर मुझे भला इनकी क्या परवाह और ज्ञात संघ के वंशज अगले दस दिवस मैंने द्वारकाधीश और बलभद्र से सीखी संपूर्ण रहस्यमयी विद्याओं, मंत्रों एवं ज्ञान को स्यमंतक मणि को सुरक्षित करने में झौंक दिया और अब स्यमंतक सभी के लिए अप्राप्य थी, मैं वापस द्वारका लौट आया धीरे धीरे सब सामान्य होने लगा, सब लोग फिर से घुल मिल गये, पर केशव और दाऊ भैया अब इन सबसे विरक्त थे अचानक एक दिन साम्ब, प्रद्युम्न

इत्यादि समूह में मेरे पास आये और शिकार हेतु अरावली बीहड़ में चलने का अनुरोध किया, मैं भी सहज रूप से चल दिया और हम छोटे छोटे दलों में पहाड़ की तलहटी में शिकार की टोह लेने लगे, अचानक प्रद्युम्न मेरे आगे आगे चिल्लाता हुआ भागा काका शिकार मैंने तत्काल उसका अनुसरण किया मेरी तलवार मेरे हाथ में थी अचानक मुझे मेरे सीने में भीषण पीड़ा का अहसास हुआ मैंने थमककर अपने सीने को देखा और मेरे नेत्र हैरत से फैल गये एक शंक्वाकार बर्छा मेरे सीने के आर पार था, मेरी रक्त वाहिनियां बुरी तरह कट गयीं थीं मैंने पीछे पलटकर देखा, मैंने तो बर्छी शिकार पर चलाई थी मुझे देखकर साम्ब ढीढता से बोला, साथ आये सैनिक सन्नाटे में आ गये थे, प्रद्युम्न का कुछ पता नहीं था, अब मुझे अहसास हुआ ये सब कुछ पूर्व नियोजित था इन सबका शिकार मैं था, सभी सैनिक उल्टे पांव दौड़ लिये, साम्ब भी भाग गया बस मेरे पास मेरा सारथी विद्युत रह गया, विद्युत ने रोते हुए मुझे सहारा देकर एक वृक्ष के सहारे अधलेटी अवस्था में बिठाया, इस बर्छे को खींचो विद्युत मैं पीड़ा भरे स्वर में बोला, पर स्वामी बुरी तरह घबराया विद्युत बोला, खींचो मैंने जोर से कहा और विद्युत ने बर्छा खींच लिया, मेरे सीने से भल्ल भल्ल कर रक्त बह रहा था, उसने मुझे अपनी चमड़े की थैली से जल पिलाया और अपने अंगवस्त्रों से मेरे घाव को दोनों ओर से बांध दिया, मैं आपको वैद्यराज के पास ले चलता हूँ स्वामी आप शीघ्र स्वस्थ्य हो जायेंगे खुद को झूठी दिलासा देता विद्युत रोते रोते बोला, तभी चिरपरिचित घोड़ों को हिन हिनाहट गूँजी और मेरे होठों पर एक क्षीण मुस्कान आ गयी मेरे प्रभु आ गये थे, सात्यकि मेरे मित्र कृष्ण बदहवास थे यहां तक कि वे चरण पादुका भी नहीं पहने थे, शायद जिस हाल में थे उसी में दौड़े आ गये थे प्रभु। मेरे दोनों हाथ जुड़ गये उन्होंने मुझे अपनी बाहों में भर लिया मैं भी उनकी गोद में गिर पड़ा, कैसे हुआ मित्र केशव की आँखें भर आयी थी, राजकुमार साम्ब की बर्छी शिकार भी बजाय मुझे लग गयी प्रभु, केशव तत्काल भांप गये रूँधे कण्ठ से जगदीश्वर बोले तुमसे झूठ ठीक

से नहीं बोला जाता मित्र ये काम तो मेरा है, मैं पीड़ा से कराहते हुए बोला प्रभु मैं बहुत भाग्यशाली हूँ जो मुझे आपकी सेवा का पुनीत अवसर प्राप्त हुआ, आपने मुझे गर्व से जीने का अधिकार दिया, इससे ज्यादा सौभाग्य मेरा क्या होगा कि मैं अपनी अंतिम सांस भी अपने स्वामी की गोद में लूंगा, अब मुझे आज्ञा दीजिए प्रभु, कहाँ जाओगे मित्र तुम्हें तो मेरे पास ही आना है केशव के सब्र का बांध टूट रहा था, आज तक तुमने मुझसे कुछ नहीं मांगा मुझसे कुछ मांग लो मित्र केशव भावुक हो गये थे, मेरी आंखें भर आयीं बिना कुछ मांगे आपने मुझ अकिंचन को सब कुछ दिया स्वामी अब कोई अभिलाषा नहीं प्रभु बस एक प्रार्थना है, बोलो सात्यकि ये सारा ब्रम्हांड तुम पर समर्पित है मित्र जगदीश्वर बोले, प्रभु मेरा कंठ लगभग अवरूद्ध होने लगा था बस आप मुझे वो सम्मान देना जो आपने अंगराज कर्ण को दिया था मेरी देह को अग्नि आप ही देना और ज्ञात संघ के वंशज केशव रो पड़े, उन्होंने प्रेम से अपना दायां हाथ मेरे माथे पर रखा तुम मुझे सबसे ज्यादा प्रिय हो सात्यकि, असल में तुम्हारे बिना मेरी गाथा ही अधूरी है मित्र पर तुम मुझसे जो अभिलाषा कर रहे हो वो तो मैं तुम्हें त्रेता में पहले ही दे चुका हूँ, तुम मेरे साथ हर युग में होगे मित्र, त्रेता में मुझ पर किये गये तुम्हारे श्रेष्ठ बलिदान का प्रतिफल मैं युगों युगों तक नहीं चुका सकता **व्योम** कृष्ण बोले, अपार पीड़ा के बावजूद मेरे मस्तिष्क में धमाके होने लगे और अचानक ही मैंने अपने आपको मानस रूप में विशाल समुद्र के किनारे पर महसूस किया। अथाह समुद्र और उस पर बना विशाल सेतु मेरे सामने थे, तभी मैंने प्रभु श्रीराम, भैया लक्ष्मण, देव हनुमान, महाराज सुग्रीव व अजेय वानर सेना को देखा और उनके पार्श्व में चमक रही थी क्रूर स्वर्ण आभा लिये लंका और ज्ञात संघ के वंशज तभी मेरे सामने मैंने स्वयं को देखा प्रणीपाद प्रभु मेरा दूसरा स्वरूप प्रभु से बोला, आयुष्मान वत्स कहो कैसे आना हुआ श्रीराम ने पूछा, मेरा नाम व्योम है प्रभु और मैं इन जंगलों में रहने वाली जनजातियों की शिकारी टुकड़ी का प्रमुख हूँ हम सब की सेवायें आपको समर्पित हैं,

कुल्हाड़ी, फरसे, तीर कमान लिये व्योम के साथ तकरीबन तीन हजार युवाओं का दल था, तुम्हारा आभार मित्र विष्णु के सातवें अवतार कृतज्ञता से बोले लेकिन पारंपरिक युद्ध में तुम्हें थोड़ा मुश्किल होगी अपितु मेरी एक बड़ी मदद तुम कर सकते हो, सारा दल प्रभु श्रीराम के सम्मान में तत्काल घुटनों पर झुक गया आप आदेश करें प्रभु, भैया व्योम युद्ध में तुम इस सेतुबंध की रक्षा करना क्यूंकि अगर ये टूट गया तो हम घिर जायेगें और फिर इस युद्ध को जीतना असंभव है, अपनी अंतिम सांस तक प्रभु जब तक मैं हूँ तब तक सेतुबंध सुरक्षित रहेगा व्योम ने उत्तर दिया, प्रभु श्रीराम ने व्योम सीने से लगा लिया, क्या दृश्य था सप्तसिंधु राज्य के उत्तराधिकारी व अयोध्या सिंहासन के स्वामी राजा राम और एक जंगल में निवास कर रही साधारण जनवाहिनी का सेनानायक, दोनों एक दूसरे के गले लगे हुए थे, तुम्हारे इस सहयोग के लिये राम तुम्हारा ऋणी रहेगा मित्र दशरथ नंदन बोले, हमें लज्जित न करें प्रभु ये मेरे दल के लिये सर्वश्रेष्ठ सम्मान है, फिर मेरी आँखों के सामने तेजी से छायाचित्र चलने लगे उफ भयंकर युद्ध, ज्ञात संघ के वंशज महाभारत तो उस प्रचंड महासंग्राम के आगे कुछ भी नहीं था, दिव्यास्त्रों का तूफान मेरी आँखों के सामने से गुजर रहा था, अपने प्रभु के लिए देव हनुमान का वो प्रलयंकारी युद्ध, मैं विस्फारित नेत्रों से बीच युद्धभूमि में सब देख रहा था था, लेकिन आश्चर्यजनक रूप से मेरी उपस्थिति से सब अंजान थे तभी दृश्य धीमे होने लगे काजलयी योद्धा मेघनाथ और शेषावतार भैया लक्ष्मण दोनों के मध्य घनघोर संग्राम चल रहा था, तीरों पर तीर प्रक्षेपित हो रहे थे भैया लक्ष्मण का क्रोध अपने चरम पर था, जरा कल्पना करो ज्ञात संघ के वंशज मायावी कालरथ पर सवार एवं कालक्षुद्र कवच से रक्षित व साथ में भीषण काल शस्त्रागार से सज्जित मेघनाथ और सामने एक साधारण सी धोती में सिर्फ एक तरकश और धनुष लिये भैया लक्ष्मण, उनके शरीर पर कोई कवच नहीं था, पर वो राम के लक्ष्मण थे उन्हें थामना किसी साधारण वीर के लिए सोचों से भी परे था, मेघनाथ के

लिये भी एक असंभव लक्ष्य थे लक्ष्मण, पर इस दुर्दान्त पिशाच को अदम्य बल और शक्ति, तिलिस्म व तंत्र की देवी माँ निकुम्भला से प्राप्त होती थी, दोनों के बाण प्रलय ढा रहे थे, राक्षस और वानरों में भयंकर द्वंद्व हो रहा था ये अत्याचारियों के विरूद्ध आमजनों का संग्राम था, इसी बीच मेघनाथ ने सहस्त्ररूप शक्ति का आह्वान किया, आसमान में सहस्रों ब्रम्हाण्ड द्वार खुले और हर द्वार से मेघनाथ प्रकट होने लगे, सैकड़ों स्वरूपों ने भैया लक्ष्मण को चारों ओर से केन्द्र में घेर लिया मैंने तत्काल अपनी तलवार खींची, पर मैं तो मानस रूप में था सिर्फ एक दर्शक, केन्द्र में अकेले लक्ष्मण तीव्र वेग से अवरोधक बाण प्रक्षेपित कर रहे थे पर सहस्त्ररूप की गति बहुत तीव्र थी, लगातार ये पिशाच भैया लक्ष्मण को सेतु की ओर धकेल रहा था तभी अनुज को संकट में जान प्रभु श्रीराम भी आ गये अब मुकाबला लगभग बराबरी का था भयंकर अस्त्र प्रक्षेपित हो रहे थे, पर मेघनाथ मंत्रों का ज्ञाता था और अचानक सहस्त्ररूप के साथ साथ भीषण विष मंत्र युद्ध क्षेत्र में गूँजने लगे, विष बादलों से निकल रही भयंकर विष भाप युद्धक्षेत्र में फैलने लगी, प्रभु श्रीराम के धनुष से पवनात्र प्रक्षेपित हो उड़ चला, विष अस्त्र थोड़ा मद्धम हुआ लेकिन इसी बीच दशानन पुत्र ने कालरथ से देवी निकुम्भला की अमोघ शक्ति का प्रहार दोनों भाइयों पर कर दिया, वज्र की तरह शक्ति किरणें प्रभु श्रीराम और लक्ष्मण से टकरायीं और उनके साधारण अंगवस्त्रों को चीरते हुए उनके शरीर में प्रवेश कर गयीं, दोनों भाई चकराकर धरती पर गिरे और मेघनाथ के प्रचंड अट्टाहास से सारा रणक्षेत्र गूँज उठा तभी उसके कण्ठ से तीव्र स्वर में मंत्र गूँजे **समूलनाश शस्त्र प्रक्षेपम्** और काल समान शस्त्रों का समूह दोनों अचेत व घायल भाइयों की तरफ तीव्र गति से प्रक्षेपित हुआ, कोई अवरोध नहीं था, कोई मदद नहीं सब खत्म मैंने सोचा, पर नहीं एक उम्मीद अभी बाकी थी, ज्ञात संघ के वंशज पलक झपकते ही व्योम और उसकी टुकड़ी के सभी सैनिक अपने प्रभु श्रीराम और लक्ष्मण की ढाल बन गये, भयंकर अस्त्र शस्त्र उन साधारण सैनिकों को

चीरते जा रहे थे पर कोई भी शस्त्र उनके प्रभु को छू भी न सका, दोनों भाईयों के शरीर व मेघनाथ के शस्त्रों के बीच लाशों का पर्वत खड़ा हो गया, मैंने देखा अपने प्रभु के लिये व्योम और उसकी युद्धक टुकड़ी का सर्वोच्च बलिदान, सारी टुकड़ी मेघनाथ के दिव्यास्त्रों का ग्रास बन गयी, व्योम भी उन्हीं के बीच था और दृश्य फिर तेजी से घूमे युद्ध, भीषण युद्ध, ब्रम्हाण्ड का सर्वोत्तम संग्राम और अंत में प्रभु श्रीराम के हाथों दशानन रावण वध, दृश्य धीमे होने लगे युद्ध पश्चात् प्रभु श्रीराम और भैया लक्ष्मण शिविर में बैठे थे सारे वानर योद्धा उनके साथ थे, श्रीराम के नेत्र आंसुओं से भरे हुए थे और प्रभु ने रूंधे कण्ठ से पूछा महाराज सुग्रीव, भैया हनुमान व्योम का शरीर मिला, हाँ प्रभु बुरी तरह क्षतिग्रस्त व कटा फटा अपने प्रभु की आँखों में अश्रु देख देव हनुमान का भी गला अश्रुओं से अवरूद्ध हो गया, मेरा एक काम करोगे भैया हनुमान प्रभु के नेत्रों से आँसू गिरने लगे, आप सिर्फ आदेश करें स्वामी बजरंग रोते हुए बोले, एक सर्वश्रेष्ठ चिता तैयार करो हनुमान अगर हो सके तो देव चंदन की सर्वश्रेष्ठ लकड़ी का उपयोग करना, जी प्रभु और हनुमान निकल पड़े हमेशा की तरह बिना पूछे कि ये चिता किसके लिए है। महाराज सुग्रीव, वानर राज के दोनों हाथ जुड़ गये आज्ञा प्रभु, मुझे व्योम के शव के पास ले चलो और प्रभु श्रीराम व्योम के शव के पास पहुँचे, उनके साथ मैं भी अपने शव के पास पहुँचा, और ज्ञात संघ के वंशज अविश्वसनीय दृश्य महान विष्णु के सातवें अवतार, ब्रम्हाण्ड के सर्वश्रेष्ठ राजा प्रभु श्रीराम ने अपना उत्तरीय उतारा और व्योम के शव को ढक दिया, ओफ क्या भाग्य था मेरे शव का, पर राम यहीं पर नहीं रूके उत्तरीय से ढके मेरे शव को उन्होंने अपनी भुजाओं में उठा लिया, तंभी देव हनुमान आ पहुँचे चिता तैयार है प्रभु, अपने हाथों से प्रभु श्रीराम ने मेरे शव को चिता पर लिटा कर मुखाग्नि दी, अग्निदेव प्रभु के भक्त को उसकी अंतिम यात्रा पर अपने रथ से लेकर चल दिये, तुम्हारा ये ऋण मुझ पर युगों युगों तक रहेगा मित्र, तुम सदैव मेरे साथ रहोगे मेरे हृदय में राम

फुसफुसाये। और तीव्र रोशनी मैं प्रभु की गोद में था, मेरा चेहरा वसुदेव कृष्ण के आँसुओं से भीगा हुआ था, पर मेरी पीड़ा गायब हो चुकी थी, मेरा अंतर्मन अत्यंत शांति और पवित्रता से भर गया था, मैं मुग्ध भाव से बोला प्रभु मुझ तुच्छ मानव के पास तो वे शब्द भी नहीं जिनसे मैं आपकी कृपा और आपके प्रेम का धन्यवाद कर सकूँ, शुक्रिया प्रभु मेरे हृदय की गहराइयों से आपका आभार केशव, आपकी इस अतुलनीय कृपा और स्नेह से मैं धन्य हो गया त्रिलोकीनाथ, नहीं मित्र केशव बोले तुम्हारा ऋण अभी मुझ पर बाकी है वो निरंतर रो रहे थे, कोई ऋण नहीं प्रभु मैं अत्यंत पीड़ा में भी शर्मिंदा था, क्यूंकि मेरे कारण मेरे प्रभु के नेत्रों में आँसू थे, आपसे जो सम्मान मुझे मिला केशव वो युगों युगों में किसी को प्राप्त नहीं हुआ अब इस भक्त को कोई आकांक्षा या अभिलाषा नहीं है। नहीं मित्र द्वारकाधीश की आवाज भर्रा रही थी, कलयुग में तुम्हें वो सम्मान प्राप्त होगा जो त्रेता में मेरे अनन्य भक्त देव हनुमान को प्राप्त हुआ था, केशव मैं कठिनता से बोला मेरी सांस रूकने लगी थी, हाँ मेरे मित्र त्रेता में मैंने अपने अनन्य भक्त हनुमान के कंधे पर बैठकर दशानन से संग्राम किया था **कलयुग** में वो सम्मान तुम प्राप्त करोगे **देवदत्त**, और सारी अरावली पर्वत श्रृंखला असंख्य घोड़ों की हिनहिनाहट से गूँज उठी, केशव क्या ये संसार मुझे याद करेगा, क्या मुझ पर आपकी इस असीम अनुकंपा का बोध इस जगत को होगा, यह मेरा अंतिम संवाद था जगदीश्वर से, और मेरे प्रभु के शब्द गूँज उठे, तुम्हारी गाथा तब आयेगी मित्र जब इस धरा पर कलि का प्रभाव बढ़ेगा, जब धर्म से विमुख हो चुके मानवों को एक तेज की आवश्यकता होगी और तुम्हारी गाथा लिखेगा मेरे ही द्वारा स्थापित ज्ञात संघ का एक वंशज, इस गाथा का अक्षरशः वर्णन उससे स्वयं तुम करोगे और सारे विश्व को तुम पर गर्व होगा सात्यकि, मैं तुम्हारा ऋणी हूँ, ब्रम्हाण्ड तुम्हारा ऋणी है, कृष्ण के स्वर मेरे कानों में गूँजते जा रहे थे, अब सो जाओ मित्र तब तक के लिए जब कलयुग में तुम्हारा मानस रूप में पुनः आगमन निश्चित है तब जब तुम्हारी आवश्यकता

कलयुग के आरंभिक चरण में होगी सत्य के रक्षक, और मेरी आंखें मुंद गयी। खामोशी मैं बुत बन गया था सात्यकि जा चुके थे, त्रेता, द्वापर, कलयुग ये क्या हो रहा है ये गाथा तो मेरी छोटी सी कल्पना शक्ति से बहुत ज्यादा विशाल थी। मेरी डायरी के करीब तीन सौ पन्ने भर चुके थे, अब मैं क्या करूँगा, ये गाथा लोगों तक कैसे पहुँचेगी, मेरा क्या होगा, मैंने खुद से ही मूर्खता भरे कई सवाल कर डाले, क्या सात्यकि कल आयेगें, पर सारे उत्तर गायब थे, मैंने हारकर डायरी और पैन रखकर घड़ी में देखा सुबह के चार बजने वाले थे अब सोने का प्रश्न ही नहीं था मैं आधा घण्टे में तैयार हुआ और एअरपोर्ट की ओर निकल उड़ चला दिल्ली की ओर, करीब चालीस मिनट नींद के लालच में मैंने अपनी आंखें बंद कर अपना सर विण्डो पर टिका दिया।

(देवदत्त– वो पवित्र अश्व जिस पर सवार होकर प्रभु कल्कि, कलि से युद्व करेंगे)

बत्तीसवीं रात

# यात्रा का एक पड़ाव सदैव अगले पड़ाव का उद्गम है, व्योम की भांति यात्रा अनंत है।

सुबह तकरीबन नौ बजे मैं घर पहुँच गया, एक अजीब सी शक्ति का अहसास मुझे हो रहा था पर मेरा मन उद्धिग्न था, सात्यकि एक अबूझ पहेली सी छोड़ गये थे, क्या वो आज भी आयेंगे या नहीं ये सोचते सोचते तकरीबन तीन बज गये और मैं अपने एक परिचित से मिलने दिल्ली के खान मार्केट चला गया, मैंने कुछ मीटिंग खत्म की और खान मार्केट के पूर्वी द्वार पर स्थित गोपाल जी के मंदिर दर्शन का लोभ में संवरण नहीं कर सका, मन्दिर में स्थित महादेव के सभी बारह ज्योतिर्लिंगों के स्वरूपों के दर्शन कर मैं ठाकुर जी के सामने नतमस्तक हो गया, मन्दिर के प्रवेश द्वार पर ही अपने ईष्ट के लिये पहरा दे रहे भव्य हनुमान जी का स्वरूप यहां बहुत ही अद्‌भुत है। तकरीबन शाम को आठ बजे मैं वापस नोएडा चल पड़ा मेरी मौरिस गैरेज में एअर कण्डीशन चल रहा था, मैं आराम से ड्राइव कर रहा था लेकिन मेरे मन के अंदर आंधियाँ चल रही थी, अब क्याँ करूगा, कैसे होगा सब कुछ, धन की व्यवस्था कैसे होगी, क्यूंकि आज के समय में किसी भी साहित्य को प्रकाशित करवाना सबसे मुश्किल काम है, शायद मुझे अपने सारे संपर्क सूत्र झौंकने होंगे, कोई

बात नहीं ठाकुर जी सब करेंगे सोचकर मैंने स्वयं को सांत्वना दी और रात दस बजे के आसपास घर पहुँच गया, ग्यारह बजे सारे कामों से निवृत्त होकर मैं ड्राइंगरूम में चुपचाप बैठा सोचने लगा कि अब करना क्या है, मेरी मानसिक क्षमता ने लगभग हाथ खड़े कर दिये थे कि अचानक उसी पावन सुगंध के साथ फुसफुसाहट गूँजी आज कलम नहीं उठाओगे ज्ञात संघ के वंशज, मैं खिल उठा मैंने प्रफुल्लित भाव से डायरी और पैन उठाये प्रणाम सात्यकि, मैंने योद्धा को संबोधित किया मेरा दिमाग बेहद तीव्र प्रतिक्रिया दे रहा था, मुझे समझ नहीं आ रहा था कि अब मैं उन्हें व्योम कहूँ या सात्यकि, नाम से सिर्फ आपके जीवन का एक अध्याय जुड़ा होता है ज्ञात संघ के वंशज, वो जीव बहुत भाग्यशाली होते हैं जिन्हें अपने आप को जानने का अवसर मिलता है, जिन्हें अपने जीवन के विभिन्न अध्यायों को पढ़ने का सौभाग्य प्राप्त होता है जैसे कि मैं और ये सब मेरे प्रभु वसुदेव कृष्ण की कृपा से होता है इसी कारण मेरे लिये तुम दुष्यंत प्रताप सिंह नहीं हो मेरे लिये तुम ज्ञात संघ के वंशज हो, आज पहली बार द्वापर के योद्धा ने मेरा नाम लिया, सात्यकि निरंतर बोल रहे थे आपके वर्तमान कर्म को दुनिया जाने ये आपका सौभाग्य है पर आपके जन्म जन्मांतर के कर्मों को दुनिया जाने ये सर्वोच्च स्तर का सौभाग्य है, ज्ञात संघ के वंशज में उन परम सौभाग्यशाली जीवों में से एक हूँ, मुझ पर मेरे प्रभु श्रीराम, श्रीकृष्ण और श्री कल्कि की अपार कृपा है, तुम भी सौभाग्यशाली हो ज्ञात संघ के वंशज जो इन घटनाओं का हिस्सा हो, जी मैं द्वापर के योद्धा को कलमबद्ध करता जा रहा था वो अविरल बोलते जा रहे थे कलयुग नित्यप्रति नूतन द्वारों का निर्माण करता जा रहा है उसके शस्त्रागार से झूठ, पाप, छल, द्वेष, क्रोध, घृणा, व्यभिचार, अकृतज्ञता, चोरी, हत्या, दुरात्मायें, अधर्म जैसे शस्त्र प्रक्षेपित हो समाज को भ्रमित कर रहे हैं, हर द्वार पर तैनात उसके सेनापति और सिपहसालारों का शस्त्रागार इन आयुधों से भरा हुआ है और वर्तमान में ये सब ब्रम्हांड विनाशक काली ऊर्जा से निरंतर शक्ति प्राप्त कर रक्तबीज की भांति अपना विस्तार कर रहे हैं, मैं भयभीत हो उठा यानि सब कुछ खत्म होने जा रहा है,

नहीं ज्ञात संघ के वंशज इतना आसान भी नहीं इन्हीं सबके बीच अल्प मात्रा में मौजूद है त्रेता और द्वापर की ऊर्जा से संचित जीवात्मा, ये ब्रम्हांड चक्र कोई खेल नहीं बल्कि ये महादेव शिव का न्याय तराजू है जिसका एक पलड़ा निरंतर कलि की ओर झुक रहा है, वो तो शुक्र करो ज्ञात संघ के वंशज इस समय देवाधिदेव अपनी चिरसाधना में लीन अपने प्रभु श्रीराम और ॐ से साकार हो रहे हैं अगर वो जाग गये और उन्होंने न्याय तराजू की वर्तमान स्थिति देखी तो ज्ञात संघ के वंशज क्रोध में महाकाल का तीसरा नेत्र खुल जायेगा और संपूर्ण ब्रम्हांड का विनाश हो जायेगा, इस महाविनाश के पश्चात शायद स्वयं ब्रम्हदेव भी इस सृष्टि को इसके वर्तमान स्वरूप में वापस नहीं लौटा पायेंगे, अगर स्पष्ट वर्णन करूँ तो सृष्टि ही खतरे में है, मैं भयांक्रान्त हो उठा तो इसे बचायेगा कौन, एक मात्र शक्ति मेरे इष्ट भगवान महाविष्णु और कौन मेरी अवस्था देख योद्धा मुस्कुराकर बोला, वो जिस पल चाहें उसी क्षण ये संतुलित हो जायेगा, पर ब्रह्मांड संतुलन जादूगर के खेल की तरह नहीं है, ब्रह्मांड संहिता का पालन स्वयं त्रिदेव भी करते हैं और इसका सबसे कठिन कार्य मेरे प्रभु के जिम्मे हैं सृष्टि का पालन इसीलिये त्रिदेवों में अवतार सिर्फ मेरे इष्ट को ही लेना पड़ता है, और वे सारे कष्ट भोगते हुए परमपिता ब्रम्हा के द्वारा रचित जटिल व्यूहों को उन्हीं की योजना अनुसार संचालित करते हैं, यह कार्य सृष्टि के संचालन में सर्वश्रेष्ठ है ज्ञात संघ के वंशज इसीलिये मेरे प्रभु श्रीराम सर्वोच्च सम्मान और प्रार्थना के अधिकारी हैं, इसीलिये वसुदेव कृष्ण जीवन में अनुकरणीय है **ॐ जय जगदीश हरे** सात्यकि भावुक हो गये थे, ज्ञात संघ के वंशज हर युग का आरंभ और अंत विधाता ने प्राकट्य वेदों में गूढ़ भाषाओं में पहले ही लिख रखा है, और इस कलयुग में मानवों को यह भ्रम हो गया है कि वे उन गूढ़ भाषाओं और व्यूह रचनाओं को पढ़ सकते हैं, वे विधाता के लिखे मंतव्य समझ सकते हैं, जैसे कलयुग में सबने इस सोच पर लगभग विश्वास कर लिया है कि प्रभु कल्कि संभल ग्राम में जन्म लेंगे, बिना एक क्षण भी विचार किये कि इतना बड़ा रहस्य इतनी आसानी से कैसे उजागर हो

सकता है, शायद उन्हें इसका भान ही नहीं कि संभल का अर्थ संबल भी हो सकता है, प्रभु की लेखनी में ग्राम का अर्थ पृथ्वी भी हो सकती है, अब अगर पृथ्वी ग्राम है तो उसे संबल दे रहा है त्रिदेव रूपी महादेव शिव का त्रिशूल और त्रिशूल के केन्द्र में कौन है, काशी तत्काल मेरे मन में गूँजा, सही है ज्ञात संघ के वंशज पर ये भी सिर्फ मेरा अनुमान है, भविष्य की लेखनी को सिर्फ त्रिदेव ही पढ़ सकते हैं, कलि को मानवों की इस सोच से कोई इत्तेफाक नहीं, वो मानवों को मतिभ्रम की अवस्था में देख बेहद खुश है, बल्कि वो तो इन मूर्ख मानवों की सोच को बढ़ावा ही दे रहा है ताकि देव शक्तियाँ भक्ति ऊर्जा से वंचित हो जाए, इन सभी बाधाओं के बीच सृष्टि के इस सबसे जटिल कार्य में कोई भी युग यदि ब्रह्मांड चक्र से अनियंत्रित होकर अंतिम आकाश गंगा में पहुँचा तो महादेव का तीसरा नेत्र उसे तत्काल भस्म कर देगा, यही नियम है, तो कलि का अंत कैसे होगा महान सात्यकि मैंने पूछा, साधारण लेकिन सुंदर प्रश्न जरा सोचो ज्ञात संघ के वंशज बुराई या अच्छाई किसी को भी जनमानस तक पहुँचाने के लिये इस युग में मानव को सबसे अधिक किस वस्तु की आवश्यकता है, वो कौन सा श्रोत है जो कलि के प्रचार को जन जन तक पहुँचाने में सबसे अधिक प्रभावी है, निःसंदेह धन मैं बोला, सही जवाब और धन की प्रमाणिकता का सबसे शक्तिशाली श्रोत या पदार्थ क्या है सात्यकि ने पूछा, निःसंदेह सोना मैंने तत्काल उत्तर दिया, बहुत सुंदर अब तुम बेहद करीब हो, स्वर्ण ही एकमात्र ऐसी धातु है ज्ञात संघ के वंशज जिसे सतयुग, त्रेता, द्वापर सभी युगों में मानवों व दानवों ने बनाने का प्रयत्न किया पर उनका प्रयास असफल हुआ यहाँ तक कि बड़े बड़े ब्रम्हऋषि भी असफल हो गये, स्वर्ण एक दैवीय धातु है जिसका दैवीय उद्गम पंच तत्वों के गर्भ में होता है आप इसे स्वयं निर्मित नहीं कर सकते, अगर कहें कि सृष्टि के सृजन और संहार के मूल व संचालन में स्वर्ण ही केन्द्र है तो कुछ गलत नहीं होगा, जिसके पास भी स्वर्ण भंडार होता है वो अजेय है, इसीलिये देवों के कवच व शिरणास्त्र तक अभेद्य स्वर्ण से बनते हैं, जिसका स्वर्ण उसी की सृष्टि यही ब्रम्हांड संहिता

का केन्द्रीय नियम है, जी मैं मंत्र मुग्ध था, अब बताओ ज्ञात संघ के वंशज कलि को इस युग में अपना प्रभाव और उपस्थिति मजबूत करने हेतु सबसे अधिक आवश्यकता किस वस्तु की होगी, निःसंदेह स्वर्ण की महान सात्यकि मैंने उत्तर दिया, और इस युग में उस अविरल स्वर्ण प्रवाह का स्रोत क्या है योद्धा ने प्रश्न किया, मैं अपनी उत्तेजना नहीं दबा सका मेरे पास उत्तर था, अ अ स स्- मेरे शब्द मेरे गले में फंस गये स्यमंतक मणि मैं तेजी से बोला, शाबास ज्ञात संघ के वंशज वसुदेव कृष्ण का चुनाव कभी गलत नहीं होता, और अब जाकर मेरी समझ में आया कि क्यों प्रभु श्रीकृष्ण ने सात्यकि को स्यमंतक को सदैव के लिये अदृश्य करने का आदेश दिया था, सोचो ज्ञात संघ के वंशज वो मणि जो द्वापर में समूची द्वारका को आलसी, कामचोर और दुराचारी बना दे, वो इस कलयुग में क्या सर्वनाश ला सकती है, अधिकता सदैव सर्वनाश ही लाती है चाहे वो स्वर्ण की ही क्यूं न हो, दशानन की लंका को भी जलना पड़ा और वसुदेव कृष्ण के प्रयाण के पश्चात द्वारका भी डूब गयी, क्यूंकि समुद्रदेव ने धरा का वो टुकड़ा सिर्फ अपने प्रभु वसुदेव कृष्ण के लिये रिक्त किया था, स्यमंतक को तुम हल्के में मत लेना ज्ञात संघ के वंशज, स्यमंतक स्वयं माँ जगद्जननी के तेज से जन्मी एवं त्रिदेवों के द्वारा तराशी गयी ऐसी दिव्य मणि है जो स्वर्ण ऊर्जा का अक्षय भंडार है, यूं समझ लो कि स्वयं सूर्यदेव भी स्यमंतक की अभिलाषा रखते हैं, पर स्यमंतक तो सुरक्षित है मैं बोला, ज्ञात संघ के वंशज लगभग दसों दिशाओं में इस समूची धरा पर अथाह स्वर्ण भंडार है और यह सब स्यमंतक मणि निर्मित हुआ है से निकल रही दिव्य ऊर्जा किरणों से, दिन प्रतिदिन ताकतवर होती जा रही इस मणि की ऊर्जा का प्रभाव इतना भीषण है कि भगवान महाविष्णु व शेषावतार के रहस्यमयी मंत्रों व तिलिस्म से बंधी होने के बावजूद इसके द्वारा स्वर्ण निर्माण की प्रक्रिया अबाध गति से जाती है, कलि दसों दिशाओं का अनुसंधान कर बेहद तीव्रता से इसके केन्द्र तक पहुँचने का प्रयास कर रहा है भयानक संकट सामने है, क्या वो पहुँच जायेगा मैंने पूछा, इतना आसान नहीं ये पृथ्वी लगातार घूर्णन करती रहती

# स्यमंतक मणि

है निश्चित केन्द्र तक गणना कर पहुँचना लगभग असंभव है, दुष्ट शक्तियों के लिये कलिकाल में यह एक दुरूह कार्य तो है लेकिन कुछ भी हो सकता है, तो क्या उपाय है महान सात्यकि मैंने पूछा, एक ही उपाय है ज्ञात संघ के वंशज केन्द्र में जाकर उस मणि की दिव्य ऊर्जा किरणों के स्रोत को सदैव के लिये अवरूद्ध कर दिया जाये ताकि ये संकट ही न रहे, तो इसमें दुविधा कहाँ है महान सात्यकि आप इसे कर सकते हैं, कर सकता था पर केन्द्र कहाँ है ये अब मुझे भी ज्ञात नहीं, बहुत समय व्यतीत हो चुका है समय और स्थान का चक्र घूम गया है, हाँ एक रास्ता है सात्यकि बोले, क्या मैं तत्काल बोल पड़ा, किसी भी आलोप वस्तु या मानव को खोजने का एक ही मार्ग है उसके पदचिन्हों या संकेतों का पीछा करना, मेरे द्वारा बांधे गये तिलिस्म के मानचित्र और कुंजियों से स्यमंतक तक पहुँच सकते हैं, लो हो गया निराकरण मैं बोल पड़ा तो आप कर दीजिए, तिलिस्म मेरे द्वारा बांधा जरूर गया है पर मुझे इसे तोड़ने की अनुमति नहीं है ज्ञात संघ के वंशज इसका पात्र कोई और है, कोई और कौन मैं अधीर हो उठा, स्वयं अपने आप से पूछो ज्ञात संघ के वंशज वो कौन हो सकता है, ये कहानी मैं तुम्हें ही क्यूं सुना रहा हूँ सोचो तुमसे इतना संवाद क्यूं हो रहा है, और सोचते ही मैं अंदर से हिल गया मेरी संपूर्ण देह बर्फ की मानिंद ठंडी हो गयी, क्या वो व्यक्ति मैं हूँ मेरे जहन में धमाके की तरह ये विचार प्रकट हुआ, सही सोच ज्ञात संघ के वंशज तुम ही हो वो मानव वे तिलिस्म तुम्हारे ही नाम से बांधे गये हैं, तुम ही हो जो स्यंमतक के केन्द्र तक पहुँच सकते हो, पर मेरे पास तो कोई नक्शा है ही नहीं, न ही मेरे पास उस तिलिस्म की चाभियाँ हैं, तो मैं कैसे पहुँचूँगा, मैं तो एक साधारण मानव हूँ, घातक अस्त्र तो छोड़ो शत्रु का एक छोटा सा प्रहार ही मेरे लिए काफी है उत्तर देते हुए मेरी अवस्था ऐसी थी कि जैसे एक संगीतकार को बोला जाये कि कल मंगलयान बनाकर मंगल ग्रह पर पहुँचकर गाना बनाओ। तिलिस्म के कुल ग्यारह द्वार हैं और इनकी ग्यारह कुंजियाँ हैं, समय चक्र हर चीज को उसके पात्र तक पहुँचा देता है यही नियम है सात्यकि बोले, पर वो ग्यारह

कुंजियाँ और मेरे मुंह से निकला ही था कि मेरे शब्द पूरे होने से पहले ही सात्यकि बोल उठे, हाँ ग्यारह कुंजियाँ ज्ञात संघ के वंशज ग्यारह, योद्धा ने ग्यारह अंक पर विशेष जोर दिया अचानक मेरे सामने तस्वीर स्पष्ट हो गयी, ग्यारह विभिन्न आकार की अद्‌भुत कौड़ियाँ, अस्सीघाट पर वो दिव्य अघोरी द्वारा दी गयी ग्यारह कौड़ियाँ क्या वो ही ग्यारह कुंजियाँ हैं मैंने सोचा, सही जा रहे हो ज्ञात संघ के वंशज वो कुंजियाँ अब तुम्हारे पास ही है, परंतु नक्शा मैंने पूछा, युग और तिलिस्म के नक्शे किसी भोजपत्र पर नहीं होते ज्ञात संघ के वंशज वो दैवीय संकेतों से निबद्ध होते हैं, जो अपने निर्धारित वक्त पर स्वयं तुम्हारे सामने आ जायेगें, जैसे जीव का पहला पायदान हमेशा उसके जीवन का उद्‌गम स्थल होता है उसी तरह तुम्हारे कुल के उद्‌गम स्थान से ही तुम्हारी यात्रा आरंभ होगी, पाली माता हमारी कुलदेवी तत्काल मेरे जहन में गूँजा, हाँ ज्ञात संघ के वंशज बिल्कुल सही स्थान सात्यकि झूम उठे, पर कलि भी तो इसके पीछे है मैंने मन ही मन प्रश्न किया, ये जीवन ही अनंत खतरों व अवसरों से भरा है मित्र सबका कार्य नियत है तुम अपना करो, वसुदेव कृष्ण ने तुम्हें चुना है, मैं उत्तेजित हो गया मैं स्यमंतक को ढूढ़ लूँगा महान सात्यकि, नहीं ज्ञात संघ के वंशज तुम्हें स्यमंतक को ढूढ़ना नहीं तुम तो कदाचित् उसे छू भी नहीं सकते, इस मणि में इतना तेज है कि इसे स्पर्श करते ही तुम्हारी देह भाप बनकर उड़ जायेगी, फिर मैं भयभीत स्वर में बोला, तुम्हें इसका मुख्य द्वार सदैव के लिए अवरूद्ध करना है यही तुम्हारा कार्य है और उसे अवरूद्ध करने वाली शक्ति तुम्हें इन्हीं ग्यारह द्वारों के मध्य में मिलेगी, मैं जैसे जमीन पर गिरा कौन सी शक्ति महान सात्यकि मैंने पूछा, सात्यकि गंभीर थे लौह धातु को कौन सी धातु काट सकती है ज्ञात संघ के वंशज, लोहा मैंने तत्काल उत्तर दिया, तो स्यमंतक मणि की शक्ति को कौन अवशोषित या अवरूद्ध कर सकता है, सोचो वो कौन सी शक्ति है जो इस मणि की शक्ति को अनंत समय तक बांट ले, एक और मणि मैंने अंदाजे से उत्तर दिया, वाह अद्‌भुत अब सोच समझकर उत्तर देना ज्ञात संघ के वंशज द्वापर में एक और दिव्य मणि

किसके पास थी, मैं निरूत्तर रह गया, एक और मणि मैंने सोचा तभी मुझे लगा कि उत्तर मेरे पास है, मैं तत्काल अपनी स्मृति के पन्ने पलटने लगा और मैं कुरूक्षेत्र के अंतिम दिन हुए युद्ध पर रूक गया, ओह मेरी आंखें फैल गयीं शिरांन, अश्वथामा, अश्वथामा की ऊर्जा मणि वही है शायद मैंने सोचा, शायद नहीं वही वो मणि है ज्ञात संघ के वंशज वो भी कोई साधारण मणि नहीं है, महाविष्णु के छठवें अवतार महर्षि परशुराम के आशीर्वाद से उनके शिष्य द्रोणाचार्य को अश्वथामा पुत्र रूप में प्राप्त हुआ था, जन्म से ही उसके मस्तिष्क पर सज्जित शिरांन मणि स्वयं भगवान परशुराम का आशीर्वाद थी। संसार की हर ऊर्जा को काटकर संतुलन बनाना इस मणि की विशेषता है। इसीलिये युद्ध के दौरान अश्वथामा के घाव स्वतः भर जाते थे, यह मणि देवाधिदेव शिव के त्रिनेत्र का अंश है इसीलिये इसे शिरांन मणि कहते हैं, एकमात्र शिरांन में ही वो शक्ति है ज्ञात संघ के वंशज जो स्यमंतक को अवरूद्ध कर सकती है, क्या मैं कर सकूँगा सात्यकि मैंने प्रश्नात्मक स्वर में पूछा क्यूंकि मैं अपनी क्षमता जानता था, करना ही पड़ेगा ज्ञात संघ के वंशज सात्यकि गरजे, और इस कार्य के बाद मैंने एक और प्रश्न किया, इस दुरूह कार्य के पश्चात स्थितियाँ और भयंकर हो उठेंगी ज्ञात संघ के वंशज, ये तो मात्र शुरूआत ही होगी, मतलब मैं अचंभित हो उठा, कल्पना करो ज्ञात संघ के वंशज जब स्वर्ण प्रवाह बन्द होगा तो कलि दग्ध हो उठेगा तब अपनी आवश्यकताओं और क्षुदापूर्ति हेतु वो क्या करेगा, लूटमार, अत्याचार और अनैतिक तरीके से धन अर्जन मैंने उत्तर दिया, सही कहा ज्ञात संघ के वंशज और जब ये अत्याचार अपने चरम पर पहुँचेगा तब उसका संहार करने आयेंगे प्रभु कल्कि और आऊँगा मैं, और कल्कि का खात्मा मैं बोला, नहीं ज्ञात संघ के वंशज आगे के पृष्ठ मेरी नजरों से ओझल हैं, क्या परिणाम होगा ये मुझे नहीं मालूम पर ये युद्ध महाभीषण होगा कदाचित् सतयुग, त्रेता और द्वापर से भी प्रलयंकारी, यह सुनकर मैं कांप उठा पर आप दोनों तो हैं ही प्रभु मैंने एक सकारात्मक उत्तर की अपेक्षा करते हुए पूछा, नहीं ज्ञात संघ के वंशज भगवान कल्कि भी ब्रम्हांड

शिरांन मणि